박완서
소설전집
결정판

012 그해 겨울은 따뜻했네 ❶

세계사

*일러두기

〈박완서 소설전집 결정판〉은 국립국어원 맞춤법 규정을 따랐으나,
일부 표현의 경우 작가와 협의하여, 최초 창작 의도에 따라 원문을 유지하였음을 알려드립니다.

기획의 글

 1994년 세계사에서 박완서 전집을 첫 출간한 이래, 2002년 개정판을 거쳐, 2012년 〈박완서 소설전집 결정판〉을 내게 되었다.
 선생님은 데뷔작인 『나목』부터 손수 교정을 봤는데 안타깝게도 암 수술을 받은 후 병석에 눕고 나서는 당신의 글을 직접 다듬지 못했다. 누가 삶의 깊은 뜻을 알 수 있을까! 선생님은 지난해 정월, 갑작스레 세상을 떠나셨고 1주기를 추모하여, 선생님 생전에 기획한 대로 결정판을 출간하게 되었다.
 선생님의 장편소설을 다시 읽고 재평가하는 작업은 큰 산맥을 종주하는 듯 방대했다. 힘들고 지루했지만 '박완서 문학'의 폭과 깊이, 그리고 한국문학의 미래를 향한 가능성을 확인한 축복의 시간이었다.
 선생님 작품의 넓고 깊음은 한 단어로 말하기 힘들다.

한국전쟁으로 텅 비고 황폐한 도시 속에서도 '물이 차오르듯 삶의 희망'을 찾아내던 선생님은, '사람 사는 모습'을 깊은 관심을 갖고 바라보았고 사회 변화에도 민감했다. 작품 활동을 시작한 이래 조금도 쉼 없이 많은 글을 쓰실 만큼 현상을 분석하는 데 탁월했다. 그만큼 소재에 제한이 없었다. 본인이 직접 겪어내신 한국전쟁뿐 아니라, 구한말부터 일제 강점기까지의 경제와 풍속, 체제 변화 속 개인의 혼란, 가부장제와 여권운동의 충돌과 허상, 중산층의 허위의식과 계층 분화 등 기존 작가들이 다루지 못했던 사회상을 문학 속으로 끌어들이는 데 앞장섰다. 선생님의 작품은 진실을 천착하는 집요한 작가 정신, 모든 구속과 드러나지 않는 음모와 싸우는 자유의 기운이 구석구석 흐르고 있어, 시대의 징후를 읽어내는 소설문학 고유의 양보할 수 없는 미덕을 넘치게 갖추고 있다.

　첫 출간 때와 달리 각 초판본에 실린 서문이나 후기를 그대로 옮겨 실은 것은 작품을 쓸 당시 선생님의 생생한 육성을 듣기 위한 것이었다. 그 글을 쓴 시대와 작가의 심상이 느껴지는 짧은 글은 '박완서 문학'의 역사를 담고 있다. 덧붙인 평론들은 작품의 새로운 의미와 생명력을 불어넣어 준다.

　'박완서 문학'은 언어의 보물창고다. 파내고 파내어도 늘 샘솟는 듯 살아 있는 이야기와, 예스러우면서도 더 이상 적절할 수 없는 세련된 표현으로 모국어의 진경을 펼쳐 보였다. 재미있는 글과 활달한 언어가 주는 힘은 우리들을 뜨겁게 매료시켰으며, 이는 아름다운 문학의 풍경을 만들어냈다. 40년 내내 여러 계층의 독자들에게 사랑받았고 말년까지도 긴장감과 유머를 잃지 않았던 선생님은 문학의 이름으로 길이 살아계실 이 시대의 스승이고 표양이다.

'재미와 뼈대가 함께 담긴 소설'을 쓰는 것이 선생님의 평생 과업이었다. 다가오는 세대들에게 글 쓰는 이의 외로움과, 그보다 더한 사랑을 온전히 물려주고 떠난 준엄함과 따뜻함은, 그대로 문학하는 이들의 상징이 되었다. 선생님에 대한 그리움으로 기획의 글을 대신한다.

2012년 1월
〈박완서 소설전집 결정판〉 기획위원
권명아 · 이경호 · 호원숙 · 홍기돈

작가의 말

　이 소설은 작년 한 해 동안 〈한국일보〉에 연재했던 소설이다. 6·25때 헤어진 '수지'와 '오목이'라는 이산 자매 얘긴데 불행히도 생전에 만나지 못했다. 지금과 같은 '이산가족찾기' 운동이 없어서가 아니라 한쪽이 보고도 못 본 척했기 때문이다. 만남이란 일방적으론 이루어지지 못한다.
　공교롭게도 책 뒤에 붙이는 글을 쓰려는 참에 KBS의 〈이산가족찾기〉가 한창이라 연일 눈물 마를 날이 없다. 그 이름에 아직도 생생한 원한이 서린 청천강에서, 임진강에서, 흥남 부두에서, 미아리 고개에서, 거제도에서 헤어졌다 삼십몇 년 만에 만난 혈육이 서로 부둥켜안고 통곡할 때마다 덩달아서 오열을 걷잡을 수가 없다. 내가 소설로 만든 비극보다 현실의 비극이 훨씬 처절했다. 영상매체의 기동성과 박진한 현장감은 상대적으로 언어의 무력을 통감케 한다.

오랜 세월 그리던 혈육이 만나는 걸 볼 때마다 눈물짓고 나서 생각하니 우리가 정말 울어줘야 할 것은 만남의 기쁨이 아니라 아직 못 만난 사람들의 통한이 아닐까 싶다. 아직 못 만난 사람들이 혈육의 이름을 크게 쓴 표지판을 든 손이 와들와들 떨리고 있고 그 얼굴엔 오랜 세월의 신산과 기다림이 화석처럼 굳어 있다. 만일 그들이 찾는 혈육이 어디선가 그들의 그런 모습을 보고도 못 본 척하고 있다면 그 사람을 용서할 수 있을 것 같지가 않다. 이럴 때의 못 본 척은 용서받지 못할 죄악이다 싶다.

그렇다면 그 정도의 도움으로 그렇게 쉽게 만날 수 있었던 사람들이 여지껏 못 만났던 것은 또 무슨 까닭일까? 그건 우리 모두가 그들의 딱한 사정을, 그들의 찾아 헤맴을 못 본 척했기 때문이 아닐까. 수지의 이기주의, 안일주의가 오목이를 못 본 척했던 것처럼 우리 사회에 팽배한 이기하는 마음, 무사안일하려는 마음이 그들을 못 본 척했기 때문이 아닐까. 다행인지 불행인지 전파의 위력도 그런 못 본 척까지 미치진 못한다. 거기에 무학의 설 자리가 아직 남아 있는 건지도 모르겠다.

이 이야기는 그런 못 본 척 이야기다. 전쟁이나 이데올로기가 만든 단절 못지않게 비인간적인 그럼 못 본 척에 의해 생긴 단절 이야기다.

이 소설이 신문에 연재되는 동안 독자로부터 자주 들은 요구는 제발 오목이를 그만 불쌍하게 해달라는 거였다. 그런 요구를 들어주지 못한 변명을 그때 같은 신문을 통해 이렇게 말했었다.

'오목이가 너무 불쌍해서 상심한 독자가 있다면, 오목이를 우리 모두가 그동안 좀 더 잘살기 위해, 좀 더 안일하기 위해 짐짓 외면하고 망각한 것들의 편린으로 봐주기 바란다'고.

  같은 말로 발문을 삼고자 한다. 내 책을 민음사에서 내게 되어 기쁘다. 수고해주신 민음사 여러분께 깊은 감사를 드린다.

1983년 7월

박완서

* 1983년, 민음사에서 출간된 『그해 겨울은 따뜻했네』 초판 작가 후기

| 차례 |

1권   기획의 글   ··· 005
        작가의 말   ··· 009

        1 한 옛날에   ··· 015
        2 숨바꼭질   ··· 045
        3 명암   ··· 158
        4 응달   ··· 280

2권   5 양달   ··· 007
        6 미리 온 아이   ··· 068
        7 안개 속의 집   ··· 149
        8 부드러운 겨울 ··· 238

        해설   ··· 341
        작가 연보   ··· 365

1

한 옛날에

바깥 날씨는 밝고 고요했다. 거실의 녹두색 양탄자 위에 투영된 레이스 커튼의 꽃무늬가 자체의 명암처럼 미동도 안 했다. 멀리 은빛으로 번들대는 강을 향해 경사가 급한 동네가 한눈에 들어오는 거실이었다.

손질이 잘된 마당의 푸른 수목을 배경으로 깜짝 놀라도록 영롱한 빛깔로 피어난 퀸엘리자베스에 머문 햇살은 도탑고 화려했지만 어쩐지 볼록렌즈로 모은 빛처럼 불안해 보였다. 불안해 보이긴 수목의 푸르름도 마찬가지였다. 엊그저께까지만 해도 그렇게 강렬하고 신경질적으로 햇살을 거역하던 이파리들이 갑자기 풀이 죽고 유순해져서 햇빛에 아양을 떨고 있었다. 그러나 이미 푸르름 사이에 골고루 스민 조락의 조짐을 눈가림할 수는 없었다.

초가을이었다.

거실에서 뜨개질하고 있는 아내의 모습이 돋보였다. 남편은 혼자서 바둑판을 끼고 앉아 바둑책을 보고 있었다. 심각하고 골똘한 모습으로 봐서 3, 4급쯤 돼 보였다. 두 아이는 팝콘을 버석버석 씹기도 하고 여기저기 흘리기도 하면서 그림책을 보고 있었다. 둘 다 사내아이였다. 대여섯 살 전후의 형제 중 형은 이미 한글을 깨친 듯 만화책에 열중하고 있는데 동생은 자기 그림책엔 처음부터 흥미가 없는 듯 휙휙 넘기기만 하다가 슬금슬금 형을 귀찮게 굴기 시작했다.

자기 그림책을 형이 보는 만화책 위에 포개놓으며 읽어달라고 떼를 쓰기도 하고 만화책을 큰소리로 읽으라고 요구하기도 했다. 그럴 때마다 형은 몇 마디 그렇게 해주기도 하고 적당히 피하기도 하면서 제 할 짓을 계속하는 솜씨가 형답게 의젓하기도 했지만 개구쟁이 동생한테 줄창 당해본 솜씨임이 역력했다. 이런 형제를 간간이 말없이 바라보는 부부의 눈길은 정겹고 부드러웠다. 자식을 사랑하되 잔소리는 최소한으로 억제하려는 교양미가 넘치는 부부였다.

어느 청명한 일요일 오후의 이들 네 식구의 일가 단란은 쇼윈도에 전시된 것처럼 하자 없이 완벽했고, 괴어 있는 물처럼 도무지 변화의 가망이 없어 보였다. 그러나 어른들이 모처럼 만든 이런 화평의 시간이 다섯 살짜리 개구쟁이한테까지 쾌적한 것은 아니었다. 아이들을 살맛 나게 하는 건 괴어 있는 낙원이 아니라 개구멍이라도 좋으니 변화할 수 있는 돌파구였다.

형을 아무리 지분거려도 소용이 없자 아우는 마침내 형이 보고 있는 만화책을 홱 낚아채서 도망하기 시작했다. 그러나 곧 성난 형에게 붙들린 아우는 만화책을 몸으로 덮치고 포복하면서 간간이 손을 배 밑에 넣어 책을 찢어내기 시작했다. 이 새끼가. 형이 참고 참았던 분노로 작은 난로처럼 새빨갛게 달아올랐다. 이런 형이 재미나 죽겠다는 듯이 아우는 깔깔대며 책을 찢어내는 짓을 계속했다. 마침내 형이 아우를 깔고 앉아 패주기 시작했다. 포복한 자세로 형에게 대항하기가 불리해진 아우가 아프다고 엄살을 떨다가 아빠 엄마에게 구원을 청했다.

혼자 두는 바둑에서 홀연 묘기라도 터득했는지 무릎까지 치며 삼매경에 빠져 있던 아빠는 싸우는 형제를 흘긋 한 번 바라보았지만 여태껏의 방임주의를 바꿀 만큼 대단한 싸움이라고 생각하는 것 같지 않았다. 엄마도 마찬가지였다. 아이들이 시끄럽게 구는 통에 소매의 꽈배기 무늬가 헷갈린 것에만 신경을 쓰다가 문득 뜨개질을 내던지고 일어섰다. 무서운 얼굴이었다.

"여보 왜 그래?"

아이들 싸움보다 아내의 무서운 얼굴에 놀란 남편이 부르짖었다. 아내는 대답 대신 날카로운 비명을 지르며 아이들한테로 돌진해서 작은아이로부터 큰아이를 떼어냈다. 그리고 큰아이의 멱살을 잡고 모질게 따귀를 때리기 시작했다. 아내는 돌연 미친 여자처럼 흥분하고 있었다. 큰아이가 아프기도 하고 겁에 질리기도 해서 나동그라지자 엄마는 그 위에 발길질을 가했다. 갑자기 벌어진 이 괴상하고 처참한 사태에 놀란 건 작은아이였다. 작은아이가 엄마의 발길질 밑에 몸을 던지면서 엄마의 발에 매달렸다. 엄마는 작은아이를 검부러기처럼 가볍게 뿌리치고 다시 큰아이를 짓밟으려 들었다. 두 아이가 동시에 울면서 힘을 합해 엄마에게 대들기 시작했다. 겁에 질린 아이들과는 딴판으로 엄마의 얼굴엔 어두운 쾌감이 미소처럼 번지고 있었다.

어떤 사태든지 이해하고 검토하기 전에는 절대로 간섭하거나 개입하는 법이 없는 냉정하고 신중한 성격의 남편이건만 이 영문 모르게 격렬한 난장판에 무조건 덤벼들지 않을 수가 없었다. 그는 얽히고설킨 삼모자로부터 가까스로 아내를 떼어냈다. 아내는 힘을 못 다 푼 폭력배처럼 아이들을 향해 벼르면서 어깨로 가쁜 숨을 몰아쉬었다. 남편은 이런 아내를 온 힘을 다해 부둥켜안은 채 눈짓으로 아이들을 제 방으로 몰았다. 남편은 비록 그에게 붙잡혔을망정 아직도 무한한 힘이 용솟음치는 것처럼 살집이 가닥가닥 떨고 있는 아내에게 왈칵 혐오감을 느꼈다.

"당신 미쳤소? 아이들한테 도대체 그게 무슨 짓이오?"

"석이가 혁이를 죽일지 몰라요. 석이를 더 혼내줘야 돼요."

아내는 섬뜩하도록 배타적인 얼굴로 남편을 노려보고 말했다.

"여보 그게 무슨 소리야? 석이하고 혁이는 두 살 터울의 친형제간이야. 우리들의 아들이고 좀 개구쟁이들이긴 하지만 요새 아이들치곤 얌전한 편이야. 서로 우애도 있는 편이고."

"석인 일곱 살이에요."

"일곱 살이 어쨌다는 거야?"

"동생을 죽일지도 몰라요."

"미쳤군. 정말, 미쳤어. 한 번만 더 그런 소리를 하면 당신의 정신 상태를 의심하겠어."

남편이 차갑게 말했다. 넓고 반듯한 이마에 짜증스러운 주름이 잡혔다.

"당신 얼굴이 무서워요. 제발 그런 얼굴 하지 말아요. 꿈에 볼까 겁나요."

아내의 안색이 차츰 제 색으로 돌아오면서 주눅 든 목소리를 냈다.

"꿈이라니 말인데 지금 못된 꿈을 꾼 거 아냐? 백주에 눈 뜨고 꿈을 꾼다면 기분이 썩 좋은 건 아니지만, 당신이 방금 아이들한테 한 짓을 제정신으로 받아들이는 것보다는 나아."

"절 경멸하는군요?"

"봐주려는 것뿐이야."

"석인 일곱 살이에요."

"그래서?"

"미운 일곱 살이란 말도 있잖아요?"

"그래서? 또 그 소리를 하고 싶소?"

남편이 역정이 지글대는 소리로 고함을 치며 아내를 노려봤다.

"그 나이에 저지를 수 있는 악에 대해 어른들이 너무 모른 척해선 안 된다고 생각해요. 알고 미연에 방지할 의무가 우리 어른들한테는 있어요."

아내의 얼굴에 다시 핏기가 살아나기 시작했다.

"아이들 장난을 침소봉대해도 분수가 있지. 더 여러 말 하면 정말 정신병원에 처넣고 말겠어."

남편이 잔혹하리만큼 냉담하게 말했다. 그러나 아내는 별로 개의치 않았다.

"저는 당신보다는 일곱 살이란 나이에 대해 많이 알고 있어요."

"흥, 그렇겠지. 당신은 아동심리학을 전공했으니까 당신이 전공한 그 대단한 학문이 당신에게 고작 그런 것을 가르쳐줍디까? 구역질이 나는군."

"제가 한 공부까지 비웃지 말아요. 그것과 이 문제는 조금도 상관이 없으니까요."

"그럼 어디서부터 그 기발한 발상이 비롯됐소?"

"저에게도 일곱 살 적이 있었으니까요."

"나에게도 일곱 살이 있었소. 일곱 살이 되기 전에 죽지 않는 한 누구에게나 일곱 살은 있지."

"내 일곱 살은 당신의 일곱 살하곤 달라요. 어느 누구의 일곱 살하고도 달라요."

아내가 구호를 외치는 투사처럼 한껏 씩씩하고 자신 있게 목청을 돋웠다.

"나는……."

남편이 속삭이듯이 낮게 그러나 오장에 스미도록 저력 있는 목소리로 입을 열었다. 아내는 문득 남편의 넓고 반듯한 이마에서 그의 차가운 마음이 갈고 닦은 보석처럼 빛을 발하고 있는 것 같은 환각에 몸을 떨었다.

"나는 당신 일곱 살 때 누굴 죽이려 했다고 해도 상관하지 않겠소. 그렇지만 당신의 일곱 살로 남의 일곱 살을 헤아리지 말기를 바라오. 더군다나 우리 아들의 일곱 살을 헤아리고 간섭하는 건 절대로 용서할 수 없으니 그리 알아요."

말을 마친 남편이 다시 바둑판을 껴안으며 바둑책을 펴 들었다. 아이들 방에선 아이들이 텔레비전 채널 때문에 싸우는 소리가 들리다가 곧 고교야구를 중계하는 소리로 바뀌었다. 창밖의 풍경은 낯익고 정다웠다. 멀리 흐르는 듯 멎어 있는 듯 잔잔한 은빛 강과 강변을 향해 곤두박질치고 있는 빛깔도 모양도 색색가지의 지붕과 푸른 정원수들이 오후의 부드러운 햇빛 속에 새벽녘 구들목의 온기 같은 감칠맛 있는 따스함을 지니고 펼쳐져 있었다. 고즈넉하고 평화로운 풍경이었다.

"내가 왜 이러지?"

아내는 자신의 심상과는 너무나 이질적인 평화로움에 의해 비로소 제정신이 들었다. 그리고 방금 부린 추태를 생각하고 심한 수치감에 사로잡혔다. 그녀는 자신의 이런 혼란을 남편이 너그럽게 토닥거려주길 바랐다. 바둑판으로 쏟아져 내린 남편의 차갑고 반듯한 이마가 그녀의 이런 갈망을 냉소하는 것처럼 보여 그녀 역시 허둥지둥 배타적인 기품을 회복하고 뜨개질 거리를 집어들었다. 남편과의 사이가 지금보다 훨씬 부드럽고 달콤했을 적에도 그녀가 정말로 위로받고 싶을 때 위로받지 못하긴 마찬가지였다. 그녀는 위로받을 수 없다는 데 이골이 난 나머지 위로받을 필요가 없을 만큼 기가 센 여자로 스스로를 다스렸을 뿐 자기의 위로받고 싶은 마음이 가짜일 지도 모른다는 생각은 아예 하려 들지 않았다. 그녀가 참말로 위로받고 싶었다면 그녀의 일곱 살을 그렇게 꽁꽁 움켜쥐지는 않았을 것이다.

그녀에게도 일곱 살 적이 있었다. 일곱 살이 되기 전에 죽지 않는 한 어느 누구도 일곱 살을 피할 수 없듯이.

한수지의 일곱 살은 배고픔과 함께 시작됐다. 그녀의 일곱 살은 끔찍했다.

수지는 은행원 한남석 씨의 1남 2녀 중 가운데였다. 오빠 수철이는 한참 위였지만 동생 수인과는 두 살 터울이었다. 수인은 수인이란 이름보다는 '오목'이란 별명으로 더 많이 불렸다. 삼대독자인 한남석 씨는 맞선볼 때 여자의 얼굴보다는 엉덩이에 먼저 눈독을 들일 정도로 다산성의 아내를 원했다.

자기 대에서 자손을 크게 번창시켜야 한다는 특별한 사명감에 불타고 있었다. 첫 아들을 낳고 8년 만에 얻은 수지는 그런 대로 반가웠지만 한 해 걸러 또 딸인 데는 실망이 컸다. 이름도 안 짓고 출생신고도 안 하고 내버려두면서 다음에 아들 낳으면 둘을 함께 신고하면 된다고만 말했다. 이름 없는 딸은 오목조목 예쁘게 자라 엄마가 먼저 오목이라고 불렀고 어느 틈에 식구들이 다 그렇게 부르게 되었다.

 오목이는 네 살 때 비로소 수인이란 이름을 얻어가지고 한남석 씨의 2녀로 호적에 올랐다. 한남석 씨가 그의 호적에 2남 대신 2녀를 올리는 치욕을 감수할 수밖에 없었던 것은 오목이가 네 살이 되도록 아우를 못 본 까닭도 있었지만 가족수당이 빠져 그만큼 봉급에서 손해를 보기 때문이었다. 대대로 검약한 가풍에 이재에도 밝아 한남석 씨는 알부자로 소문나 있었다. 한남석 씨는 이런 소문을 매우 못마땅하게 여겨서 남 보기에 어렵게 살려고 애를 많이 썼다.

 한남석 씨가 자신이 알부자로 소문나는 데 속수무책이었던 것처럼 6·25가 나 세상이 살벌해지면서 알부자가 반동분자로 둔갑하는 것에도 속수무책이었다. 그 나이에 은행 대리라면 사회적 지위로 봐서 결코 남을 앞질렀다고는 볼 수 없었다. 한남석 씨로서는 오히려 남에게 여러 번 양보하고 밀려났다는 남모르는 열등감마저 품고 있었다.

 그러나 알부자라는 건 그 세상에선 곧 악질적인 착취 행위의 결과임을 면할 수 없었다. 그는 그들이 부드러운 미소의 가면을 쓰고 있던 동란 초기에 벌써 악질반동의 낙인이 찍혀 붙들려가서 매 맞고 풀려나기를 여러 번 되풀이했다. 다만 연명만이 기적 같은 나날이었다. 그러다가 전세가 결정적으로 그들에게 불리해지고 그들이 드러내놓고 그악스러워지면서 또다시 붙들려간 한남석 씨는 돌아오지 않았다. 알아볼 만한 그들의 기관은 이미 불타거나 철수해서 없어진 뒤였다. 그럴듯한 소문도 없이 한남석 씨는 감쪽같이 없어졌다. 세상의 종말처럼 시뻘겋게 불타는 하늘을 우러러 탄식하는 게 남은 식구들이 고작 할 수 있는 일이었다.

한남석 씨가 맞선보고 첫눈에 다산성이라고 점찍은 한 씨댁은 남 보기엔 다산성이면서 실상은 그렇지도 못한 여자가 항용 그렇듯이 무던하기만 하고 맺힌 데도 모진 데도 없는 여자였다. 올망졸망한 어린것들을 데리고 혼자 사느니 차라리 죽는 게 낫다고 생각했지만 저절로 죽어지기 전에 목숨을 끊을 만한 열녀적인 독기가 있는 것도 아니었다.

그녀는 석 달 동안에 겪은 일을 도무지 이해할 수 없었으므로 그저 꿈이었으면, 제발 꿈이었으면 하면서 꿈결처럼 몽롱하게, 꿈속처럼 책임 없이 하루하루를 이어갔다.

그들의 세상이 끝났건만 한 씨댁의 악몽은 끝나지 않았다. 그녀의 악몽은 그녀의 자구책 같은 거였다.

그들이 패주하면서 반동들을 쏴 죽여서 한꺼번에 쓸어넣은 구덩이가 뒷산에서 발견됐다는 소문이 역병처럼 흉흉하게 온 동네에 퍼졌다. 행방불명된 사람들의 가족이 시신이라도 확인하려고, 아니 시신만은 안 돼 있음을 믿어보려고 핏발 선 눈을 부릅뜨고 너도나도 뒷산으로 치닫는데 한 씨댁이 단신 따라나선 것도 용기라기보다는 꿈속 같은 몽롱한 의식 때문이었다.

구덩이는 그 속엣것이 여기저기서 비죽댈 만큼 얇게 덮여 있어서 발견하기도 쉬웠고 파헤치기도 쉬웠다. 죽은 사람들은 차곡차곡 누워 있기도 하고, 곤추서거나 물구나무서 있기도 했고 절반으로 꺾여 있기도 했다. 아직도 안 죽은 사람이 불사조처럼 목청껏 울며 사지를 퍼득대며 살아나기도 했다. 여러 사람이 힘을 합해 죽은 사람을 땅 위로 끌어올려 한 줄로 뉘었다. 죽어서 하늘 보는 무수한 사람 속에 한남석 씨는 섞여 있지 않았다.

그 끔찍한 역사를 위해 힘을 합쳤던 사람들이 희망과 절망으로 양분됐다. 같은 목적으로 차마 못할 어려운 일을 함께한 집단 사이의 이런 분열은 믿을 수 없을 만큼 순식간에 이루어졌고 잔혹하리만치 선명했다. 시신의 무더기 속에서 자기 식구를 발견한 사람은 절망의 통곡을 하고 못 발견한 사람은 새로운 희망에 부풀어 남의 통곡을 반주 삼아 발걸음도 가볍게 그곳을 등졌다. 죽음에 비해 행방불명은 너무도 찬란한 희망이었다.

한 씨댁의 몽롱한 의식은 경련하듯이 세차게 기쁨을 느꼈다. 그러나 곧 그들의 손아귀 속에서 살아 있다는 게 무엇을 뜻하는지 깨달으면서 절망적인 공포감에 사로잡혔다. 몇 번 붙들려갔다가 풀려났다가 하는 사이에 한남석 씨의 심신이 얼마나 엉망으로 망가져 있나를 한 씨댁은 누구보다도 잘 알고 있었다.

희망도 절망도 할 수 없는 상태, 희망과 절망에서 사정없이 육신을 찢기는 것 같은 고통 때문에 그녀는 거의 아이들을 돌보지 않았다. 아이들 때문에라도 정신차리고 몸을 돌봐야 한다고 친척들이 격려도 하고 타이르기도 했지만 한 씨댁에겐 아이들이 조금도 위로가 되지 않았다.

수복된 서울의 가을은 순식간에 가고 동짓날 설한풍이 미리 몰아

치면서 중공군의 개입으로 전세가 다시 불리해졌다. 군이 작전상 후퇴를 거듭하자 서울 사람들도 미리미리 피난 보따리를 챙기기 시작했다. 수원 못미처 농촌의 부농인 한 씨댁의 친정에서 딸의 갑작스러운 불행을 보고만 있을 수 없었던지 우선 그쪽으로 합쳐서 전세를 관망하자고 제안해왔다. 한 씨댁은 마다할 이유도 기력도 없었다. 아이들을 최소한으로 입히고 먹이는 일마저 힘겹고 귀찮아서 거두고 사랑하는 일은 숫제 포기 상태였다. 그런 일을 떠맡기기엔 친정처럼 만만한 데도 없었다.

그러나 합치고 보니 대식구였다. 전세는 날로 우리에게 불리해져 서울 사는 일가붙이들이 그 집을 정거장 삼아 모여서 숨을 돌리기도 하고 전세를 점치기도 했다. 여름의 경험으로 일단 한강만 건너면 누구나 숨을 돌리고 느긋해질 수가 있었다.

한 씨댁의 친정집에선 인심 좋은 부농답게 아무리 많은 군식구가 북적대도 싫은 내색 안 하고 배불리 먹이고 등 뜨뜻하게 재웠다. 끼니마다 두리기상이 여기저기 놓이고 고봉으로 담은 구수한 잡곡밥과 우거짓국과 짭짤한 김치 깍두기가 푸짐하게 나왔다.

누구나 배불리 먹을 수 있었음에도 불구하고 사람들은 먹자마자 곧 헛헛해했다. 어른들은 그래도 체면이라는 게 있어서 제 몫의 밥 한 그릇을 비우고는 남기기가 뭣해서 억지로 다 먹은 척이라도 할 수 있었지만 아이들의 헛헛증은 적나라했다.

끼니를 못 참고 걸근대다가 끼니때가 되면 남의 밥그릇까지 탐내는, 문자 그대로 아귀다툼이 벌어졌다. 먹어도 먹어도 허기가 진 아이들은 몸은 비쩍 마르고 배만 맹꽁이처럼 불렀다. 수지도 오목이도 그런 아이들이었다. 이들 자매는 그래도 이 집 군식구들 중에선 가장 가까운 외손녀들이어서 외할머니가 끼니 외에도 구메구메 주전부리까지 시켰음에도 불구하고 그 밑 빠진 허기증은 오히려 다른 아이들보다 더하면 더했다.

남편을 졸지에 잃은 슬픔과 수많은 비명의 죽음을 목격한 충격에서 아직 헤어나지 못한 한 씨댁은 아이들을 돌보는 일을 거의 포기하고 있었다. 애정의 공백 상태가 수지와 오목의 허기증을 곱절로 만들고 있는지도 몰랐다.

"난리가 나면 어른은 배곯아 죽고 아이들은 배 터져 죽는다더니……."

어른들은 끼니 때마다 게 눈 감추듯이 제 밥그릇을 비우고 어른 밥그릇을 넘보는 아이들을 이렇게 개탄하면서도 몇 숟갈의 밥을 자식들을 위해 덜어주는 걸 잊지 않았다. 그러나 수지네 삼 남매에겐 그렇게 해줄 어른이 없었다.

맏이인 수철이는 이미 중학생이고 또 자존심이 대단한 소년이어서 이 까닭 모를 아귀다툼에서 초연할 수가 있었다. 그러나 초연할 수 있는 게 고작일 뿐 누이동생들을 돌볼 만하진 못했다. 돌보기는커녕 걸신들린 누이동생 때문에 자존심이 상한 나머지 누이동생들을 미워했고 어떻게든 못 본 척 피하려고만 들었다.

자연히 어린 수지와 오목이가 서로 의지할 수밖에 없었다. 그러나 허기증을 다스리는 방법은 둘이 전혀 달랐다. 수지는 밥이나 군

것질을 될 수 있는 대로 아껴가며 오래 먹음으로써 먹는 즐거움을 오래도록 즐기려 들었고 오목이는 눈을 까뒤집고 먹이를 한꺼번에 삼키고 나서 남의 것까지 빼앗아 자기 배 속에 양적으로 많이 처넣는 것을 수로 삼았다. 오목이의 이런 그악스러운 허기증에 가장 많이 당하는 건 수지였다. 눈 깜빡할 새 제 밥그릇을 비운 오목이는 수지의 밥그릇에 코를 박았고 하나씩 나누어준 찐고구마도 막무가내 둘을 먹으려고 들었다.

어른들은 자기나 자기 아이가 오목이에게 빼앗기지 않기 위해서 수지가 빼앗기도록 부추기었다.

"세상에 수진 착하기도 하지. 동생하고 나눠 먹는 것 좀 봐."

어른들은 이렇게 수지가 오목이한테 빼앗기는 것을 신통한 재롱 보듯이 즐겼다. 또,

"수지 좀 봐라. 두 살 터울밖에 안 되는 동생한테 언니 노릇을 얼마나 잘하나. 기특하고 앙증맞기도 하지."

이렇게 자기 자식을 타이르는 데 수지를 본보기로 삼기도 했다. 수지는 보통 아이였다. 갑작스러운 애정의 공백 상태에서 오목이와 마찬가지로 심한 허기증을 앓고 있는 보통 아이지 어른들이 추켜세우는 것처럼 특별히 착한 아이가 아니었다. 보통 아이이기 때문에 어른들이 만들어준 착한 아이 노릇을 그만둘 수도 없었다. 수지는 마치 몰이꾼에게 몰리듯이 착한 아이 노릇에 몰리고 있을 뿐이었다.

오목이만 없으면 얼마나 좋을까? 착한 아이 노릇에 지친 수지는

문득 이렇게 생각했다. 그런 방정맞은 생각은 한번 떠오르기가 잘못이었다.

뒷간에까지 졸졸 따라다니며 온갖 시중을 다 시키고, 얻어맞고는 역성을 들어달라고 보채고, 빼앗기고는 빼앗아달라고 들들 볶아먹고도 부족해 언니의 먹을 거란 먹을 것은 당연한 권리처럼 약탈해가는 동생으로부터 해방된다는 것은 상상만으로도 날아갈 듯한 기쁨을 느꼈다. 수지는 그 기쁨에서 본능적으로 어둡고 두려운 것, 죄의 냄새 같은 걸 맡았기 때문에 그 기쁨을 자제하려 들었다. 그러나 일곱 살 먹은 계집애가 스스로 억제하기엔 벅찰 만큼 격렬하고 매혹적인 게 그 기쁨 속엔 있었다.

수지는 자주자주 그 기쁨을 맛보았다. 아니 기쁨에 휘둘렸다.

아무리 좋은 소리 아름다운 노래도 거듭해서 들으면 싫어진다고 한다. 아무리 기발한 상상도 되풀이하는 사이에 시들해지게 마련이다.

그러나 오목이만 없었으면 하는 공상에 따르는 기쁨은 거듭될수록 새로워졌다. 그 속에 감추어진 죄의 냄새 때문이었다. 마치 음식에 섞인 알맞은 향신료가 입맛을 새롭게 하듯이.

남 보기에 수지는 변함없이 오목이의 착하고 어른스러운 언니였다. 제 몫까지 오목이에게 먹이고 오목이를 역성들고, 오목이의 온갖 생떼와 응석을 받아주었다. 어른들은 이런 수지를 칭찬하고 부추기는 것만 갖고는 미안했던지 오목이를 미워하기 시작했다. 착한 것을 괴롭히는 것을 미워하는 것으로 착한 것에 대한 거룩한 의리를 지킨 것처럼 자위하려는 것 같았다. 어른들은 오목이를 징그러운 짐승 보듯이 노골적으로 싫어하는 시선으로 바라보았고 으슥한 곳에서 오목이를 주먹질하거나 모질게 알밤을 먹이기도 했다.

그러다가 만일 수지한테 들키면 일대 소동이 벌어졌고 어른들은 크게 망신을 당해야만 했다. 오목이한테 순하고 착한 언니일 뿐 아니라 오목이를 괴롭히거나 해치려는 어떤 힘에도 수지는 가차 없이 용감했다.

오목이에게 눈흘긴 어른의 눈을 더욱 불타는 눈으로 노려보았고, 오목이를 주먹질한 어른의 손을 앙칼지게 할퀴거나 물어뜯기도 했다. 그럴수록 오목이는 나쁜 아이가 되고 수지는 착한 아이가 되었다.

아무도 수지가 그런 방법으로 오목이만 없었으면 하는 자신의 마음과 싸우고 있다는 걸 알지 못했다. 수지의 싸움은 여의치 않았다. 어린 마음에 결코 그런 계산까지 한 게 아니었건만 결과적으로 자신의 나쁜 마음을 교묘하게 은폐하고 오히려 남들의 동의를 얻어내고 있었다. 수지는 남들도 다 오목이를 미워하고 오목이가 없기를 바라고 있다는 걸 알아내고 싶었던 것이다.

엄마의 무관심과 여러 사람의 미움 속에서 오목이는 더욱 먹어도 먹어도 허기가 지는 아귀가 돼갔다. 외할머니까지도 오목이의 맹꽁이처럼 부른 배를 마치 자귀가 난 짐승의 배 보듯이 징그럽게 바라보며 진저리를 치는 게 고작이었다.

작전상 서울까지 내놓았다는 소식과 함께 마을이 술렁거리기 시작했다. 수지네 외가에 머물고 있던 사람들은 더 남쪽으로 내려가기 위해 보따리를 싸고, 마지막으로 서울을 뜬 피난민들이 대량으로 마을을 통과했다. 날씨는 표독하리만치 추운데 어느새 해가 바뀌어 수지는 일곱 살, 오목이도 다섯 살이 돼 있었다.

수지네 외가에 머물러 있던 친척들은 더 남쪽으로 내려가기 위해 모조리 떠났다. 외가 식구들 중에는 젊은이는 미리 떠나고 외할머니와 수지네 네 식구만이 남게 되었다. 그렇다고 집이 빈 건 아니었다. 막판에 서울을 비운 피난민들이 물밀 듯이 밀려와 날 저물면 빈 방, 헛간, 추녀 끝 가리지 않고 드새고 날 밝으면 떠났다. 외할머니가 끝까지 집에 남아 있던 것도 그들 마지막 피난민들로부터 가산과 양식을 지켜보려는 집념 때문이었다.

이런 북새통에 수지는 오목이 손목을 잡고 외갓집을 빠져나왔다. 어디나 사람들이 넘치고 있었다. 이고 지고 손수레를 끄는 사람들이 모두 같은 방향으로 끝없이 이동하고 있었다. 마치 격류처럼 더불어 흐르는 방향을 감히 거스르는 사람은 아무도 없었다. 빈사의 늙은이를 남의 집 추녀 끝에 남겨놓고 떠난 식구들도 있었다. 엄마의 치마꼬리를 놓친 아이가 목이 쉬게 울부짖어도 한 번 간 엄마는 돌아오지 않았다. 아이를 업고 보따리를 인 여자가 보따리만 이고 진 여자를 보고 무자식상팔자라고 부러워하기도 했다.

수지는 이 모든 것을 눈여겨보며 오목이 손목을 잡고 자꾸만 집에서 멀어졌다.

"언니야, 그만 집에 가자. 배고프다."

오목이가 불안한지 보채기 시작했다.

"조금만 참아. 언니가 떡도 사주고 엿도 사줄게."

수지는 오목이에게 살짝 돈까지 보여주며 달랬다. 먹을 것을 사준다는 바람에 마지못해 끌려오던 오목이의 발길이 씩씩해졌다. 그러나 곧 다시 보채기 시작했다.

"흥, 배고파, 떡 어딨어? 엿장수도 없잖아?"

"조금만 참아, 그런 건 다 시장에 가야 있으니까. 곧 시장이 나올 거야."

오목이의 발걸음이 다시 씩씩해졌다. 그러나 곧 또 보채기 시작했다.

"언니야, 집에 가자. 배고프고 춥다."

수지는 말없이 자기가 입고 있던 윗도리를 하나 벗어서 오목이에게 더 입히고 장갑까지 벗어서 덧끼워줬다. 그러면서 농촌을 벗어나 그들이 살던 서울처럼 길이 넓고 집들이 붙어 있는 대처로 들어서게 됐다. 대처는 그 대처가 생긴 이래 그렇게 많은 사람을 받아들여보기가 처음인 듯 무질서와 아비규환에 속수무책인 채였지만 그런 혼란과 아우성은 어딘지 내리막길이었다. 왜냐하면 몰려든 피난민들은 잠시도 거기서 머물러 있으려 들지 않고 앞을 다투어 그곳을 벗어나 더 남쪽으로 내려가려 들었고 빠져나가는 수에 비해 몰려드는 수가 현저히 줄어들고 있었으니 말이다.

남쪽으로 내닫는 피난민들의 발길은 마치 사신의 차가운 손이 곧 덜미를 잡을 것처럼 황망해져 어떤 일에도 망설이거나 뒤돌아보지 않았다. 설사 피난 보따리 중 가장 귀한 거, 자기 자식을 빠뜨렸대도 뒤돌아보지 않았다.

수지는 그 난리통에 식구들을 잃은 아이를 여럿 눈여겨보았다. 대처는 대처답게 그 난리통에도 떡장수도 있고 엿장수도 있었다. 수지는 떡과 엿을 사서 동생에게 주었다. 오목이는 그것을 아귀아귀 먹어치웠다.

수지는 속주머니에서 작은 노리개를 하나 꺼냈다. 은으로 된 작은 표주박 모양에다 칠보를 입힌 것으로 수지가 돌 때 찬 수염낭에 할머니가 달아준 서너 가지의 노리개 중 그때까지 남아 있는 단 하나의 것이었다.

할머니는 그 노리개들을 수지의 염낭에 달아주면서 느이 고모 돌 때 달아주었던 거란 감상 어린 말을 부언했지만 수지가 돌 때 일을 기억하고 있을 리는 만무했다. 세상이 평화로울 때의 한 씨댁 역시 대수롭지 않은 물건도 유래를 따져 소중히 간직할 만큼 섬세한 성품은 못 되었다. 아무렇게나 굴려서 다 없어지고 은 표주박 하나가 경대 서랍에 굴러다니던 걸 수지가 소꿉장난할 때 가지고 놀게 되었다. 수지 역시 피난길에까지 그것을 가지고 다닌 건 그것이 무슨 보물이라고 생각해서가 아니라 오목이가 그것을 몹시 갖고 싶어하기 때문이었다. 그 은 표주박은 오목이가 먹을 거 외에 탐낸 단 하나의 것이었고, 수지가 오목이에게 끝내 양보하지 않은 단 하나의 것이었다.

실상 일곱 살이란 나이는, 어른도 먹을 것이라면 덮어놓고 치사스러워질 수밖에 없는 난리통에 두 살 터울밖에 안 되는 동생에게 먹을 것을 모조리 양보하고 의젓하기엔 가당치도 않은 나이였다. 겉으로 착한 언니 노릇을 제 아무리 훌륭하게 연기했다고 해도 속으로 상처까지 없을 수 없었다. 수지는 오목이가 먹을 것 외에 갖고 싶어하는 단 하나의 것을 양보하지 않음으로써 스스로의 상처를 달래려 들었다.

 수지가 그것만은 내주지 않을 거라는 게 너무도 확실하기 때문에 오목이도 그것을 갖고 싶은 것만은 잘 참아냈다. 참을수록 그건 대단한 보물이 돼갔다. 두 계집애의 미묘한 갈등이 꼭 은행알만 한 은표주박에게 값으로 따질 수 없는 진귀한 보물 노릇을 시키고 있었다. 오목이는 그걸 한번 만져보는 꿈을 자주 꾸었고 수지는 그걸 잃어버리는 꿈을 꾸었다. 오목이에게 길몽이 수지에겐 흉몽이었다.

 그 대단한 은 표주박 노리개를 꺼내 보는 수지의 얼굴에 마음이 얼음장 같은 어른의 미소가 감돌았다. 그게 보물이 아니란 극비를 실은 진작부터 알고 있었다는 듯이 노련한 표정이었다.

 그러나 곧 먹을 것을 빼앗길 때 같은 애처로운 체념과 언니다운 양보심을 최대한으로 발휘한 착하디착한 얼굴로 그것을 오목이 손아귀에 쥐어주었다.

 "너 가져."

 오목이는 악착같이 휘어잡았던 언니의 옷자락을 스르르 놓고 두 손으로 그것을 받았다. 그게 뭐라는 걸 확인하자 그걸 가지라는 말이 믿기지 않아 언니를 쳐다보았다.

"언니야, 뭐라구?"
"너 가지라니까."
"정말?"
오목이는 그 꿈같은 사실에 도취해서 청홍의 칠보 무늬가 신비하게 반짝이는 은 표주박을 두 손으로 애무했다. 오목조목한 예쁜 얼굴이 기쁨으로 빛난다.
마지막 피난민의 물결이 격랑처럼 드센 한가운데에서의 일이었다. 수지는 자연스럽게 오목이의 손목을 놓쳤다. 혼자가 된 수지는 허둥지둥 사람 사이에 휩싸여 오목이로부터 멀어졌다. 너무 서둘다가 하마터면 고꾸라져서 어른들의 발길에 짓밟힐 뻔하기도 했다.
동생의 손목을 놓치고 따로따로가 된 지 얼마 만인지 문득 수지는 동생을 부르기 시작했다.
"수인아, 수인아."
이미 동생과는 멀어질 대로 멀어진 뒤였지만 동생이 가까이에 있대도 알아듣지 못했을 것이다. 수인은 동생의 본명이었지만 호적에만 그렇게 올랐을 뿐, 식구들 사이에서도 그 이름으로 동생을 부른 적이 거의 없었기 때문이다.
"수인아, 수인아."
수지는 거의 울상이 되어 목멘 소리로 동생을 찾아 헤맸다. 오목이란 입에 오른 호칭 대신 호적상의 이름이 왜 하필 그때 떠올랐는지 모를 일이었다. 그 이름은 황망 중 생급스럽게 떠오른 이름 같기도 하고 미리미리 계획된 용의주도한 음모의 일환 같기도 했다.

뜨거운 피가 흐르는 심장에 차가운 비수가 꽂히듯이 무참하게 간교한 지혜가 자신을 관통하는 것을 수지는 어린 마음에도 분명히 느끼고 있었다.

"수인아, 수인아."

수지의 목멘 목소리는 슬픈 울음으로 바뀌었지만 끝내 수인을 오목으로 바꾸어 부르진 않았다.

수지는 동생을 찾아 끝없이 헤매는 것 같으면서도 착실하게 집을 향해 귀환하고 있었다. 앞을 다투어 남으로 남으로 밀리고 있는 피난민들은 수지의 울부짖음에 무관심했다. 누굴 찾니? 하고 물어보는 어른도 없었다. 피난의 행렬을 홀로 역행하고 있는 작은 계집애를 짓밟고 지나가지 않는 것만 다행이었다.

수지가 외가로 돌아왔을 때 마지막까지 남아 있던 외할머니와 수지네 식구들도 피난을 떠나려고 보따리를 이고 진 채 수지와 오목이가 없어져서 난리였다. 수철이는 그동안의 조바심을 분풀이하느라고 다짜고짜 수지를 때리기부터 했다. 외할머니가 수지를 감싸며 오목이의 행방을 물었다.

수지는 목쉰 목소리로 울고 발버둥쳤다. 수지의 몰골은 말이 아니었다. 윗도리와 장갑까지 동생에게 이미 벗어주었기 때문에 몸은 꽁꽁 얼고 얼굴은 푸릇푸릇 동상에 걸린 채 너무 울고 상심해서 몰라보게 오그라들었고 눈은 불안과 죄책감으로 심하게 흔들리고 있었다. 대답 대신 계속해서 울고 몸부림치기만 했지만 어른들은 사태를 대강 알아차리게 됐다.

"수지야, 오목이년 등쌀에 장거리까지 나갔다가 그만 북새통에 고년을 잃어버린 게로구나. 이 노릇을 어쩌지? 하필 이 통에 애가 없어질 게 뭐람. 고년은 끝내 애물이라니께."

어른들 판단으로 수지의 잘못은 아무것도 없었다. 오목이를 나무라는 일방 어른들은 결코 피난길을 늦추려 들지 않았다. 마을은 이미 텅 비어 있었다. 중공군이 얼마나 잔인하다는 소문은 팔순의 앉은뱅이 노파가 육순의 아들의 지게에 올라앉아 피난을 떠나게 했다.

그들은 딸 하나를 잃은 것보다 마지막 피난의 대열에서 뒤처져 중공군에게 덜미를 잡히는 게 더 무서웠다.

"자아, 떠나자. 오목이는 가면서 찾을 수밖에 없지 않겠니?"

외할머니가 마녀처럼 냉담하고 간교하게 명령했다. 얼이 빠져 등신이 다 된 한 씨댁은 아무것도 주장하지 않았다. 기진해서 일단 너두룩했던 수지가 다시 까무러칠 듯이 울고 몸부림쳤다. 동생을 못 찾은 채 차마 못 떠나겠다는 수지의 비통한 항거에 할머니도 감동해서 눈물을 찍어냈다.

"오목이년 극성도 유별났지만 수지가 동생 아끼는 우애도 예사롭지 않더니만. 원, 이런 생이별이 있으려고 어린것들이 그랬나?"

할머니는 벌써 오목이와의 생이별을 기정사실로 삼으면서 이렇게 잠깐 심란해했다.

수지는 더욱더욱 서럽게 울었다. 수지의 비탄은 지나가던 남이라도 잠시 발길을 멈추고 덩달아 서러워해주고 싶을 만큼 절절했다.

그러나 난리통이었다. 선택은 죽기 아니면 살기가 있을 뿐이었다. 살기 위한 선택은 아무리 비인간적이라도 정당했다.

"떠나라."

할머니가 최후통첩처럼 엄격하게 말했다. 수철이가 수지를 잡아끌었다. 수지는 엄청난 슬픔과 자책 끝에 정신이 나간 것처럼 멍한 얼굴로 허청허청 끌려갔다.

가끔 목구멍으로 끄륵끄륵 이상한 소리를 내며 혹시나 하는 표정으로 주위를 두리번대며 동생을 찾는 일을 단념 못 할 때마다 할머니도 덩달아 쉿된 소리를 냈다.

"오목아, 오목아."

그러나 아이만도 못하기가 싫어서 괜히 그래 보는 말막음에 지나지 않았다. 이미 피난민은 드문드문해져 길 잃은 아이가 휩쓸려 다닐 만하지 않았다. 할머니도 수지도 똑같이 거짓말쟁이였다. 다만 할머니의 거짓이 허술한 데 비해 수지의 거짓은 완벽했다. 수지는 문득문득 자기 자신까지 속여먹을 수가 있었다. 길 잃고 헤맬 오목이를 생각할 때마다 치받치는 설움은 절절했고 가슴을 에는 가책도 동생을 놓쳤기 때문이지 일부러 놓았기 때문이 아니었다.

실상 그 판국에 어서어서 사지를 벗어나 살길을 찾아야 한다는 집념 외의 것은 모조리 거짓이라도 그만이었다. 살길은 오로지 어서어서 발길을 재촉해 앞서간 피난의 대열을 좇는 일뿐이었다. 난리통에 고립된다는 것처럼 무서운 일은 없었다. 오목이를 잃어버리는 일이 그토록 수월할 수 있었던가, 생전 처음 볼 만큼 많은 사람들의 아비규환 때문이었는데 언제 그랬더냐 싶게 국도는 쓸쓸하게 비어 있었다. 국도까지만 나가면 피난의 대열에 낄 수 있으리라고 생각했던 수지네 식구들은 크게 낙담했다.

"오목이 고년 때문이라니까. 잘 없어졌다. 그런 애물은."

할머니는 그들이 낙오하게 된 탓을 오목이에게 뒤집어씌우며 저주도 서슴지 않았다. 그들처럼 처진 피난민이 아주 없는 건 아니었다. 드문드문 만났다가도 곧 헤어졌다. 황망히 그들을 앞질러갔기 때문이다. 그들은 수지 때문에 아무래도 어른들끼리의 걸음만 못했다. 그럴 때마다 할머니는 오목이가 없어진 걸 터놓고 다행스러워했다.

"오목이 고년 잘 없어졌지. 걸리기에도 업고 가기에도 반지빠른 나이거든."

피난통에 다섯 살이란 나이는 걸릴 수도 업을 수도 없는 애매한 나이라는 의미밖에 지니지 못한다는 데 수지는 전율했다. 그러나 곧 속으로 미소하며 편안해졌다. 자기 역시 일곱 살이 된 지 며칠 안 됐고 걸음이 시원치 않아 지금 식구들을 뒤처지게 하고 있었다. 자기 역시 할머니가 마음 한번 먹기 따라서 얼마든지 내버려질 수도 있다는 생각이 수지를 두렵게 하기는커녕 오히려 편안하게 했다. 수지는 좀 전에 혼자서 감쪽같이 저지른 나쁜 짓의 유력한 공모자를 얻은 기분이었다. 난리통의 모든 사람들은 공모자였다. 인두겁을 쓴 짐승이었다.

좋은 세상 같으면 일곱 살 먹은 계집애의 상식으로 도저히 받아들일 수 없는 걸 수지는 순식간에 쉽게 받아들였다.

이제 드문드문 만날 수 있었던 피난민조차 만날 수 없게 됐다. 앞뒤로 희게 뻗은 국도가 턱없이 광활하게 느껴지면서 네 식구의 마지막 피난민은 피난을 가고 있는 게 아니라 국도의 소실점이 끌어잡아당기고 있는 것처럼 의식 없이 일정한 보조로 앞으로 가고 있었다.

수지는 수철이에게 무섭다고 말하려다 말고 참았다. 잔뜩 경직돼 있는 수철이의 모습이 자신의 무서움증을 참기에도 힘겨워 보였기 때문이다. 엄마도 할머니도 마찬가지였다. 제각기의 몸무게만큼, 아니 먹은 나이만큼의 무서움에 짓눌리고 있는 것처럼 보였다.

문득 수지네 식구는 한 떼의 피난민과 섞이게 되었다. 땅에서 솟은 것처럼 갑작스러운 일이었다. 사람이 몹시 그리웠었는데도 막상 사람들을 만나니 조금도 반갑지 않았다. 막연하면서도 확실하게 그들은 불길한 냄새를 지니고 있었다. 헤어져 다시 고립되고 싶었다. 그러나 그들의 보조는 수지네와 똑같아서 좀처럼 헤어질 수조차 없을 것 같았다.

수지네 식구는 서로 똘똘 뭉쳐서 서로의 무서움증을 확인하는 게 고작이었다. 무서움증이 더 이상 참을 수 없이 고조됐을 때였다.

어디선지 비행기 한 대가 날아왔다. 공기가 온통 쇠붙이로 돼 있는 것처럼 한 대의 비행기가 공기와 마찰하는 소리는 지긋지긋한 쇳소리였다.

순식간에 새로 만난 피난민들은 온데간데없어지고 영문 모를 쇳소리에 혼비백산한 수지네 식구들만이 우왕좌왕하기도 하고 펄쩍

펄쩍 뛰기도 했다. 마치 국도가 커다란 키가 되어 가련한 네 식구를 들까불고 있는 것처럼 보였다.

그러나 그것도 잠시 잠깐의 일이고 비행기가 엄청난 크기로 확대되면서 그들을 겨냥하고 달려든다고 느끼면서 그들은 제각기의 서 있던 자리에 납작하게 엎드렸다. 기총소사의 굉음도 그 뒤의 정적도 꿈만 같았다.

감쪽같이 없어졌던 피난민들이 다시 땅에서 솟은 것처럼 우뚝우뚝 일어나 아무 일도 없었던 양 앞으로 전진했다. 다시 고립됐다고 느끼면서 비로소 식구들을 찾기 시작했다.

네 식구 중 한 명, 엄마가 죽어 있었다. 한 씨댁의 죽음은 참혹했다. 할머니와 오빠가 몸부림쳐 우는데도 수지는 따라 울지 않았다.

천벌이다! 아아, 천벌이다.

수지는 말똥말똥한 정신으로 자기가 천애의 고아가 됐음을 이렇게 받아들였다. 그것은 차마 눈 뜨고는 못 볼 참상이었음에도 불구하고 수지는 말똥말똥한 시선으로 그것을 보았고 비로소 속속들이 편안해지고 있었다. 나쁜 짓을 하고 응분의 벌을 받았을 때처럼.

그 후 나이 먹음에 따라 다만 먹을 것을 빼앗기는 게 싫어서 동생을 일부러 내다버렸다는 걸 도저히 믿을 수 없을 때가 종종 있었다. 일곱 살에 차마 그럴 수 없는 일이었다.

더군다나 그 후 난리가 끝나고 세상이 점점 살기 좋아짐에 따라 일곱 살을 그런 아귀귀신으로 만든 굶주림의 기억도 아득해졌다.

일곱 살은 천사의 나이였다. 길에서 만난 거지 노인이나 엄마나 언니한테 말로만 들은 전쟁고아가 불쌍해서 그해의 세뱃돈이 든 저금통을 서슴지 않고 깨는 천사의 나이였다.

실상 누구의 일곱 살이나 다 그렇듯이 수지의 일곱 살 적 일도 그렇게 똑똑하게 생각나는 건 아니었다. 동생의 손을 놓쳤는지 일부러 놓았는지 갈수록 아리송했다.

옆에 아무리 눈 밝은 목격자가 있었다 해도 그걸 정확하게 증명할 수는 없었을 것이다. 난리 중의 혼잡 속에서 동생의 손을 놓은 게 아니라 놓쳤다고 생각할 수도 얼마든지 있었다. 그때의 상황으로 보나 그때의 연령으로 보나 놓은 것보다는 놓친 게 훨씬 자연스러웠다.

실지로 그렇게 해서 생긴 이산가족들은 의외로 그 수효가 많았고 서로 찾아 헤매는 애타는 목소리가 난리가 끝나고도 몇 년 동안이나 이 나라 방방곡곡에 메아리치고 있었다. 어떤 신문은 이산가족 찾아주기를 신문의 명예를 건 대사업으로 삼고, 그 사람들의 애절한 호소와, 기다리다 지친 얼굴과 서로를 확인할 수 있을 만한 단서를 한데 모아 넓은 지면을 아낌없이 할애하기도 했다.

매주 우표딱지보다도 더 작은 가족 찾는 사진이 신문의 두 면을 촘촘히 채워도 가족을 잃은 사람들은 무진장으로 나타났고 그 기사를 통해 가족을 찾는 행운아는 어쩌다가 있었다. 그것만 보아도 난리통엔 식구를 잃는다는 큰일도 얼마든지 다반사일 수 있다는 걸 알 수 있었다.

벌써 태평성세에 길들여진 사람들은 창경원에 벚꽃만 만발해도 자식을 미아로 만드는 머저리가 돼가는 판국이었다. 전쟁은 언제 있었더냐 싶은 옛날얘기였다.

수지가 오목이 손을 놓쳤는지 놓았는지 그 한계는 모호했고 그걸 알고 싶어하는 사람도 처음부터 없었다. 수지는 자기 자신만 속여먹을 수 있으면 속 편할 수 있었다.

그러나 수지에게 가장 어려운 일은 바로 자신을 속이는 일이었다. 오목이를 일부러 놓았는지 북새통에 놓쳤는지 기억나지 않는 게 사실이더라도 엄마의 참사를 보고 천벌이다라고 생각한 것은 그녀의 의식에 찍힌 죽도록 지울 수 없는 낙인이었다.

그 나이에 그토록 말똥말똥한 의식으로 그런 참사를 직시하고 천벌로서 순종할 수 있었다면, 천벌받을 짓을 저질렀음을 의심할 여지가 없었다.

고로 수지는 오목이를 놓친 게 아니라 놓은 거였고, 어린 마음에 선악의 의식 없이 놓은 게 아니라 충분한 죄의식을 가지고 저지른 것이었다. 그건 비록 아무도 모르는 일이지만 변명할 여지 없이 확실한 죄악이었다. 수지가 자신의 일곱 살을 꼭꼭 움켜쥐고 그 누구에게도 펴보이지 않으려는 것도 그런 까닭이었다.

"옛날 옛적 중국의 춘추전국시대, 조趙라는 나라가 있었는데 한나라 위나라의 연합군이 쳐들어와 도성을 포위했다. 도성이 포위된 지 1년, 도성 사람들은 굶주릴 대로 굶주려 아귀가 됨에 마침내 서로 자식을 바꾸어가며 잡아서 먹이로 삼았다."

역사 시간에 학생들이 졸면 역사 선생님은 이렇게 괴기한 옛날얘기를 곁들였다.

여학생들은 꺄악 하고 일제히 비명을 지르고 몸서리를 치고 어떤 아이는 혐오감을 못 이겨 헛구역질을 다 했다. 그러나 수지는 그런 얘기가 조금도 신기하거나 재미있지 않았다. 아이들의 놀라움이 유치한 허풍으로밖에 안 보였다. 그녀 역시 옛날에 한 숟갈의 밥을 덜어내기가 싫어서, 한 개의 고구마를 빼앗기는 게 아까워서 아무도 모르게 동생을 내다버린 적이 있기 때문이었다.

2

숨바꼭질

시내버스가 '오누이의 집'이 있는 언덕 밑까지 연장운행되고 있었다.

작년 이맘때까지만 해도 버스 종점에서 '오누이의 집'까지는 10리 길은 족히 되는 시골길이었다. 그 시골길이 1년 만에 도로가 되어 있었다. 아직 포장은 안 됐지만 넓고 곧게 뻗어 버스가 지날 때마다 휘발유 냄새 섞인 먼지를 들판에 확산했다.

길이 도로가 됐다는 것 말고 '오누이의 집'이 있는 동네가 달라진 건 별로 없었다. 서울 근교에서 흔히 볼 수 있는 초가집과 기와집이 반반 가량인 작은 마을로 들어가는 어귀에 염색공장과 잡화상과 지서와 신문보급소가 있었더랬는데 염색공장이 버스 종점으로 바뀐 것 정도가 눈에 띄는 변화의 전부였다.

염색공장 때문에 마을 앞을 흐르는 개천물은 화필을 빤 물처럼 복잡스러운 구정물이었는데 염색공장이 없어지고 나서도 조금도 맑아진 것 같지 않았다. 버스 종점 때문인지 상류에 딴 공장이라도 생겼는지, 물감 대신 휘발유 냄새와 기름 찌꺼기가 새롭게 개천을 오염시키고 있었다.

흙먼지나 개천뿐이 아니었다. 공기 중에도 휘발유 냄새는 골고루 스며 있었다. 휘발유로 움직이는 탈것이 날로 늘어나 바야흐로 교통지옥을 이룬 서울 한복판보다 차라리 더 진하고 역겨운 휘발유 냄새였다.

도시가 농촌보다 한발 앞서 전진戰塵을 씻고 급속한 건설과 복구에 성공하고 바야흐로 번영의 단계로 접어들면서 탐욕스럽게 도시권을 넓혀갈 60년대 중반이었다.

수지는 눈부시게 아름다운 여대생으로 성장해 있었다. 몸매는 늘씬하면서도 강인해 보였고 상대방을 거침없이 직시하는 동자가 큰 눈엔 생기와 지성이 함께 넘치고 있었고, 깨끗하고 결이 고운 살갗 때문인지 선이 우아한 입술이 꽃잎처럼 돋보였다.

옷차림은 굵은 털실로 짠 헐렁한 털 스웨터에 슬랙스의 간편하고 수수한 것이었음에도 불구하고 도시적인 뛰어난 세련미가 주위의 촌스러움에서 단박 그녀의 모습을 튀게 했다.

종점에 내린 수지도 그것을 느끼는지 잠깐 낭패한 것처럼 몸을 움츠렸다. 그러나 행선지를 의식하고 미리 화장도 지우고 구두 대신 운동화로까지 갈아 신은 자신의 모습을 더 이상 어쩔 수 없다고 생각했는지 혼자서 피식 웃으면서 숄더백을 추슬렀다.
 오누이의 집까지는 잠깐이었다. 늘 열려 있던 녹슨 대문은 더욱 녹이 슬어 푸실푸실 부스러질 듯이 허약해 보이는데 굳게 잠겨져 있었고 '오누이의 집'이란 간판이 붙어 있던 자리엔 초인종의 빨간 배꼽이 달려 있었다.
 '오누이의 집'이란 고아원이 새로운 고아를 받지 않은 지도 벌써 여러 해 전부터였다. 따라서 고아원 간판도 떼어버리는 게 좋을 거란 소리는 수지도 몇 번 한 적이 있었다.
 그러나 본시 있던 고아들을 내치거나 딴 고아원으로 분산시키지는 않고 스스로 독립해 나갈 때까지는 책임지려는 게 원장의 확고한 뜻이라는 걸 알고 있었기 때문에 수지는 별로 서운해하지 않고 초인종을 눌렀다.
 집은 낡아빠졌지만 계곡을 끼고 있고 산이 울창하고 전망이 속 시원해서 거기 사는 고아들이 그런대로 복 좋다 싶은 생각을 수지는 올 때마다 했다.
 "어머머 수지 학생 아냐?"
 사모님이 반색을 하며 내문을 열었다.
 녹슨 대문, 낡은 집의 일부처럼 늘 표정이 탐탁치 않고 옷차림에 무신경하던 사모님이 오늘따라 화려한 한복 차림에 화장까지 곱게 하고 호들갑스러울 정도로 명랑했다.
 "아이들 다 잘 있어요? 원장 선생님도 안녕하시고요?"
 사모님의 변모가 놀랍기도 하고 막연히 불쾌하기도 해서 수지는 인사말의 순서가 다 헷갈렸다.
"아이들?"
"네, 아이들이요."
수지는 떨리는 목소리로 추궁했다. 아이들이 없을지도 모른다는 예감은 뜻밖에도 공포에 가까운 거였다.
"아무것도 모르고 왔나 봐?"
사모님이 별안간 뻔뻔스러워지면서 딴청을 부렸다.
"뭘 말예요?"
"난 다 알고 인사차 온 줄 알았어."
화장이 얼룩지듯 사모님의 표정이 서툴게 돌변했다.
"뭘 말이냐니까요?"
"간판 내린 거 보고도 몰라. 고아원 아주 그만두었어. 원장 선생님한테 사정이 생겨서……."
"그럼 아이들은요?"
"아이들 우리가 잡아먹지 않았어."
"사모님도 무슨 말씀을 그렇게 모질게 하세요?"
수지는 근 1년 동안에 몰라보게 천격스러워진 사모님을 거만하게 노려보며 나무라는 투로 말했다.
"미안, 미안, 농담이야. 그동안 우리 아이들이 수지 학생 신세도 많이 졌거니와 끔찍이도 따르고 좋아하더니만……."
사모님이 심란한 걸 과장하면서 말끝을 흐렸다.
"글쎄 그 아이들을 어떻게 하셨느냐니까요?"

수지가 신경질적으로 따졌다.
"정말 아무것도 모르고 왔어?"
사모님이 달갑지 않은 염탐꾼 대하듯 잔뜩 경계하는 투로 말했다. 그러고 보니 수지를 호들갑스럽게 반긴 것도 경계의 가면인지도 몰랐다.
"여기가 망하고 흥한 소문이 서울까지 날 만큼 여기가 유명한 고아원이던가요?"
"여기도 올해부터 서울특별시야, 왜 그래?"
"사모님 제발 딴청 부리지 마세요."
"그래, 그래, 난 처음부터 수지 학생이야말로 다 알고 와서 딴청 부리는 것 같아서……."
"어째서요?"
"크리스마스는 아직아직 멀었잖아? 또 빈손으로 온 적도 처음이고……."
그러고 보니 수지가 고아원과 인연을 맺은 지는 10년 가까웠지만 그동안 겨우 1년에 한 번씩 선물을 한보따리 장만해가지고 찾아와서 아이들하고 하루 놀다 간 데 지나지 않았다.
그 정도의 인연밖에 없는 사이로 고아원을 없앤 일의 잘잘못을 따지려는 것도 부당했지만 그 정도의 인연밖에 맺은 일이 없는 아이들을 앞으로 못 보게 되리라고 해서 이렇게까지 섭섭하고 허전하리라곤 수지로서는 뜻밖이었다.
여지껏 1년에 한 번 그곳을 찾는 일이 그녀의 살맛과 삶의 구심점이었던 양 그녀는 우두망찰했다.

"우린 아이들을 끝까지 사람대접했어. 비록 그만뒀지만 털어도 먼지 하나 안 나게 뒤끝은 깨끗하게 아물었어."

수지의 추궁에 잘못한 것도 없이 위축됐던 게 뒤늦게 분했던지 차를 내온 사모님이 정색하고 말했다.

아이들이 안 보이는 마룻방은 턱없이 넓고 썰렁했다. 칠이 다 벗겨진 채 때가 더께로 앉은 마룻장은 근뎅근뎅 놀기도 하고 괴기한 소리로 삐걱대기도 했다. 숫제 마룻장이 빠져 비밀통로처럼 깊이 모를 음흉한 아가리를 벌리고 있는 곳도 군데군데 있었다.

양쪽 벽엔 아이들이 쓰던 사물함이 아직도 그냥 쌓여 있었다. 사물함 역시 성한 건 하나도 없었다. 누더기나 헌 잡지 나부랭이가 꾸역꾸역 삐져 나오기도 하고 문짝이 열려 있거나 아주 없어져 버린 채 아무렇게나 쌓여 있는 사물함 때문에 벽이 쏟아져 내릴 것처럼 위태로워 보였다.

그러나 남향이 온통 유리문으로 돼 있는 마룻방에서의 전망은 일품이었다. 너절한 버스 종점은 언덕 그늘에 가려 안 보이고, 들판과 고색창연한 마을과 강을 원경으로 하고 고아원까지의 숲이 깊은 언덕길과 바위 빛깔이 정결한 낭떠러지 밑의 아기자기한 계곡과, 고아원 뜰의 나이 먹고 잘생긴 느티나무까지도 마치 카메라의 파인더가 바로 이거다 하고, 잡아 가둔 것처럼 나무랄 데 없는 한 폭의 목가적인 풍경화였다.

"경치가 좋군요."

수지는 자신도 이해할 수 없는 낙담과 혼란을 어느 정도 진정하고 나서 푸듯이 말했다.

"수지 학생도 이 집터가 얼마나 명당자리라는 걸 이제야 알았지? 그치?"

사모님은 뭐가 그렇게 신기한지 눈을 빛내면서 반색을 했다.

"네, 그런 것 같네요."

"우리도 요새 그걸 알았다니까. 이 집터 때문에 우리에게 무슨 일이 생겼는 줄 알아? 참, 사람 팔자 시간문제라더니……."

사모님이 실팍한 허리를 꼬며 킥킥거렸다. 수지는 어딘지 정서적으로 불안해 뵈는 사모님을 물끄러미 바라만 보다가 조심스럽게 물었다.

"원장 선생님한테 생겼다는 일이 좋은 일이에요? 나쁜 일이에요?"

"좋은 일이야, 좋은 일이고말고. 에미 애비도 버린 아새끼들 주워다 키우는 일보다 더 나쁜 일이 어디 있을라구. 그렇지만 그 어려운 일로 공덕을 쌓은 덕택일 거야. 우리에게 별안간 큰돈이 굴러들어 온 건 말야."

사모님의 얼굴이 함박꽃처럼 염치없이 피어올랐다.

"큰돈이요? 원장선생님에게 큰돈이요?"

"믿어지지 않지? 수지 학생도. 우리 그이에게 큰돈이 굴러 들어 오리라곤 실은 나도 처음엔 믿어지지가 않았으니까. 그렇지만 이젠 확실해. 끝전까지 다 받아서 챙겼으니까."

"끝전이라면 뭘 파셨군요?"

"그래 맞았어. 우리가 무엇을 팔아서 큰돈을 쥐었는지 한번 알아맞혀 볼래?"

사모님은 세상만사가 재미나 못 견디겠다는 듯이 그 실한 허리를 연방 비틀며 킬킬댔다.

"아마 대물림의 가보라도 처분하셨나 보죠?"

"아유 말도 말아. 이까짓 집구석에 가보는 무슨 놈의 가보야. 내 눈에 뭐가 씌어서 걸신들린 아새끼들을 가보인 줄 알고 시집을 왔지만 말야."

"아이들을 내치셨으면 그만이지 그렇게까지 말씀하실 건 없잖아요."

수지가 성깔 있게 쏘아주었다. 그러나 금시발복을 자랑하고 싶은 마음에 부푼 사모님은 탓하지 않고 딴청을 부렸다.

"경치가 참 좋지?"

"네?"

"여기서 뵈는 경치 기막히지 않아? 저 경치 덕에 큰돈이 생기고 보니 볼수록 좋은 경치야. 전엔 아새끼들 진구덥에 파묻혀 경치 감상할 새도 없었지만 말야."

"경치 덕에 돈이 생기다뇨?"

"대동강을 팔아먹었단 소리는 들었어도 아마 경치 팔아먹었단 소리는 처음 들어볼걸. 그렇지만 그게 사실인 걸 어떡해. 여기 경치에 반해서 이 다 떨어져 가는 일본 집을 현 시세에 없는 값을 주고 사겠다는 사람이 나서서 후딱 처분해버렸지 뭐."
"그렇게 후딱요?"
"그래 기회는 앞머리만 있고 뒤통수는 대머리란 소리도 못 들었어? 어물쩍대다가 지나가 버린 후에 잡을래도 소용이 없거든. 우리 그 양반에게도 기회란 것이 있을 줄은 정말 몰랐어."
사모님이 다시 금시발복에 도취하려 들었다.
"아이들 소식을 듣고 싶어요."
"나쁘겐 안 했으니 염려 마."
"구체적으로 말씀해주세요."
"심문하는 거야?"
"정든 아이가 몇 있어서 그래요. 가능하면 다시 찾아내서 전처럼 지내고 싶어요."
"고아들은 다 마찬가지야. 고아원도 수두룩하고, 겨우 1년에 한 번씩 하는 선행할 데 없을까 봐, 걱정 안 해도 될걸."
"자주 찾아오진 못했지만 특별히 정든 아이가 있을 수도 있잖아요. 정든 아이들이 어떻게 됐나 궁금한 건 당연해요."
"가만있자, 수지 학생이 누굴 제일 좋아했었더라?"
사모님이 연방 고개를 갸우뚱대며 심각한 얼굴을 했지만 괜히 한번 그래 보는 거지 지난 일을 생각해낼 것 같지 않았다.
그런데도 수지는 얼굴이 화끈 달아오르면서 가슴이 울렁거렸다. 말 한마디 잘못했다간 모든 것이 탄로날 것 같은 위기의식을 느꼈다.
수지는 허둥지둥 생각나는 대로 고아들의 이름을 대며 그들의 행방을 물었다. 영팔이, 재성이, 순영이……. 그러나 정작 궁금한 목이 이름은 차마 입에 담지는 못했다.

목이를 발견하기까지는 '오누이의 집'은 수지가 틈만 나면 찾아다닌 고아원 중의 하나에 불과했다.

휴전이 됐을 때 수지는 아홉 살, 수철이는 의젓한 고등학생이었다. 수철은 특히 이재 면에 조숙하고 수지에 대한 오빠로서의 책임감에도 투철해서 대부분이 부동산으로 돼 있는 한남석 씨의 유산 관리를 빈틈없이 했다. 졸지에 고아가 되기는 했을망정 한남석 씨의 알부자 노릇을 고스란히 물려받을 수가 있었으니 행복한 고아들인 셈이었다.

그들이 이렇게 고아 중에선 드물게 행복한 고아 노릇을 할 수 있었던 것은 수철이가 남달리 조숙하고 영악한 까닭도 있었지만 수철이가 법적으로 어른 노릇을 할 수 있을 때까지 뒷바라지를 해준 외가가 흑심을 품을 필요가 없을 만큼 넉넉한 때문도 있었다.

가산이 넉넉하고 마음이 진국스러운 외가의 신세조차도 너무 오래 지는 건 그만큼 마음의 빚을 무겁게 하는 거라고 생각한 수철이는 장가도 남보다 일찍 대학 재학 중에 들어서 외가로부터 완전히 독립해서 일가를 이루고 재산을 지키고 수지를 곱게 길렀다. 뿐만 아니라 동란 중에 잃어버린 막냇동생 수인을 찾는 일에도 꾸준한 정성을 들였다.

신문광고도 여러 번 냈을 뿐 아니라 틈틈이 방방곡곡의 고아원을 두루 찾아다녔으나 수인을 찾을 순 없었다. 그래도 수철은 단념하지 않고 자기 일이 바빠짐에 따라 고아원을 직접 순례하는 일은 수지에게 넘겨주고 자기는 그 일의 금전적인 지원자 노릇만 했다. 똑똑하고 영악하고 독립심이 강할 뿐더러 의리가 출중한 이들 남매들에 대해 친척들의 칭송이 자자한 건 당연했다.

그렇게 해서 수지가 찾아 다닌 고아원 중의 하나인 오누이의 집이 수지에게 특별한 의미를 지니게 되고, 단 하나의 단골로 남게 된 것은 '목이'를 알고 나서였지만 처음 만났을 때의 목이가 영팔이, 재성이, 순영이, 옥분이……와 같은 전형적인 고아와 조금이라도 달라 보였던 것은 아니다.

마루방에 있는 고아들의 사물함에 붙은 이름표에서 '목이'의 성이 오가라는 건 누구 눈에나 쉽게 띄었다. 대개의 고아들은 유 원장의 성을 따라 유영팔, 유재성, 유순영, 유옥분……이었기 때문이다.

수지는 그 쉽게 눈에 띄는 성명을 무심히 붙여 읽었다. 오목이, 오목이, 오목이……. 입에 침이 마르고 가슴이 떨렸다.

다행히 목이의 나이는 수지보다 세 살 아래로 돼 있었다. 오목이란 별명을 얻어가질 만큼 오목조목한 게 특징이던 얼굴 모습도 남아 있지 않았다. 수지는 그럴 리가 없다고 생각했다. 그 옛날의 동생의 별명과 본명이 같은 애가 있다고 해서 그렇게까지 놀랄 건 없다고 자신을 타일렀다.

그러나 목이가 오목이가 아니더라도 목이를 만난 건 수지에게 충격이었다. 왜냐하면 스스로 완벽함과 견고함을 믿어 마지않던 자신의 허위가 실은 너무도 하찮은 충격에도 견디지 못하고 근본적으로 흔들린다는 걸 알았기 때문이다.

오목이와 목이가 동일인이 아니란 좀 더 확실한 단서를 잡기 위해선 유 원장이나 사모님에게 그 아이와 그 아이의 남다른 이름의 내력을 물어보는 게 가장 옳은 방법이었다.

그러나 수지는 벌써 몇 년째 오누이의 집을 단골로 다니고 있으면서도 그것을 물어보지 않았다. 그것을 물어보기는커녕 목이에 대한 그녀의 특별한 관심조차 감쪽같이 숨기고 있었다. 심지어 수철이한테도 그녀가 발견한 목이란 소녀에 대해 한마디도 의논하지 않았다. 그녀는 어쩌면 허약한 자신의 허위를 닦달질해서 더욱 견고하게 하기 위해 오누이의 집을 다니고 있는지도 몰랐다. 지금이 그 마지막 기회인데도 그녀는 딴청만 부렸고 사모님의 대답 역시 신통치 않았다.

"자세한 건 이따가 원장 선생님 들어오시거든 여쭤보지 그래. 선생님은 아이들 가 있는 곳을 일일이 수첩에 적어놓고 계시니까."

"그러니까 다같이 한꺼번에 어디로 보낸 게 아니군요."

"우리가 데리고 있던 아이들은 수지 학생도 알다시피 거의가 제 앞은 가릴 만큼 다 기른 애들 아냐? 새로운 고아를 안 받은 지가 오래 됐으니까 그럴 수밖에 없지만서도······."

사모님이 말끝을 흐리면서 망설였다.

"그래서요?"

"될 수 있는 대로 다시 고아원 신세는 안 지도록 했어. 말이야 바른 대로 말이지. 우리처럼 가족적인 고아원이 그렇게 있는 게 아니거든. 머리 큰 애를 받으려 들지도 않지만 이렇게 가족적인 데 있던 애들이 그런 데 가서 배겨나지도 못 하고······."

"그래서요?"

"그래서 이 기회에 어떡허든 아이들을 자립시키는 방안으로 우리도 노력할 만큼 했어."

"그럼 취직들을 시켰단 말씀인가요?"

"똑똑하고 영악한 아이들은 대개 다 됐어. 정 안 되는 아이들은 여기저기 알 만한 고아원을 찾아다니며 분산해서 맡겼고, 취직시키기도 어렵지만, 다시 고아원 신세 지게 하기도 보통이 아니더군. 천신만고 다 정해놓은 자리도 본인이 마다면 안 보내고 좀 시일이 걸리더라도 딴 자리를 구해줬으니까. 수지 학생도 우리 원장 선생님 성미 알잖아? 제 에미 애비도 마다한 아새끼들을 주워다 잘 먹이고 잘 입혔달 순 없어도 어디까지나 인간적으로 대접한 것 하나는 알아줘야 해."

"네, 알고 있어요."

"왜 이렇게 늦으시지. 돌아오실 때가 지났는데. 선생님 오늘 시내 나들이도 취직시킨 아이가 사고를 쳤기 때문이라니까. 내 속으로 난 자식 속도 모르는데 길러준 게 무슨 죄라고 책임까지 지라는지 원. 어서어서 여기를 떠나야 그 골치 아픈 뒤치다꺼리를 면할 텐데."

사모님이 처음으로 우울해졌다.

"누가 무슨 사고를 냈어요?"

수지는 내심의 긴장이 드러나지 않도록 예사롭게 물었다.

"명자라고 생각나? 걔가 글쎄 취직한 지 일주일 만에……."

"명자요? 네 생각나요. 그런 애가 다 취직을 하다니?"

나이도 오누이의 집에선 제일 어리고 몸이 약질인 데다가 지능도 모자라는 편인 명자가 취직을 했다는 소리에 수지는 경악하고 분노했다.

"사람의 속처럼 모르는 건 없다구. 그런 애가 취직만 한 줄 알아? 병신 육갑한다고 한술 더 떠서 글쎄 취직한 지 일주일 만에 주인 여편네 금반지를 훔쳐가지고 온데간데없이 없어져 버렸다는 거야. 그렇다고 지금 와서 유 선생님을 오라 가라 난리니 우리보고 금반짓값을 물어내라는 거야 뭐야?"

사모님은 수지를 잠깐 그 주인 여편네로 착각을 했는지 시비조로 삿대질을 했다.

"그럼 명자가 취직했다는 데가 남의집살이군요? 그렇죠?"

수지는 날카로운 소리로 사모님을 추궁했다.

"그래 식모 자리야. 그 팔푼이가 그만큼 풀렸으면 됐지, 우리보고 더 뭘 어쩌라는 거야?"

"그럼 목이도 식모로 보냈겠군요? 목이도! 아아, 어쩌면……."

수지는 불덩이 같은 분노가 가슴을 단근질하는 것 같아 자기도 모르게 들입다 악을 썼다. 그리고 불러선 안 될 이름을 불러버린 해방감과 그 이름이 그녀의 불의를 관통하면서 남긴 통증 때문에 진저리를 쳤다.

사모님의 얼굴에 의혹과 호기심이 스쳤다. 그러나 잠깐 동안이었다. 수지는 자기 앞에 별안간 부자가 된 여자, 별안간 비단옷을 휘감고 덕지덕지 화장을 한 여자의 유일한 미덕은 상상력이 빈곤한 거라고 생각하면서 희미하게 미소 지었다.

"목이는 아닐걸."

"확실해요? 그게."

"식모로 간 애는 명자하고 또 한 애밖에 없었으니까. 둘 다 내 친구 연줄로 내가 시켰어. 그 밖엔 다 유 선생이 취직을 시켰고. 목이는 우리 집에서 제일 나이배기고 또 똑똑하니까 잘됐겠지 뭐."

"걘 고입 검정고시를 합격하고 대입 검정고시를 준비 중이었어요."

"똑똑해도 헛똑똑했지. 오르지 못할 나무를 뭣 하러 쳐다보누. 참 수지 학생은 어떻게 그렇게 목이에 대해 자세하게 알지?"

"걔가 절 제일 따랐으니까요. 제가 보기에 제일 될성부르기도 했구요."

"될성불러 봤댔자지 뭐. 고아 출신이 어디 가?"

단 한 번이었지만 목이의 손목을 잡아준 적이 있었다. 가장 나이배기여서 원아라기보다는 보모 노릇을 더 많이 하고 있었다. 부지런한 데 비해 가냘프고 차가운 손목이었다. 수지가 그걸 원치 않고 또 두려워하고 있기 때문인지 목이한테서 오목이의 모습을 찾아낼 수는 없었다. 실상 수지에게 오목이의 모습이 남아 있대도 그건 믿을 게 못 됐다. 말이 일곱 살 다섯 살이지 만으로 다섯 살 세 살을 겨우 넘겼을 무렵이었으니까.

수지에게 남아 있는 오목이의 모습은 자귀 난 짐승처럼 배만 잔뜩 부르고 얼굴은 먹어도 먹어도 허기진 아귀 같은 매우 비사실적인 거였다.

그렇다고 목이와 오목이가 전혀 딴 사람이라고 단정할 수 있는 것도 아니었다.

수지는 목이가 오목이인지 아닌지를 반신반의인 채로 놓아두길 원했고 목이의 모습 중에 오목이의 모습은 꼭 그녀가 원하는 것만큼만 있었다. 있기도 하고 없기도 했다.

목이가 오목이인지 아닌지를 반신반의로 남겨놓고 싶은 건, 그게 오목이를 찾고 싶은 마음을 위해서도 찾기 싫은 마음을 위해서도 똑같이 유리했기 때문이다. 그것은 그녀의 상반된 두 개의 마음에 똑같이 희망을 주었다. 목이하고 오목이하고 동일인인지 아닌지를 언제까지나 반신반의로 남겨놓고 싶은 마음은 또한 오목이의 손목을 일부러 놓아 잃어버리고 난 일곱 살 적의 심리 상태와도 일맥상통하는 것이었다.

그때 수지가 동생을 놓아버리고 나서 한참 만에 목메어 찾아 헤맨 동생의 이름은 늘 부르던 오목이란 애칭이 아니라 가족 간에 거의 통용된 적이 없는 수인이란 호적상의 이름이었다. 일곱 살 먹은 계집애의 것이라고는 도저히 믿어지지 않는 그 놀라운 기지, 깜찍한 간지에 수지는 훗날 문득문득 전율했다.

어떤 계기로 목이의 손목을 잡아보게 됐는지까지는 생각나지 않지만 목이가 오목이라면 필시 혈육 간의 알림이 감전되어오리란 미신적인 두려움과 기대도 없지 않았다고 기억된다. 그런 기대 때문에 그건 용기를 요하는 일이었는데도 그녀는 그 차가운 손목이 따뜻하게 녹을 만큼 오래 잡고 있지를 못했다. 감전이 됐기 때문인 것도 같고 감전이 될까 봐 두려워서인 것도 같았다. 그것조차 반신반의했다.

다만 목이조차 잃고 난 지금 이상하도록 확실한 느낌으로 잠깐 잡아본 목이의 가냘프고 차가운 손목과 일곱 살 적 일부러 놓아버린 동생의 손목을 같은 것으로 일치시키고 있었다. 두 개의 손이 그녀의 목을 조이고 마침내 일치하는 것처럼 그 느낌은 고약했다.

수지는 이런 악몽 같은 상념에서 깨어나기 위해 혼자 있고 싶었다. 일어서는 수지를 사모님은 만류했다.

"선생님도 안 만나뵙고 그냥 가려구? 선생님은 아이들 가 있는 데를 다 알고 계셔. 목이가 어떻게 됐는지도 알 수 있을 거야."

"다시 오겠어요."

"말이 그렇지 다시 오긴 뭘 와. 그리고 우리가 이사갈 날도 얼마 안 남은걸."

"일간 꼭 다시 올 겁니다."

수지는 남의 말 하듯 말했다. 다시 올 것도 같고 안 올 것도 같았다. 그것조차 반신반의했다.

여기저기 남아 있는 고아원 말고는 이제 6·25의 상흔은 어디에서도 눈에 띄지 않았다. 언제 그런 난리가 있었더냐 싶게 사람들의 건망증은 신속하고 공기에 익숙하듯이 평화에 익숙해서 구태여 그걸 느낄 필요조차 없었다.

순수한 전쟁고아만 기르던 오누이의 집이 문을 닫는다는 건 원장의 사정도 있었지만 남보기에 얼추 닿을 때도 됐다 싶었으니 난리통에 잃어버린 동기간을 찾는 일도 그만큼 했으면 일단락을 지어도 무방할 세월이 흐른 거였다. 하는 데까지 최선을 다했다고 남들에게 떳떳하고 자신에게 위안이 될 만큼 한 셈이었다.

수지는 오누이의 집이 없어지는 걸 그동안의 헛되고 헛된, 아니 헛될 것을 미리 계산한 교활한 찾아 헤맴으로부터 놓여날 절호의 찬스로 삼을 터였다. 오누이의 집을 등지고 경치 좋은 언덕길을 걸어 내려오는 수지의 발걸음은 날듯이 가벼웠다.

그러나 버스 종점이 가까워지면서 수지는 오누이의 집에서 놓여난 게 아니라 쫓기고 있는 것처럼 느끼기 시작했다.

그동안의 헛된 찾아 헤맴이 남의 눈을 속일 수 있을지는 몰라도 자신의 비인간성에 대한 절망감은 일생 동안 지울 수 없을 것 같았다.

종점까지 남아 있던 몇 안 되는 손님 중에 유 원장이 섞여 있었다. 그때까지 버스를 기다리고 있던 수지는 유 원장을 피할 수 없게 되고 말았다.

사모님에 비해 유 원장은 초라하고 우울해 보였다. 사모님에게서 들어서 그가 시내에 나간 용건을 알고 있기 때문에 그럴 만도 하다 싶었다. 수지는 인사만 하고 그가 내린 버스를 타려고 했더니 그는 갑자기 노발대발하면서 수지를 근처 다방으로 이끌었다. 많이는 아니지만 술 취한 것 같았고 외로움을 타고 있는 것도 같았다.

"우리 집에 들렀다 가는 길이면 다 들었겠지만……."

유 원장이 말끝을 흐리며 수지의 눈치를 살폈다.

"네, 다 들었으니까 다시 설명 안 하셔도 돼요."

수지는 그 얘기를 또 듣기가 지긋지긋하다는 투로 얼굴을 찡그렸다.

"우리가 한 일을 어떻게 생각해?"

"축하해요."

"뭘?"

유 원장의 눈이 불안하게 흔들리면서 엉덩이를 괜히 들썩거렸다. 저렇게 소심한 눈치꾸러기는 아니었건만, 하는 생각이 수지 마음을 답답하게 했다.

"부자가 되신 거 말예요."

"집사람이 그러던가, 우리가 부자가 됐다구?"

"네, 그것도 아주 큰 부자가요."

"큰 부자."

유 원장이 파안대소했다. 유쾌한 웃음이라기보다는 공들여 쌓아놓은 장난감 집짓기가 와르르 무너져 내리는 것처럼 자포자기한 웃음이었다.

"그래, 큰 부자라고 해두지. 우리가 고아원 문을 닫고 갑자기 큰 부자가 된 것을 어떻게 생각해?"

"축하한다고 말씀드렸잖아요."

"그뿐이야, 솔직히 말해줘."

"선생님답지 않아요."

"뭐가?"
 유 원장이 남의 눈에 띄게 움찔하면서 물었다.
 "남이 뭐라는가에 신경을 쓰시는 분이 아니었잖아요."
 "그럼, 그럼 여지껏 난 내 소신껏 살아왔어."
 "이번 일도 소신껏 하셨을 텐데 남이 뭐라건 말건 신경쓰실 거 없잖아요."
 "수지가 내 아픈 데를 찌르는군. 돈을 알고부터야. 남들이 뭐라는가에 신경이 예민해진 건 말야."
 유 원장이 고백이라도 하듯이 털어놓고 말했지만 그럴수록 그는 솔직하지 못해 보였다. 초라하고 겉늙었지만 거짓 없는 성품이 일종의 품위로까지 보이던 예전의 유 원장이 아니었다.
 다방 속은 읍 소재지의 다방처럼 촌티를 못 벗었는데도 손님은 많았다. 장사꾼 같기도 하고 브로커 같기도 한 남자들이 서너 명씩 모여 앉아 이마를 맞대고 수군대는 얘기는 분명히 한담 같지는 않았다. 가끔 서로 곁눈질하는 그들의 눈은 모의를 꾸미는 것처럼 지능적이었고 수군대는 말소리에 끈적거리는 열기가 묻어 있었다. 버스 종점 외엔 근처에 큰 건물도 사업체도 없는 어중간한 시골다방에 안 어울리는 활기를 불어넣고 있는 이들을 수지는 신기한 듯이 바라보았다.
 "저 친구들 다 돈독이 잔뜩 오른 친구들이야."
 유 원장이 마치 저들은 다 내가 데리고 있던 아이들이야 하는 식의 필요 없는 객기를 부리면서 말했다.

"선생님은 그동안 사람 보는 눈까지 달라지신 것 같아요."

수지가 비꼬는 투로 말했다.

"그래, 개 눈엔 뭐 밖에 안 보인다 이 소리것다?"

유 원장이 눈을 부라리다가 곧 풀이 죽었다.

"내 꼴이 우습지? 솔직히 말해줘. 남들이 나를 뭐라고 할까?"

유 원장이 거의 애걸하는 것처럼 말했다.

"솔직히 말씀드릴까요? 사모님이 큰 부자가 됐다고 흥분하시는 거나 선생님이 남이 뭐라고 하나에 신경을 쓰시는 거나 똑같이 과대망상일 뿐이에요. 그 다 헐어져가는 일본 집 팔아서 돈이 좀 생겨 봤댔자 얼마나 큰돈이겠어요? 또 오누이의 집이 없어져 봤댔자예요. 오누이의 집이 뭐 그리 대단한 고아원이었다고 여론이 들끓겠어요? 여론 같은 건 처음부터 없었으니까 신경 쓰실 것도 없어요."

유 원장이 하도 적나라하게 자신의 허약성을 드러내는 바람에 수지도 거침없이 야무지고 차가운 성품을 드러냈다.

"옳은 말이야. 구구절절 옳은 말이야. 처음엔 큰돈인 줄 알았어. 이 근처에선 여기 버스 종점 근처의 땅값이 제일 비싼데 그 산꼭대기 집터를 그 시세에 사겠다는 작자가 나섰으니 말야. 뭐 경치에 반했다나. 그 작자가 경치 칭찬을 하도 하니까, 나도 슬그머니 허욕이 동하더군. 그런 느낌은 생전 처음이었어. 내 것도 아닌 경치를 끼워서 팔아먹을 수 있다고 생각하니까 사기꾼이 된 것처럼 마구 가슴이 울렁거리지 뭐야? 사기꾼이 된 기분이 타락한 기분하고 같은 줄 알아? 천만에 크게 출세한 기분이었어. 그래서 이왕 사기꾼 노릇을 할 바엔 단수를 좀 부려야겠다 싶어 뒷산까지 그 시세로 끼워 사겠으면 사라고 배짱 탁 튀겼지. 그렇게만 되면 난 정말 거액을 손에 쥘 수가 있는 거야. 꿈 같은 얘기지만 일은 우여곡절 끝에 정말 그렇게 됐고, 나는 그 작자가 경치에 상사병이 들어도 단단히 든 부자로밖에 생각을 안 했지. 결국 난 거액에 눈이 어두워 아이들의 집과 우리 아버지의 집을 한꺼번에 팔아 넘긴 거야. 우리 집터와 붙은 뒷산엔 선친의 묘소가 있었으니까. 그러니까 저 언덕이 다 내 땅이었어. 아버님한테 물려받은 거긴 했지만, 그 작자는 흥정 다 해놓고 나서 거기다 호텔을 짓겠다고 하더군. 순수하게 경치에 반했다고만 할 때와 달리 그 경치에다 높은 경제성을 부여하는 그 작자의 상혼에 아차 싶으면서 당장 배가 아팠다면 내 심보가 더러운가?"

"그럼 거액은 정말 거액이었군요. 그럼 사모님처럼 그 거액을 즐기세요. 어차피 원장 선생님이 그 자리에다 호텔을 짓고 영업을 하실 순 없는 거 아녜요."

"근데 그 거액도 거액이 아니더라 이 말야. 말짱 속임수였어."

"끝전까지 다 받으셨다고 사모님이 말씀하시던데요."

"그거야 틀림없이 받았지. 문제는 거액인데 거액이라는 게 뭐겠어. 순전히 상대적인 개념 아니겠어? 끝전까지 받고 나서의 얘긴데 이 동네 땅값이 하루가 다르게 뛰는 거야. 저 사람들 좀 봐. 온종일 이 다방에 진을 치고 숙덕대고 음모를 꾸미는 저 사람들이 다 누군 줄 알아? 이 동네 땅값을 부추겨가며 큰돈을 노리는 땅장사들과 브로커들이야. 내가 팔 때만 해도 내 땅을 시세에 없는 큰돈에 내놓은 줄 알았는데 지금 시세로는 시세에도 없는 헐값으로 버린 게 되지. 그래 내가 쥔 돈이 거액이라고 할 수 있겠어?"

그는 다방에서 숙덕대는 사람을 모조리 적대시하며 말했지만 그들의 가장 하바리 졸개처럼 그들과 한통속으로 보였다.

"선생님이 저 사람들보다 돈독이 덜 오른 게 그렇게 억울하세요?"

수지는 유 원장에게 묘한 친근감을 느끼며 말했다.

"내가 하도 바보 같아서. 남들이 다 뒤에서 손가락질하는 것 같아. 바보 바보 하고 말야. 얼굴이 부끄러운 게 아니라 뒤통수가 부끄러운 기분은 아주 고약하구만."

"그게 꼭 땅을 싸게 팔아서일까요? 오누이의 집을 문 닫았기 때문일 거예요."

수지는 유 원장의 아픈 곳을 어루만지듯이 부드럽게 말했다.

"아닌 게 아니라 막상 그 일에서 손을 떼고 보니 생각했던 것보다 훨씬 더 허전하군. 그렇지만 그 일로부터 손 떼는 일은 얼마나 오래 전부터 계획한 건데. 어차피 그 집은 문 닫게 돼 있었어."

"알아요. 전쟁고아 외엔 새로운 고아를 안 받으신 거. 전 고아원을 여러 군데 알았는데 선생님처럼 고아들이 아버지라고 부르는 게 보기 좋은 분도 없었는데. 저도 가끔 아이들 하는 대로 덩달아 아버지 하고 불러보고 싶을 정도였어요. 저도 아버지가 안 계시거든요. 어머니도요, 저도 전쟁고아예요."

수지가 쓸쓸하게 말했다. 유 원장은 말없이 엽차 그릇을 만지작거렸다. 그는 사모님과는 달리 외견상 변한 건 아무것도 없었다. 머리는 비듬이 낀 것처럼 윤기 없이 희끗했고 옷차림은 후줄근했고 얼굴의 주름살은 늙어서 생긴 것과 많이 웃어서 생긴 것이 반반씩인 것처럼 사람 좋은 인상이었다. 수지가 오누이의 집을 처음 찾아왔을 때도 유 원장은 그런 사람이었다. 이발을 하거나 딴 옷으로 갈아입었다고 해서 인상이 변할 사람이 아니었다.

아무리 뜯어봐도 변한 건 없는데도 이건 유 원장이 아니다라고 소리라도 지르고 싶은 걸 수지는 가까스로 참아내고 있었다. 무엇인가 왕창 무너지고 변했다. 무엇인가······.

"우리 나가자."

옆 테이블에 지적도를 하나 가득 펴놓고 눈을 희번덕대던 사람들이 갑자기 언성을 높여 말다툼을 시작하자 유 원장이 일어섰다.

"선생님께 여쭤보고 싶은 게 있어요."

"하여튼 나가자구, 나가서 걸으면서 이야기하자구."

유 원장이 짜증스럽게 말했다. 포장이 안 된 채 차들의 왕래가 빈번한 한길을 피해 논두렁으로 접어들었다.

"거의 1년 만에 여기 와보고 깜짝 놀랐어요."

"왜, 버스 종점이 들어와서?"

"네, 그렇지만 변한 건 염색공장 자리가 버스 종점이 됐다는 것밖에 없는데도 이 들판이 온통 그전 들판이 아닌 것 같았어요."

"그게 무슨 뜻이지?"

"들판이 본질적으로 달라진 거예요. 이를테면 들판의 속셈은 이제 곡식이나 푸성귀를 기를 속셈이 아니란 말예요. 휘발유 냄새를 맡고 나서 땅이 갑자기 속 다르고 겉 달라진 거예요."

"땅의 가치관이 달라졌다. 그런 얘기도 되겠군."

유 원장이 논두렁에 엉거주춤 앉으면서 말했다. 수지도 따라 앉았다. 수지에게 지금 중요한 건 땅이 예전 땅이 아니란 게 아니라 유 원장이 예전 유 원장이 아니란 거였지만 그걸 구태여 입밖에 내지는 않았다.

그 둘은 서로 일맥상통하고 있다는 낌새가 수지로 하여금 여러 말을 줄이게 했다.

대신 유 원장이 혼자서 지껄이기 시작했다.

"그건 수지 말이 맞아. 땅이 거름 냄새 대신 휘발유 냄새에 맛을 들이면 돈독이 올라 곡식이나 푸성귀를 기르는 대신 숫제 황금을 낳으려 들거든. 꿈도 크지. 나야말로 꿈도 크지. 고아원 원장이 부동산 장사에 눈을 떴으니. 내가 저 동산을 싸게 팔고 나서 하도 배 아파하니까 저 동산을 온갖 감언이설로 팔게 한 거간꾼이 무슨 말로 위로를 한 줄 알아? 그 땅 대신 앞으로 오를 땅을 잡아주겠다는 거야. 자기하고 손잡자나. 나는 땅을 잡아만 놓고 자기는 그 땅을 바람나게 하고. 그 작자 말로는 우리가 서로 그렇게 손발이 맞으면 앞으로 돈 벌기는 땅 짚고 헤엄치기래. 수지도 아까 종점다방에서 실컷 봤지? 요새 그 근방엔 땅 짚고 헤엄치는 친구들 천지니까. 땅을 바람나게 해서 돈 버는 방법이 이제 막 시작이어서 신기하게 보일지 모르지만 앞으로 적어도 10년 동안은 그만큼 수지맞는 사업도 없을 테니 두고 보라는 거야. 50년대의 가장 수지맞는 사업이 뭐였는 줄 알아? 자선사업 고아원이었다구. 쌔고 쌘 게 고아지, 원조는 많지, 분배 과정은 어수룩하지. 고아사업해서 자수성가하고 자기 자식 실컷 호강시키고 외국유학까지 보낸 동업자들을 나는 얼마든지 알고 있지."

"선생님은 제법 그러지도 못하셨으면서 그런 말씀은 뭣하러 하세요?"

수지는 딱하다는 듯이 그를 살피면서 말했다. 마치 주책 부리는 육친 대하듯 얼굴이 화끈해졌다.

"결과는 그렇게 중요하지 않아. 중요한 건 내가 이래봬도 첨단만 골라서 하고 있다는 거지, 고아사업이 사양길로 접어들자 재빨리 손을 떼고 다시 앞으로 10년간을 내다본 사업의 선두를 달리려 하고 있어. 어때? 내 순발력이. 땅장사보다는 고아원 원장이 거룩하다는 고정관념 없이 날 봐줬으면 좋겠어."

종점다방에 진을 치고 있던 거간꾼 같은 이들이 서너 명 들판으로 들어서면서 그들이 앉아 있는 논두렁을 지나려고 했다. 그들은 달려오는 차를 피하는 두메산골 사람 모양 허둥대며 비켜섰다.

그리고 손짓 발짓을 하기도 하고 손가락질을 하기도 하면서 들판과 언덕과 먼산까지를 자유자재로 마름질하는 거간꾼들의 모습을 물끄러미 바라보았다.

다시 논두렁에 앉은 수지는 손톱이 새까맣게 흙장난을 했다. 아직 얼어붙기 전인 흙은 부드럽고 따뜻하고 그 속에 살아 있는 풀뿌리는 질기고 눅눅했다. 유 원장은 편안치 못하게 엉거주춤 앉아서 담배를 피워 물었다.

"명자 일 때문에 시내 나가셨었다면서요?"

수지는 옷핀으로 손톱 밑의 흙을 후벼 파며 말했다.

"누가 그래?"

유 원장이 움찔하면서 역정스럽게 말했다.

"사모님한테 다 들었어요. 금반지 때문에 큰 욕이나 안 보셨나 몰라요."

"금반지는 명자가 훔친 게 아니었어. 찾았대. 주인 남자가 콩나물을 먹다가 금반지를 뱉어냈다는군. 아마 나물 무칠 적에 빠뜨린 모양이야."

"그럼 나물 무치다가 잃어버린 걸 그 나물을 먹을 때까지도 못 찾고 선생님을 불러냈나요? 경망스러운 사람들이군요."

"경망스럽긴 하지만 음흉하진 않아서 그래도 다행이야. 음흉했으면 금반지를 찾고도 못 찾은 척했을지도 모르잖아. 경망스럽게 법석을 떤 자기네 체면 때문에 가엾은 애 하나 도둑 누명 씌우는 것쯤은 아무렇지도 않게 생각할 사람도 얼마든지 있거든."

유 원장이 고개를 떨어뜨리고 우울한 소리로 말했다.

"그런 집에 그 못난이를 그냥 두고 오시면 어떡해요? 당장 데리고 나오시지 않구."

"그만하면 괜찮은 집이라니까. 그만 일로 아이들을 도로 데려오기 시작하면 난 또 고아원을 차려야 될걸. 어떡하든 난 이 고비를 마음 모질게 먹고 넘겨야 돼."

유 원장이 스스로의 모진 마음을 열어 보이듯이 몸서리치며 말했다.

포장이 안 된 채 턱없이 넓기만 한 황톳길은 버스 종점에서도 한참 더 멀리 뻗어 있었다. 그 멀리서 황토흙이 맹렬한 뭉게구름을 일으키며 지축을 울렸다. 이어 군용트럭들이 줄지어 지나갔다. 그들이 걸터앉은 논두렁이 셀룰로이드 판처럼 떨렸다. 땅의 신경은 예민하다 못해 경망스러웠다. 뭉게구름이 가라앉고 다시 황톳길이 드러날 때까지는 한없이 오래 걸렸다.

희디흰 국도, 오목이의 손목, 낯선 사람들, 기총소사의 굉음, 무참히 으깨져 피투성이가 된 엄마의 육신, 할머니와 오빠의 울음소리, 그리고 대낮의 섬광처럼 불길하고 은밀하게 번득인, 천벌이다 아아 천벌이다 하는 깨달음, 목이의 가냘프고 차가운 손목……. 그런 영상들이 몇 번 반복해 지나갈 만큼 오래 걸렸다.

"오누이의 집에 전쟁고아만을 고집하신 무슨 특별한 까닭이라도 있나요?"

"까닭은 무슨 놈의 까닭. 그야 전쟁은 끝났어도 고아야 얼마든지 있지. 나하고 무슨 상관이야?"

유 원장이 떼를 쓰는 아이 모양, 분별없이 심술궂게 굴었다.

"무슨 상관은요? 고아원 원장이 고아들하고 상관이 없으면 어떡해요? 전쟁 때문에 고아가 됐건 태평성대에 고아가 됐건 고아는 고아일 뿐 그 이상도 그 이하도 아니잖아요? 고아원 원장이면 원장이지 고아가 된 원인까지 캐가며 고아를 수용할 권리는 없다고 생각해요."

"권리고 나발이고 없어. 나는 이제 고아원 원장이 아니니까. 전쟁이 끝나고 잘사는 세상이 싸지른 똥 같은 부도덕, 그 부도덕이 싸지른 똥 같은 불륜의 씨를 내가 왜 주워다 길러? 똥이 싸지른 똥을 하필 왜 내가 쳐? 나, 잘사는 세상한테 그렇게 빚진 거 없다구."

"그럼 전쟁한테는 빚진 거 있으세요?"

유 원장의 눈빛에 잠깐 날이 섰다가 곧 우울하게 가라앉았다. 그는 대답 대신 담배를 피워 물었다.

아이들을 통해서였는지 유 원장의 아버지는 목사였는데 6·25때 순교했다는 소리를 수지는 들은 일이 있었다. 고아원도 옛날의 예배당 자리였고 아버지 뒤를 이어 목사가 될 것으로 촉망받던 유 원장은 그후 신학공부를 그만두고 고아들을 하나둘 주워다 기르기 시작해서 마침내 오누이의 집이 생겨났단 얘기를 모르는 원아는 거의 없었다.

수지는 문득 순교라는 것도 그녀의 생의 어느 한 순간을 엄습한 그 불가사의한 악의와 미친 듯한 잔혹성을 닮은 운명을 은폐하고 있어 그것이 탄로날까 봐 그리도 견고하게 거룩하고 아름다운 겉껍질을 쓰고 있는 게 아닐까 하는 생각을 했다.

"딴건 몰라도 땅장사로 변한 선생님은 상상도 할 수 없어요."

"염려 마, 잘할 테니까. 변신이야말로 우리 집안의 내력이거든."

"네? 무슨 내력이요?"

"우리 아버님은 생전에 대단한 겁쟁이셨지. 어느 만큼 겁쟁이셨냐 하면 밤의 측간에 가실 일이 있으면 어머님을 깨워서 꼭 같이 가실 만큼. 두 분 금슬이 너무 좋아서 그런 줄만 알았는데 어머님이 돌아가시자 대신 나를 깨워서 앞장을 세우시는 거야. 우리 집안의 가훈이 뭐였는 줄 알아? 도둑이 든 낌새를 채면 쿨쿨 자는 척하라,였다구. 그런 아버님이 죽음 앞에선 어찌나 늠름하셨던지, 그분의 순교는 지금까지도 그 당시의 목격자에 의해 전설처럼 전해 내려오고 있지. 밀고자, 동조자, 살인자를 다 함께 용서하고 목숨이 끊어지는 순간까지 주님의 은총을 찬양하셨으니까."

유 원장이 날이 선 시선으로 허공을 노려보며 빠르게 지껄였다.

"이상해요. 그런 훌륭한 아버님의 뒤를 이으시지 않은 게."

"그분은 마치 그때를 위해서 일생 동안 용기를 아끼고 쌓아둔 것처럼 그때 당신의 죽음을 미화시키기 위해 보여준 용기야말로 초인적이었지. 오로지 자신의 죽음을 미화시키기 위해서만 쓰여진 용기……. 그게 난 싫었어. 그분의 죽음은 완벽하게 아름다웠지만 그렇게 아름답게 죽을 용기가 없는 많은 겁쟁이들, 당신이 돌봐야 할 길 잃은 어린 양들에게 그분은 과연 뭐였을까?"

유 원장이 수지의 어깨에 손을 얹었다. 수지는 어깨를 떨면서 고개를 저었다. 유 원장이 수지에게 바란 건 이해였고 수지는 그것을 망설였다. 마른 바람이 불었다.

누가 누구를 참으로 이해했다 할 수 있을 것인가. 사람과 사람 사이의 이해야말로 허구라는 생각이 수지를 막막하게 했다.

해가 넘어가고 낙타등 같은 능선 위 하늘이 장미빛으로 달아올랐다. 그 마지막 빛이 수지를 초조하게 했다. 뭔가를 알아낼 수 있는 마지막 기회였다. 그 기회를 슬그머니 놓치고 해방되고 싶은 마음과 이번 기회를 놓치는 것은 동생의 손목을 두 번 놓아버리는 일이 될지도 모른다는 의구가 세차게 갈등했다.

"그만 가보지."

수지가 미처 어떤 선택을 하기도 전에 유 원장이 엉덩이의 흙을 털며 일어섰다.

"여쭤보고 싶은 게 있어요."

선택하기 전에 말이 먼저 튀어나오고 말았다.

"뭔데?"

유 원장이 앞장서서 걸으며 물었다.

"저, 목이라는 애 있잖아요?"

"응, 그래 오목이 말이지?"

유 원장의 목소리가 갑자기 생급스럽도록 명랑해졌다. 수지는 유 원장이 목이의 이름에다 성을 붙여 오목이라고 하는 바람에 어찌나 놀랐던지 울렁거리는 가슴을 진정하느라 잠시 다음 말을 잇지 못했다.

"네, 목이가 가 있는 곳을 알 수 있었으면 해요."

"알 수 있고말고, 그렇지만 수지가 누굴 하나 계속 도와주고 싶으면 딴 애로 하지 그래."

"왜요 선생님?"

"목이는 아주 잘돼 나갔으니까 염려 안 해도 돼. 요새 갑자기 후원자가 생겼거든."

"후원자라뇨?"

수지는 자기가 생각해도 이상할 만큼 가슴이 울렁거리고 있었다.

"뭐 금전적으로 대단한 약속은 안 했지만 될성부른 고아 하나쯤 뒷배를 봐주고 싶다는 착한 마음은 의심할 여지 없는 후원자야."

"남잔가요, 여잔가요?"

수지는 그 미지의 후원자한테 뜻밖에 맹렬한 질투를 느끼면서 어떡하든 그를 헐뜯을 구실을 찾아내려고 조바심했다.

"남자야."

"젊은?"

"젊지, 아직 삼십 안짝이니까."

"목이한테 흑심을 품고 있을 거예요. 틀림없어요. 맙소사 차라리 식모로 간 것만도 못 하지 그런 난봉꾼한테 그 어린것을 넘겨주다니."

어림짐작이 들어맞은 수지는 의기양양해서 유 원장에게 대들었다. 앞서가던 유 원장이 휙 돌아서면서 엄격한 얼굴을 했다.

"수지답지 않게 무슨 말을 그렇게 함부로 하지? 그 사람 그런 사람 아냐. 유복하고 학식 있고, 처자식 있고, 도덕적으로도 하자가 없이 살아온, 무엇 하나 남부러울 게 없는 신사야. 목이를 돌봐주기로 결정한 것도 내가 추천한 몇 명의 될성부른 고아 중에서 이름만 보고 고른 거야."

"이름만 보고요?"

"그래 만나보고 고르면 선택되지 못한 아이에게 낭패감을 줄 거라는 세심한 배려까지 하더군."

"그래도 이름만 보고 자기가 책임질 사람을 고른다는 건 말도 안 돼요."

"말이 이름만 보고지 어떻게 이름만 봤겠어. 나이도 목이가 우리 고아원에서 제일 많고 고입 검정고시에 합격한 아이도 목이 하나잖아."

"아무튼 제가 직접 그 남자를 만나보기 전엔 못 믿겠어요."

"믿고 안 믿고는 내가 이미 결정한 일이야. 그 사람은 그 일에 익명을 요구했고 나는 그것을 약속했어."

"그럼 그 사람이 목이를 데려간 게 아닌가요?"

수지는 차츰 마음이 놓이면서 약간 맥이 빠지기도 했다.

"자기가 보증 서서 취직을 시켜주었고, 만약 앞으로 대입 검정고시와 대학에 합격을 하면 학비를 대주겠다고 약속했어. 그뿐이야."

"부자라더니 인색하군요?"

수지는 아직도 그 미지의 후원자에 대한 적의를 못 버리고 비꼬았다.

"행복한 사람이 그만큼이라도 자기의 행복을 불행한 사람에게 나누어주려고 하면 그건 좋은 사람이야. 그런 좋은 사람이 이 세상엔 얼마나 귀하다는 걸 아마 나처럼 그런 사람의 도움을 필요로 하는 사업을 해본 사람이나 알까? 수지도 그런 좋은 사람이었잖아? 그 사람의 선의를 의심하지 마."

유 원장이 온화한 음성으로 그 미지의 사람과 수지를 동격으로 만들자 수지는 내심 울컥했지만 아니라고 항의할 만한 말은 찾지 못했다.

"목이를 만나볼 수 있을까요?"

"그럼, 그럼 목이는 어디까지나 자유의 몸이야. 어엿한 직업여성이고."

유 원장이 안주머니에서 수첩을 꺼내서 주소를 적어주었다. 종로에 있는 재수학원이 목이의 새로운 주소로 돼 있었다.

"그 독지가가 재수학원 원장인가요?"

수지는 아직도 목이의 행방보다 그 독지가의 정체가 더 궁금한 마음이었다.

유 원장이 고개만 저었다. 아니라는 뜻 같기도 하고 안 가르쳐주겠다는 뜻 같기도 했다. 수지는 그 독지가에 대한 표독한 적의를 참느라 못내 쌔근댔다. 그리고 혼자말처럼 중얼거렸다.

"고작 재수학원이야."

유 원장이 좀 교활하게 웃으면서 수지를 타일렀다.

"그 독지가가 암만해도 걸리는 모양인데 틀림없는 사람이니까 염려하지 마. 재수학원은 그분이 마련해준 몇 군데의 취직자리 중에서 목이가 그걸 골라잡은 거야. 아이들 성적 처리상 잔심부름하면서 숙식도 해결할 수 있고 무엇보다도 하고 싶은 공부를 얼마든지 할 수 있다는 데 솔깃했나 봐. 나도 그쪽을 권했구."

그들은 버스 종점까지 왔다. 그동안 날이 어두웠다. 퇴근 무렵이었는데 종점에 들어오는 버스는 거의 빈 차였고 나갈 때도 그랬다. 차장들이 돈주머니와 긴 자루가 달린 물걸레를 들고 들락거리는 가건물의 형광등 불빛 속에 떠오른 얼굴들은 하나같이 표정이 온종일 증발해버린 것처럼 건조하고 공허해 보였다. 느닷없이 사람 사는 일의 쓸쓸함과 허망함이 추위처럼 사무쳐 수지는 몸을 웅숭그렸다.

어느 버스가 다음에 떠날 버스인가를 알아내기 위해 승객도 없이 버스 저희끼리만 붐비는 사이를 얼쩡대다 말고 수지는 불쑥 말했다.

"왜 목이만이 선생님 성을 안 따랐죠? 혹시 연고자가 있는 아이인가요?"

심각한 말을 하기엔 너무 불편하고 황망한 자리였다. 그 말은 오늘 온종일 아니 벌써 몇 년을 두고 별러온 물음이었다. 그 질문에 실린 몇 년의 퇴적을 행여 눈치채일까 꺼리는 마음이 일부러 그렇게 어설픈 때와 장소를 골라잡게 했는지도 모른다.

버스를 타는 거나 보고 들어가려고 뒤따라 어물쩡대던 유 원장이 뜻밖에 명쾌한 답변을 했다.

"아냐, 걘 처음부터 자기 이름만은 알고 있었어. 그건 그 애의 본명이야."

"그밖엔요?"

"그밖엔 아무것도 알아낼 수가 없었지. 제 나이나 주소, 부모 이름쯤 알 만큼 자란 아이였는데도 가끔 이유 없이 한 시간이고 두 시간이고 내리 우는 것 말고는 말이라곤 못 해서 처음엔 벙어리 아니면 박약아인 줄 알았으니까. 그때만 해도 아버님과 연루되어 억울하게 죽은 신자의 유자녀를 돌본 게 시작이 돼서 하나둘 더 떠맡기도 하고 주워오기도 한 고아가 열 명이 넘긴 했지만 그러다간 장차 고아원 차리게 되겠다고 남들이 근심해줄 정도였지. 정작 당사자인 나는 아무런 줏대도 계획도 없을 때였던가 봐. 더군다나 박애 정신 같은 것하곤 처음부터 상관도 없이 시작된 일이었지. 여북해야 그 불쌍한 울보를 몇 번씩 도루 내다버렸겠어?"

"또 내다버렸다구요? 가엾어라."

수지는 아득한 시선으로 겨우 손님 한 명을 태우고 떠나는 버스 뒤꽁무니를 쫓으며 말했다.

"아무리 멀찌가니 내다버려도 다시 찾아오는 데는 정말 미치겠더군. 그럴수록 박약아가 틀림없다 싶지 뭐야. 지능이 낮은 동물로 내려갈수록 귀소본능은 영검해진다고 들은풍월은 있어서 말야."

"그래서요?"

수지는 짐짓 냉담하게 물었다.

"내다버리길 단념할 수밖에. 데리고 있기로 마음먹고 편의상 이름을 지어주기로 했지. 내 성을 따르게 한 애들은 아주 어려서 버려진 아이들이고, 말을 할 수 있는 아이만 돼도 어떡허든 기억을 되살려 제 성명만은 놓치지 않도록 하자는 게 내 신조였지. 훗날 혈육이나 연고자를 찾을 수 있는 유일한 단서가 성명인데 그때 찾아서 꼭 쥐어주지 않으면 영영 잊어버리고 마는 게 아이들의 기억력이니까. 그런데 그 울보를 위해선 처음부터 그런 노력조차 안 했었거든. 박약아 취급을 했으니까."

"그런데 어떻게 목이가 그 애의 본명이라는 거죠?"

"글쎄 내 말을 끝까지 들어보라니까. 지금 생각나지는 않지만 아무튼 무슨 이름인가 지어서 그 애를 불렀더니 그동안 조금 순해졌던 그 애 성품이 다시 사나워지면서 울고 물어뜯고 난동을 부리는데 굉장하더군. 문득 짚이는 게 있어서 이름을 아느냐고 물어봤더니 고개를 단박 끄덕이면서 또렷한 발음으로 오목이라고 대답하지 뭐야. 신기하기도 하고 어이가 없기도 하고, 오목이란 성명은 그 애한테 들은 최초의 말인 동시에 그 애를 여는 열쇠였어. 고아원 애들이란 게 다 애정에 굶주린 애들이라 누가 관심 가져주길 바라는 게 가정집 아이들보다 좀 더한 건 사실이지만 목이는 그게 심한 편이었어. 이름을 밝히고 나서부터 누가 쉴 새 없이 자기 이름을 불러주길 바랐으니까. 자꾸 불러줄수록 그 애는 부드럽고 착한 애가 돼갔지. 그 애의 제 이름에 대한 집착이 어느 만큼 유별났었냐 하면 성을 떼고 이름만 불러도 서운해했으니까. 그래서 처음엔 꼬박꼬박 성까지 붙여서 오목이라고 불러줬었지. 그 애가 제 성명 석 자를 들으며 행복해하다 못해 황홀해지는 걸 볼 적마다 그 애가 얼마나 좋은 가정에서 그 이름으로 사랑받고 자랐는가를 알 수 있을 것 같아 가슴이 찡했지만 그 이상을 알아낼 수는 없었어. 그 애가 기억하고 있는 건 성명 석 자가 전부였지만 그 성명 석 자가 끝내 그 애가 잃어버린 좋은 가정을 되찾을 단서가 되진 못하고 말았지. 애석하게도. 그렇지만 그 애의 착한 마음을 열 수 있었으니까 그게 어디야."

수지는 유 원장의 장황한 말에 문득 염증을 느꼈다. 염증은 차멀미처럼 생생하게 고통스러웠다.

때마침 부릉부릉 시동을 거는 버스에 냉큼 올라탔다. 차창 밖에 멍청하게 서 있는 유 원장에게 손을 흔들었다. 유 원장이 뭐라고 그러는 것 같았으나 들리지 않았다. 버스는 부릉대기만 하고 떠나지 않았다. 유 원장이 먼저 떠났다. 유 원장이 흐느적대며 어둠 속에 흡수되자 수지는 앞자리의 등받이에 이마를 박으며 양손을 머리카락 깊숙이 집어넣었다.

다섯 살 적의 기억은 도대체 어떤 모습으로 남아 있는 것일까? 수지는 사람의 무수한 기억, 삶의 흔적을 사장하고 있는 신비한 망각의 서랍을 생각했다.

어느 날 문득 목이가 서랍 속에서 잃어버린 자신의 이름을 찾아냈듯이 그 서랍이 두고두고 보고寶庫가 되는 일은 없을까? 별안간 그 서랍이 그 내용물을 꾸역꾸역 토하면서 백일하에 쏟아져 내리는 일은 없을 것인가?

제발 아무도 깨우지 말았으면, 건드리지도 말았으면, 그 서랍 속의 작은 악마를. 한 숟가락의 밥, 한 개의 고구마를 동생에게 나누어주기 싫어 동생을 없애버린 징그러운 아귀를.

수지는 순전히 자신의 수치심을 위해 그걸 빌었다. 목이의 잃어버린 생애보다는 자신의 수치심이 더 소중했다.

그녀의 오빠 수철이가 근래에 신축한 집은 외모는 평범한 양옥이었으나 내부는 아름답고 기능적이었다. 한남석 씨가 물려준 구옥도 뼈대가 튼튼하고 꽤 쓸모가 있어서 시대에 맞춰 여기저기 조금씩 손봐가며 살면서 몇 년을 두고 꿈꾸고 벼르고 계획해서 지은 새 집이었다.

수철이는 워낙 빈틈없이 꼼꼼한 성품이었지만 그 집을 지을 때는 치밀한 계획성에다 유별난 애정까지 쏟아 마치 예술가가 작품을 만들 때처럼 몰입했다. 금전과 정열을 아끼지 않았을 뿐더러 괴팍까지 떨어서 시공하는 사람과 자주 충돌했다.

남보다 좀 이른 나이에 결혼해서 아름다운 아내와 남매를 거느리고 삼십 안짝에 자기 사업의 기반까지 굳힌 수철이의 가정은 그 전에도 누구나 부러워할 만큼 행복한 가정이었으나 아담하고 우아한 새집에 들고 보니 그 행복이라는 게 진열장의 보석처럼 더욱 빛나고 돋보였다. 도대체가 흠잡을 데라고는 없었고 작은 불행이 숨어 있을 만한 그늘도 없었다.

마치 캔이나 유리병 속에 들어 있던 주스를 아름다운 크리스탈 컵에 옮겨 담았을 때만큼이나 깜짝 놀라도록 달라 보였다. 캔 속의 주스와 크리스탈 속의 주스가 어찌 질이 같다 할 수 있을까? 우리의 혀는 결코 그렇게 정직하지 않다.

"다녀왔습니다."

수지는 오늘의 행적을 아무에게도 말하고 싶지 않아서 언제나처럼 명랑하게 외치며 안으로 들어섰다.

집 속은 따뜻하고 밝고 편안했고 조카들의 웃음소리와 맛있는 음식냄새가 충만해 있었다. 셋째 아이를 임신 중인 올케 영란은 느슨한 홈웨어 위에 정결한 에이프런을 두르고 찌개의 간을 보고 있었고 수철이는 어린 딸을 등에 태우고 엉금엉금 기면서 열심히 말 노릇을 하고 있는데 개구쟁이 아들은 무슨 말이 이렇게 느림보냐고 뒤에서 아빠 엉덩이를 철썩철썩 치고 있었다.

오늘도 행복하군. 수지는 잠깐 그들을 생판 모르는 남처럼 느끼며 이렇게 중얼거렸다.

어홍, 어홍, 바보처럼 입을 헤벌리고 말 소린지 호랑이 소린지 모를 괴성을 지르며 기고 있던 수철이가 흘끗 수지를 쳐다보더니 무안한지 얼굴을 찡그리며 말했다.

"일찍일찍 들어오도록 해라."

"좀 늦었어요."

"좀이 뭐냐. 저녁 못 먹고 기다리는 지가 언젠데……. 계집애란 익은 고기 같아서 말야."

수철이가 딸을 등에 태운 채 뭉기적대며 일어섰다.

"오빠두, 접때는 계집애는 날고기 같다더니."

"엄마, 그럼 불고기는 누구야? 나 불고기 먹고 싶다."

개구쟁이 형진이가 웃지도 않고 이렇게 말해 온 집안을 웃겼고 수지는 더 이상 야단맞지 않았다.

"내가 괜찮은 청년 하나 눈독 들여놓았는데 한번 봐보지 않을래?"

수철이가 식탁에 앉으며 넌지시 말했다.
"오빠 날 그렇게 빨리 치워버리고 싶우? 난 몇 년 더 오빠한테 기대고 싶은데."
수철이의 그런 말은 한두 번이 아니었기 때문에 수지도 이렇게 가볍게 받아넘겼다.
"야아, 요것 봐라. 생전 시집 안 갈 것처럼 귓등으로도 안 듣더니만 이제 몇 년만 더 기대겠다로 발전했것다? 나도 이놈 저놈 괜히 실없이 집적거려보는 짓 그만두고 구체적으로 매부될 친구를 돌봐야겠는데."
수철이는 누이동생이 귀여워 못 견디겠다는 듯이 놀려댔다.
"관둬요. 오빠 눈에 든 남자면 얼마나 재미없고 멋없을까 보지 않아도 본 듯해요."
"여보 얘 하는 소리 들었지? 나 듣기엔 내가 그렇게 재미없고 멋없단 소리 같은데 당신도 날 그렇게 생각해?"
수철이는 말머리를 영란에게로 돌려 응원을 청했다. 영란은 모든 것이 갖추어진 여자 특유의 느긋하고 약간 교만한 태도로 식모애가 차려놓은 상차림을 조금씩 고치기도 하고 간도 봐주다가 말했다.
"저는 당신만을 사랑해요."
그 동문서답이 뭐가 그렇게 좋은지 수철이는 어깨를 흔들면서 웃었다. 젊은이답지 않게 불쑥 튀어나온 배를 발판으로 어린 미진이가 앙금앙금 가슴으로 기어올라 머리카락을 사정없이 움켜잡고 어깨 위에 올라섰다. 통통하게 살찐 아이의 두 다리에 낀 수철이의 얼굴이 어릿광대처럼 필사적으로 즐거운 표정을 지었다.

그는 누군가?

그녀에게 가장 가깝고도 유일한 동기간이 생전 처음 보는 사람보다 더 낯설게 느껴졌다. 이런 섬뜩하도록 기묘한 느낌이 처음은 아니었다. 종종 있었지만, 가장 생생하게 기억나는 건 결혼식장에서의 수철이었다.

신랑 입장―. 사회자가 마이크에다 대고 두 번 세 번 악을 쓰고 나서야 수철이는 뛰어나왔다. 신랑이 저렇게 뛰어도 되는 걸까? 수지는 조마조마했다. 반짝이는 구두코가 꼭 무엇에 걸려 넘어질 것만 같았다.

되게 급한가 보다. 누군가가 큰 소리로 놀렸다. 신부 입장. 신랑이 신부를 맞기 위해 돌아섰다. 신랑 입장에 비해 신부 입장은 너무도 오래 걸렸다. 머리끝부터 발끝까지 새것으로만 빼입고 높은 자리에 빳빳이 경직된 채 신부를 기다리는 신랑의 긴장이 갑자기 무너져 웃음거리가 되면 어쩌나 하는 황당스러운 근심으로 수지는 가슴이 죄었다.

오랜만에, 너무도 오랜만에 신부가 단 아래까지 왔다. 신부를 거기까지 인도한 신부의 아버지는 은발이 아름답고 신수가 훤한 노신사였다. 딸을 청년에게 인계하면서 노신사의 얼굴에 만감이 서렸다. 일순 장내가 숙연해졌다.

이때 신랑이 갑자기 웃었다. 가벼운 미소였는데도 소리 높은 홍소처럼 장내의 조용한 감상을 휘저었다. 잠깐 가라앉았던 축제 분위기가 일제히 되살아났다. 첫딸 낳겠다는 둥 노총각도 아니면서 되게 좋은가 보다는 둥 한마디씩 수군거리며 킬킬댔다.

노신사의 무대는 짧았다. 그는 곧 잊혀졌다.

저 사람은 누구인가? 수지는 갑자기 단상의 수철이가 낯설어서 속으로 이렇게 부르짖었다. 그는 누구인가? 이런 의문은 근심스러울 뿐더러 고통스러웠다. 실로 잠깐 동안이었는데도 그 생각만 줄곧 해온 것처럼 지겹기도 했다. 하마터면 그 자리에서 엉엉 울어버릴 것처럼 그런 느낌들을 참아내기 어려웠다. 옆에 있던 외할머니가 그녀의 이런 슬픔을 감지한 것 같았다. 등을 토닥거리며 같이 울먹여주었다.

"가엾은 것. 아무쪼록 새사람 심덕이나 무던해야 할 텐데……."

그러나 그때 외할머니가 감지한 건 그녀의 슬픔일 뿐 그 고약한 낯가림은 아니었다.

"여보, 쟤 중매는 암만해도 당신이 나서야 할까 봐."

미진이를 어깨에서 내려 무릎에 앉히고 생선 가시를 발라내 주면서 수철이가 아까 하던 얘기를 계속했다.

"왜요?"

"당신은 발도 넓고 친정도 번족하잖아. 혼인은 뭐니 뭐니 해도 연줄혼인이라야 안전하거든."

"글쎄요. 그야 어렵지 않지만 고모가 오해할까 봐."

"오해라니?"

"우리가 마치 고모가 귀찮아서 빨리 치우려고 서두는 줄 알면 어떡해요?"

"원 걱정도 팔자군. 내년이면 대학 졸업반이야. 서둘기는커녕 너무 늑장 부리고 있는 거나 아닌지 모르겠어. 실없는 소리긴 하지만 학년에 따라 여자의 값을 금값이니 동값이니 하고 비유하는 소리만 들어도 요샌 어째 남의 얘기 같지 않단 말야."

"하긴 그래요. 우리가 너무 모른 척해도 무심하고 무책임하단 원망 들을걸요."

"언니, 시집 참 잘못 왔다. 오빤 안 그렇게 생각해?"

수지가 딴청을 부리며 끼어들었다.

"왜?"

둘이 다 천부당만부당하다는 듯이 눈에 힘을 주고 수지를 주시했다.

"나 같은 군식구 때문에. 군식구란 잘해줘도 원망, 못해줘도 원망, 어차피 잘해준 공은 없는 배은망덕한 친구 아뉴? 군식구 중에도 시누이란 군식구는 도대체 얼마나 싫을까 상상만 해도 진저리가 쳐지니 나도 보통 얌체가 아니지?"

수지는 밥숟갈을 멈추고 정말 한 차례 진저리를 쳐 보이며 말했다.

"너 무슨 말을 그렇게 함부로 하니? 내가 너를 어떻게 기른 동생이라구."

수철은 무릎의 미진을 거칠게 아내한테로 넘겨주며 정색을 하고 따졌다.

"오빠 섭했수?"

수지가 돌변해서 애교를 듬뿍 떨며 말했다.

"내가 섭한 게 문제가 아냐. 올케하고 너하곤 남남끼리야. 할 말이 있고 못 할 말이 있어. 그 무던한 사람한테 너 가끔 너무하는 것 같잖니?"

"미안해요. 다신 안 그럴게요. 그 대신 이왕 중매 서려거든 나처럼 여우 같은 시누이는 없는 데로 해줘요. 부탁해요 언니."

수지는 제 하고 싶은 말 다하고 그 후의 분위기를 모르는 체 배불리 먹고 먼저 식탁을 물러났다.

네가 심술 좀 부렸기로서니 우리의 행복에 이상이 있을까 보냐는 듯이 그 후에도 밤늦도록 네 식구가 웃고 즐거워하는 소리는 계속됐다.

일찌거니 잠자리에 든 수지는 머리맡의 갓 스탠드만 켜고 어제 읽던 탐정소설을 펴놓았다. 우발적인 사고로 사람을 죽인 주인공이 다시 최초의 살인의 목격자를 죽이고 또 다시 두 번째 살인의 증거를 쥔 사람을 죽이는 식으로 완전범죄를 위해 사람을 죽이고 또 죽이는 얘기였다.

살인이 거듭될수록 그 수법은 세련되고 죄의식은 희미해지고 완벽해지는 과정이 흥미진진했다.

오목이를 처음 놓아버린 일을 은폐하기 위해 앞으로 수없이 오목이를 모른다 할 수 있을 것 같았다. 주인공이 일곱 번째로 살인을 하는 장면에서 그녀는 조금 울었다. 일곱 번째의 살인을 끝으로 그 살인자가 붙잡히게 돼 있다는 건 미리 알고 있었다. 그렇다고 울 까닭은 없었다. 불을 끄고 나서 잠을 청하면서 비로소 왜 울었던가를 알 것 같았다.

오목이 때문이었다.

오목이를 처음 놓아버리곤 몸부림쳐 울었지만 두 번째 놓아버리곤 그 정도밖에 울 수가 없었다.

목이도 잠자리에서 울고 있었다. 영광학원 중입반의 상담실이 밤이면 목이의 침실이 됐다. 종로의 높직한 건물은 거의가 다 재수학원에서 차지하다시피 한 사설학원의 전성기였다. 상담실은 정결하고 따뜻하고 침대로 쓰는 소파는 푹신했다. 생전 처음 가져보는 독방이요 사치였고 그녀가 오랫동안 꿈에 그리던 침실 그대로였다.

언젠가 유 원장이 맹장염으로 입원한 적이 있었다. 목이가 아이들과 함께 문병갔을 때 환자는 특실에 누워 있었다. 특실밖에 없어서 거기 든 거였기 때문에 사모님은 이등실이나 삼등실이 나기를 초조하게 기다리며 돈 걱정이 태산 같았지만 목이 보기에 그 특실은 참으로 좋았다. 구석구석 정결하고 밝고 아늑했다. 목이가 그때까지 보아온 사람 사는 거처 중에서 가장 마음에 드는 방이었다. 그런 방에서 하루라도 살아보았으면……. 그때부터 목이는 병원에 입원할 수 있는 병에 걸리길 얼마나 바랐던가. 병원 특실은 목이의 꿈의 침실이었다.

벽과 천장이 온통 희고 천장이 까마득히 높은 거며, 방이 길쭉하고 단조롭고 정결하며, 하다못해 서랍 달린 작은 탁자 위의 꽃병엔 항상 신선한 꽃이 몇 송이 꽂혀 있는 것까지 병원 특실과 방불했다.

뿔뿔이 흩어진 오누이의 집 아이들도 더러 그곳을 드나들었다. 종로 한복판이라 무엇보다 오다가다 들르기엔 교통이 그만이고 그곳 전화통은 오목이의 담당이라 눈치 보지 않고 전화 연락이 가능하기 때문에 자연히 연락망의 중심지같이 돼가고 있었다. 들르는 아이마다 목이의 처지를 부러워했다. 오누이의 집에 있던 아이들 중에선 목이가 제일 잘된 걸로 소문이 나 일부러 들러서 그걸 확인하려는 친구도 있었다.

"야아, 과연 너 출세했구나."

거의 시장 점포나 변두리 공장 쪽으로 풀린 아이들이 모처럼의 휴일날 목이를 찾아와 그 출세를 확인하고는 기뻐해주기도 하고 더러는 질투까지 했다.

목이의 침실만 남이 부러워할 만한 게 아니었다. 목이가 거기서 받는 대우도 소위 인간적이었다. 인간적이야말로 고아원 친구들이 사회라는 거대한 괴물 속에 꼭 있다고 믿고 싶은 꿈이요 어떡하든 찾아내야 할 보물이었다. 그것은 또 토정비결에 나오는 귀인처럼 소문만 있고 실체는 없어서 누구도 아직 정말 만난 적은 없는 거였다.

목이를 그곳에 취직시켜준, 이름을 밝히기를 싫어하는 어느 독지가란 사람의 특별한 부탁이라도 있었는지 모두 목이에게 친절했고 힘들거나 어려운 일은 처음부터 시키지도 않았다. 그야말로 특별대우였다.

그녀의 주된 일은 그 학원의 실적을 알고 싶어하는 학부모의 내방이나 전화 문의에 최근 몇 년 동안 상승일로에 있는 명문중학 입학률과 장안에서 이름난 강사진의 이름을 달달 외워서 들려주는 일과 수시로 입학을 원하는 재수생들에게 미리 비치해놓은 시험지로 시험을 보게 해서 최우수반, 우수반, 준우수반 등으로 실력을 분류하는 일이었다.

그 밖에 접촉하고 도와줄 사람은 그곳 강사들인데 유능한 전직 교사인 이들은 나이도 지긋하고 말씨도 점잖아 목이를 함부로 대하지 않았다. 독학으로 고운 꿈을 키우고 있는 소녀를 귀여워하고 격려해주었다. 혼자서 공부하다 모르는 건 막힘 없이 척척 가르쳐줄 만한 실력자들만 모인 속에서 생활한다는 건 그녀의 지식에 대한 갈증뿐 아니라 지적인 허영심까지도 만족시켜줄 만했다.

피곤한 강사들은 하루에도 몇 번씩 커피를 시켜 마셨다. 그럴 때마다 목이 몫까지 시켜서 이제 인이 박이다시피 한 커피를 다리 꼬고 앉아 느긋한 기분으로 마실 때면 이만하면 출센가? 하고 자족할 수도 있었다.

그러나 늦은 밤, 텅 빈 7층 건물 한 귀퉁이 상담실의 소파를 펴서 침대를 만들고 누우면 높은 천장이 출렁이는 환각과 함께 그녀의 꿈의 침실은 망망대해를 표류한 난파선의 선실이 되고 말았다. 외로움을 참다못해 그녀는 밤마다 울었다.

"목아, 이제부터 넌 고아가 아냐. 한 사람의 의젓한 사회인이 된 거야."

원장아버지가 목이를 떠나보내면서 대견한 듯이 한 말이었다. 그러나 목이는 고아원을 떠나고 나서 비로소 자신이 고아일 뿐이라는 걸 실감하고 있었다.
 영광학원에서 그녀는 '미스 오'로 통했다. 이제 조금씩 낯이 익게 된 아이들도 미스 오 언니라고 그녀를 불렀다. 처음엔 그 소리를 들을 때마다 심한 이물감에 깜짝 놀랐고, 미스 오가 바로 자기라는 걸 깨닫고 나선 이내 눈물이 핑 돌곤 했었다.
 상실감과 고립감이 뼈에 사무쳤다. 그녀가 잃었다고 생각하는 건 바로 자신의 이름이었다. '목아' 하고 부르는 소리를 듣는 게 얼마나 큰 삶의 위안이었던가를 이제야 알 것 같았다. 그곳 사람들은 그녀를 볼 적마다 날로 예뻐지고 세련돼간다고 놀리기도 하고 감탄도 했지만 이런 상실감 때문에 그녀는 자신이 날로 비참해지고 못돼가는 것처럼 느끼고 있었다.
 원장 아버지가 보고 싶었다. 원장 아버지는 고아들을 공평하게 사랑했지만 목이는 자기가 제일 사랑받고 있다고 믿고 있었다. '목아'라고 부를 때의 원장 아버지의 목청은 독특했다. 마치 성까지 합쳐서 '오목아'라고 부르는 것처럼 들렸고 그 잡힐 듯 말 듯 미묘하게 함몰된 '오' 소리를 자기만이 감지할 수 있다는 게 목이에게 커다란 기쁨과 자랑이 되었다.
 아무도 원장 아버지처럼 목이를 부르지 못했다. 또 아무도 목이처럼 원장 아버지가 부르는 소리 속에 감추어진 정다운 음을 알아듣지 못했다. 그건 두 사람만의 은밀하고 따뜻한 교감의 방법이었고 그녀가 희구하는 삶, 가정이라는 그 그지없이 멀고 아름다운 것에 대한 사랑의 방법이기도 했다.

오누이의 집 아이들은 커서 들어온 몇 명만 빼고는 거의가 다 원장의 성을 따서 유가였고, 그것이 가족관계 비슷한 연대감을 형성해주고 있었기 때문에 혼자서 오가인 목이는 자칫 소외될 수도 있었다.

그런 목이를 위로할 셈이었던지 유 원장은 어린 목이가 그 이름을 얼마나 소중하게 움켜쥐고 있었던가, 자기는 또 그 이름으로 어린 목이의 꼭꼭 닫힌 마음을 얼마나 신통하게 열 수 있었던가를 무슨 옛날얘기처럼 재미있게 꾸며서 들려주기를 즐겼다.

그건 물론 모든 고아가 다 즐길 수 있는 옛날얘기는 아니었다. 목이만이 들어도 싫증 안 나는 옛날얘기였고, 유 원장과 목이 사이의 특별한 친화감을 확인할 수 있는 아기자기한 매개체였다.

한때 유 원장과 목이는 공모자처럼 짜릿짜릿하게 통하는 마음으로 그 이름으로 가족을 찾을 수 있을 것을 믿고 온갖 노력을 다한 적이 있었다.

마침 매스컴이 이산가족을 위해 최대의 성의를 보여줄 때였다. 그들은 오목이란 이름으로 가족을 찾는 광고를 꾸준히 신문 방송을 통해 냈을 뿐 아니라 그 이름으로 잃어버린 자식을 찾는 소리가 있을까 한시도 기대하는 마음을 못 버리고 조마조마해 있어야 했다.

목이를 그렇게 부추긴 건 유 원장이었다. 때로는 그 일에 유 원장이 한술 더 뜨기도 했다. 그가 기른 고아 중 하나쯤은 친부모를 찾는 경사로 그의 고아원에 생기를 불어넣고 싶었고, 그 사업에 대한 자신의 싫증에 신선한 충격을 주고 싶었다.

어쩌면 그는 자신이 고아원 원장 노릇을 오래는 못 할 것을 미리 알고 훗날 그 일이 말짱 헛수고만은 아니었다고 미소 짓기 위해 예쁜 동화를 하나 만들어 가지고자 했는지도 모른다.

그러나 끝내 목이의 이름이 동화를 창조해주진 못한 채 그들의 모든 노력은 허사로 돌아갔다. 공짜로 그런 광고를 취급해주던 언론의 열성은 갑자기 식어갔다.

이제 여론의 관심사는 소수의 잃어버린 지난 시간이 아니라 대다수의 약속된 미래의 시간이었다.

"우리도 잘살 수 있다."

처음엔 소경한테 너도 볼 수 있다고 말하는 것처럼 허황하기만 하던 소리가 문득 실제적인 감촉으로 감전되고 일단 감전되면 열병을 앓게 되는 잘살 수 있다는 열광의 시기가 온 것이었다.

연중무휴이다시피 한 영광학원의 신정 연휴는 강사들에게도 아이들에게도 각별히 감지덕지한 것이었다.

입시날이 며칠 안 남아 마지막 채찍질에 열을 올려야 할 때, 피할 수 없는 휴일이 끼어 있다는 건 백척간두에서 잠깐 조는 것처럼 아슬아슬하고도 감미로웠다.

강사들은 제각기 사흘 동안에 다 이룰 수 없는 호사스러운 휴가 계획을 공표하고 흩어졌지만 아마 낮잠이나 실컷 자고 싶다는 소망이 가장 실현 가능성 있는 계획이라는 걸 곧 체험하게 될 것이다.

그 7층 건물 속 사람들은 어른 아이 할 것 없이 서울 장안에서 가장 고단한 사람들이었다. 목이는 생전 처음 가져보는 휴가를 어떻게 보내야 할지 난감했다.

갑자기 텅 빈 7층 빌딩은 가벼운 한숨 소리도 메아리가 돼서 돌아올 것처럼 적막하고 공허해졌다.

"너는 누구냐?"

고아로 자랐으면서도 그렇게 홀로 있어 보긴 처음이어서 목이는 그 무서움증을 이겨보려고 이렇게 자신에게 이야기를 걸었다. 그러면 사면의 벽이 즉각 같은 물음으로 그녀를 조소했다.

"너는 누구냐? 너는 누구냐?"

그 악랄한 조소에 그녀는 위축되고 마침내 흔적도 없이 소멸해버릴 것 같았다. 외부를 향해 굳게 셔터가 내려진 7층 건물 속의 정적과 공허는 그녀가 홀로 감당하기엔 너무도 거대한 괴물이었다.

원장 아버지가 보고 싶었다. 그가 그 독특한 목청으로 '목아'라고 부르는 소리를 듣고 싶었다. 잡무에 쫓겨 잊고 지내던 원장 아버지에 대한 그리움이 아무 하릴없이 홀로 있게 되자 참을 수 없이 간절해졌다.

지금보다 훨씬 어린 나이에 그 이름을 악착같이 움켜쥐고 있다가 이름으로 자기를 주장할 수 있었다는 게 얼마나 눈부신 자존심이었던가를 이제 알 것 같았다.

연휴 이틀째 되는 날, 목이는 원장 아버지를 찾아보기 위해 영광학원을 벗어났다.

"일찍 돌아오도록 해 미스 오. 별 볼일 없이 시내 싸돌아다녀 봤댔자 지갑만 허룩해지지. 이득될 거 하나도 없으니까."

나이 지긋한 수위 영감이 생각해서 해주는 소린데도 목이 듣기엔 네 따위 고아가 외출해봤댔자 돈 쓸 일밖에 갈 데나 있겠느냐는 비양거림으로밖에 안 들렸다.

앞에서 보면 위용당당한 7층 건물이지만 뒷문 밖은 생전 볕이 안 드는 음험하고 더러운 뒷골목이었다. 뒷골목의 구옥들은 거의가 다 싸구려 음식점이어서 쓰레기통에 넘치는 연탄재 위에 끼얹은 밥 찌꺼기가 얼어 모밀꽃처럼 피어나고 있었다. 목이는 뒷골목에 들 볕을 차단하고 떡 버티고 선 7층의 괴물스러운 등허리를 쳐다보면서 "이건 집이 아니다"라고 진저리쳤다.

번화가의 상점들은 모조리 닫혀 있었다. 철시한 거리를 색색가지 때때옷을 입은 사람들이 보통 때와는 다르게 걸음 그 자체를 즐기듯이 천천히 걸어가고 있는 게 보기에 좋았다.

집에서 식구들 저희들끼리만 모여서 설을 쉰다는 건 어떤 모습일까? 식구들 저희끼리만……

목이는 이 세상의 모든 사람들이 식구라는 이름으로 저희끼리만 끼리끼리 뭉쳐서 자기를 따돌리고 비웃고 약올리고 있는 것 같아 외롭고 서러웠다. 자기만이 식구라는 집단에서 따돌림을 당하고 있다는 느낌이 그녀의 작은 가슴을 한없이 썰렁하게 했다.

집이라는 배타적인 딱지 속에서 식구들은 모여서 어떻게 지내는 걸까? 그게 아무리 궁금해도 그건 영원히 이방의 풍속일 따름이었다.

뿔뿔이 흩어질 때 1년에 한 번, 설날이라도 모이자고 약속한 바는 없었다. 그러나 모일 줄 알았다. 식구들이 저희끼리만 모이는 날,

그 끼리끼리에 속할 수 없는 사람끼리 모여드는 건 자연스럽다 못해 뻔했다.

오누이의 집으로 오르는 언덕길을 숨 가쁘게 기어오르며 목이는 벌써 아이들이 왁자지껄 재회의 기쁨을 나누는 소리가 들려오는 것 같았다.

아이들을 일일이 부둥켜안고 싶었고 잘해주고 싶었다. 원장 어머니를 도와 부엌에서 떡국도 끓이고 마당에 묻힌 큰 독에서 김치도 꺼내 오리라. 오누이의 집 김장김치는 해마다 어찌 그리 짜다 못해 소태맛이었는지. 그래도 겨울이 가기도 전에 그 세 개의 큰 독은 차례로 바닥이 나 아이들은 좋아라고 숨바꼭질할 때 이용했지만 어려서부터 김치 심부름이 단골인 목이는 김장이 바닥날 즈음이 제일 싫었다. 냄새도 고약했지만 까딱하면 거꾸로 처박힐 것 같았다.

그 싫던 일이 다 그립고, 그 소태 같은 김치가 먹고 싶어 입에 군침이 돌았다.

그러나 오누이의 집의 활짝 열린 대문으로 제일 먼저 세 개의 웅덩이가 눈에 띄었다. 해마다 김칫독을 묻던 자리라는 걸 깨닫자 목이는 가슴이 철렁 내려앉았다.

참, 두 분만 오붓하게 살게 됐는데 김장을 그렇게 많이 담글 까닭이 없지?

목이는 얼른 자신의 경솔한 놀람을 이렇게 달래며 마당으로 들어섰다.

건들대던 현관문이 별안간 덜컥 소리를 내더니 안으로부터 저절로 열렸다. 한눈에 사람이 살고 있지 않다는 걸 알 수 있는 텅 빈 내부가 드러났다. 문을 밀어낸 바람이 목이를 휘감았다. 전혀 체취가 섞이지 않은 바람에 목이는 오싹 소름이 끼쳤다.

빈집이라는 게 뭐가 그렇게 무서운지 그녀는 덮어놓고 도망부터 치기 시작했다. 허방지방 언덕길을 달음질쳤다. 제 발자국 소리에 쫓기듯이 겁이 났지만 뒤돌아볼 수조차 없었다.

"목아!"

키 큰 청년이 목이 앞으로 성큼 다가와 막아 서면서 소리 질렀다. 씩씩하고 밝은 목소리였다. 목이도 멈춰 서면서 그를 쳐다보았다. 자신의 쓸쓸한 마음과는 동떨어지게 밝은 표정 때문에 청년의 얼굴은 실제의 키보다 더 아득한 곳에 있는 것처럼 보였다. 목이는 부신 듯이 눈만 깜박거렸다.

"목아, 나야 나. 나 몰라보겠어?"

청년이 답답한 듯 제 가슴을 쳤다. 키만 클 뿐 아니라 건강체의 당당한 체구가 서둘러 달려왔기 때문인지 목이를 만난 반가움 때문인지 씨근거리며 어깨로 숨을 쉬는 게 씩씩해 보였고, 혈색 좋은 울퉁불퉁한 얼굴은 뭔 일이 잘돼갈 때의 남자들 특유의 과장된 희망으로 밝게 빛나고 있었다. 두툼한 입술이 싱글벙글하니까 고르지 못한 뻐드렁니가 드러났다. 목이도 덩달아 조금 웃었다.

"일환이 오빠 웬일이야."

"짜식 그래도 이 오빠를 알아보긴 알아보는구나."

"오빠 많이 컸네."

"너야말로."

일환이는 오누이의 집이 없어지기 몇 년 전에 취직해서 나간 역시 고아였다. 아마 오누이의 집을 거쳐간 고아 중에선 제일 연장자였고 그 나름으로 맏형 노릇을 톡톡히 했다. 고아로 있을 땐 힘으로 아이들 사이의 분쟁을 조정하고 기강을 바로잡았고 사회에 나간 후에도 설이나 추석 명절엔 잊지 않고 선물 꾸러미를 들고 원장부모와 아우들을 찾아보았다.

"안됐다. 오빠두……."

목이가 짐짓 시무룩하게 말했다.

"왜?"

"오빠 지금 세배 오는 거지? 오누이의 집이 없어진 것도 모르구."

"오누이의 집이 없어지다니?"

"오빤 정말 암것도 모르는구나. 벌써 없어진 지가 언제라구?"

"오누이의 집이 없어졌으면 네가 어떻게 여기 있니?"

"나도 오빠처럼 취직해서 나갔다가 세배 온 거야. 그랬더니 고아원만 없어진 게 아니라 원장 아버지 어머니까지 안 계시잖아? 이사 가셨나 봐. 빈집이야. 무서워서 혼났어."

목이는 아직도 긴가민가한 얼굴로 서 있는 일환이에게 그간의 경위를 다시 자세하게 설명했다. 두 사람은 어느 틈에 다시 오누이의 집을 향해 나란히 걸어 올라가고 있었다.

"그럴 줄 알았어."

"뭘."

"새로운 고아를 안 받는 걸 보고 쉬 없어질 줄 알았어. 그렇지만 막상 없어졌다니까 섭섭하다."

일환이의 울퉁불퉁한 얼굴에도 쓸쓸한 감회가 어렸다.

"나도."

"1년에 한 번 세배 올 데도 없어져버렸구나."

"정말 너무했어. 감쪽같이 이사까지 가버릴 게 뭐람."

"세배도 세배지만 한솥엣 밥 먹고 자란 우리끼리라도 1년에 한두 번쯤은 모여서 얼굴을 봐야 하는 건데."

"글쎄 말야. 우리한테 그런 자리도 내주기가 싫어서 살짝 이사를 가버린 거야. 친부모가 아니니까 별수 없어."

목이가 작은 입을 오무리며 야무지게 말했다.

"얘 좀 봐. 우리의 친부모는 우리를 버렸어. 그래서 우린 고아가 된 거야. 그런 우리를 주워다 키워서 제각기 독립시켜 내보내고 더 늦기 전에 당신 할 일을 찾아간 그분을 그런 식으로 원망하면 되겠니?"

일환이가 제법 의젓하게 나무랐다.

"흥, 오빠네 부모는 오빠를 내버렸을지 몰라도 우리 부모는 나를 절대로 안 내버렸어. 난 난리통에 길 잃고 고아가 된 거야. 내 잘못이지 우리 부모 잘못은 없어. 난 딴 고아들하고 달라."

"짜아식 여전하구나."

일환이 얼굴에 찬탄과 연민이 엇갈렸다.

"뭐가?"

"넌 어려서부터 그랬어. 우리 주제에 대한 그런 견해 차이 때문에 딴 아이들한테 따돌림을 받건 말건 넌 그걸 주장했으니까. 아무튼 부모라는 것에 대한 원성이 가득 찬 속에서 혼자서 부모를 두둔할 수 있는 네 상상력이 부럽다."

"오빠 그건 상상이 아냐. 내가 뭣엔지 정신이 팔려 식구를 잃어버렸을 때 생각이 지금도 또렷이 나는걸. 그때 날씨는 지금처럼 추웠고 온 세상 사람들이 다 몰려나온 것처럼 많은 사람들이 아우성치면서 어디론지 가고 있었어. 그전까지는 부잣집에서 귀여움을 독차지하고 자란 외딸이었을 거란 건 내 상상인지 몰라도 내가 식구를 잃어버릴 때 일만은 바로 엊그저께 일처럼 생생해. 잊어버릴 만하면 똑같은 꿈을 꾸어서라도 그걸 생생하게 간직하고 있는걸. 고아가 된 건 순전히 내 잘못이었어."

"그래 넌 효녀다."

일환이가 조금도 빈정거리는 투가 아닌 마음으로부터의 칭찬을 해주고 입을 다물었다. 다시 오누이의 집이 바라보이는 지점까지 오자 오목이가 걸음을 멈추었다.

"오빠 우린 지금 어디로 가고 있는 거지?"

"이왕 여기까지 온 김에 한번 들어가서 돌아보고 가자. 그래도 우리에겐 고향집이나 마찬가지니."

"빈집이래두."

"빈집이면 어때? 시간 있것다, 사가지고 온 먹을 거 있것다, 천천히 놀다 가도 나쁠 거 없잖아."

"무시무시하던데."

일환이가 그럴수록 목이는 경계 태세를 가다듬었다.

"내가 있는데 뭐가 무섭니?"

"그래도 싫어."

"바보처럼 굴고 있네. 내가 좋은 거 보여줄게, 들어가자."

"여기서 보여주면 안돼?"

"저 집 속에 있는 거야."

"저 집은 이제 빈집이래두. 암것도 없어."

"그것만은 안 없어졌을 거야. 그건 기둥이니까. 식당 가운데 기둥에 해마다 네 키를 재둔 눈금이 있었지? 넌 그게 보고 싶지 않니?"

일환의 얼굴에 사람 좋은 미소가 감도는 걸 보자 목이의 도사렸던 마음도 쉽게 누그러졌다. 목이는 어려서부터 키 재기를 무척 좋아했고 목이의 이런 응석을 받아들여 식당 가운데 기둥에다 해마다 목이의 키를 잰 눈금을 칼로 파서 남겨둔 건 일환이었다. 고아원 아이들이란 대단치 않은 것도 시샘을 하고 큰 싸움으로 번지는 경우가 있어, 그 가운데 기둥도 심심찮게 말썽을 부렸었다. 딴 애들이 종종 하필이면 그 가운데 기둥에다 제 키를 새기려고 심통을 부렸고 목이는 한사코 그게 제 기둥이라고 우겼기 때문이다. 그럴 때 항상 일환이가 목이 편이 돼서 그 기둥의 소유권을 보장해주었다.

목이의 키를 재줄 때도 그랬지만, 여러 아이들로부터 목이 역성을 들어줄 때의 일환이는 참으로 커 보였다. 오누이의 집에서 제일 키 크고 힘센 맏형이 자기 편이란 게 목이에게 얼마나 미더운 백이었던지가 생각나 목이는 마음놓고 킬킬댔다.

집 속은 밖에서 생각했던 것보다 훨씬 더 썰렁하고 귀살스러웠다. 세간살이가 없어졌기 때문에 손질 안 한 채 오래된 일본식 목조건물의 퇴락이 그대로 드러났다. 방마다 구질구질하고 무시무시했다.

"오빠 무서워. 툭 건드리기만 해도 무너져내릴 것 같아."

목이가 일환이에게 매달리며 말했다.

"설마."

일환이가 목이의 어깨를 감싸안으며 베니어 판이 너덜너덜 처진 천장을 쳐다보았다.

"우리가 여기서 살았다는 게 믿어지지 않아."

"아무리 좋은 집도 이사 떠나고 나면 다 그런 거야."

"들어와 보지 말 걸 그랬어. 괜히 정만 떨어지게 생겼잖아."

목이가 울상을 하고 조그맣게 속삭였다.

"자아, 우리 목이 키부터 재보러 가야지."

일환이 일부러 떠들썩하게 굴면서 목이를 식당으로 잡아끌었다. 식당 가운데 기둥엔 눈금이 고스란히 남아 있었다. 일환이도 마룻바닥에 잔뜩 쌓인 잡동사니를 발로 헤치고 목이를 기둥 밑에 세웠다. 목이는 겸연쩍게 웃으며 일환이가 시키는 대로 했다. 일환이가 해마다 그렇게 해 주던 생각이 나면서 가슴이 따스하게 울렁거렸다.

"이상해."

"뭐가?"

"오빠가 나를 기른 것 같은 생각이 들어. 오빤 고아원을 떠나고 나서도 설에 세배 올 때마다 잊어버리지도 않고 내 키를 여기서 재주곤 했잖아."

일환이가 막대기를 집어다가 기둥과 직각으로 목이의 정수리를 눌렀다.

"너무 누르지 마. 키 안 자라."

목이는 실상 정수리보다는 부푼 가슴을 누르는 일환이의 명치에 더 신경을 쓰면서 비명을 질렀다.

"너야말로 발뒤꿈치 들면 안 돼. 내 눈은 못 속이니까."

키 재기는 필요 이상 시간을 끌고 나서야 끝났다. 그러나 막대기 끝은 작년 설의 눈금 위에 정확하게 머물러 있었다.

"어머머, 오빠 사기쳤구나. 내 키가 조금도 안 자랐다니 말도 안 돼."

"짜아식, 넌 이제 다 자란 거야."

"내가 다 자랐다구?"

"그래 넌 어른이 된 거야."

일환이 목소리에 갑자기 끈기가 생겼다. 목이는 그 끈끈한 게 싫어서 갑자기 생급스러운 목소리로 딴청을 부렸다.

"오빠 저것 좀 봐. 저게 다 우리들 쓰던 거 아냐?"

식당에서 부엌으로 난 문짝은 떨어져서 나동그라져 있고 부엌 바닥엔 헌옷가지, 잡지책, 일기장, 수첩, 일그러진 플라스틱 그릇, 헝겊 조각 등이 한 트럭은 실히 될 만큼 쌓여 있었다.

외딴집만 아니었으면 고물 장수가 몇 차례 넘나드는 걸로 대강은 처리됐을 대수롭진 않지만 아주 못 쓸 것은 아닌 잡동사니였다. 그러나 목이에겐 헤어진 친구들의 모습, 성격, 버릇까지 한꺼번에 떠오를 만큼 낯익고 사연 있는 물건들이었다.

"이것 때문에 춘자하고 경숙이하곤 끔찍이도 싸우더니만, 둘 다 음악이라면 사죽을 못 썼거든."

목이는 그 쓰레기 더미 속에서 한쪽 딱지가 없어져 내장이 드러난 트랜지스터 라디오를 주워 올리며 감상적인 목소리로 중얼거렸다.

기둥 위의 눈금 때문에도 질투하고 싸우던 아이들이었다. 아이들이 애지중지하던 것, 유별나게 집착하던 것, 긴 겨울의 추위를 가려주던 것, 손때 묻은 일용품들이 한꺼번에 뒤섞여 넝마 장수도 안 집어가게 생긴 쓰레기 더미로 변한 걸 보면서 목이는 가슴 밑바닥으로 바람이 지나가는 것처럼 을씨년스러웠다. 뿔뿔이 흩어진 아이들이 어디서 꼭 그 모양으로 천덕꾸러기가 돼 있을 것 같았고, 그 탓을 원장 아버지한테 돌리고 싶어 그녀의 작은 입술이 파르르 떨렸다.

"나 오늘 여기 정 떼러 왔나 봐."

목이는 저만치에 네 활개를 벌리고 쑤셔박힌 진홍색 코트를 집어 들며 야무지게 말했다. 쥐 오줌 냄새가 독해서 그녀는 곧 그걸 내던졌다. 그건 구제품이었지만 푹신하고 빛깔이 고와서 그녀가 오래도록 이용하다가 무릎 위로 올라올 만큼 깡총해진 후에야 그녀 마음에 든 아이에게 살짝 물려준 거였다.

"나한테 정떨어지면 곤란한데."

"내가 언제 오빠한테 정이 붙었다고 떨어지고 말고가 있어. 원장 아버지 말야. 그동안 얼마나 보고 싶었었다구. 이제 다신 안 보고 싶을 테야. 미워, 친부모라면 자식들이 쓰던 물건을 이렇게 함부로 내버리진 못했을 거 아냐."

"그래, 그러니까 그분들은 우리의 친부모가 아니지."

일환이가 딱하다는 듯이 말했다. 묘하게 어른스러운 얼굴이었다.

"그래도 그렇지. 우리들한테 조금이라도 정이 있었으면 이럴 수는 없어."

목이가 이를 악물면서 날카롭게 소리쳤다.

"목아, 흥분하지 말고 생각해봐. 삼사십 명이 함께 들끓던 살림살이가 갑자기 두 식구로 주는데 버릴 게 오죽 많겠니?"

"그래도 그렇지, 우리가 얼마나 지겨웠으면 우리 물건을 이렇게 천덕꾸러기로 내굴리겠어. 난 꼭 배신당한 것처럼 분한걸."

"그분들은 우리의 친부모가 아니었고 우린 그분들이 돌봐준 고아에 지나지 않아. 그분들은 참 우리한테 잘해주셨고 우린 그것만 잊지 않고 있으면 되는 거 아니니. 저 살기도 바쁜 전쟁통에 남이 못할 어려운 일을 시작해서 끝까지 그 일의 책임을 다하고 이제서야 당신들 할 일을 찾아간 그분들을 그런 식으로 원망하는 건 옳지 않아."

일환이가 제 말에 스스로 취한 듯 상기했다.

"오빠 왜 그래?"

"뭘?"

"너무 어른 같은 소리만 하니까 기분 나쁘잖아."
"난 어른이니까."
"피이, 언제 적."
"난 벌써부터 어른이었어. 고아는 빨리 어른이 될수록 좋아."
"왜?"
"어른이 돼야 가족을 만들 수 있으니까."
"가족을 어떻게 만들어?"
"왜 못 만들어. 결혼해서 아이를 낳으면 그게 가족이지. 고아가 고아 신세를 면하는 길은 그 길밖에 없어. 난 될 수 있는 대로 아이를 여럿 낳을 거야."

일환이가 씩 웃었다. 뻐드렁니가 보기 싫어서 목이는 얼른 외면을 했다. 부엌 뒷문이 바람에 맥없이 열리면서 맞바람이 쳤다. 부엌바닥의 쓰레기 더미가 어수선하게 몸을 뒤챘다. 일환이가 뒷문을 닫으려고 했다.

"그만둬."

목이가 일환이를 밀치고 뒷문 밖으로 뛰쳐 나갔다.

목이는 무턱대고 낯익은 오솔길을 걸었다. 일환이가 따라오는 걸 의식하고 있었지만 돌아다보지 않았다.

가슴이 울렁대고 있었다.

오솔길은 무덤으로 통하고 있었다. 무덤가는 양지바르고 앞이 탁 트여 오누이의 집을 근경으로 멀리 겨울 들판과 강과 마을이 한눈에 들어왔다.

"김칫독은 파 가면서 즈이 아버지 무덤은 못 파 갔군."

목이는 무덤 정상에 다리 펴고 앉아서 앙칼지게 중얼거렸다.

"글쎄, 우리의 은인한테 원한 품으면 못쓴다니까."

일환이는 목이보다 낮은 곳에 역시 다리 뻗고 앉아 목이를 쳐다보면서 타일렀다. 진국스러운 얼굴이었다.

"원장 아버지는 고아원 그만두고 뭘 하실까?"

"내 생각으론 목사님이 되실 것 같아."

일환이가 자신 있게 말했다.

"왜?"

"여기 묻힌 원장님 아버지가 목사셨단 소리도 못 들었어?"

"그건 나도 알아. 그렇지만 목사 노릇이 대물림으로 할 수 있는 건 아닐걸. 엿장수 마음대로 아무 때나 하고 싶을 때 할 수 있는 것도 아닐 테고. 목사가 될 심보면 우리를 이렇게 아무렇게나 치워버리진 않았을 거야."

유 원장에 관한 한 목이는 아직도 서슬이 시퍼랬고, 그게 찬바람에 오그라든 작은 얼굴과 곤두선 솜털과 함께 그녀의 인상을 도리어 귀염성스럽게 했다.

"목아, 넌 쪼그만 애가 어쩌면 그렇게 원망이 끈덕지니?"

일환이가 신기한 듯 눈부신 듯 실눈을 떴다.

"아까는 어른이라더니 금방 쪼그만 애야?"

"참, 아까 네가 뭐랬더라? 내가 널 기른 것 같다고 했지? 그 말이 맞는 것 같아."

일환이의 목소리가 부드럽게 떨리고 눈빛이 끈적끈적해졌다.

"참, 오빠한텐 농담도 못 하겠네."

"그야 내가 널 직접 길렀달 순 없지만 마음속으론 누구보다도 열심히 너를 길러왔다는 걸 이제야 알 것 같아."

"오빠, 딴 얘기해. 난 그런 어려운 얘기는 못 알아들으니까."

"그럴 거야. 넌 이제 막 다 자랐으니까."

일환이는 담배와 성냥을 꺼냈다. 센 바람에 성냥불은 당겨지기가 무섭게 꺼졌다. 일환이는 무덤을 엉금엉금 기어올라 목이 뒤로 돌아 목이를 바람막이로 겨우 담뱃불을 붙였다.

둘 사이가 한결 가까워졌다. 일환이는 신경질적으로 담배를 빨았고 목이에게도 담배 연기는 싫지 않았다. 그러나 때 묻은 잠바 깃 사이로 꾀죄죄한 내복과 꺼칠한 속살이 보이자 목이는 조금 비켜 앉으면서 눈길을 피했다.

저만치 폐가가 된 오누이의 집의 녹슨 차양, 경첩이 떨어진 덧문, 유리 깨진 창틀 등이 제멋대로 건들대는 걸 바라보면서 목이는 그곳에서 보낸 사춘기를 생각했다. 치가 떨리게 싫고 무섭던 초경, 밤을 꼬박 밝히며 구구절절 그리움을 호소하던 펜팔, 보모가 갑자기 원장 어머니가 되던 날의 쓰라린 배신감, 박쥐처럼 밤눈을 밝히고 원장 부부의 침실을 엿보던 앙큼한 적의, 그런 어둑시근하고도 죄의 예감이 스민 추억이 그녀의 가슴을 짓눌렀다. 그녀는 한숨을 몰아쉬었다.

"뭘 한숨씩이나 쉬고 그래?"

일환이가 의아해서 물었다.

"오빠 우리 저 집 불 질러버릴까?"

"뭐? 뭐라구?"

"사방에서 불을 싸지르구 도망쳐버리면 누가 그랬는지 알 게 뭐야. 어차피 누가 살긴 틀린 집인걸."

"너 미쳤니?"

일환이의 작고 온건한 눈이 심하게 흔들리면서 당황해서 어쩔 줄을 모르는 걸 목이는 어이없는 마음으로 쳐다보았다. 실상 그건 갑자기 떠오른 생각이었고 생각 그 자체로 그녀의 울적한 마음에 잠깐의 생기를 불어넣어 준 건 사실이지만 정말 그럴 생각이 있었던 건 아니었기 때문에 일환의 고지식한 놀람은 되레 그녀를 낭패스럽게 했다.

"괜히 한번 그래 본 거야. 놀랄 거 없어."

"괜히 할 소리가 따로 있지."

"추워서 그랬나 봐. 모닥불이라도 지피지 않을래?"

"그래 그래. 우선 집으로 내려가자. 불 지필 건 거기도 많으니까. 참 배고프지? 내 선물 보따리 속에 라면도 있고 과자도 있어. 냄비나 그릇도 구할 수 있을 거야."

일환이가 들뜬 목소리를 내며 목이의 손목을 잡아끌었다. 목이는 일환이가 뻐드렁니만 아니었어도, 내복만 깨끗했어도 조금쯤은 즐거울 수도 있었을 걸 하는 생각으로 피식 맥빠진 웃음을 웃고 손을 오므렸다.

"오빠 저 집만 불 질러 없애버리면 우리가 고아가 아닌 게 된대도 그럴 위인이 못 돼."

"우린 이제 고아가 아니래두. 우린 우리의 가족을 가질 수 있는 어엿한 어른이 됐는데 왜 고아니?"

"우리의 가족?"

"그래 우리의 가족."

둘은 같은 소리를 전혀 느낌이 다르게 발음했다는 걸 뒤늦게 깨닫고 서먹서먹해졌다. 목이는 서먹서먹한 게 도리어 편했다. 둘 사이에 잠시 있었던 친화감을 그녀는 무엇 때문인지 세차게 도리질까지 해가며 몰아내려 들었다.

일환이가 붙박이 찬장 속에서 찌그러진 양은 그릇들을 찾아내서 샘이 있는 골짜기로 들고 내려가는 걸 목이는 못 본 체하고 여기저기 집안을 둘러보았다. 쓸 만한 건 하나도 없었지만 고아원의 잔재는 구석구석에, 침실 벽면 가득한 낙서 위에도, 묵은 짠지처럼 센 간이 밴 불결한 조리대에도, 험악한 흉터가 가득한 마룻방 사물함에도, 화장실 거미줄에 너울대는 음산한 바람의 자락에도 고스란히 남아 있었다.

원장 부부가 쓰던 방만이 가구를 모조리 옮겨가고 벽지도 비교적 깨끗해서 표정 없이 다만 휑했다.

아이들이 다 따르고 좋아하던 원장과 아이들한테 인심을 못 얻어 줄창 골탕만 먹던 보모가 어느 날 갑자기 부부가 되자 아이들은 밤마다 신방을 엿보고 제각기 해괴한 소문들을 만들어냈다. 그걸 견디다 못해 미닫이 문을 없애고 해 단 튼튼한 도어의 니스 칠이 아직도 싱싱하게 번들대는 게 이물스러웠지만 반갑기도 해서 그녀는 미소 지었다.

아이들이 안방이라 부르던 그 방을 돌아 나오려는데 뭔가가 발끝에 걸리면서 문지방 쪽으로 데구르르 굴러갔다. 주워 올려 보니 새까맣게 변색한 은 노리개였다. 은행알만 한 크기의 표주박 모양을 한 그 은 노리개는 비록 본바탕은 변했지만 칠보로 된 청홍의 줄무늬는 아직도 영롱했다.

그 은 노리개는 본디 목이의 것이었다. 여기서 그것을 만날 줄이야. 목이는 가슴을 울렁이며 그 표주박 모양의 노리개를 손아귀에 꼭 쥐었다.

따뜻하고 부드러운 게 온몸에 퍼지는 것 같았다. 가족, 돌잔치, 때때옷, 엄마의 젖가슴, 아빠의 수염, 아이들의 웃음소리, 어른들의 꾸중, 형제간의 우애……. 그것을 만지작거릴 때마다 떠오르던 이런 행복감의 추체험이 칠보 빛깔처럼 영롱하게 되살아났다.

오길 잘했어. 여기 오길 참 잘했어. 이걸 찾아낸 데 비하면 일환 오빠를 만난 것쯤은 사건도 아니야.

그건 본디 그녀의 것이었지만 빼앗긴 거였고, 빼앗긴 지 하도 오래되어 잊혀진 거였다.

목이가 유 원장에게 맡겨졌을 땐 딴 고아들에겐 없는 두 가지를 소유하고 있었는데 그 소유권에 대한 집착이 유난했었다. 그게 바로 오목이라는 성명 석 자와 그 은 표주박이었다.

성명은 형체가 없는 거라 그녀의 소유권을 아무도 침해하지 못했지만 은 노리개는 구체적인 물건이었기 때문에 딴 아이들이 탐내고 만져보고 싶어했다.

세상이 온통 빈궁한 때이니만치 고아원에서 장난감 구경하기란 하늘의 별 따기처럼 어려운 때문도 있었지만 목이가 그걸 무슨 보물처럼 혼자서 극진히 애무할 뿐 아무에게도 만져보지 못하게 했기 때문에 더욱 아이들의 호기심을 자극했다.

조그만 은붙이 때문에 아이들 사이에서 자주 다툼이 일어나고, 때리고 할퀴고 머리털을 쥐어뜯는 난투극이 다 벌어져도 유 원장은 모르는 체 개입하지 않았다. 아이들은 싸우면서 크는 게 정상이라는 게 유 원장의 소신이었고 모든 여건이 비정상적인 아이들에게 그 정도의 정상도 못 베풀 게 뭐냐고 아이들의 싸움질을 낙관했다.

그러나 목이의 제 물건에 대한 집착과 자만이 지나치다 보니 아이들의 호기심이 도심으로 변하는 것까지 방관할 순 없었다.

어느 날 누군가가 그것을 감쪽같이 훔쳐서 감춘 사건이 일어났다. 목이는 까무러칠 듯이 난리를 치고, 유 원장은 될 수 있는 대로 좋은 말로 달래서 훔친 애가 그것을 스스로 돌려주도록 하려고 했다. 그러나 목이는 그새를 못 참고 수상하다고 점찍은 아이한테 덤벼들어 팔뚝을 물어뜯었다. 그때 그녀는 거의 작은 맹수 같았고 그녀의 예감 역시 짐승의 본능처럼 정확했다.

불의에 팔뚝을 깊이 물린 아이는 비명을 지르면서 그것을 훔친 사실과 감춘 곳을 자백했다. 두 몸뚱이가 떨어졌을 때 목이의 입에도 그 아이의 팔뚝에도 선혈이 낭자했다. 유 원장은 훔친 아이로부터 그것을 회수했지만 목이에게 돌려주진 않았다. 그 하찮은 것을 에워싼 두 아이의 살인적인 적의가 유 원장과 그 광경을 구경하던 딴 아이들을 다 함께 몸서리치게 했다.

결국 유 원장은 그 물건을 몰수했다. 그 처사는 누가 보기에도 타당해 보였다. 그건 뭔가 모르게 애물이었다.

그걸 몰수당한 오목이는 며칠 날 몇 밤을 울고 보챘다. 마치 젖꼭지를 잃은 젖먹이처럼 그것에 연연해 울부짖고 여위어갔지만 유 원장은 마음 모질게 먹고 돌려주지 않았다. 이유의 고통이란 어차피 오래가지 않는다는 걸 알고 있었다. 오목이가 열 살 때 일이었다.

유 원장의 예상은 들어맞았다.

열 살 때의 일이었지만 그건 여러모로 이유離乳와 흡사했다. 까무러칠 듯이 보채며 집착하던 고비를 넘기자 언제 그랬더냐 싶게 그것을 잊고 지내는 것 같았다. 그것을 훔쳤던 친구와의 사이도 아무 일 없었던 것처럼 예전 같은 사이로 돌아갔다.

그 광기가 가시거든 돌려주리라고 마음먹고 있던 유 원장도 막상 그렇게 되니 새삼스럽게 그것을 돌려주는 걸 열적게 여기다가 차츰 그 사건과 그 물건에 대해 아주 잊어버리게 되었다.

실상 그 물건은 값나가는 물건이 아니었기 때문에 어른이 오래 기억할 만한 게 못 됐다. 한때 그런 법석을 치던 물건이건만 이삿짐 한 귀퉁이에도 못 낀 것만 봐도 그 보잘것없음을 알 수 있었다.

창밖으로 연기가 가벼운 옷자락처럼 너울대며 지나갔다.

일환이의 기침 소리가 들렸다. 부엌에서 불을 지피는 모양이었다. 무언가 우지끈 분지르는 소리와 함께 기침 소리가 도움을 청하는 것처럼 밭아졌다.

그러나 목이는 그 자리에서 꼼짝도 안 했다. 그녀에겐 방금 부엌에서 일어나고 있는 일보다는 열 살 적에 있었던 일이 훨씬 가깝게 느껴졌다.

목이의 주먹 속엔 작은 은 노리개가 꼭 쥐어져 있었다.

그녀는 그게 주먹 속에서 청홍의 눈을 뜨고 살아 있는 것처럼 느꼈다. 그것은 분명히 살아나고 있었다. 그것은 이해할 수 없는 그리움과 비밀스러움이었다.

부엌 쪽의 연기가 누더기처럼 탁해지면서 줄줄이 마당으로 가다가 가까스로 떠올라 빨랫줄을 건드리고 마당에 자욱해졌다.

길고 긴 빨랫줄도 그냥 남아 있었다. 매일매일 얼마나 많은 누더기가 그 위에 널렸던가. 겨울날 계곡의 찬물에 빨래를 헹구면서 얼마나 간절히 장발장이 성큼 뒤로 다가와 그곳으로부터 자신을 구해 주기를 바랐던가.

아아, 목이는 작은 소리로 신음했다. 그 작은 소리엔 그녀의 오랜 꿈과 소망과 성깔이 극도로 압축되어 있었다.

"목아, 다 됐어. 먹자."

부엌에서 일환이가 부르는 소리가 들렸다.

목이는 흠칫 놀라면서 주먹의 것을 펴보았다. 마침내 돌아왔구나. 그것을 훔친 아이의 팔뚝을 물어뜯을 때의 잔혹한 쾌감이 생생하게 이 뿌리를 근지럽혔다.

"목아, 어디냐? 어서 나와. 라면 불으면 맛없어."

목이는 노리개를 서둘러 속주머니 깊이 간직했다. 그리고 거만하게 소리쳤다.

"나 안방에 있어. 안방으로 가져올래? 부엌에서 먹기 싫어."

이윽고 일환이가 널빤지 쪽에 라면 두 그릇을 받쳐 들고 들어왔다.

"넌 어쩌면 그렇게 꼼짝도 안 하고 나만 부려먹니. 생각했던 것보다는 너 얌체로구나."

"그까짓 라면도 오빤 혼자 못 끓여?"

"누가 혼자 못 끓인댔어? 혼자 끓여먹는 게 지긋지긋해서 그런다. 옆에서 거드는 척이라도 하면 얼마나 재미있냐?"

일환이가 씩 웃었다. 콧구멍에 그을음이 앉아 연통 속처럼 시커멓다. 뻐드렁니가 눈에 거슬려 코엔 신경도 안 썼었는데 이제 보니 천격스럽게 생긴 들창코였다.

"너 몰라보게 예뻐졌다."

일환이가 라면을 훌쩍이다 말고 부신 듯이 목이를 쳐다보았다. 목이는 그의 뻐드렁니와 검댕이 시커먼 콧구멍이 암만해도 보기 싫어서 눈살을 찌푸렸다.

일환이가 황홀해할수록 목이는 참담해지고 있었다. 일환이가 라면국물을 들이마시기 위해 양은 그릇을 들어올렸다. 마디가 굵고 손톱이 짧은 거친 손이 찌그러진 양은 그릇과 잘 어울렸다.

나도 저 사람과 저렇게 잘 어울리는 걸까? 그런 의문이 목이를 줄창 참담하게 만들고 있었다.

그는 목이가 꿈꿔온 연인과는 얼토당토않았다. 홀연 장발장이 나타나서 그녀를 고아원으로부터 구해줄 것 같은 희망이 헛된 꿈이라는 걸 알아차릴 만큼 철들고부터 목이는 장발장 대신에 미래의 연인을 꿈꿔왔다.

그것을 꿈꿀 수가 있었기 때문에 부모를 갖춘 양갓집 딸을 부러워하지 않을 수도 있었다. 그것을 꿈꿀 수가 있었기 때문에 남다른 불행과 고독을 속마음까지 다치지 않고 참아낼 수도 있었다. 그렇게 친밀한 미래의 연인이건만 그 모습은 아직 고정되기 전이었다. 그것은 그녀의 사춘기의 감성에 미묘한 감전을 일으키고 스쳐간 실재하는, 또는 이야기 속의, 스크린 속의 수많은 이성으로부터 받은 느낌의 다발 같은 거였다.

잽싸게 라면 한 대접을 국물까지 비운 일환이의 얼굴은 더욱 꼴불견이었다. 언 속에 더운 국물이 들어가니까 콧물이 줄줄이 검댕과 함께 흘러내렸다.

그걸 쓱쓱 잠바 소매로 문질러 얼굴이 더럽게 얼룩진 것도 모르고 그는 뻐드렁니를 드러내고 싱글대고 있었다.

목이는 그런 일환이를 의식적으로 냉담한 시선으로 바라보면서 그녀와 친밀한 한 다발의 막연한 느낌 속에서 비로소 구체적인 연인의 모습을 뽑아내려 하고 있었다.

그녀의 미래의 연인은 모든 면에서 일환이와 정반대여야만 했다. 그는 뻐드렁니여서도 안 되고, 천격스러운 들창코여서도 안 되고,

불결해서도 안 될 것은 물론이거니와 무식해서도 안 되고, 가난해서도 안 됐다.

연기가 가시자 창밖의 공기는 다시 투명해졌다. 그 투명한 공기를 무참하게 둘로 가르고 지나간 주황빛 빨랫줄 위에 산중의 적요로움이 위태롭게 얹혀 있었다.

먼 곳을 지나가는 꿩의 발자국 소리, 또는 그와 유사한 환청에도 주황빛 선은 전율했고, 그럴 때마다 종점에서 시동을 거는 버스의 엔진 소리가 산의 뿌리를 미미하게 흔드는 걸 앉은 채 감지할 수 있을 만큼 적요로움도 세련돼갔다.

"목아, 우리 둘은 참 잘 어울리는 한 쌍이 될 것 같지 않니?"

일환이가 잠긴 듯한 목소리로 말했다. 그의 얼굴은 더럽게 얼룩졌음에도 불구하고 처음 만났을 때처럼 터무니없이 밝게 빛나고 있었다. 목이는 그런 그에게 연민을 느끼면서 가볍게 부정했다.

"어머머, 당치도 않아."

"짜식 당치 않긴. 누가 보아도 우린 어울리는 한 쌍일걸."

"어째서?"

"너도 나도 천애의 고아고, 그러면서도 어려서부터 속 아는 사이고, 나는 너를 좋아하고 또 너를 행복하게 해줄 자신이 있으니까."

일환이가 소년처럼 으스대며 말했다. 목이는 자신도 느낄 수 없을 만큼 짧은 순간 그런 그를 싱그럽게 생각했다.

그러나 그게 어떤 계기가 될까 봐 목이는 재빨리 자신을 도사렸다.

"누가 보아도 어울리는 한 쌍이란 게 무슨 뜻이지? 오빠."

"이를테면 세상 사람들의 생각이 다 그럴 거란 얘기지 뭐?"

일환이가 어벙하게 대답했다.

"고아는 고아끼리 어울려야 한다는 세상 사람들의 생각이 난 싫어. 난 힘 자라는 데까지 세상 사람들의 그런 기대에 어긋나 보일 거야."

"내가 싫다는 소리니?"

일환이가 점점 더 어벙하게 선량한 눈을 꿈벅거렸다.

"응, 그럴지도 몰라. 우리는 고아니까 세상 사람들의 동의를 부모의 동의만큼이나 존중해야 할지도 모르지만. 좋은 집 자식들이 부모의 동의에 감지덕지하는 것도 우선 저희들끼리 좋고 나서가 아닐까?"

목이는 자기가 생각해도 좀 심하다 싶을 만큼 일환이한테 모질게 굴면서도 실상은 일환이보다는 고아는 고아끼리 어울리기를 바라는 세상 사람들의 상식에 맹렬한 적의를 품었다.

"목이 넌 어쩌면 그렇게 말을 잘하니?"

일환이가 낭패한 듯이 중얼거리고 그윽한 시선으로 그녀를 바라보았다. 못생기고 더러운 얼굴과는 상관없이 그의 시선은 아름다웠고 뼈마디를 저리게 하는 슬픔이 서려 있었다.

덮어놓고 깔보기를 조금만 망설이고 바라봐도 그는 덩치부터가 위압적이었다. 거구에다 잔뜩 껴입고 웅크려 앉은 모습이 산더미처럼 듬직해서 입만 살아서 나불대는 자기 따위는 불면 날아갈 것 같았다.

목이는 아직 남자 경험은 없었지만 나이에 비해 남자라는 것에 대해 여러 가지를 알고 있었다. 대부분 성적인 거였고 몰라도 될 지나친 지식이었지만 고아 사회에서 그런 조숙은 피할 수가 없었다.

그녀가 알고 있는 대로라면 남자에게 지금은 절호의 기회였고 여자에겐 절체절명의 위기였다. 외딴 산중의 빈집이었고 힘에 있어서 그녀가 그의 적수가 될 수 없음은 겨루어보기 전에 명백했다. 그럼에도 불구하고 결코 그가 그러지 않으리라는 확신이 어쩔 수 없이 그녀의 슬픔에 보탬이 되고 있었다.

"가고 싶어."

"그래, 가자."

그러나 일환이는 일어서는 대신 목이로부터 저만치 물러나 앉아 주섬주섬 얘기를 계속했다.

"내가 너무 급하게 굴었나 보다. 용서해주라. 요새 내가 뭔 일이 술술 잘 풀리다 보니 뭐든지 단숨에 밀고 나가기만 하면 안 될 게 없다 싶었던 게 잘못이었어."

"오빠 하는 일이 뭔데?"

"보일러를 만들기도 하고 팔기도 하고 스팀 난방 수도 시설을 청부 맡아 공사도 해주는 점포를 겸한 공장의 기사야. 처음엔 점포하고 공장을 휘뚜루 뛰는 심부름꾼이었는데 열심히 뛰다 보니 주인 눈에 들었나 봐. 또 그 방면에 소질도 있고 해서 작년부터 기사대우야. 웬만한 공사는 나 혼자 견적 내서 시공까지 할 수 있거든. 그 사업이, 너 꽤 괜찮은 사업이다. 앞으로 유망해. 몇 년만 더 열심히 뛰면 나도 내 공장을 하나 가질 수 있을 것 같아. 지금은 기사지만 공장이나 하다못해 구멍가게라도 하나 가져봐. 단박 사장이다 너."

일환이가 속주머니에서 명함을 한 장 꺼내서 자랑스럽게 목이에게 내밀었다.

기름때에 찌든 허술한 잠바 속에서 나온 희고 빳빳한 명함이 목이 보기에 빈 모자 속에서 비둘기가 날아오르는 요술처럼 신기하고 황당해 보였다.

대신상공사 기사주임 유일환

"오빠 굉장히 출세했네."

목이는 속으로 기사면 기사지 기사주임은 또 뭐람. 적이 아니꼽게 생각했지만 대강 장단은 맞추었다.

"출세는 뭘……."

일환이는 일단 그만 정도로 겸손하면서도 자기를 목이에게 과시할 수 있다는 데 매우 신명이 나 보였다.

목이가 일환이에게 명함을 돌려주려고 했다. 일환이가 손을 내저으며 질색을 했다.

"넣어둬. 필요할 때가 있을 거야. 언제든지 그리고 연락하면, 나 만날 수 있을 테니까."

목이는 피식 웃으면서 그것을 작은 손지갑 갈피에 챙겼다. 난생처음 받아보는 명함이 고작 보일러공 명함이라니.

"참 년 어디 취직했니?"

"학교야, 재수학원이지만……."

"거기서 네가 뭘 하게?"

"아이들 시험문제도 내고 점수 매겨서 성적표도 내고 그래."

"그래, 그럼 안심이다."

"뭐가?"

"실은 네가 몰라보게 세련돼서 난 아까부터 은근히 걱정이 됐었거든."

"내가 세련된 게 웬 걱정이야?"

"혹시 좋지 않은 데로 빠지고 있는 게 아닌가 해서."

"좋지 않은 데라니?"

"몰라서 묻냐? 앞으로도 너 돈 몇 푼 더 벌려고 인물값 하는 데로 빠졌다간 내가 가만 안 있을 테니 그런 줄 알아. 이건 네가 나를 싫어하든 좋아하든 상관없이 내가 해야 할 고아원 동기로서의 의리니까."

"오빤 매사에 꼭 그렇게 고아원 티를 내고 싶어? 지겹지도 않아?"

"지겹다고 해서 도망칠 수 있는 건 아니잖아?"

"왜 못 도망친다고 생각해?"

"고아가 어디 남이니? 바로 나지. 사람이 어떻게 나로부터 도망을 치니?"

"왜 못 쳐. 내가 도망쳐 보일 테니 오빠 구경만 해. 오빠도 내가 재작년에 고입 검정고시에 합격한 건 알지? 이번엔 대입 검정고시 차레야. 난 꼭 여대생이 돼 보일 테야. 오빠가 사장되는 것보다 내가 여대생 되는 게 훨씬 빠를걸. 지금 나 있는 데가 월급은 많지 않지만 말도 못 하게 학구적인 분위기야. 점잖고. 내 시간도 얼마든지 가질 수 있어. 내 공부방은 또 어떻구? 영화에 나오는 호텔방처럼 근사해. 와보는 아이마다 날더러 출세했다구 은근히 샘을 내는 모양이지만 내 출세는 아직아직 멀었어. 나는 처음부터 개네들하곤 달랐으니까. 나는 꿈이 크거든."

"짜아식, 으스대긴. 실은 나도 샘이 날 것 같다. 넌 해낼 수 있을 거야. 고아원에서 온갖 궂은일 다하면서도 그 어려운 시험을 붙었으니까."

일환이가 마침내 자리를 털고 일어났다.

두 사람은 어깨를 나란히 언덕길을 내려갔다. 그러나 처음 반가워하면서 같이 걸어 오를 때의 친밀감과 비밀스러운 예감은 언덕의 빈집에 떨구고 오는 길이었다. 일환이는 그게 서운해서 자주 빈집을 돌아다보았고 목이는 그게 시원해 앞만 보고 또박또박 걸었다.

"종종 연락해."

일환이가 먼저 버스에서 내리면서 말했다.

"응, 오빠두."

일환이의 시선이 필사적으로 끈끈해지려는 낌새에 목이는 얼른 손으로 빠이빠이를 하고 눈길을 딴 데로 돌렸다.

수위실의 희미한 불빛 때문에 겨우 출입문을 찾아든 목이에게 늙수그레한 수위는 다짜고짜 시비조로 말했다.

"한 번 돈 내고 두 편씩 볼 수 있다는 영화관을 두 군데쯤 돌아다녔구먼. 쯧쯧."

"제가 제 휴일을 어떻게 보내든 그런 식으로 간섭하지 말아주세요."

이건 집이 아니다. 따라서 당신은 내 아저씨나 할아버지가 아니다. 이런 생각이 목이를 한껏 버르장머리 없게 했다.

젊은 애들한테 늘상 당해온 노인네 특유의 아뿔싸 싶은 자기 혐오로 수위의 얼굴이 스산하게 굳어졌다. 그는 수위실의 작은 여닫이문 안쪽에 달린 선반에 놓인 포장지에 싼 것을 눈짓으로 흘긋 가리키며 볼멘소리로 말했다.

"미스 오 찾아온 손님이 놓고 갔어. 갖고 들어가."

"절 찾아온 손님이요? 누군데요?"

"누군진 그걸 끌러보면 알 거 아냐. 몇 자 적어놓고 가나 보던데."

연휴 중이라 난방이 들어올 리 없는 그녀의 방은 찬바람이 돌았다. 그녀는 먼저 전기 곤로를 꽂고 나서 포장지를 끌렀다.

꽃무늬가 화사한 실크 스카프가 소리 없이 미끄러져 바닥에 떨어졌다. 그녀의 손에 남은 작은 쪽지엔 우아하면서도 판독이 힘든 독특한 필적이 환상적인 자수처럼 찍혀 있었다. 그게 수지의 필적이라는 걸 알아보자마자 그녀는 가슴이 울렁거리면서 표정은 반대로 딱딱하게 경직됐다.

그건 수지하고 같이 있을 때의 버릇이었다. 수지의 필적만 보고도 그 버릇이 도지는 걸 어쩔 수가 없었다.

오누이의 집이 없어졌더구나. 요행 유 원장님은 떠나시기 전이어서 네 거처를 알아낼 수가 있었다. 네가 좋은 데 취직해서 기쁘다. 공부를 계속할 수 있을 것 같아 더욱 기쁘다. 일전에 백화점에 들렀다가 문득 너한테 어울릴 것 같아 사놓았던 걸 두고 간다. 공부만 하지 말고 멋도 좀 부리렴. 틈나는 대로 다시 들르마. 수지가.

목이는 자신이 수지를 싫어하고 있는지 좋아하고 있는지 영 알 수가 없었다. 수지의 무심한 동작에도 소탈한 듯한 옷차림에도 경박한 웃음소리에도 부잣집과 양갓집을 어우른 미지의 고장의 냄새와 풍속이 배어 있었다. 목이는 무조건 거기 심취했다가도 느닷없이 적개심을 곤두세우곤 했다. 목이가 수지에게서 가장 싫은 게 거의 천성처럼 몸에 밴 위선의 우아함이라면 가장 먼저 빼앗아 가지고 싶은 거 역시 그것이었다.

이런 모순은 목이 스스로도 괴로웠고, 1년에 잘해야 한두 번씩 만나는 정도로 아는 사이, 더군다나 한쪽은 자선을 베풀고, 한쪽은 그것을 받는 입장이라는 한계가 뚜렷한 사이에는 가당치도 않은 우정의 번민과도 흡사한 심적인 부담을 주었다.

목이가 그런 괴로움을 극복하는 길은 하나밖에 없었다. 그것은 수지가 갖고 있는 것을 그녀도 갖는 거였다. 그렇지만 무슨 수로……

목이는 수지의 편지를 구겨버리고 실크 스카프를 주워 올렸다. 실크의 감촉은 봄바람처럼 부드러우면서도 본심은 앙큼졌다. 그녀의 껄끄러운 손끝이 닿는 대로 보푸라기를 일으키며 앙탈을 했다.

그러거나 말거나 목이는 벽에 걸린 거울 앞에서 그것으로 머리를 감싸보기도 하고 목에 감아보기도 했다. 리본처럼 매보기도 하고, 넥타이처럼 매보기도 했다. 나중엔 그걸로 목을 죄고 혀를 빼는 시늉까지 해보았다.

거대한 빌딩 속에 자기 혼자 있고 무슨 짓을 해도 들킬 염려가 없다는 생각이 그녀를 쉽사리 지치게 했다.

방 속은 온통 흰빛이었다. 벽도 천장도 커튼도 문까지도 흰빛이어서 뚫고 나갈 구멍이라곤 달력만 한 크기로 걸려 있는 거울밖에 없는 것처럼 보였다. 그러나 거울도 돌파구는 되지 못했다. 목이는 곧 거울 앞에서의 장난에 싫증을 느꼈다.

창밖에선 아스팔트와 마찰하는 차바퀴 소리가 별안간 쇠붙이로 된 괴수가 이를 가는 소리처럼 지긋지긋하게 고조되고 있었다. 사람들의 외마디소리도 간간이 섞여서 들렸다. 그들은 다 함께 도시의 자정에 익사하기 직전이었다. 필사적으로 허우적대는 그들의 손짓 발짓의 괴기한 그림자가 창밖을 스치는 것처럼 <u>으스스</u>했다.

통금이 임박하고 있었다.

목이는 숨을 죽이고 도시의 쇠붙이와 인간들의 단말마의 비명이 거느린 정적을 기다렸다.

입속이 끈적끈적 메마르고 살갗에선 뭔가 돋아날 것처럼 오싹오싹했다. 이윽고 창밖의 소음이 멎었다. 어디선지 호루라기 소리가 날카롭게 정적을 갈랐다. 그러다가 정적은 곤두박질치듯이 그 깊이를 더했다.

마침내 살갗에서 외로움이 비늘처럼 돋아났다.

"이건 집이 아냐."

그녀는 낯선 곳에 들어선 것처럼 그 사면이 흰 방을 두리번댔다. 인기척이라곤 없었다. 자기마저 체취를 잃어버린 게 아닌가 하는 의구심이 그녀를 섬뜩하게 했다.

목이는 그녀를 둘러싼 곳의 완전한 무색무취에 공포와 멀미를 느꼈다. 멀미를 자각하기가 잘못이었다.

그녀가 그렇게 동경하던 꿈의 침실, 병원 특실처럼 희고 청결한 방이 음흉하게 그녀를 뒤흔들었다. 그녀는 소파에 꼼짝 못하고 누워서 그 보이지 않는 요동을 참아냈다.

무취는 차라리 휘발유 냄새나 병원 냄새보다 역했다.

"이건 집이 아니야."

오열 같기도 하고 절규 같기도 한 게 그녀의 목구멍을 고통스럽게 했다. 병자가 퇴원하는 건 병이 완치됐거나, 아니면 입원비가 달려서겠거니 했는데 그게 아니라 병원 멀미 때문이라는 걸 알 것 같았다.

그녀도 방금 자각하기 시작한 멀미건만 도저히 오래 견딜 수 있을 것 같지 않았다.

그녀는 소파 위에 몸을 똘똘 말고 탈출을 꿈꾸었다. 고아원의 춥고, 더럽고, 여럿이 함께 끼어 자는 불편한 잠자리에서 병원 특실을 닮은 혼자만의 정결한 침실을 꿈꿀 때보다 훨씬 뜨겁고 간절하게.

문득 낮에 오누이의 집에서 찾아낸 은 노리개가 손끝에 만져졌다. 그것은 아직도 그녀의 품속에 있었다.

그 작은 은붙이 속엔 분명히 집에의 예감과 집에의 추억이 함께 서려 있었다.

그것을 소유했다고 생각하니 잘 영근 씨를 품은 과일처럼 행복하고 당당해졌다.

정초 연휴가 끝나고 상가가 문을 열자마자 목이는 근처의 금은방을 찾아갔다. 마침 가게 속은 한산했다.

"이것 좀 봐주시겠어요?"

목이는 품안의 은 노리개를 진열장 위에 조심스럽게 꺼내놓으며 말했다. 진열장 속엔 갖가지의 이름 모를 보석들이 금이나 백금의 견고한 이빨에 맞물린 채 요염하게 반짝이고 있었다.

그러나 목이 보기에 그녀의 노리개의 청홍의 칠보 빛깔의 신비하고 깊은 맛에다 대면 보잘것없는 천격이었다.

여자처럼 나긋나긋하게 생긴 점원이 귀찮다는 듯이 얼굴을 찌푸렸다.

"미안하지만 엿 한 가락 값도 안 나가는 거야."

"누가 판댔어요?"

목이가 발끈했다.

"그럼 뭐야?"

"감정을 해주세요."

목이는 계속해서 거만하게 굴었다.

"감정? 요게 그냥. 리어카 끌고 훨훨 엿장수를 나갈래도 너 따위가 고무신짝 가지고 나와 감정해보고 엿 달랠까 무서워서 못 하겠다."

"이 아저씨가 누구 보고 해라야?"

목이 입을 뾰족하게 오므리고 보얗게 눈을 흘겼다.

"아니 정초 마수걸이도 하기 전에 웬 여자가 남의 가게에 함부로 들어와 시비를 걸까. 썩 나가지 못해?"

연휴 끝 권태에 목이가 몹시 거슬렸던 양 점원은 마구 신경질을 부렸다.

이때 난롯가에서 한뭉치의 정초 신문을 뒤적이고 있던 주인영감이 헛기침을 하며 점원을 나무랐다.

"허어, 자네 숙녀한테 그게 무슨 말버릇이야?"

사람 좋게 생긴 영감이 만면에 웃음을 띠고 목이 앞으로 다가와 은 노리개를 집어들었다.

"할아버지가 그걸 좀 감정해주시겠어요?"

"아가씨를 내가 깍듯이 숙녀 대접했으니 아가씨도 나를 아저씨 대접이라도 해줬으면 좀 좋아."

"죄송해요. 아저씨."

"옳지, 옳지 이건 순은이군."

"그건 알아요."

"값으로 따지면 글쎄……."

"아니에요. 값 같은 건 몰라도 돼요. 절대로 팔아먹진 않을 테니까요."

"그럼 아가씨가 알고 싶은 건 뭔가?"

"이런 걸 뭣에 쓰던 거였나 알고 싶어요."

영감이 노리개에 달린 작은 고리를 잡고 흔들었다. 은행알만 한 표주박이 뱅글뱅글 맴을 돌았다. 영감의 얼굴에 직업적인 것과는 상관없는 인자한 미소가 감돌았다.

"우리 어렸을 때 생각이 나는군. 지금은 금이 흔하다 못해 천해져서 있는 집에선 금가락지쯤 강아지 발톱에다 끼울 것처럼 우습게 알지만서두 우리 어릴 적만 해도 새색시가 은가락지만 얻어 껴도 시집 잘 가는 거라고 부러워들 했으니까. 은도 귀하게 알았기 때문에 은세공도 지금보다 훨씬 공교했지. 지금은 그렇게 못 한단 소리가 아니라 은값보다 공전이 더 나가는 일이라 안 하는 거지만 말야. 이 작은 노리개에도 손이 얼마나 많이 갔나 좀 보게나."

영감은 목이에게보다는 젊은 점원에게 뭔가를 설명하고 싶은 듯 그것을 건네주었다. 그러나 젊은이는 그걸 별로 눈여겨보지 않고 목이한테로 돌려주었다. 그는 아직도 목이가 못마땅한 모양이었다. 보는 눈이 곱지 않았지만 목이는 개의치 않았다. 영감이 그녀의 백이 돼주고 있어서 여전히 도도할 수 있었다.

아닌 게 아니라 그 은붙이의 볼록한 등에는 칠보 무늬 말고도 달과 불로초와 학이 섬세하게 양각되어 있었다.

"꽤 오래 된 물건 같군. 노리개는 노리갠데 솜씨가 공교한 데 비해 은을 쓴 걸 보면, 며느리나 시집가는 딸한테 주었던 것 같진 않구…… 아마 어떤 대가 댁의 귀한 따님들의 염낭에 달아주던 물건 같은데……."

"대가 댁이라뇨?"

"구식 말이 돼서 젊은 사람은 잘 모를 거야. 실상 난리 치르고 나서 대가 댁도 없어진 거나 마찬가지이기도 하구, 대대로 번창하는 점잖은 집안을 대가 댁이라고 하지."

"할아버지 고맙습니다. 또 뭐가 없을까요?"

"또 뭐라니?"

"이런 걸 지녔던 집안 사람들에 대해 짐작할 수 있는 거라면 뭐든지요."

"글쎄……."

영감은 목이의 뭔가를 열렬히 갈망하는 듯한 시선에 까닭 없이 궁지에 몰리면서 되는 대로 둘러댔다.

"아마 아이들을 무척 위해 기른 집안이었겠지. 자식에 대한 자애가 유별난……."

"아아, 할아버지 그만, 그만하면 됐어요. 고맙습니다. 할아버지."

목이가 달뜬 소리를 냈다. 시든 꽃이 물을 머금고 살아나듯 그녀는 초라함을 떨구고 느닷없이 싱싱하게 되바라졌다. 영감은 자기가 되는 대로 둘러댄 말과 그녀의 변모가 무슨 상관이 있는지 알지 못했으므로 어리둥절했다.

"안녕히 계셔요. 할아버지."

목이는 크나큰 목적을 달성한 것처럼 미련 없이 그리고 당당하게 금은방을 나서려고 했다.

"잠깐만 아가씨."

영감이 목이를 불러 세웠다.

"그걸 팔지 않겠나?"

"이건 제 거예요."

목이는 당황해서 바보처럼 중얼댔다.

"아가씨 거구말구. 그러니까 사겠다는 게 아닌가. 은값만 치면 정말 엿 한 가락 값도 안 되지만 내 특별히 생각해서 골동품값을 쳐줄 테니 얼마나 필요한가 말해봐요."

목이는 잠자코 몇 걸음 뒷걸음질을 치는가 했더니 꽁지가 빠지게 도망을 처버렸다. 목이가 없어지고 한참 만에야 영감은 자신의 선심도 그녀의 태도도 다 같이 이해할 수가 없어서 낄낄 맥빠진 웃음을 웃었다.

"사장님 그게 정말 그렇게 값나가는 골동품이에요?"

"몰라, 내가 언제 골동품 장사해봤다던?"

"근데 왜 골동품값에 사겠다고 하셨어요?"

"글쎄다. 나 보기에 그 계집애가 몹시 곤궁해 보이길래 몇 푼 집어줄까 해서……."

"사장님도 어느새 망령이 나셨어요."

점원은 영감이 평소 얼마나 구두쇠라는 걸 알고 있었기 때문에 이렇게 핀잔을 주었다. 영감 역시 자신의 선심을 믿지 않았다. 그 계집애의 그 물건에 대한 이상한 집념에 잠시 홀렸던 게 아닌가 싶어 고개를 갸우뚱했다.

금은방을 나온 목이는 줄곧 앞만 보고 걸었다.

"나는 대가 댁의 귀염을 받은 딸이었다."

코트 주머니에 찌른 손으로 은 표주박을 소중하게 어루만지며 그 생각을 되풀이 곱씹었다. 그건 뜻밖의 수확이었다.

비록 몇 년 동안 빼앗긴 채 잊고 지내기도 했지만 그녀의 그 물건에 대한 애착은 자신도 임의로 못할 만큼 끈덕진 데가 있었다. 그런 비정상적인 집념은 그녀의 유년기까지 거슬러 올라갈 수가 있었고 좀 더 오래 전 이미 망각된 시간 속에 뿌리내리고 있었다.

"나는 누굴까?"

그 망각된 시간 속에 그녀의 정체도 고스란히 파묻혀 있었다. 그녀는 그 은 표주박을 단서로 자신의 정체의 일부를 발굴해낸 것처럼 경탄했고 감동했다.

"나는 대가 댁의 귀염받는 딸이었다."

고아원 아이들, 그중에도 꿈 많은 계집애들 중에는 자신의 전생이 공주였다던가 왕비였다던가 공상에 도취한 나머지 터무니없이 거만하게 구는 아이가 종종 있었다. 그래 봤댔자 남의 웃음거리나 되는 게 고작이었지만, 목이의 망각의 시간 역시 그런 아이들의 전생만큼이나 신비하고 아득했지만, 목이는 애써 그런 공상과 자신이 알아낸 정체는 엄연히 구별되어야 한다고 믿었다.

시선이 미치지 않는 깊고 깊은 우물을 들여다보면서 그 밑바닥에 뭐가 있을까 상상만 하는 것하고 두레박을 내려 한 모금의 물을 길어올려 보는 것하곤 얼마나 다른가.

"나는 대갓집의 귀염받는 딸이었다."

그건 그 깊이 모를 우물에서 끌어올린 한 두레박의 물이었고, 그

한 두레박의 물이 맑거늘 그 우물물이 온통 맑다는 건 의심할 여지도 없었다.

그러나 은 표주박과 함께 자신의 정체의 일부를 움켜쥐고 있다는 게 영광학원에서 '미스 오' 노릇하는 일에 위안이 되기는 단지 며칠에 지나지 않았다.

집이 아닌 공공건물의 무색무취와 사무적인 역할밖에는 정이 있는 인간관계로부터 완전히 소외된 아무에게도 매이지 않은 홀로의 생활을 견딜 수 있게 한 것은 그래도 고아원 동기 중에는 자기가 제일 출세했다는 우월감 때문이었는데 이젠 그게 아니었다. 그녀는 고아원 출신이기 전에 대가 댁의 귀염받는 딸이었기 때문에 그건 출세가 아니라 영락일 수밖에 없었다.

그 무렵 영광학원은 눈코 뜰 새 없이 바빠지고 있었다. 입시철이 됐기 때문이다. 학부형들이 한꺼번에 상담하러 밀어닥치지 않도록 미리 반별로 날짜 배정을 따로 해놓았건만 학부모들은 수시로 들이닥쳐 상담을 하려 했다.

학부모와 학원측의 의견이 엇갈리는 요점은 하나였다. 재수생이기 때문이라는 거였다. 학부모는 기껏 재수까지 시켜가지고 낮은 학교에 보낼 수는 없다고 우기고 학원 측에선 재수생이기 때문에 낮은 데로 보내야 한다고 맞섰다.

학부모는 자기 자식이 어느 학교에 다니느냐에 명예를 걸었고 학원에선 그해의 입학률이 몇 퍼센트가 되느냐에 명예를 걸었다.

학원 측으로 볼 때 그해의 입학률은 곧 그 다음해의 영업의 신장

률과 직결되는 문제이기 때문에 더욱 깊이 관여하려 들었다.

한쪽은 개인의 체면을 걸고 한쪽은 학원의 명예를 걸고 열렬히 대결하느라 정작 당사자인 입시생들은 영문을 모르는 채 그 어느 때보다도 자유롭게 방치된 상태였다.

목이에게 이 모든 것은 신기한 구경거리였다. 그녀가 체험해보지 못한 것이기 때문에도 신기했지만 그녀가 이러저러하려니 공상한 부모 자식 사이하고는 판이해서 더욱 신기했다.

옷 잘 입고, 영양 좋고, 화장이 짙은 엄마들이 한 떼 나타나서 하소연하고 눈물짓고 애걸하다 돌변해서 기고만장 수다 떨다 가고 나면 목이는 묘한 호기심으로 그 엄마들의 아이를 찾아내서 이리저리 뜯어보고 말도 시켜보곤 했지만 아무것도 알아낼 수가 없었다.

아이들은 하나같이 엄마와는 얼토당토않게 불쌍하고 꺼칠해 보였다. 그렇다고 그게 목이가 알아내고자 한 건 아니었다. 실은 자기가 알아내고 싶은 게 뭔가조차 분명한 건 아니었다.

부모와 자식은 어떻게 닮았나? 부모와 자식을 맺어주고 있는 혈연의 끈이 사랑이라는 걸까? 부모가 자식에 의해, 자식이 부모에 의해 어느 만큼 더 행복해질 수 있는 걸까? 대강 이런 것들이 알고 싶었지만 그녀가 반짐작이라도 할 수 있는 건 자식에게 있어서 부모야말로 무서운 악운일지도 모른다는 것 하나뿐이었다.

고아원 친구들이 놀러오는 빈도도 잦아졌다. 취직이라고 해서 흩어진 지 반년이 가까운 사이에 거의가 당초의 직장을 바꾸고 있었다. 직장을 옮기기 위한 공백 기간엔 으레 목이한테 들러서 하소연을 하기도 하고 옮길 필요가 없는 목이의 직장을 부러워하기도 했다.

혼자 있을 때는 그다지 그렇지 않다가도 고아원 친구가 하나만 같이 있어도 목이는 극성스러운 엄마들한테 격렬한 적의를 느꼈다. 친구가 그만둔 직장 욕을 하면 목이는 대신 그 학원 아이들 엄마 욕을 들입다 해댔다.

"저런 극성스러운 엄마들을 보면 우리가 고아인 것도 타고난 복인 줄 알아야겠더라."

그러고 나면 마치 불이 나서 아우성치는 집 구경을 하면서 '우린 불탈 집이 없으니 복도 많지' 하고 자축한 거지 떼 같은 쓸쓸한 허탈감에 빠졌다.

그렇다고 목이가 일찌거니 대가 댁의 부모 자식 간의 관계에까지 환멸을 느낀 건 아니었다. 대가 댁의 그것은 아직 환멸이 끼여들 여지가 없는 완전한 미지였다.

입시와 발표가 끝나자 영광학원 중입반은 축제 분위기에 휩싸였다. 낙방생들은 예상대로 극소수였고, 하나같이 선생님의 반대를 무릅쓰고 간 아이여서 신경 쓸 필요가 없었고, 합격생을 위해 자축회를 연다, 선생님들의 노고와 입시전략의 적중을 치하하기 위한 파티를 연다, 시끌시끌 지칠 줄 모르고 법석을 떨었다.

이런 즐거운 법석은 즉각 대외적으로 학원 선전에 이용되어 새로 생긴 낙방생들이 엄마의 손을 잡고 속속 모여들었다. 목이에겐 쉴 사이가 생길 듯하면서도 안 생겼다. 금년에 올린 놀라운 기록으로 도표를 만들고 그것을 근거로 영광학원의 쟁쟁한 강사진과 최상의 면학 분위기에 대해 선전하는 일은 목이의 몫이었다. 모든 영광은 영광학원의 것이었고 과도기의 지저분한 잡무는 몽땅 그녀의 것이었다.

밤에 넝마처럼 지쳐서 잠자리에 들려는데 바로 문밖에서 인기척이 났다. 열어보니 불행히도 낙방한 극소수 중에 드는 아이가 울고 서 있었다.

"너 미순이 아냐? 웬일이니?"

미순이는 목이에게 왈칵 안겨들어 큰 소리로 흐느꼈다. 누가 들을까 겁이 나서 목이는 우선 미순이를 방안으로 들여놓고 문을 닫았다. 미순이는 더욱 큰 소리로 울었다. 목이는 당황하지 않고 지켜보았다. 피곤했기 때문에 빨리 달래서 돌려보내고도 싶었지만 달랠수록 울음 끝은 길게 마련이라는 걸 알고 있었다.

"여기서 자도 돼?"

저절로 울음을 그친 미순이가 겸연쩍은 듯이 물었다.

"안 돼."

"왜?"

"선생님한테 들키면 너는 야단이나 맞으면 그만이지만 난 여기를 쫓겨나게 될걸."

뜻밖에 미순이가 배시시 웃으면서 말했다.

"언니는 딴 사람들하고 참 달라."

"물론이지. 나는 나대로 딴 사람이니까."

"사촌 언니한테도 갔었고 친구네도 갔었어. 집에 들어가기 싫으니까 며칠만 재워 달라고. 그랬더니 다들 부모님이 집에서 걱정하신다고 나를 쫓아내지 뭐야. 웃겨. 우리 엄마 아빠 걱정 대신 자기 걱정한 건 언니뿐이야."

"내가 너네 엄마 아빠 걱정을 왜 하니?"

"맞았어."

미순이가 언제 울었더냐 싶게 신이 나 있었다.

"너 정말 집에 들어가기 싫으니?"

"죽기보다도 싫어."

"그래? 제법 결심이 확고한데. 친척이나 친구한테 신세 안 지고도 집에 안 들어갈 수 있는 방법이 있는데 해볼래?"

"가르쳐만 줘."

미순이의 얼굴에 불안이 얼핏 스쳤지만 목이는 모르는 척했다.

"내가 잘 아는 고아원이 있는데 아마 거기서는 네 멋대로 살 수가 있을 거야. 아무도 네 걱정 안 해줄 테니까. 내가 널 거기다 넣어줄 수가 있는데, 어때 생각 있어?"

"고아원? 싫어, 싫어."

미순이는 고아원이라는 끔찍한 괴물이 당장 어디서 달려드는 줄 아는지 질겁을 하면서 목이 품으로 뛰어들었다.

목이는 이런 미순이를 보듬어 안는 대신 저만치 떼어내면서 엄격하게 말했다.

"싫으면 집에 돌아가야지."

"싫어 싫어."

"그도 저도 다 싫으면 어쩌겠다는 거야?"

"언니한테서 한 달만, 아니 일주일이면 될 거야. 일주일만 숨어서 살 테야."

"일주일 후엔?"

"그땐 집에 갈 수 있어."

"일주일 후에 갈 수 있는 집을 지금은 왜 못 가겠다는 거야?"

"지금 돌아가면 나만 혼나, 난 엄마 아빠를 혼내줄려고 그랬는데."

미순이의 얼룩진 얼굴에 명랑한 장난기가 서렸다.

"네가 어른들을 혼내주겠다구? 너 참 재미있는 애로구나."

"하나도 재미있을 거 없어. 엄마는 학교 떨어진 내가 꼴도 보기 싫대. 나 같은 딸 둔 게 창피해서 바깥출입도 못하겠다고 쓰고 드러누워 계셔. 자식을 창피해하는 엄마는 혼 좀 나야 돼."

"그러길래 실력에 맞는 학교에 갔으면 이런 일이 없잖아."

"그것도 우리 엄마 소원이야. 작년에도 경기여중 갔다가 떨어졌는데 올해도 거기 아니면 안 된다는 거야. 작년에도 후기 학교를 못 보게 했는데 올해도 또 후기는 안 된다니 미치겠어. 언니도 생각 좀 해봐. 계집애가 삼수씩이나 하면 대학도 나오기 전에 올드미스 돼버릴 건 뻔하잖아? 학교 같은 건 빨리빨리 졸업해버리고 싶어."

"너 참 맹랑한 애로구나."

"엄마도 맨날 나보고 그래. 딴 머리는 잘 도는데 공부 머리만 덜 돈다나. 학교 땐 공부 머리 잘 도는 애가 제일이지만 학교만 다 졸업해봐, 딴 머리 잘 도는 애도 알아주게 될걸."

"나도 네 생각에 전적으로 동감이다."

"정말?"

"그래 나도 네가 학교를 빨리빨리 졸업할 수 있도록 도와주고 싶구나. 내가 이제부터 네 편이 돼줄게 너도 내 말 잘 들을래?"

"무슨 말을 잘 들으라는지 말 안 해도 다 알아. 집에 가라는 거지? 우선 날 내쫓고 보려고……. 그렇지만 여기서 내쫓겨도 집엔 안 갈 거야."

"넌 하나만 알고 둘은 모르는 애구나. 며칠 있다 들어가면 엄마만 혼날 줄 알지만 결국은 네 손핼걸? 후기 학교 시험볼 날을 놓치고 말았으니까. 넌 어떡하든 후기 시험을 봐야 해."

"엄마가 안 보낸다니까."

"어머니 생각도 작년하곤 또 다르실 거야. 너도 벌써 올드미스 될 걱정을 하는데 어머니라고 왜 그런 걱정이 없으시겠니? 다만 지금은 낙담이 크셔서 만사가 귀찮으시겠지만 그럴수록 당사자라도 제 할 일을 포기하면 안돼. 만사는 때가 있는 거니까."

"그럼 어떡하지? 언니."

후기 학교 시험볼 날을 놓칠지도 모른다는 소리는 꽤 설득력 있게 먹혀든 모양이었다. 맹랑한 옹고집으로 굳었던 미순이의 표정이 흔들리기 시작했다.

"내가 암만해도 너를 데려다줘야 할까 보다."

목이가 시계를 보면서 말했다.

"언니, 언니하고 하룻밤만 여기서 자고 내일 가면 안될까?"

"안 돼. 내 직장에 폐 끼치는 일은 하고 싶지 않아. 너의 엄마 보통 극성이 아니신 것 같은데 여기서 널 재웠다고 우리한테 책임을 물으면 곤란해지는 건 나뿐 아니라 여기 원장 선생님 입장까지 난처하게 돼."

미순이는 순순히 따라나섰다.

"빨리빨리 서둘지 않으면 내가 너의 집에서 재워달래야 하는 불상사가 생기겠다."

낯선 거리에서 버스를 내리자마자 이렇게 재촉했지만 미순이는 좁고 꼬불꼬불한 골목으로 한없이 들어갔다. 골목 속은 아늑하고 고만고만한 한옥이 추녀를 맞대고 늘어서 있고 집집마다 작은 창에서 따뜻한 불빛이 새어나오고 있었다.

아이들이 웃는 소리 우는 소리도 들리고 양은 그릇 부딪는 소리, 수돗물 따르는 소리도 들렸다. 그 여러 소리 중에도 목이 듣기에 삐이걱 하는 대문 여닫는 소리가 가장 좋았다.

목이는 그런 구식 동네가 처음이었지만 이상하게도 낯설지 않고 반가웠다.

이거야말로 집이다. 그녀는 가슴이 찐하도록 집이라는 것에 감동을 하면서 이렇게 생각했다.

그녀는 오랫동안 집이라는 걸 그리워했지만 구체적인 모습은 상상이 되지 않다가 처음으로 그 구체적인 모습과 만난 느낌이었다.

"너네 동네 참 좋다."

"별로야. 난 우리도 빨리 부자가 돼서 양옥집에 살고 싶어."
"그럼 너네는 부자가 아니구나."
"우린 중이래."
"중?"
"생활 정도를 어디다 써낼 일이 있으면 엄마는 꼭 중이라고 쓰면서 뭐든지 중이 제일 좋은 거래. 그러면서도 내 공부가 중인 건 안 좋아하셔."

목이가 웃으면서 미순이 머리를 가볍게 쥐어박았다. 미순이가 고개를 움츠리더니 목이에게 친근하게 몸을 밀착시키며 말했다.

"언니가 우리 친언니라면 참 좋겠다."
"나도 너 같은 동생이 있었으면 싶다."
"집이 가까워지니까 무서워 언니, 되게 혼날 거야."

그때 골목 어귀에 서성이고 있던 검은 그림자가 왈칵 미순이에게로 달려들었다.

"미순이냐? 미순아, 미순아."
"엄마야? 엄마, 엄마."

모녀가 동시에 울음 섞인 목소리로 외치더니 와락 부둥켜안고 울고, 웃고, 어루만지고, 때리고, 욕하고, 뽀뽀하고 한바탕 법석을 떨었다. 목이는 한 걸음 물러나 그런 법석을 구경하면서 지금까지 느껴보지 못한 즐거움과 질투를 동시에 느꼈다. 슬그머니 없어져도 그만이라는 자신의 입장이 서글프기도 했다.

"그럼 난 이만 가볼게."

목이가 미순이의 등을 툭툭 건드리며 작별을 고하고 나서야 어머니도 목이를 알아보고 깜짝 놀랐다.

"아이 선생님이 이 밤중에 웬일이세요?"

목이는 선생님이란 호칭이 매우 마음에 들었다. 영광학원에 드나드는 엄마들은 목이를 대개 아가씨 또는 미스 오로 불렀지만 어쩌다가 어리숙하고 순박한 엄마를 만나면 선생님 소리를 들을 수도 있었다. 엄마들을 하도 많이 겪어서 그녀가 어떤 엄마였던가는 생각나지 않았지만 호칭이 마음에 드니까 쉽게 호감이 갔다.

목이가 자초지종을 설명할 새도 없이 미순이가 나섰다. "엄마 이 언니 아니었으면 나 지금쯤 한강물에 빠져 죽었을 거야"로 시작해서 자기의 귀가를 극적인 생환으로 꾸미기 위해 목이를 생명의 은인으로 만들고 있었다.

그렇게 되니 밤이 늦었다는 사양 같은 게 통할 리 없었다. 저녁 대접이라도, 하다못해 차라도 한잔하자면서 모녀는 목이를 집으로 떠다밀었다.

미순이의 집 대문도 삐걱하고 열렸다. 근심에 잠겨 있던 할머니와 동생들이 우르르 몰려나와 돌아온 미순이를 야단도 치고 반가워도 했다. 골목에서 있었던 환영이 마루 끝에서 또 한바탕 벌어졌다.

목이는 비켜서서 조금 눈물이 났다. 돌아온 식구를 반기는 그 집 사람들 때문이 아니었다.

장독대가 있고 빨랫줄이 있는 마당을 가운데 두고 ㄷ자로 오므린 한옥이 그녀를 폭 감싸 안는 것 같은 형언할 수 없는 평온감 때문이었다. 화강암 댓돌에 흩어진 크고 작은 신발들, 유리창으로 된 분합문을 통해 훤히 들여다보이는 마루의 구석 뒤주와 신식 찬장, 마루로 면한 안방 건넌방의 창호지문, 부엌 부뚜막에 걸린 크고 작은 양은솥과 시척지근한 김치찌개 냄새, 이런 사람 살아가는 모습의 정다움 때문이었다. 그건 예사 정다움이 아니라 바로 엊그저께까지 그녀의 것이었던 양 그녀를 반기고 편안히 맞아들이는 정다움이었다.

엊그저께일 리는 없다. 그럼 그보다 전, 아니 훨씬 전 일일까? 그러나 그녀가 기억하는 한 그녀의 생에 그런 것들이 지나간 일은 없다.

그녀의 기억에 의하면 그런 것들은 초면임이 확실했지만 기억과는 또 다른 느낌 혹은 지각에 의하면 그건 구면이었다.

목이는 그 불가사의한 정다움을 규명하기 위해 자꾸 머리를 흔들어보았다. 언제였더라, 언제였더라?

그러나 또 한바탕의 법석을 치르고 난 식구들에게 목이는 또다시 생명의 은인으로 낙인찍히고, 거기 합당한 대접을 받기 위해 안방으로 끌려 들어가지 않으면 안 되었다.

목이를 선생님이라고 공대할 때부터 짐작한 대로 그 집 식구들은 다 순박하고, 부모도 교육열만 덮어놓고 높을 뿐 자신의 학력은 별로 높아 보이지 않았다. 그들은 후기 학교에 미순이를 지원토록 해야 한다는 목이의 의견에 두말없이 찬성해주었다. 특히 어머니는 진작 이렇게 자상한 진학 지도만 받았어도 결코 그런 무리한 지원으로 아이 가슴에 멍들고 온 식구가 혼비백산하는 일은 안 당했을 것이라고 목이를 일찍 못 만난 걸 아쉬워했다.

정성스럽게 차린 저녁상이 들어오고 그걸 먹으면서 이런 얘기 저런 얘기를 흉허물 없이 하는 사이에 목이가 보기보다는 나이도 지긋하고 혈혈단신의 고아원 출신으론 드물게 독학으로 대입 검정고시를 준비 중이란 게 알려졌다. 식구들은 목이가 얼굴이 빨개지도록 감동을 하고 칭찬을 했다.

식사가 끝나고 차를 마시면서 어머니는 아버지에게 저런 선생님이 미순이 동생들 가정교사로 들어오면 좀 좋겠느냐고 넌지시 눈짓을 했다. 아버지도 미순이 실수를 거울삼아 동생들은 일찌거니 그 성적을 다잡아놓아야 할 것 같다고 맞장구를 쳤다.

과일을 먹으면서 미순이도 목이한테 언니가 친언니면 좋겠다고 어리광을 부렸다. 목이 보기에 안방 아랫목의 조각이불도 칠 벗겨진 행자반 밥상도 어제 그제 아니 그보다 훨씬 전에 거기서 살았던 것처럼 낯익고 정다웠다.

차 마시고 과일까지 먹고 나니 이미 통금을 넘긴 시간이었다.

하룻밤 같이 자면서 미순이의 후기 시험을 위해 이것저것 요점 정리를 해준 걸 미순이가 머리에 쏙쏙 들어오더라고 식구들한테 호들갑을 떨자, 목이를 가정교사로 들여앉히고픈 식구들의 소망은 더욱 간절해졌다.

붙드는 대로 머무는 날이 하루이틀 거듭되고 그 사이에 미순이가 후기 중학에 좋은 성적으로 합격하고 또 아이들마다, 목이를 따르자 목이는 자연스럽게 미순네 가정교사로 눌러앉게 됐다.

영광학원으로는 아무런 연락도 취하지 않았다. 미순이네선 연락을 했다간 좋은 선생을 도로 빼앗길 것 같아 꺼렸고, 목이는 나 같은 거 없어져 봤댔자 누구 하나 애타할 사람 없다는 자격지심 때문에 그럭저럭 미루다 보니 아주 안 하게 되고 말았다.

아닌 게 아니라 영광학원에선 일손이 달릴 때 문득문득 생각하다가 '그럴 줄 알았다니까. 고아원 출신이란 별수없거든' 하는 식으로 목이의 실종을 예사롭게 받아들였고 새 사람을 구하자마자 목이는 잊혀졌다.

목이를 영광학원에 취직시킨 익명의 독지가는 다른 사람 아닌 한수철이었다.

수철이 실질적인 가장 노릇을 하게 되자 제일 먼저 시작한 일이 6·25 때 잃어버린 누이동생을 찾는 일이었다. 그는 돈 아끼지 않고 신문광고도 자주 냈거니와 전국의 고아원을 사람 시켜 또는 몸소 수소문하는 일도 게을리하지 않았다. 친척이나 친구들을 통해 어디 용한 점쟁이가 있다는 소리만 들어도 체면 불고하고 따라 나서서 동생의 생사를 애타게 점쳤기 때문에 그의 드물게 착한 마음은 이미 일가문중에 정평이 나 있었고 칭송이 자자했다.

그러나 그 무렵 그는 이미 오목이라는 성명으로 부모 형제를 찾는 광고가 난 것을 보았던 것이다. 그는 광고를 보자마자 그 진상을 알아보기 전에 우선 그것을 아무도 모르게 감추기에 급급했다.

발행 부수 몇십만의 신문광고 중 한 장을 감춘 것으로 온 세상을 눈가림할 수 없다는 것쯤 그가 모를 리 없었다. 그러나 그의 주변에서 수인이나 오목이를 기억하는 친척이 과연 있을 것인지는 긴가민가했다. 더군다나 외가 외에는 다 먼 친척이었고 세상은 갈수록 제 살기에만 바빠지고 있었다.

그러니까 그가 신문광고를 감춘 것은 순전히 수지 때문이었다. 수지와 수인의 각별한 우애를 잘 아는 그로서는 수지까지 오목이란 별명을 잊었다고 생각할 순 없었다.

사진과 함께 실린 그 신문광고를 보자 단박 그는 오목이야말로 그가 찾는 누이동생 수인이라는 걸 알 수가 있었다.

터무니없이 앳된 사진의 얼굴은 그가 기억하고 있는 난리통에 먹을 것에 걸신이 나 식구들의 지청구를 한 몸에 받던 때의 수인의 얼굴 그대로였다. 따로 알아보거나 긴가민가할 여지조차 없었다.

그때의 누이동생의 얼굴은 마치 인화한 것처럼 명료하게 그의 기억 속에 찍혀 있었다.

누이동생을 잃어버린 때가 그의 중학교 때였으니 그럴 만도 했고 또 장남으로서의 책임감 때문에 그 얼굴은 그에게서 좀체 지워지지 않았다.

수인이가 오목이란 이름으로 살아 있음을 당장 알아보았음에도 불구하고 그는 즉시 수인이한테로 달려가질 못했다. 달려갈 생각보다는 자기 말고 누가 또 수인이를 알아보았을까 그것부터 두려웠다.

그렇다고 처음부터 수인이를 영영 모른 척할 마음까지 먹은 건 아니었다. 그저 마음의 충격을 가라앉힐 시간이 필요한 정도였다.

그러나 그가 정말 필요로 한 시간은 자기 말고도 오목이가 수인임을 알아보는 사람이 있나 없나를 확인할 수 있는 동안이었다. 만일 그런 일가친척이 있어 그에게 제보를 해준다면 그때 가서 금시초문인 척 누이를 찾아 나서도 늦지는 않을 것이다.

다행스럽게도 그런 제보를 해준 사람은 나타나지 않았다. 마침 이산가족찾기 운동이 전국적으로 활발한 때라 수철이의 갸륵한 마음을 위해 그런 기사나 광고라면 빠뜨리지 않고 훑어보았노라는 사람까지도 누이동생은 이제 죽은 셈치라는 위로의 말을 해줄 정도였다. 그러나 오목이가 수인임을 알 사람은 천지간에 수철이 하나밖에 없는지도 몰랐다.

오직 자기만이 오목이의 정체를 알고 있다는 데 자신이 생길수록 그는 오목이를 찾아 나서길 망설이게 됐다. 오목이를 오목인 채로 내버려둔들 어떠랴 싶었다.

그런 생각이 처음 떠올랐을 때만 해도 스스로도 섬뜩할 정도의 간지였다. 어떻게 그런 생각까지 할 수가 있을까 참으로 망측한 심보였고, 그런 자신이 정떨어져서라도 어떤 변명을 마련하지 않으면 안 되었다.

며칠을 혼자서 궁리에 궁리를 거듭한 끝에 얻어낸 변명은 누이동생이 몸담고 있는 곳이 하필 고아원이기 때문이라는 거였다.

그는 새삼스럽게 고아원에 진저리를 쳤다. 그렇다면 고아가 고아원 아닌 어디에 있어야 한단 말인가? 그는 자신의 억지에 실소했지만 그 억지를 철회하진 못했다.

그때 수철이는 이미 결혼해서 아름다운 아내와 귀여운 자식을 두고 있었고, 하나 남은 누이동생 수지를 부럽지 않게 호강시켜가며 곱게 기르고 있었다. 그는 좋은 집안에서 고생 모르고 자라서 그에게 시집와 그의 자식을 낳아준 아내를 누구보다도 사랑했다. 너무 사랑해서 누이동생이 하나 달린 것도 속으로 미안한데 하나를 더 끌어들이다니, 그것도 고아원으로부터, 그건 차마 못할 일이었다. 가정이라는 지상의 낙원을 그렇게 모독할 순 없었다.

당장 저질렀으면 당연하고도 용이했을 일이건만 심사숙고할수록 그 일은 어렵고도 가당찮아졌다.

그는 동생을 모르는 척하는데 양심의 가책은커녕 난만한 꽃밭을 병충해로부터 지켜야 하는 원정으로서의 사명감마저 느꼈다.

악이란 생각보다는 돌발적인 격정이 아니라 용의주도하고 점진적인 현상이었다. 그리고 악의 한결같은 꿈은 위선이었다.

그는 그의 누이동생이 수인임을 망각하고 오목이로 행세하고 있음을 알고부터 더욱 열심히 수인이란 이름으로 동생을 찾는 일을 계속했다. 그의 이런 애타는 마음을 뭇사람에게 나타내서 남의 심금까지 울렸다.

그건 마치 일곱 살 적의 수지가 동생을 일부러 피난민 속에서 놓쳐버리고 나서 수인이란 이름으로 목메어 찾아 헤매고, 다시 식구들 앞에서 동생을 잃은 자신을 자책해서 까무러치도록 운 것과도 닮은 간교함이었다.

한 사람을 놓고 각각 두 개의 이름으로 서로 찾는 일은 마치 평행선처럼 아무리 줄기차게 계속돼도 서로 맞닿을 리가 없었다.

누가 보기에도 이제 그만했으면 단념할 때도 됐다 싶을 즈음 수철이는 누이동생을 찾는 일을 단념했다.

 수철이가 그 무렵 오누이의 집이라는 고아원의 유 원장을 만난 건 순전히 우연이었다.

 점심을 같이한 친구가 같은 음식점에서 혼자서 점심을 먹고 난 유 원장을 오래간만에 만난 고등학교 선배라고 반가워하면서 수철이에게 소개했고, 세 사람은 자연스럽게 다방으로 같이 가게 됐다.

 이런 얘기 저런 얘기 하면서 그 선배가 오누이의 집 원장이고 곧 그 집을 문 닫게 되리란 걸 수철이가 알게 됐다. 오누이의 집이 수인이가 있는 고아원임을 잊지 않고 있던 그는 그 우연의 만남 속에 감추어진 계시 같은 걸 민감하게 느꼈다. 그 계시를 모른다고 하면 지난날 오목이를 모른다고 한 데 대한 벌까지 아울러 받을 것 같았다.

 그러니까 그는 무의식중에 오목이를 모른다고 한 데 대한 벌은 유보된 데 지나지 않음을 느끼고 있었던 것이다.

 수철이는 그 자리에서 정중하게 유 원장에게 뒤에서 돌봐줄 참한 고아를 한 명 추천해달라고 부탁했다. 갑작스러운 제의에 진의를 몰라 어리둥절하는 유 원장을 친구는 이렇게 안심시켰다.

"선배님, 이 친구 사변통에 부모님 여의고 여동생도 하나 잃었거든요. 부모님의 참변은 직접 눈으로 목격했지만 동생은 피난길에서 잃어버렸다나 봐요. 그 동생을 찾아보려고 이 친구 전국 방방곡곡 안 가본 데가 없고, 광고비만도 숱하게 뿌렸지만 허사였죠. 자식도 아니고 동생에게 그렇게 지극정성일 수가 없더니 세월이 약이라고 요새 잊어버릴 만해서 다행이다 싶었는데 고아원 소리를 듣더니 그

증이 또 도지나 본데요. 비슷한 또래의 애 하나 뒷배 봐주면 이 친구한테도 위로가 될 테고, 그 당사자한테도 큰 복이 될 테니 참한 애 하나 추천해주세요."

"그야 어렵지 않지. 불감청이언정 고소원이란 바로 이를 두고 하는 말 아니겠는가."

이렇게 해서 추천을 받은 몇 명의 참한 고아 중에 오목이의 이름도 끼어 있었다. 오목이가 참한 고아라는 게 다행스러우면서도 한편 그녀를 또 한 번 모른 척하고 싶은 걸 겨우겨우 참고 두렵고 내키지 않는 마음으로 목이를 선택했다.

그러나 그가 목이를 위해 해준 건 유 원장이나 친구가 기대한 것만 같지 못했다. 당장 집에 데려다 한 식구를 만들어주진 않더라도 서로 알고 지내고 가끔 가족적인 분위기에 초대도 해주면 고아에겐 다시없는 기쁨이 될 거라고 유 원장이 누누이 말했지만 그는 끝내 익명일 것을 고집했다.

우선 조촐한 데 취직을 시켜놓고 뒤에서 살펴보아 될성부르면 학비를 대줘 대학공부도 시켜주고 또 기회 보아 서로 만나볼 수도 있겠지만 당분간은 나서고 싶지 않다는 거였다. 유 원장도 그런 그의 태도를 목이가 될성부르지 않으면 언제고 손 떼고 싶단 정도로 받아들이고 내심 아니꼽게 생각했지만 굳이 마다할 계제도 아니었다. 밑져야 본전이지 하고 두고 볼 참이었다.

그러나 목이를 영광학원에 취직시키고 나서 유 원장이나 수철이가 그녀를 자주 돌본 건 아니었다. 유 원장은 고아원 원장에서 사업

가로 탈바꿈하는 일만으로 벅찼고 수철이는 친구가 하는 학원에 목이를 취직시키기 위해 친구한테 한 약속을 지키는 게 고작이었다.

약속이라야 대단한 건 아니었다. 다달이 경제적인 보조를 해줄 테니 목이에게 후한 보수를 주고, 고되지 않은 일을 시키고 깨끗한 잠자리를 주고 인간적인 대접을 해주고 잘못된 길로 들어서지 않도록 감시하고 보살펴주면 고맙겠다는 것이었다.

"익명이어야 하네, 익명. 나는 그 아가씨로 하여금 나에게 감사해야 한다는 부담감 같은 거 느끼게 하고 싶지 않단 말야. 난 어디까지나 순수하니까."

순수란 무엇이지, 수철은 열심히 순수를 강조했고 그런 부탁을 받은 친구는 공짜로 사람 부리게 된 게 싫지 않으면서도 떨떠름한 얼굴로 내키지 않아 했다.

"그야 뭐, 자네 부탁이니 박절하게 마다할 순 없지만 썩 내키지 않네. 고아원 출신이란 골치 아프거든. 언제 무슨 일을 저지를지 예측할 수가 있어야지. 혹시 좋지 않은 짓을 저질러도 책임은 자네가 져야 되네."

"그럴 리는 없어. 참한 애라고 고아원에서 보증을 해서 뒷배 봐주기로 한 거니까. 그렇지만 사람 일은 모르는 거니까 돈 만지는 일일랑은 시키지 말아주게."

"자넨 참 센티멘털리스트야."

"왜?"

"6·25때 잃어버린 누이동생 찾아보려고 백방으로 애도 많이 쓰고 다니더니만, 이제 와선 고아라도 돌봐서 위안을 삼으려 드니 말일세."

"내, 마음 달래려고 이러겠나, 속죄하는 뜻이지."

"그거나 그거나지 뭐. 갸륵하다 해야겠지만 나 보기엔 소녀 취미가 지나친 것 같아. 그 일이 뭐 자네 잘못이었나. 다 전쟁 탓이지."

이런 얘기를 할 때는 수철이는 얼굴이 붉어지고 가슴이 울렁거렸지만 어디까지나 왼손이 하는 일을 오른손이 모르게 하는 자선가의 표본 같은 태도를 잃지 않았다.

그의 위선은 자신도 감쪽같이 속아 넘어갈 만큼 완벽했다.

이렇게 해서 맺어진 수철이와 재수학원 경영하는 친구 사이의 약속은 한동안 잘 지켜졌다.

두 사람은 계꾼처럼 한 달에 한 번씩 정기적으로 만나서 차를 마시거나 서로 번갈아가며 점심을 사기도 했다. 친구들의 뒷소식을 전해 듣기도 하고 세상 돌아가는 일에 욕지거리도 하고, 더러는 음담패설을 즐기기도 했지만 목이에 대해선 거의 말하지 않았다.

목이에 관한 건은 그들이 잊지 않고 주고받는 얼마간의 돈만으로 충분했다. 수철의 자선하는 마음은 몇 푼의 금전 위에 잔해가 되어 남아 있을 뿐이었다.

이런 식으로 그들의 관계는 대여섯 달씩이나 잘 나갔다. 그러나 해가 바뀐 어느 날 같은 일로 만난 자리에서 친구는 수철이 건네주는 돈을 받지 않았다.

"그 계집애가 도망을 가버렸다지 뭔가."

친구는 그 일이 너무도 하찮은 일이라는 듯이, 같이 점심 먹고 차 마시면서 자기 학원의 입학률이 얼마나 좋고 따라서 자기 사업의 전망이 얼마나 밝다는 자랑을 지리하도록 늘어놓고 난 후에야 성의 없이 간단명료하게 말했다.

"뭐, 오목이가 도망을 가?"

수철이는 자기도 모르게 경망스럽게 놀랐다.

"이름이 오목이던가? 자넨 바쁜 사람이 뭘 그런 것까지 기억하고 있어?"

친구는 본론은 접어두고 말꼬리를 잡고 신기해했다.

수철이도 얼떨결에 오목이의 이름을 입에 올리고 나서 들키지 않았어야 될 약점을 들킨 것처럼 뜨끔했다. 그래도 짐짓 태연하게 반격을 했다.

"그럼 자넨 내가 신신당부하고 맡긴 아이 이름도 모르고 있었던가? 그러니 도망을 가지."

"이 사람아, 사람 잡지 말게. 나는 최고경영자가 아닌가. 최고책임자가 말단의 급사 이름까지 외고 있는 게 아닐세. 사람이 잘아져서 못써."

"그렇지만 내가 맡긴 애 아닌가? 특별히 좀 신경 써주지 않고서."

"그래 애가 얌전하고 일 잘한다고들 하길래 나도 다행스럽게 여겼었지. 그렇지만 고아원 곤조야 어디 가나?"

"고아 신세를 아주 면하게 해줄 작정이었어. 장차는 한식구처럼 돌봐주리라고 벼르고 있었는데."

"그러니까 고아원에서 가정으로 직행시키기 뭣해서 나 있는 데를 완충지대로 삼아보려 했다 이 말이지? 하여튼 미안하게 됐네."

"혹 피해는 없었나."

"여보게, 내가 어디로 보나 고아원 출신한테 현금 만지게 할 사람 같아? 아무리 자네가 보증을 섰지만서두 그만한 사람 보는 눈 없이 오늘날 이만큼 됐겠나, 안 그런가?"

수철은 피해가 없었다는 말에 안심이 되면서 속으로 마냥 시원했다.

한 달에 월급 몇 푼 보조하는 게 그의 재력에 대단한 부담은 아니었는데도 크나큰 고역을 벗어던진 것처럼 훨훨 날아갈 듯이 상쾌했다. 그러나 그런 상쾌한 기분을 친구가 눈치챌까 두려웠고 더군다나 자신이 자신의 간사한 마음을 용납할 수가 없었다.

이럴 수가? 그는 자신의 너무도 얄팍한 위선에 아연해하면서 친구에게 버럭 화를 냈다.

"아니 내가 월급까지 대줘 가며 신신당부한 애를 어떻게 학대를 했길래 도망을 가게 했나? 몹쓸 사람."

이런 수철을 친구는 되레 좋은 말로 위로하려 했다.

"좋은 일 한번 해보려다 배신당한 자네 마음 알 만하네. 그렇지만 낸들 어쩌겠나. 자네만 그럴 마음이면 고아가 모자라 좋은 일 또 못하겠나? 이 땅에 쌔고쌘 게 고안데."

그러나 수철의 입은 점점 더 거칠어졌다.

"뭐? 이 돈만 아는 더러운 새끼야."

수철이는 부끄러웠다. 목이가 도망친 게 시원한 자신이 부끄러웠고, 목이가 오복인 걸 알면서도 찾지 않은 이기심이 부끄러웠고, 서푼짜리 자선으로 자신과 세상의 눈을 속이려 했던 더러운 마음이 부끄럽고 부끄러웠다. 그래서 함부로 욕지거리를 퍼부었다. 그가 실은 자신에게 욕질을 하고 있다는 걸 알 까닭이 없는 친구가 먼저 분연히 자리를 박찼다.

"오라, 이제야 알겠다. 인색하기로 소문난 네 녀석이 무슨 개마음이 들어서 그런 착한 일을 하겠다는 건지 암만해도 수상쩍더니만 이제야 알겠다. 네가 그 계집애에게 엉큼한 흑심을 품었겠다? 어쩐지, 고아원 출신답지 않게 제법 반반한 인물이다 했더니. 나한테 맡겨놓고 슬금슬금 재미를 보려고? 예끼 더러운 놈아."

목이에게 흑심을 품다니? 그건 상상만으로도 상피 붙는 패륜이 되었다. 그런 무서운 패륜에 버금갈 만큼 더러운 자신의 마음 때문이었다.

친구는 이미 가고 없었다. 그렇게 해서 친구를 매개로 한 수철과 목이와의 관계는 끝났다.

3

명암

　졸업식이 있는 B대학 근방의 교통은 아침부터 마비돼 자가용만 겨우 통과시키고 있었다.
　문자 그대로 인산인해였다. 사람마다 자기도 그 인산인해에 보탬이 되고 있음을 잠시 잊고, 엄청난 인파에 경악하기도 하고 혹독한 평을 하기도 했다.
　오늘 학사가 되는 2천 명에 줄잡아 20명씩의 하객만 딸려도 인파의 수는 4만에서 5만은 되리라는 수학적인 평으로부터, 어디 가나 무슨 일만 났다 하면 사람이 이렇게 들끓으니 제한된 국토에서 무슨 수로 식량을 자급자족하겠느냐는 경제적인 평, 옛날 졸업식은 이렇지 않았다, 전문학교 졸업하는 것도 극소수의 선택된 사람뿐이었는데도 오히려 집식구들은 대범해서 부모가 참석해주면 황공하고 안 해도 그만이었는데 지금은 유치원만 졸업해도 하객이 들끓으니 졸업생 흔하고 하객 흔한 게 피장파장이라는 회고적인 평까지 가지가지였다.

졸업식장인 대강당은 이미 정원이 차서 문이 굳게 닫힌 지 오래였다. 실상 하객들은 졸업식엔 관심도 없었다. 화창한 날씨와는 동떨어진 냉엄한 표정으로 우뚝 솟은 대강당은 봄날 아니라도 들어가고 싶지 않게 침침하고 우울해 보였다.

식구나 친지를 금세 만나지 못한 사람들은 고개를 길게 빼고 아는 얼굴을 찾느라 지쳐 있거나 미리 약속한 장소가 어딘지 몰라 우왕좌왕하기도 했지만 인파는 축제의 인파답게 화려하고 활기차고 시끌시끌했다.

하객들이 정작 졸업식엔 관심이 있건 말건 총장의 졸업식사는 몇십만 평의 캠퍼스 구석구석까지 짓궂게 울려퍼지고 있었다.

재학생들이나 졸업생들이 가장 사랑하는 장소인 노천극장을 굽어보는 언덕 위 아름드리 느티나무 가지에도, 부속병원으로 넘어가는 후미진 고갯길에도, 학생들이 습작한 조각이 유쾌한 촉루처럼 춤추고 있는 미대 뒤뜰에도 마이크가 장치되어 있었다.

총장의 목소리는 난국에 처한 우리 사회에서 젊은 지성이 걸머져야 할 중책에 대해 횃불처럼 뜨겁고 드높게 외치고 있었다. 해마다 B대학 총장의 졸업사는 명연설로 정평이 나 있었다. 마치 해마다 난국이라는 제단에 젊은 지성을 바쳐온 제관의 목소리처럼 엄숙했지만, 매너리즘의 조짐이 드는 사람의 마음을 사로잡기보다는 산만하게 했다.

수지네 식구는 B대학을 설립한 사람의 묘소가 있는 남향의 동산 앞에 모여 있었다. 수지는 금년에 대학원을 졸업했다.

"난국 좋아하네. 우리 졸업할 때 설교도 난국, 난국이더니만."

그곳에서도 총장의 목소리는 들려서 수철이가 약간 비꼬는 것처럼 말했다.

"분단이 계속되는 한 난국은 아무리 강조해도 모자랄 게다."

수지 졸업식을 보고 싶어하는 외할머니를 모시고 시골서 상경한 외삼촌이 수철의 경박한 논평을 이렇게 나무랐다. 외삼촌은 강직하면서도 순박해 뵈는 시골 유지풍의 중노인이었다.

거기 모인 수지의 하객은 시골서 올라온 외가 식구들을 합하면 열 명이 넘었다. 먼저 사회에 나간 수지 동창들이 몇 명 더 어디 와 있을 테니 하객의 평균수인 스무 명은 무난할 것 같았다.

그중 외할머니는 근래 많이 노쇠해서 이런 인파에 부대끼는 게 암만해도 위태로워 보였다.

그러나 같이 늙어가는 아들을 위시해서 외손들이 모두 노인에게 극진해서 보기 좋았다.

수철은 뵐 때마다 쇠진해가는 게 눈에 보이는 외할머니가 속으로 많이 언짢아서 짐짓 명랑하게 너스레를 떨었다.

"할머니, 아직 정정하시죠? 수지가 대학 졸업할 때 오셔서 이제 마지막이라고 하시더니 이렇게 건강하셔서 대학원 졸업까지 보시어 좀 좋으세요?"

"내가 뭐 정정해서 불원천리 극터듬고 나선 줄 아냐? 그 불쌍한 것이……."

 외할머니 입엔 그 불쌍한 거란 소리가 노상 붙어 있다시피 했다. 수지를 가리키는 말이었다. 수지의 각급 학교 졸업식 때마다, 매년 돌아오는 생일 때마다 외할머니가 한 번도 안 빠진 것은 축하의 뜻보다는 죽은 제 어미를 대신해서 그 불쌍한 걸 조금이라도 덜 불쌍하게 해야 한다는 비통한 의무감 때문이리라.

 수철이 그걸 누구보다도 잘 알고 있었다. 수철의 아내 영란이만 해도 그 연세에 무슨 행사 때마다 앞장서는 외할머니를 주책 노인 쯤으로밖에 안 생각했지만 수철인 가슴이 찡했다.

 수철인 알고 있었다. 노인네의 흐린 안정眼睛이 바라보고 있는 건 결코 축제의 인파가 아니라 유난히도 춥던 어느 겨울날의 텅 빈 국도와 그 위를 가던 마지막 피난민이라는 것을.

 갑자기 불길한 괴조처럼 머리 위에 나타나 그들을 덮친 비행기의 엄청난 굉음과 함께 갈가리 찢긴 딸의 육신이라는 것을.

 수철이 외할머니의 손을 잡았다. 고목나무 가지 같은 보기와는 달리 말랑하고 따뜻한 손이었다.

 "네가 수고가 많았다. 그 불쌍한 걸 대학원 공부까지 시켜줬으니. 그 불쌍한 게 그래도 오래비 하나는 잘 둬서 호강이 늘어졌지."

 "할머니도 기쁘시죠?"

 "안 기뻐. 대학 졸업할 땐 기쁘고 대견하더니만 이번엔 하나도 안 기뻐."

 "왜요, 할머니."

"기집앨 대학 공부까지 시켰으면 됐지 뭣 하러 대학원 공분 시켰누? 내가 그 불쌍한 거 시집가는 거나 보고 죽어얄 텐데. 이게 졸업식이 아니라 결혼식이라면 좀 좋아. 계집애 공부 너무 많이 시켜서 좋을 거 하나 없다. 그저 시집을 보내야 짐을 벗는 거야 알았냐?"

"네 할머니."

"알기만 하면 뭘 해. 좋은 소식 없냐?"

이때 영란이가 잽싸고 총기 있게 나섰다.

"할머님 오늘 어쩌면 손자사윗감을 보시게 될 거예요. 기대하세요."

"뭐라구? 나 모르게 어느새 그렇게 됐어? 그러니까 우리 수지가 그동안 연애 건 신랑이 있었다 이 말이지?"

할머니는 그 근처에 신랑감이 있다는 소리로 알아들었는지 흐릿한 눈빛에 생기가 돌면서 주위를 휘둘러보았다.

"아녜요, 할머니, 고모가 워낙 새침해서 그런지 눈이 높아 그런지 연애도 못 하는걸요. 그래서 제가 중매를 서보려고요."

"네가 중매를?"

"네, 제 친구 동생인데 속내 알고 인물도 괜찮고 학벌도 미국 유학까지 하고 왔으니 고모보다 못하지 않고 또 그쪽에서 몸 달아 하는 혼인이니까 될 성싶은데요."

"그쪽에서 몸 달아 하다니 그럼 벌써 선까지 봤냐?"

"아뇨, 정식으로 본 게 아니라 고모하고 나갔다가 우연히 신랑자리를 길에서 만났는데, 전 그때 서로 인사도 안 시켰거든요. 근데 그때부터 신랑자리가 저한테 고모를 정식으로 인사시켜달라고 들입다 조르지 뭐예요. 오늘 그 집에도 이 학교 졸업생이 있어서 양가가 같은 음식점에서 점심을 먹기로 예약을 해놓았으니까 거기서 우연히 또 만난 것처럼 두 사람을 인사시키면 자연스럽고, 양가 어른들도 별 부담 없이 신랑 색시를 실컷 뜯어볼 수 있어 다시없이 좋은 기회일 거예요."

"그래 그래, 네가 참 애쓰는구나. 우리 형진 에미는 싹싹하고 엽엽하기도 하지. 형진 애비가 조실부모한 대신 장가 하나는 잘 갔다."

할머니의 흐릿한 안정이 금방 그렁그렁해졌다.

이때 대강당 쪽에서 졸업생이 쏟아져나왔다. 얼마 안 되는 여학생은 대개 가운 속에 고운 한복을 입고 있어서 돋보였다.

지성의 상징일 뿐 아니라 여성에 있어서는 해방의 상징까지 겸한 학사모와 학사 가운이 가장 비활동적 비능률적인 구속의 상징 같은 한복과 어색하지 않게 어울리는 게 절로 미소를 자아냈다.

수지는 목에 청색 깃을 늘인 가운 밑에 모본단 다홍치마를 우아하게 펄럭이며 가족들이 모여 있는 곳으로 달려왔다.

누구한테 받았는지 붉은 장미꽃다발을 안고 있었고 평소 안 하던 화장을 한 얼굴이 상기해서 곱게 달떠 보였다. 할머니가 동백나무 가지에 국화꽃 세 송이를 곁들인 꽃다발을 내밀면서 말했다.

"할미 꽃다발은 구닥다리지?"

"아녜요. 할머니 꽃이 아마 제일 오래갈걸요. 고맙습니다 할머니."

"오냐, 올핸 시집가거라, 꼭."

조카들도 고모 고모 하면서 꽃다발을 내밀었다. 수지가 꽃다발에 파묻히자 수철은 사람들을 한 줄로 세우고 저만치 떨어져 있던 운전기사한테 눈짓을 했다.

"자아 어서 사진 몇 장 찍고 점심 먹으러 가자. 할머니 시장하시겠다."

여기저기서 이미 찰칵찰칵 사진들을 찍어대고 있었다. 수지도 가족사진도 찍고, 뒤따라온 친구하고도 찍고, 조카들만 데리고도 찍고, 외할머니하고도 찍고, 부모처럼 길러준 오빠 내외하고만도 찍었다. 될 수 있는 대로 많이 찍어두지 않으면 학사학위가, 석사학위가 휴지 조각이 되어 어디로 날아가버릴 것처럼, 10년 공부 20년 공부가 한 장의 사진에 달린 것처럼 여기저기서 찍고 또 찍고 맹렬히 찍어댔다.

마지막으로 독사진까지 찍고 나자 수철이는 하객들의 수효를 대강 점검하고 나서 아내와 함께 교통편을 의논했다. 친구의 승용차를 한 대 빌려서 차가 두 대건만 하객을 다 태우긴 반지빨랐다.

"수지야, 네 친구들은 택시로 오게 해도 되겠지?"

"내 친구는 신경쓰지 마세요. 그리고 나도 좀 나중에 갈 테니까 먼저들 가 계세요. 할머니 시장하시지 않게 나 기다리지 말고 식사도 먼저 하시구요."

수지는 집안 식구가 말릴 사이 없이 날렵하게 몸을 날려 그곳을 벗어났다.

수지가 이인재와 만나기로 한 장소는 후문 근처 동창회관 앞이었다. 수지네 식구들이 있는 곳과는 반대쪽이어서 넓은 캠퍼스를 가로지르는 먼 거리였다.

수지는 올케가 진행시키고 있는 혼담에 대해 짐작하고 있었고, 자기 나이가 혼기를 놓치려 하고 있다는 것도 알고 있었다.

오늘이야말로 인재와의 관계에 어떤 마무리를 짓든 새로운 시작이 있든 해야 할 것 같았다.

과는 다르지만 인재와는 대학 입학동기였다. 그러나 수지는 오늘 대학원을 졸업하고 인재는 대학을 졸업했다. 수지가 대학원에 간 것은 학문에 대한 깊은 뜻이 있어서라기보다는 인재가 군복무하느라고 처진 시간을 맞춰주기 위한 배려였다. 그러나 어디까지나 일방적인 배려였을 뿐 인재하고 그럴 만한 약속이 있었던 건 아니었다.

두 사람 사이에 사귐이 오랜 만큼 학교 내에서 널리 알려진 커플이었지만 기우는 커플로도 소문이 나 있었다.

두 사람은 여러모로 기울었고 기우는 쪽은 하나같이 인재 쪽이었다. 수지는 대학원을 졸업하고 인재는 대학을 졸업했대서가 아니었다. 그런 차이는 동갑 커플 사이에선 흔한, 아니 있을 수밖에 없는 차이여서 문제 삼을 게 못 됐다.

인재는 촌스럽고 수수한 얼굴에 소심하고 따뜻한 눈을 가지고 있었고 수지는 도회적인 세련된 용모와 변덕스럽고 교만한 마음을 가지고 있었다. 수지는 옷 맞추고 물건 사러 다니고 음악회나 전시회를 기웃대는 일로 분주했고 인재는 아르바이트를 몇 탕씩 뛰느라고 눈코 뜰 새가 없었다. 인재는 궁상맞고, 수지는 화려했다. 수지는 매사에 자신만만했고, 인재는 열등감이 몸에 배 있어서 무슨 일이고 나서기를 좋아하지 않았다. 인재는 값싸고 분량이 많은 음식집을 좋아했고, 수지는 비싸고 분위기 있는 집을 밝혔다. 인재는 달라는 것 없이도 불쌍해 보일 때가 있는 반면, 수지는 주는 것 없이도 남의 기를 죽일 때가 있었다.

그렇다고 둘 사이가 이런 이질감 하나만으로 오랫동안 싫증 안 나고 끌어온 것도 아니었다.

수지는 인재를 만나면 시간 가는 줄 모르게 즐겁고, 헤어지면 곧 만나고 싶어졌다. 수지는 인재한테 두메산골에서 보낸 그의 국민학교 시절, 읍내에서 보낸 중학교 시절, 소도시에서 보낸 고등학교 시절 얘기를 듣는 걸 특히 좋아했다. 그의 소년 시절은 입지전 속의 위인의 그 시절만큼이나 헐벗고 굶주린 거였지만 보다 나은 고장으로 향한 줄기찬 도전의 의지로 하여 조금도 비참했던 것 같진 않았다.

더군다나 수지하고 단둘이 있을 때의 인재의 말솜씨는 유창하고 정감이 풍부했다. 수지는 그가 거친 가난을 비참하기는커녕 꿋꿋하고 성성한 생명력이 넘치는 별난 것처럼 느끼기까지 했다.

그의 이야기를 들을 때마다 그녀는 두메산골에서 읍으로, 읍에서 소도시로, 소도시에서 서울의 명문대학으로 한 단계 높은 곳을 향해 차근차근 시도한 그의 도전에 열렬한 응원을 보냈을 뿐 아니라 그가 마지막으로 도전할 수 있는 봉우리에 자신을 세워두는 상상을 즐겼다.

"애, 너 돌았니? 그 촌뜨기가 어디가 좋아서 여지껏 못 헤어나니? 그만큼 가지고 놀았으면 됐지."

그 안 어울리는 한 쌍의 교제가 오래가니 이렇게 충고해주는 친구도 생겨났다.

"인재 걘 좀 특별한 데가 있거든."

수지는 인재의 매력을 이렇게밖에 설명할 수가 없었다.

"어떻게?"

"너희들은 몰라도 돼."

이렇게 되면 그 특별하다는 것의 값어치가 갑자기 올라갔고, 상상력을 자극해서 환상을 만들어냈다. 특별하다는 말에 풍부한 환상이 함축되기는 듣는 쪽에서뿐 아니라 말하는 쪽에서도 마찬가지였다.

"그는 특별해."

그러나 그 소리가 어쩌면 빈주먹을 쥐고 보석이나 진주를 감추고 있는 것처럼 군 것과 다름없는, 자신과 남을 우롱한 헛소리가 아니었을까 심각하게 의심하기 시작한 건 최근의 일이었다.

인재는 졸업식이 있기 전부터 벌써 우수한 기업에 취직이 돼서 출근하고 있었다. 잘된 일이었다. 그러나 특별한 인간의 출세치곤 너무도 범속했다. 특별한 인간답지 않게 그 범속한 출세에 안주할 모양이었다. 수지는 허전했다. 그렇다고 그가 어떻게 특별한 출세를 해야 한다고 정해 놓은 바가 따로 있었던 것도 아니었다.

다만 그의 도전이 끝나자 그의 매력도 반감됐을 뿐이었다.

B대학 설립자의 동상이 있는 동산까지 오르자 후문까지 비탈길이 곧장 내려다보였다.

후문으로 나가면 시내와의 교통이 불편하고 또 언덕을 중심으로 후문까지는 북향이어서 보다 많이 겨울이 남아 있었다. 그 많던 하객과 졸업생도 그쪽엔 드문드문하게밖에 없었다.

이인재의 모습은 쉽게 눈에 띄었다. 혼자서 수지를 기다리고 있을 줄 알았는데 그게 아니었다. 그의 어머니인 듯싶은 늙은 촌부의 손을 잡고 사진사한테 사진을 찍고 있었다. 그의 목에는 사철나무를 둥글게 휘고 거기다 종이로 만든 노란꽃, 빨간꽃을 주렁주렁 달고 금줄, 은줄을 늘인 요란한 화환이 걸려 있었다. 아마 시골서 아들의 영광을 보러 올라온 어머니의 선물이리라.

그 촌스러운 화한 때문에 모자의 모습이 한층 쓸쓸해 보였다. 수지는 조금 떨어진 곳에서 모자가 하는 양을 지켜보았다. 방해하고 싶지 않기도 했고 염탐질 비슷한 재미도 있었다.

사진을 찍고 나서도 사진사를 잡아놓더니 인재가 가운과 학사모를 벗었다. 그리고 어머니에게 그걸 입히려고 했다. 어머니가 싫다고 손을 내저었다. 한번 그래 보는 사양이 아니라, 절대로 그럴 수는 없다는 완강한 몸짓이었다. 많은 주름살로 찌그러져 보이는 노파의 얼굴에 서린 건 차라리 공포감이었다.

그러나 인재는 완력적인 거친 행동으로 그 짓을 강행했다. 가운과 학사모를 쓴 노파는 사슬에 매인 것처럼 절망적으로 슬픈 얼굴을 하고 그 자리에서 움쭉달싹도 못 했다. 마침내 노파가 울기 시작했다.

인재가 우는 노파의 목에다 강제로 화환까지 걸어주더니 만면에 코미디언처럼 도식적인 웃음을 띠고 사진사한테 팔짓을 크게 했다.

"웃으세요, 자아, 활짝 웃으세요. 이 기쁜 날 눈물로 기념사진을 얼룩지게 하시면 안 됩니다. 할머니 얼굴의 눈물은 곧 마르지만 사진은 영원합니다."

모자의 슬픈 코미디가 옮아붙은 것처럼 사진사는 어울리지도 않는 익살을 떨면서 우쭐거렸다. 노파가 억지로 웃었다. 노파의 눈에 그 사진사가 얼마나 높은 사람으로 보일까? 수지는 형언할 수 없는 비애를 느꼈다.

가운을 어머니에게 벗어주고 드러난 인재의 옷차림은 말쑥한 신사복이었다. 잠바 차림에 익숙한 수지 눈에 그건 매우 생소했다.

촌색시의 댕기처럼 무턱대고 새빨간 넥타이가 바람에 휘날렸다. 학사모가 천근의 무게로 짓누르는 양 노파의 작은 키는 더욱 작아져 땅속으로 잦아들 것 같았다.

그런 모자를 훔쳐보고 있는 게 무슨 부도덕 행위처럼 싫으면서도 그만둘 수도 없었다.

순간을 영원히. 마침내 사진사가 차단기를 내리듯이 번쩍 들었던 팔을 내리면서 셔터를 눌렀다.

그렇게 오래 사귄 사이면서 수지가 신사복 입은 인재를 보긴 처음이었다. 그에겐 아예 신사복이 없었다. 처음 입는 거여서 그런지 신입사원 티가 민망하도록 역력했다. 그는 범인이었다. 그는 결코 특별하지 않았다.

인재와 수지는 남이 다 알아주는 커플이면서도 학교 축제에 같이 간 적이 없었다. 인재에게 신사복이 없었기 때문이었다. 그럴 때 수지는 인재의 우울을 달래주기 위해 기꺼이 그가 잘 다니는 싸구려 술집을 따라다녔다. 그의 기분을 맞추려고 받아마신 척한 몇 잔의 소주로 거나해진 기분으로 거리를 주름잡다가 멀리 학교 쪽 하늘에서 화려하게 개화하는 축제의 불꽃을 본 적도 있었다. 폭죽이 터지는 소리와 함께 젊은 함성도 들렸다.

　그래도 축제에 못 간 게 조금도 비참해지지 않았다. 비참해지기는커녕 한층 오만한 마음으로 그 부박하고 허망한 놀이를 경멸했었다. "그는 특별해." 그의 사시장철 변함없는 구질구질한 잠바 차림조차 그가 특별하다는 표시였다. 그가 특별하다는 건 어느 경우에나 수지를 만족시켰다. 축제에 못 간 건 단지 그에게 신사복이 없었기 때문일까? 아니었다. 그가 특별하기 때문이다. 못 간 게 아니라 안 간 거였다.

　특별한 그를 위해 어떤 유별난 삶을 꿈꾸었는지는 생각나지 않았다. 지금 와서 확실해진 건 결코 유별난 삶이 특별한 그를 기다리고 있지 않았다는 사실뿐이었다.

　가운과 학사모를 노부모에 입히고 사진 찍는 일은 졸업식 때마다 흔히 볼 수 있는 광경이었다. 그들 모자의 효도의 촌극도 그와 별로 다르지 않았다. 인정미도 있고 해학도 있어서 보는 사람을 절로 미소 짓게 했다. 그러나 수지는 그 촌극이 끝난 후에도 선뜻 그의 앞으로 나서질 못했다. 새롭게 발견한 인재가 그녀의 마음에 거북하게 걸렸다.

인재가 달라진 건 구질구질한 싸구려 잠바가 말쑥한 신사복으로 바뀐 것밖에 없었다. 그러나 수지의 마음에 걸리는 건 어째서 신사복이 더러운 잠바보다 훨씬 더 가난스러워 보이느냐는 의문이었다.

수지는 지금까지 둘 사이를 싫증나지 않게 한 이질감의 본질을 비로소 발견한 것 같았다. 그것은 결코 매력이 아니라 끝내 동화될 수 없는 신분의 차이 같은 게 아니었을까?

"그는 특별해." 그가 특별하다는 게 사실이든 환상이든 그게 결코 유별난 앞날의 약속은 되지 못했다. 그건 다만 일시적인 오만이었고 청춘의 도취였다.

졸업식은 곧 그 시절의 종말을 의미했다. 누구나 학사, 석사, 박사 가운 속엔 한결같이 범인의 제복을 감추고 있었다.

인재가 다시 가운을 입고 학사모를 썼다. 노파가 대견한 듯이 그를 우러러봤다. 인재는 노파에겐 할 노릇 다했다는 듯이 정신을 딴 데로 팔았다. 수지를 찾고 있었다.

인재는 곧 수지를 발견했다.

"언제 왔어?"

"아까부터."

"그런 것도 모르고 안 오는 줄 알았어."

"빠져나오느라고 혼났어. 외가댁 식구까지 스무 명도 더 되지 뭐야? 곧 가봐야 할 것 같아."

"곧 갈 걸 뭣하러 왔어?"

인재가 시무룩했다.

"약속했으니까. 그리고 이거 받아."

수지는 장미꽃다발과 작은 선물 꾸러미를 내밀었다.

"고마워. 난 아무것도 준비를 못 했으니 어떡하지?"

"괜찮아. 인재는 그런 사람인 거 알고 있으니까."

수지는 어깨를 으쓱하면서 전에 없이 냉담하게 말했다.

여자에게 선물이라곤 손수건 하나 줘본 적이 없는 것도 인재의 특별한 것 중의 하나였다. 수지는 '특별'의 환상이 소멸된 후까지도 남아 있는 그 특별의 잔재에 혐오감을 느꼈다.

수지는 졸업식 날 느닷없이 그러고도 새록새록 자신을 엄습하는 인재에 대한 환멸에 차라리 난감했다.

"인재야. 자아가 갸아냐?"

노파가 그들 사이에 끼어들었다. 어느 만큼 떨어져서 볼 때보다 한결 되바라진 노파였다. 까맣게 윤기나는 얼굴에 주름이 쪼글쪼글하면서도 눈빛은 정정하고 사나웠다.

"네, 어머니."

인재가 어쩔 줄을 모르면서 노파를 가로막더니 뒤로 조금 밀쳤다.

"야아가 왜 이래? 내가 무신 죄졌냐?"

노파가 바락 악을 썼다.

"네, 어머니."

인재가 비실비실 물러났다.

"야아가 갸아면 웨째 어른한테 인사를 안 시킨다냐?"

노파가 사나운 눈으로 수지를 쏘아보면서 말했다. 수지는 자랑스러운 아들 때문에 잔뜩 기가 세진 노파한테 장난기 비슷한 친근감을 느꼈다.

"안녕하세요. 인재 친구 수지예요."

"그 샥시 말버릇 한번 고약허네. 워째 놈의 남자 이름을 함부로 부른다요?"

"어머니."

인재가 눈살을 험악하게 찌푸리고 노파를 밀치려고 했다.

"이놈아가 벌써부터 지집 역성드네."

노파는 지지 않고 되레 인재를 밀치고 앞으로 나섰다. 그리고 중대한 담판을 지으려는 것처럼 정색을 하고 따졌다.

"양친은 생존해 계시구?"

연습해둔 말씨처럼 안 어울리게 점잖았다.

"아뇨, 두 분 다 안 계세요."

그러면 그렇지 하는 것처럼 노파가 의기양양해졌다.

"워쩐지 내가 짚이는 디가 있더란게."

노파가 의기양양하다 못해 살기까지 등등해질수록 수지는 웃음이 북받쳤다. 그러면서도 그 장면에서의 자신의 역할을 소화할 수 있을 것 같지가 않았다. 그럴 마음도 없었다.

고맙게도 세 사람의 이런 어색한 분위기에 사진사가 적시에 끼어들었다.

"자아, 이렇게 기쁜 날, 이렇게 잘 어울리는 한 쌍의 기념사진이 없을 수가 없죠."

얼떨결에 두 사람이 나란히 섰다. 수지는 노파를 의식하고 일부러 다정하게 인재의 팔짱을 꼈다.

"자아, 어머니 모시고 한 장 더."

사진사의 얼굴에 봉을 잡은 늙은 작부의 표정 같은 비굴한 애교가 넘쳤다.

카메라 안 가진 사람이 희귀해서 아무리 사람 많이 모인 장소에서도 공치기 일쑤인 터에 연거푸 사진을 찍게 되니 웬 떡이냐 싶은 모양이었다.

노파가 작은 몸을 힘껏 흔들면서 사진 찍기를 거부할 낌새를 보였다.

"나 가볼게."

수지는 휙 몸을 날려 돌아서려다 말고 무슨 마음에선지 얼굴 가득히 미소를 띠고 노파에게 공손하게 인사를 했다.

"전 먼저 가봐야겠어요. 저희 대소가 어른들이 스무 명도 넘어 와 계시거든요. 너무 오래 기다리시게 한 것 같아요. 그럼 나중에 못 뵙더라도 안녕히 가세요."

노파가 완연하게 위축하고 실망하는 걸 보고서야 수지는 그곳을 떠났다. 자신의 유치하고도 즉각적인 앙갚음은 곧 씁쓸한 후회를 남겼지만 내색하진 않았다.

그녀는 갑자기 올데갈데없이 망막하고 초라해진 자신을 느꼈다.

"여봐, 수지야. 약속이 틀리지 않아."

인재가 허둥지둥 따라오면서 말했다.

그 전날까지도 인재 어머니가 졸업식에 참석할지 안 할지는 미정이었다. 어머니가 오시든 안 오시든 수지는 식이 끝나면 자기네 식구는 적당히 따돌리고 인재와 오붓하게 졸업을 축하하고 앞날에 대한 구체적인 설계도 할 작정이었다. 그들의 계획에서 어머니의 존재는 처음부터 제외되어 있었다.

"어머니 때문에 삐쳤어? 오후 차로 내려가실 텐데 뭘 그래. 점심이나 대접해드리면 우리는 곧 단둘이만 있을 수가 있어."

"어머니 때문이 아냐. 자기만 어머니 있는 게 아니잖아. 우리 식구들 생각도 좀 해줘야지. 주인공이 빠져서 실망시켜드리고 싶지 않아."

"그럼 내가 나중에 그쪽으로 가면 안될까?"

"그쪽이라니?"

"자기네 식구한테 나 좀 소개해주면 안 되냐 말야?"

"우리 식구 모두 험구야. 자기 엄마보다 훨씬 더. 자기 자신 있어?"

"아무때 당해도 한 번은 당해야 하는 거라면."

"관두겠어. 아직은 시기상조야."

"제기랄, 뭐가 이래?"

"난 뭐 기분 좋은 줄 알아? 나중에 연락할게."

수지는 인재가 그 이상 더 치근대지 못하게 여물게 쏘아주고 달음질쳤다.

졸업식의 축제 분위기는 빠르게 사위어가고 졸업생과 하객들은 어디론지 끝없이 사라져가고 있었다. 떨어뜨려 짓밟힌 꽃다발은 남루하고, 반값에 주겠다고 들이대는 꽃 장수의 마지막 꽃다발은 슬프디슬펐다.

졸업이란 어차피 그런 게 아닐까? 코딱지만 한 지식을 밑천으로 적당한 직장에 눌러앉아 밥벌이를 하며 그럭저럭 안락하게 살 수 있는 출발을 지나치게 영광스러워하는 거야말로 촌스러운 일이었다.

그러나 그런 영광은 아들의 학사모를 잠시 빌려 쓰고 감격의 눈물을 짜는 노파의 몫으로 돌리면 되거니와 그녀의 환상이야말로 당치 않았다. 유별난 삶이란 함부로 있는 것도 아닐 테고 더군다나 졸업과 함께 시작될 리도 없었다.

수지는 인재를 그렇게 뿌리친 걸 후회했다.

간판은 대중음식점으로 돼 있었으나 솟을대문과 값비싼 관상수, 석등과 연못이 있는 넓은 정원, 세벌대 높은 댓돌 위에 누각처럼 웅장하게 솟은 안채의 육간대청으로 보아 고급 요정이었다.

인재와 헤어진 수지는 마음이 울적해서 가운을 반납하고 학위증 받는 급하지 않은 일에 이럭저럭 시간을 보내며 늑장을 부리다가 도착해보니 회식이 거의 끝나갈 무렵이었다.

"고모 이런 법이 어디 있어요?"

많이 기다린 듯 조바심으로 초췌해진 표정으로 영란이 짜증을 부렸다.

"미안해요, 언니. 볼일이 많이 남아 있어서요."

"고모하고 같이 졸업한 우리 친구 동생도 벌써 와서 식사하고 2차 하러 갔어요."

"관둬라. 오자마자 몰아주기부터 하면 쓰냐. 수지야 이리온, 할미 옆에 앉거라. 배고프지."

외할머니가 수지를 끌어당겨 옆의 빈자리에 앉혔다. 요정의 안방은 삼사십 명도 한꺼번에 치를 수 있을 만큼 넓고 온통 자개장롱으로 둘러싸여 있어 휘황했다.

먼저 식사하고 간 사람도 더러 있는 듯 자리가 드문드문 비어 있는데도 아직도 스무 명 정도의 손님들이 남아 있었다. 낯선 사람이 절반이 넘었다. 그녀는 올케한테 야단맞고 몸둘 바를 모르는 시늉으로 고개를 움츠리고 낯선 사람들한테 한꺼번에 목례를 했다.

수지는 올케가 벼르고 별러 졸업식날을 기해 마련한 그 낯선 식구와의 회식이 무엇을 뜻하는지 알고 있었다. 그러나 그 자리에 들어서는 순간까지도 맞선볼 마음의 준비가 돼 있지 않았다.

"애가 글쎄 이렇습니다요."

자신의 중대사에 대한 이런 무관심은 그녀의 태도에도 넉넉히 나타나 있어 외할머니가 민망한 듯 여러 사람한테 이렇게 변명했다.

사람들은 충분히 포만해 보였는데도 상 위엔 아직도 많은 산해진미가 남아 있었다.

아직도 무얼 먹고 있는 사람은 수지 바로 앞자리의 젊은 신사 한 사람밖에 없었다. 그는 정신없이 거대한 영덕 게의 살을 후벼 파먹고 있었다. 게살에 대한 그의 탐식은 너무 열렬해서 그의 깔끔한 용모와 잘 안 어울렸을 뿐더러 어딘지 부자연스러웠다.

그러고 보니 외할머니 옆자리는 우연이 아니라 미리 마련된 그녀를 위한 자리임을 알 수 있었다.

내가 색싯감이라면 너는 바로 신랑감이렷다. 영덕 게의 완강한 갑각 속에서 교묘하게 그 감미로운 살을 후벼 파먹는 신사의 희고 유연한 손가락과 건강한 치아를 번갈아 바라보며 수지가 할 수 있는 생각은 고작 그 정도였다. 자신에 대한 그의 무관심이 차라리 편했다.

수지도 잘 알고 있는 영란의 친구되는 부인이 참다못해 그의 등을 쳤다.

"기욱아, 게 좀 작작 먹고 인사 먼저 하렴. 색시 늦는다고 조바심하느라 먹는 건 건성이더니 별안간 게맛이 그렇게 날건 또 뭐냐? 우리 노총각이 글쎄 이렇답니다."

누나의 핀잔에 사람들이 모두 웃었다. 기욱이 엉거주춤 몸을 일으켰다. 노래를 하러 일어선 줄 아는지 짝짝짝 손뼉을 치는 아이도 있었다. 수지도 슬그머니 즐거워졌다.

기욱은 키가 훤칠하고 이마가 수려하고 눈빛이 예리했다.

"남기욱입니다. 잘 부탁합니다."

예리한 눈빛이 부끄럼 타는 것처럼 자신 없이 흔들리니까 귀염성스러운 인상으로 변했다.

"애야, 너도 일어나야지. 남자의 인사를 앉아서 받는 법이 어디 있냐, 야?"

외할머니가 멍하니 앉아 있는 수지에게 핀잔을 주었다.

"한수지예요. 늦어서 죄송합니다."

얼떨결에 일어선 수지는 고개를 까딱하고 이렇게 말했다. 앉아 있는 사람들이 여기저기서 수군대기도 하고 숨죽여 킬킬대기도 했다. 수지에겐 앉아 있는 사람들이 매우 행복해 보였다.

두 사람 다 얼떨결에 무대로 끌려나온 대역배우처럼 그 다음 동작을 몰라 울상을 지었다.

"이제 그만 앉으렴. 글쎄 우리 기욱인 저렇게 순진해 빠졌다니까. 저 나이에 여자 앞에서 쩔쩔맬 줄밖에 모르니 쟤가 3년씩이나 미국물 먹은 걸 누가 믿어줄지 원. 미국서도 연애 한 번 못 했다니 미국 유학 말짱 헛했지 쯧쯧."

누님이 이렇게 슬쩍 동생 흉을 보는 척하면서 선전을 하니까 거기 질세라 영란이 나섰다.

"고모도 그만 앉구려. 우리 고모야말로 숫보기라우. 우리 그이가 하나밖에 없는 누이동생 행여 털끝이라도 다칠세라 어찌나 구식으로 엄하게 단속을 했던지 남녀공학하는 대학을 6년씩이나 다니는 동안 어디 가서 남자 목소리로 전화 한 통 오는 걸 못 받아봤으니 우리 고모야말로 대학원까지 헛 다녔다니까."

"그런 소리 말아라. 미국 유학이나 대학원이 연애 공부하는 데라든? 근지 있는 집 자식들은 아무 데 갖다놔도 제 몸단속부터 하는 법이야."

외할머니가 기욱과 수지 역성을 들었다. 순진한 남자와 숫보기

여자는 참으로 잘 어울리는 한 쌍이라는 듯이 양가 식구들의 수군수군과 킬킬킬은 더욱더 즐거운 하모니를 이루었다.

손님 중의 한 계집아이가 들고 있던 풍선을 놓쳤다. 졸업식장에서 많이 팔던 얼굴이 그려진 풍선은 천장에 올라붙어서 좌중을 내려다보았다. 계집아이도 어린 마음에 어른들 사이에서 일어나고 있는 일이 더 재미있는지 풍선을 떼달라고 조르지 않았다. 잊혀진 풍선은 내 낯짝이 아무리 희극적이라도 인간들의 희극에야 어찌 당할까 보냐는 듯이 김빠진 얼굴로 천장을 흐느적흐느적 부유했다.

수지가 보기에 기욱은 잘생긴 남자였으며 KS마크에다 미국 유학까지 마친 학벌을 가지고 있었다. 그런데도 그는 겨우 서른 살이었으며 차남이었으며 그의 부모는 인자하고 교양 있어 보였으며, 그 형은 부유해 보였으며, 그의 형수는 화려하고 사교적으로 보였으며, 그의 누님과 그 밖의 식구들도 마음씨가 착하고 근심 없어 보였다.

아아, 그들에 비하면 인재와 인재 어머니는 얼마나 이상한 사람들인가.

이 좋은 날, 장안의 이름난 음식집이란 음식집은 모조리 졸업생과 그 하객들에 의해 점거당한 이 흥청거리는 날, 어느 쓸쓸하고 외진 싸구려 음식점에서 곰탕 뚝배기를 앞에 놓고 마주 앉아, 노파는 아들의 뚝배기에 고기 건더기를 덜어주려고, 아들은 노파의 뚝배기에 국물을 덜어주려고 눈치 보다가 드디어 눈을 부라리는 모자는 얼마나 이상한 사람들인가? 그 이상한 사람들에 대한 연민인지 그리움인지 모를 게 수지 마음을 쓰리게 했다.

수지네 식구들은 기욱을, 기욱이네 식구들은 수지를 요모조모 실컷 뜯어보고 나서 하나둘 자리를 떴다. 마지막까지 남은 수철이 내외가 두 사람을 시내 한복판까지 태워다주고 나서 말했다.

"눈치 없이 마냥 붙어다녀서 미안하구나. 이제 놓아줄 테니 둘이서 충분히 이야기를 나누길 바란다. 기욱 군 댁 어르신네들 말씀도 아직 못 들어본 처지에서 내가 이런 말 하는 건 시기상조가 될진 모르지만 오늘의 두 사람의 만남이 앞으로의 좋은 인연으로 이어졌으면 하는 게 내 바람이다."

"당신도 참 급하시긴……."

　영란이 수철의 옆구리를 찌르며 눈을 흘겼다. 수철의 말은 누가 듣기에도 기욱에 대한 이쪽의 호감을 나타냈고, 맞선에서 먼저 호감을 표시하는 쪽이 그 일이 성사가 되건 안 되건 손해보게 돼 있다는 고정관념이 영란으로 하여금 질겁을 하게 한 것 같았다.

"자아, 그럼 너무들 늦지 않도록. 자네도 참, 데이트한 여자가 과히 싫지 않으면 집까지 바래다주는 에티켓쯤은 알고 있겠지? 우리 집까지 오면 문밖에서 그냥 가지 말고 들렀다 가게나. 차라도 한잔 하고 집구경도 하고 가는 것도 나쁘지 않을 테니까."

　영란이 눈총을 주건 말건 수철은 기욱을 놓치기 아까운 매부감으로 계속 호감을 표시했다.

　겨우 단둘이 되자 기욱이 기를 펴며 말했다.

"오빠가 참 좋은 분 같군요."

"기욱 씰 좋아해서요?"

"꼭 그렇게 꼬집어 말할 건 또 뭡니까?"

"솔직히 말해서 난 오빠의 저자세가 마음에 걸려요. 내가 형편없는 노처녀가 돼버린 것 같기도 하고, 오빠한테 내가 큰 짐이란 생각도 들고 이래저래 비참해요."

그들은 번화가와 유리벽 하나로 차단된 커피숍에 마주앉았다. 마치 우린 방금 맞선을 봤다는 걸 널리널리 여러 사람에게 광고하려는 듯이.

자욱한 매연에 휩싸이듯이 번화가가 저물기 시작했다. 먼저 하나둘 켜지기 시작한 상가의 불빛이 아직은 호롱불처럼 미약했다. 하루 중 가장 쓸쓸한 시간이었다.

문득 지금쯤 노모를 완행열차에, 아니지 준급행쯤은 태웠을 테지? 준급행에 태우고 나서 역 광장으로 나온 인재의 쓸쓸한 모습이 떠올랐다. 그는 지금 얼마나 외롭고 쓸쓸할까? 마주 앉았는 기욱보다 역 광장에 혼자 서 있는 인재의 모습이 훨씬 더 생생한 현실감으로 다가왔다.

수지는 비로소 지금 자기가 왜 그렇게 비참한지 알 수 있을 것 같았다.

번잡하면서도 황량한 서울역 광장에서 그 촌스러운 다홍 넥타이를 펄럭이며 이방인처럼 어리둥절한 얼굴로 도시의 어둠을 바라보고 서 있을 인재 때문이었다. 시골뜨기 인재가 서울서 거둔 작은 성공과, 견딘 수많은 고생과, 당장 맛보고 있을 하염없는 비애가 맞잡은 손의 온기처럼, 그윽하게 마주볼 때의 숨결처럼 피부적인 감촉으로 가깝게 다가왔다.

비록 그가 주린 배를 움켜쥐고 악착같이 거둔 성공이 실은 모래알처럼 흔하디흔하고 하찮은 것일지라도, 앞으로도 그의 삶이 유별날 가망이 전혀 없다고 할지라도 두 사람의 젊은 날을 기쁨으로 빛냈던 그 아름답던 열정까지를 범속한 배신에 맡겨선 안 될 것 같았다.

지금이라도 서울역 광장으로 달려만 가면 인재를 만날 수 있을 것 같았다. 아무도 없이 인재 혼자서 자신의 쓸쓸한 그림자로 역 광장을 가득 채우고 서 있을 것 같았다. 달려가서 그의 체온처럼 정다운 그의 쓸쓸함과 열등감을 부드럽게 어루만져주고 싶었다.

"아까는 웃음이 나서 혼났어요."

소리 없이 커피를 마시고 나서 기욱이 말했다. 웃음이 난다는 말과는 다르게 경직된 표정으로 수지를 빤히 건너다보았다. 나무랄 데 없이 단정한 얼굴이 오히려 답답하게 느껴졌다. 답답하다 못해 숨이 찼다.

"뭐가 그렇게 우습던가요?"

수지가 도전적으로 물었다. 적당히 따돌릴 수 있는 구실을 찾고 싶어 초조하고 짜증도 났다.

"수지 씨 올케 말입니다. 어쩌면 그렇게 농담을 잘하는지 일품이더군요."

그 역시 농담처럼 빙글대며 말했지만 그의 농담은 어딘지 끈끈했다.

"무슨 말씀을 하시려는 건지 못 알아듣겠어요. 흥미도 없구요."

"수지 씨가 남녀공학하는 대학을 6년씩이나 다니는 동안 어디 가서 남자 목소리로 걸려온 전화 한 통이 없었다면서요?"

"그래서요?"

"아무리 숫보기란 한물간 말을 위해서라지만 허풍이 지나치더군요."

"괜히 트집 잡지 마세요. 올케가 그렇게 말했으면 그랬을 거예요."

"수지 씨까지 시치밀 떼깁니까? 전 수지 씨가 그렇게 한심하고 불쌍한 여대생이 아니었다는 걸 알고 있는데요."

"전 전화에 대해서 말했을 뿐이에요. 연애 못 해봤다곤 안 했어요."

"역시 용의주도하시군요."

그가 고개를 크게 끄덕였다. 입가엔 애매한 웃음이 벙글벙글 감돌았다. 수지는 속이 메스꺼워 얼굴을 찌푸렸다.

"기분이 안 좋군요. 뭘 좀 안다고 나를 갖고 놀 수 있다고 생각하진 말아요. 나 그렇게 호락호락하지 않아요."

"내가 미리 수지 씨 뒤를 캐본 줄 아는군요? 내가 그렇게 치사한 사람으로 보입니까?"

"충분히."

"절대로 아녜요."

"그럼 뭐죠?"

"제 동생도 오늘 B대학을 졸업한 걸 염두에 두셨으면 좋았을 것을……. 수지 씨 커플도 대학 내에선 소문난 커플이더군요. 왜 있잖아요? 아아 걔네들, 하면서 따로따로는 이름도 모르는 사이인데도 둘이 붙어 다니는 걸 보면 괜히 아는 척하고 싶은……. 그러니까 따로따로가 아닌 함께 있는 얼굴로 어느 정도 대외적인 이미지를 굳힌 사이라고 추측해도 무방하겠죠?"

인재가 단골로 다니던 순댓국집 아줌마 생각이 났다. 수지는 값싸고 냄새가 느글느글한 순댓국을 먹어본 적은 없었다. 그러나 그가 즐기는 음식으로 그의 사람됨을 판단해선 안 된다는 가상한 생각으로 어디든 서슴지 않고 따라다니긴 했다.

그 아줌마는 수지가 번연히 순댓국을 안 먹는다는 걸 알면서도 인재가 수지를 데리고 오는 걸 좋아했다. 반가워서도 어쩔 줄을 모르고, 또 음식점 안이 별로 청결치 못한 게 미안해서도 어쩔 줄을 몰랐다.

그러나 언젠가 인재와의 약속이 어긋나 수지 혼자서 그곳에 들른 적이 있는데 아줌마는 수지를 못 알아봤다. 그러니까 아줌마가 기억하고 있는 얼굴은 두 사람을 합친 얼굴이었던 것이다.

남들 눈에 비친 두 사람을 합한 얼굴은 어떤 것이었을까? 수지는 한 번도 본 적이 없는 그 얼굴에 돌발적인 그리움을 느꼈다. 그 얼굴을 돌이킬 수 없을 것 같은 예감이 그리움을 더욱 절절하게 했다.

그건 인재와의 관계를 돌이킬 수 없다는 뜻하고는 달랐다. 인재와의 관계가 달라진 건 아무것도 없었다. 그러나 다시는 두 사람을 합친 얼굴을 가질 수는 없으리라는 건 분명했다.

왜냐하면 오늘 비로소 인재만의 얼굴을 발견했기 때문이다. 그렇게 오래 사귀었으면서 인재의 모습을 오늘처럼 객관적으로 생판 남처럼 바라보긴 처음 있는 일이었다. 아아 그다지도 정직하게 초라하고 불쌍해 보일 건 뭐였을까. 바보같이.

"왜 대답이 없어요?"

수지의 말 없음을 마침내 그녀가 궁지에 몰린 표시라고 판단한 모양이다. 기욱이 의기양양해졌다.

"할 말이 있어야죠. 그만큼 나에 대해 자세히 알아보고도 나를 소개시켜 달란 속셈이 궁금하지만 애가 달 것까진 없어요. 어차피 나와는 상관없는 일이니까요."

"상관없다고 미리 자르면 섭섭한데요."

"댁같이 뻔뻔스럽고 음흉한 사람하곤 일찌거니 상대 안 하는 게 수겠어요."

"하하, 기분이 많이 상했군요?"

"그럼 내가 기분 좋아하라고 한 소리였던가요?"

"그렇지만 일부러 뒷조사를 해봤으리란 오해는 풀고 싶은데요. 제 동생도 오늘 같은 학교를 졸업했다는 것만 다시 한 번 상기하도록—. 내가 음흉한 게 아니라 올케 되시는 분의 거짓말이 그만큼 허술했다 이거죠. 허술한 거짓말, 얼마나 귀엽습니까? 나는 그것 때문에 도리어 쉬 호감이 갔습니다."

"이쪽의 감정 같은 것 처음부터 문제 삼지도 않고 댁의 호감만 큰 생색처럼 내세우는군요?"

수지가 얼굴 가득 혐오감을 과장하면서 대들었다. 기욱의 눈에서도 장난기가 싹 가셨다. 섬뜩하도록 예리한 눈빛이었다.

"난 그만큼 자신이 있으니까요."

"자신이 있건 말건 그건 댁의 자유고 난 결코 댁같이 뻔뻔스러운 남자한테 호감커녕 관심도 갖기 싫어요."

"그렇다고 대학원까지 나온 노처녀가 그 실속 없는 연애를 앞으로도 계속하리라곤 믿지 않는데요."

예리한 눈빛과는 다른 감상적인 목소리로 달래듯이 말했다. 그러나 수지는 무엇에 찔린 것처럼 화들짝 놀랐다.

"실속 없는 연애라뇨? 도대체 지금 무슨 말을 하고 싶은 거죠?"

"내가 지금 그 사람 말까지 해야 할까요?"

"아 아녜요. 댁의 입에 그 사람이 오르내리는 건 참을 수가 없어요."

"잘 생각했어요. 역시 대학원까지 나온 지성은 뭐가 달라도 다르거든."

"벌써 두 번째예요. 이 얘기에 대학원은 왜 자꾸 쳐들죠?"

"그걸 몰라서 묻나요? 여자가 자신에게 불필요한 나이와 불필요한 학벌을 함께 더했다는 게 무엇을 뜻하는지 아실 텐데."

"몰라요, 난 그런 거 몰라요."

"그걸 모른다고 해도 결코 순진해지진 않습니다. 배운 공부는 안 하면 잊어버리게 되지만 나이와 학벌과 함께 터득한 현실 감각, 세상 사는 이법이야 남 줍니까?"

만인의 축복 속의 그 영광됨을 조금도 의심해본 적이 없는 오늘의 대학원 졸업을 기욱이 그렇게 도전적으로 모욕하자 수지는 엉뚱스럽게도 인재가 원망스러웠다.

그의 군복무 기간과 보조를 맞추기 위해 가장 자연스럽게, 가장 뜻있게 보낸 세월이 그런 식으로 모욕을 당하자 그 분풀이를 당할 사람은 오직 그런 세월을 보내게끔 한 인재밖에 없었다.

만약 몇 해 전에 오늘 발견한 인재의 참얼굴을 발견했어도 그런 식으로 그를 기다릴 수가 있었을까? 그건 안 해야 될 생각이었다.

수지는 자신을 더 비참하게 만들지 않기 위해서라도 그 화제에서 빠져 나오는 게 수였다.

"아닌 게 아니라 우리 올케의 거짓말은 차라리 귀여웠어요. 댁의 누님이 시킨 거짓말에다 대면은요."

"우리 누님이 무슨 거짓말을 시켰게요?"

"댁이 순진해 빠졌다면서요? 여자 앞에서 쩔쩔맬 줄밖에 모른다면서요? 미국 가서도 연애 한 번 못 해봤다면서요? 우리 올케의 거짓말이나 댁의 누님의 거짓말이나 피장파장이니 서로 비긴 셈치고 우리 그만 헤어져요."

"피장파장이라뇨? 천만에. 댁이 숫보기가 아니란 증인은 많지만 내가 미국서 연애 한 번 못 해보지 않았다는 증인이 어디 있습니까? 안 그래요? 아무도 내가 연애한 걸 증명하지 못하면 나는 연애하지 않았습니다."

"전 서른 살이 되도록 연애 한 번 못 해본 남자 매력 없어요."

"그래요? 그 점에 있어서도 우리는 의기가 투합하는군요. 나 역시 남자하고 키스는커녕 손목 한 번 못 잡아본 걸 재산목록처럼 내세우는 노처녀는 구역질이 납니다."

"연애 한 번 못 해본 시간을 번복하는 뜻으로 받아들여도 되겠네요?"

"아니죠. 아무도 증명할 수 없는 시간은 자유로운 채로 남겨놓고 싶습니다. 누님은 누님의 취향대로 그 시간을 상상했듯이 수지 씨는 수지 씨의 취향대로 그 시간을 상상하십시오. 아무튼 그 시간의 증인은 영원히 없을 테니까요. 완전히 자유로운 시간이죠."

수지는 그 빈틈없이 산 사내의 자유로운 어느 한 시기에 불쑥 질투를 느꼈다. 그 질투는 수많은 증인을 가진 자신의 어느 한 시기에 대한 후회의 시작도 되었다. 그래서 그 질투는 막연한 질투치곤 상당히 쓰라렸다.

후회야말로 안 해야 될 생각이었다. 오늘은 온종일 용케 그걸 피해왔지만 수지는 알고 있었다. 후회가 얼마나 집요한 흡인력을 갖고 있나를.

인재와의 일을 한 번 후회하기 시작하면 걷잡을 수 없을 것 같았다.

의리가 있지. 수지는 가장 통속적인 의미로 쓰여지는 의리라는 말을 떠올리고 실소했다. 그녀가 의리를 지켜야 할 대상은 이미 인재가 아니라 인재와의 사이에 있었다고 믿어온 사랑에 대해서였고, 그들의 사랑을 지켜본 수많은 관객에 대해서였다.

유리벽 밖에선 변화가가 환락가로 바뀌어가고 있었다. 그 변신은 마치 여자의 화장처럼 빠른 듯하면서도 느리고, 느린 듯하면서도 빠르고, 보는 사람을 깊이 사로잡는 마력이 있었다.

황혼 속에서 호롱불처럼 맥을 못 추던 상가의 불빛이 그 자락을 활짝 펴서 낮을 대신하려 들고 높은 곳에선 네온이 함부로 야한 윙크를 뿌리고 있었다.

행인들도 이제 저녁밥상에 늦을세라 종종걸음을 치는 소심한 시민들이 아니었다. 스멀스멀 등허리를 기는 환락에의 예감으로 하룻밤의 쾌락을 위해 한 달의 수입을 내던져도 아깝지 않을 만큼 대담해져 있었다.

불을 밝힌 모든 집이 지금 당신의 시간을 즐길 시간이라고 행인을 충동질하고 있었다.

하다못해 보세 센터나 스넥집, 양화점의 불빛조차 뚜쟁이의 눈빛처럼 은밀히 쾌락을 암시하고 있었다.

"귀국한 지 얼마 안 됐을 적인데 수지 씨를 한 번 뵌 적이 있습니다."

"우린 오늘 초면인 줄 아는데요."

"그러시겠죠. 그때 난 누님하고 같이였고, 수지 씨는 올케 되시는 분하고 같이였죠. 난 모든 면에서 자신만만하고 생긴 거에 대한 자부심도 대단했는데 그때 수지 씨는 나를 거들떠도 안 보더군요. 그때 계시처럼 떠오른 생각이 뭔 줄 아세요?"

"글쎄요."

"이 여자를 찍어야겠다고 생각했죠."

기욱이 말을 마치고 유쾌한 듯 파안대소했다.

아무도 거역할 수 없는 만인의 환락의 시간이기 때문일까? 찍는다는 거친 표현이 귀에 거슬리지 않았다. 싫지 않을 뿐더러 관능적인 쾌감마저 느꼈다. 수지는 빨리 그런 느낌을 지우려 했지만 그런 쾌감의 여운은 뜻밖에 감미로웠다. 수지는 얼굴을 붉혔다.

"그렇게 호락호락 찍힐까요?"

"찍기로 작정한 순간부터 나는 열 번 찍어 안 넘어가는 나무 없더라는 속담의 열렬한 신도가 된 겁니다. 그렇지만……."

기욱이 능글맞게 말꼬리를 끌었다.

"그렇지만 뭐죠?"

"그렇지만 이왕 넘어가게 돼 있는 거 한 다섯 번쯤에 넘어가 주면 얼마나 좋을까요?"

그는 익살스럽게 애걸하는 표정을 과장했다. 수지 역시 농은 농으로 받아넘길 만큼 여유가 생겼다.

"그렇겐 안 되겠는데요. 자존심에 관한 것이니까요."

"내 자존심이 말이 아닌 것도 이 기회에 슬쩍 한번 봐주시면 앞날을 위해 이로울 텐데요."

"숫제 공갈이군요. 그렇게 급한가요?"

"요새 내 신세가 똥차랍니다. 아시겠어요?"

"그러니까 오늘 졸업한 동생이 벌써 뒤차 노릇을 한다 이 말씀인가요?"

"하면 여간요. 오늘도 난 혹시나 수지 씨가 회식하는 장소에 안 나타날까 봐 어떻게나 속이 타는지 제정신이 아닌데 그 녀석이 식사를 하는 둥 마는 둥 제 여자친구를 만나러 먼저 사라졌지 뭡니까? 사라지려면 말없이 사라질 것이지 내 귀에다 대고 형 헛물 좀 작작 켜슈. 글쎄 이러지 뭡니까?"

"왜 동생의 여자친구는 그 자리에 안 불렀나요?"

"어디가요, 어림도 없는 얘기죠. 우리 부모님은 자식들에 대한 자유개방주의긴 해도 형제간에 위계질서를 어지럽히는 일만은 용서가 없으시니까요."

"그럼 기욱 씨한테는 큰 빽이겠네요?"

"빽만 믿고 마냥 앞을 가로막고 버티고 서 있자니 뒤차의 구박이 오죽하시겠습니까? 부모님 앞이라 차마 형을 앞지를 테니 비키란 소리도 못 하고 궁여지책으로 요새 녀석이 뭐라는 줄 아십니까? 같이 가재요. 이를테면 합동결혼식을 하자는 소리죠."

"그러니까 그 동생이 제 남자친구 험담을 늘어놨겠군요?"

수지는 별안간 발끈했다. 구렁이 담 넘어가듯 슬금슬금 그들 사이가 비록 입담으로라도 합동결혼식으로까지 발전하게끔 방심하고 있던 자신을 뒤늦게 단속하려는 듯 그녀는 허둥지둥 몸을 도사렸다.

그러나 그렇게 공격적인 몸짓을 할수록 마음으로부터 화가 나지는 않았다. 수지를 사로잡는 건 이미 분노가 아니라 한물간 의무감이었다.

이런 수지의 마음을 꿰뚫어본 것처럼 기욱은 여유 있게 능글댔다.

"천만에요. 제 동생이 요새 저를 똥차 취급하고 있어서 비록 사이가 좀 서먹서먹해지고 있긴 해도 형제간의 의리에 금이 가 있는 정도는 아니랍니다. 제 동생을 모함하지 마십시오."

"그럼 제가 실속 없는 연애를 하고 있다고는 누가 그러던가요?"

"실속 없는 연애란 소리에 무관심한 척하면서도 꽤나 신경쓰이나 보죠?"

"그런 식으로 묻는 말을 피하지 말아요."

"그건 순전히 소문이었을 겁니다. 물론 그 소문은 대학가란 한정된 고장 내에서의 소문이니까 그걸 듣고 전해준 역할을 한 건 동생입니다. 수지 씨 커플이 누가 보기에도 기우는 커플이란 건 수지 씨 자신이 누구보다도 잘 알고 있을 텐데요. 지금 새삼스럽게 여론에 신경을 쓰다니 우습군요."

"남이 뭐라든지 상관 안 해요. 그 속된 인간들의 비위 맞추려고 사는 게 아니니까요."

"아무렴요. 그랬겠죠. 능히 그랬을 겁니다. 그만한 오기 없이 그런 요란스러운 사랑놀음을 하진 못했을 겁니다. 그렇지만 속된 사람들의 생각이 바로 상식이라는 거 아닙니까? 상식을 벗어나기가 점점 쑥스럽고 어려워지는 게 나이 든다는 거고. 철든다는 거라면 저 역시 속된 인간이 되겠죠?"

"댁은 그전부터 속됐어요. 참 사랑놀음이라고 했던가요?"

"왜 그 말이 잘못됐나요?"

"우리가 마치 남들 보란 듯이 놀아난 것 같군요. 실은 남의 눈을 의식한 적도 없는데."

"아무렴요. 능히 그랬을 겁니다. 남의 눈을 의식한 행동은 결코 남의 눈에 띄지도 않는 법입니다. 남의 눈을 의식하지 않았기 때문에 남의 눈에 띈 겁니다. 그렇게 공개적으로 한 사랑놀음이 무슨 실속이 있었겠습니까? 그러니까 수지 씨는 이중으로 실속 없는 사랑놀음을 한 데 지나지 않습니다. 실은 그래서 찍기로 마음먹은 겁니다. 한 번 찍어서 넘어간 적이 있는 나무를 무슨 재미로 또 찍겠습니까? 나도 자존심이 있지……."

"좋아하지 말아요. 나는 아직까지 까딱 없으니까."

"그야 남기욱한텐 아직 안 찍혔을지도 모르죠. 그렇지만 실속이나 상식한테 찍혔다고 생각해봐요? 그래도 까딱 없다고 큰소리칠 수 있나."

집까지 바래다줘야 한다고 우기는 기욱을 수지는 한사코 따돌렸다. 오빠와 올케가 그를 약혼자처럼 환대할 게 뻔했기 때문이다. 기욱은 쉽사리 그들을 자기 편으로 만들어 수지를 찍는 일에 한몫 단단히 거들게 할 것이다. 수지는 도저히 안 찍히고는 못 배길 것 같은 막연하면서도 확실한 예감에 전율했다.

그럴 수가? 차마 어찌 그럴 수가? 그녀는 자기를 기다리고 있는 통속적인 운명에 구역질이 났지만 그것을 애써 거역하고 획득할 수 있는 삶의 신산함을 이미 엿본 뒤였다.

가까스로 혼자가 된 수지는 시계를 보았다. 열 시 가까운 시간이었다. 타는 듯한 느낌으로 인재가 보고 싶었다. 여태껏 서로서로의 사정에 의해 만나고 싶을 때 못 만난 적이 없었던 것은 아니다. 언젠가는 석 달이나 서로 못 만난 적도 있었다. 인재가 맡아 가르치던 재수생의 마지막 총정리가 보다 효과적이기를 바라는 재수생 부모의 각별한 호의에 의해 대학의 긴 겨울방학 동안을 제주도에 있는 별장에서 한 발자국도 못 벗어났기 때문이다.

그 석 달 동안 제주도는 두 사람에게 똑같이 어찌나 원한 깊은 섬이었던지 다시 만나자마자 둘이 거의 동시에 한 말은 우린 신혼여행도 제주도엔 가지 말자였다. 두 연인들을 석 달씩이나 갈라놓은 섬이라면 그 정도의 앙갚음은 헐한 편이었다. 그러나 그 석 달의 막바지에도 지금처럼 타는 듯이 보고 싶었던 것 같진 않다.

꼭 뭔 일을 저지르고 말 것처럼 보고 싶었다. 그래 뭔 일을 저질러야 해. 수는 그 수밖에 없어.

수지도 그 뭔 일에 모든 것을 산뜻하게 해결할 수 있는 가능성을 걸었다.

그나저나 그는 어디 있는 걸까? 아직도 서울역 광장에서 서성거리고 있는 걸까? 아니지. 단골 순댓국집에서 소주잔을 기울이고 있을 시간인걸. 인재의 취직을 큰 출세처럼 대견하게 여기는 마음씨 좋은 주인 아줌마가 아마 지금쯤 내일의 출근을 염려해 그를 억지로 내쫓고 있을지도 모른다. 그 아줌마라면 능히 그렇게 해줄 거야.

수지가 정말 가고 싶은 곳은 인재의 하숙방이었다. 인재의 하숙방을 드나들기 시작한 건 극히 최근의 일이고 몇 번 되지도 않았다. 그 전엔 주로 입주 아르바이트여서 드나들 만한 하숙방조차 없었으니까.

인재가 졸업을 자그만치 석 달이나 앞두고 취직이 되어 혼자 쓰는 하숙방을 갖게 되었을 때 두 연인들은 얼마나 가슴을 울렁거렸던가?

정이 깊어질수록 만날 때마다 아쉽고 감질나는 사랑의 기쁨, 절제하기 고통스러운 젊은 열정은 문득문득 사람들의 눈을 가려줄 그들만의 사면의 벽을 간절히 원하게 했다. 그렇다고 방갈로나 여관방을 찾아들 만큼 그들의 욕망이 구체적인 건 아니었다.

길고긴 이야기가 끝나지 않아 호젓한 뒷골목을 한없이 헤매다가도 수상쩍은 여관의 불빛을 보면 부정탄 것처럼 얼굴을 찌푸리고 그 앞을 피해 다녔다.

그들이 남 안 보는 데서 하고 싶은 짓하고 이 세상의 남자와 여자가 여관방에서 흔히 하는 짐승 같은 짓하고는 엄연히 다른 거였다. 그들이 벽 속에서 하고 싶은 짓은 헤어지기 아쉬울 때 석별의 정으로 나눈 애무보다 조금만 더 깊은 애무, 남의 눈을 피해 훔친 번갯불 같은 입맞춤보다 좀 더 깊은 입맞춤, 그리고 서로의 눈빛을 그윽히 바라볼 수 있는 평화로운 휴식이었다.

실제로 인재의 하숙방에서 연인들이 한 짓도 그 짓의 한계를 넘은 적은 없었다. 그 한계는 늘 아슬아슬했다. 남의 이목 때문에 참아야 했던 것보다 훨씬 더 고통스러운 자제력을 필요로 했다. 그러나 절제가 힘겨울수록 얻는 것도 컸다. 인재는 수지의 순결을, 수지는 인재의 믿음직스러움을 보석처럼 간직할 수 있었고 그들이 지킨 한계 저쪽에서 예감은 늘 새롭게 빛나고 있었다.

그 빛나는 예감 때문에 인재의 하숙방은 아직도 구체적인 방이 아니라 꿈속의 방이었다. 도시의 한구석 낡은 주택가 한가운데 두 평의 넓이로 요지부동 들어앉아 있으면서도 몽롱하고 아름답고 상상의 여백이 듬뿍 남아 있는 꿈의 공간이었다.

인재의 창은 어두웠다. 그는 아직 돌아와 있지 않았다.

혼자서 그의 방을 찾아와보긴 처음이지만 주인 여자와는 꽤 친하다고 생각해서 스스럼없이 대문을 흔들었다.

"어매 신랑은 얻다 잃어뿌리고 색시 혼자래?"

주인 여자는 처음부터 인재를 신랑, 수지를 색시라고 불렀고 그게 듣기 싫지 않았었는데 지금 별안간 듣기 싫었다. 듣기 싫다 못해 망측했다.

"쯧쯧, 둘이 싸웠구면. 샘나게 금슬도 좋더니만."

수지의 새침한 기색을 제멋대로 해석하고 주인 여자는 하품을 했다. 수다가 덕지덕지 달린 못생긴 여자였다. 왜 그것을 이제야 알았을까? 수지는 그 못생긴 여자 때문에 하숙집까지 달려온 오로지 보고 싶은 마음이 급속히 위축되는 걸 느꼈다.

"어여 들어와. 잘 왔어. 싸운 건 그저 그날로 지딱지딱 풀어야 해. 며칠씩 꽁하고 있어 버릇하면 못쓰는 게야."

주인 여자는 자기가 마치 그 방면에 도사라도 되는 것처럼 신바람을 내면서 수지를 인재의 하숙방으로 들이밀었다. 천장에 달린 형광등은 주인 여자가 스위치를 누르고 나서도 한참 동안이나 죽을 둥 살 둥 푸드덕대다가 간신히 켜졌다. 외등 밑에서보다 주인 여자의 모습이 좀 더 확실히 드러났다. 못생겼을 뿐더러 궁기에 찌든 얼굴이었다. 여자는 시키지도 않았는데 이부자리를 폈다. 그리고 춘화를 몰래 훔쳐본 것처럼 음탕하게, 발정한 암코양이 대하듯 혐오스럽게 웃으면서 물러갔다.

수지는 방 한가운데 오똑이 선 채 방 안을 처음 들어온 방처럼 휘둘러보았다. 가뜩이나 낮은 천장은 한쪽이 처져서 기우뚱하고, 형광등은 명이 다해 반토막은 빛이 아니라 숫제 어둠을 드리우고 있었고, 책상 밑엔 소주병이 세 개 나동그라져 있었고, 방구석엔 양말짝과 내복이 쑤셔박혀 있었고, 방 한가운데 재떨이엔 꽁초가 가래침과 함께 엉켜붙어 있었고, 책상 위엔 먼지와 주간지와 교과서가 쌓여 있었고, 벽엔 싸구려 넥타이와 와이셔츠가 걸려 있었고, 아랫목엔 꾀죄죄한 이부자리가 깔려 있었다.

때로는 한 그릇 저녁밥을 둘이 나누어 먹고 통금 직전까지 머물다 간 적도 있었지만 사랑놀음에 홀려 한 번도 본 적이 없는 이 모든 것을 있는 그대로 직시하는 데 1분도 안 걸렸다.

수지는 그 신산스러운 궁상에 진저리를 쳤다. 여태껏 그걸 못 봤다니 믿을 수 없는 일이었다. 못 본 게 아니라 부끄러워서 안 보고, 지고의 열락에 이르는 비밀이 거기 숨어 있을 것 같아 아껴두기 위해서도 안 본 이부자리가 그렇게 더러운 거였다니 믿을 수 없는 일이었다. 수지는 그곳을 온다 간다 말없이 물러났다.

왜 오늘 하필 인재의 현실을 환상을 배제하고 적나라한 모습 그대로 바라보게 됐을까? 기욱을 만났기 때문이라고 생각하면 민망하고 불편했다. 그러나 졸업을 했기 때문이라고 생각하면 훨씬 타당하고 편안해졌다.

 남들은 대학만 졸업해도 뜨게 되는 세상과 사람을 보는 눈을 대학원씩이나 졸업하고 떴으니 그만하면 순진한 편일까, 늦되는 편일까?

 수지는 자기의 문제에서 슬쩍 이렇게 비켜났다. 비켜나서 약간의 여유를 갖고 생각할 수만 있어도 유행을 따르듯이, 취미를 바꾸듯이, 부담 없이 인재의 궁핍을 숭배하고 사랑하던 마음을, 자신의 몫인 풍요를 즐기고 사랑하는 마음으로 바꿀 수 있을 것 같았다.

 한편 인재는 수지의 추측대로 노모와 단둘이서 변두리 허름한 한식집에서 곰탕으로 늦은 점심을 먹었다.

 수지가 혼자 뺑소니쳐버린 후로 줄곧 어깨를 축 늘어뜨리고 말문이 막혀버린 아들한테 노모는 할 말이 많았다. 노모가 보고 싶은 건 그런 아들 꼴이 아니었다. 논 팔고 소 팔아준 바도 없었고, 애당초 팔아줄 논이나 소가 있지도 않았던 집 자식이 서울 가서 좋은 대학 졸업하고 시골 사람도 이름만 들어도 단박 알 만한 회사에 취직까지 됐으면 큰 출세였다.

 노모는 그의 아들이 출세한 사람답게 서울의 잘난 사람들 사이를, 훈련원 벌판처럼 넓은 한길 한복판을, 하늘에 닿은 높고 높은 집앞을 당당히 걸어다니는 모습을 보고 싶었다. 그러나 아들은 소문으로만 듣던 계집하고 뭐가 토라졌는지 헤어지고부터 줄곧 어깨를 축 늘어뜨리고 우울하게 가라앉아 있었다.

 노모 보기에 소문으로만 듣던 계집은 한눈에 요물이었다. 아들의 청청한 앞길이 그 계집 때문에 순탄치 못할 것 같아서 적개심이 지글지글 끓어올랐다.

노모는 그 계집을 상종 말란 말을 해줄 기회를 이제나저제나 엿보고 있었다. 너무나 어마어마하게 출세를 해서 그런지, 자기가 공들인 바도 없이 한 출세라 그런지, 아들이라도 말 붙이기가 예전처럼 수월치 않았다.

곰탕집에서 아들의 그릇에다 고기 건더기를 듬뿍 덜어주고 나서 노모는 마침내 입을 열었다.

"지집이 인물을 너무 잘 쓰고 나면 인물 뜯어먹고 살기가 십상잉께 조강지처 삼을 지집은 그저 사람 됨됨이 먼점 봐야제……."

이렇게 막 시작을 하려는데 아들이 눈을 곱지 않게 치뜨더니, 숟갈을 소리 나게 놓아버렸다. 아들도 괘씸하고 고기 건더기도 아까워서 노모는 가슴이 메이고 눈물이 그렁였다. 그러나 아들은 노모의 아린 마음을 위로하는 단 한마디의 말도 없이 손목시계를 보면서 기차 시간 늦겠다고 볼멘소리를 했다.

음식 남기면 죄 받는다고 노모가 곰탕을 국물 한 방울 안 남기고 다 먹을 동안 인재는 줄곧 안절부절을 못했다. 노모는 아들이 결코 기차 시간 때문에 그렇게 몸이 단 건 아닌 줄 알면서도 차마 핀잔을 주지 못했다.

딴 소리는 다 참아도 그만이었으나 계집은 인물보다는 사람 됨됨이 먼저 봐야 한단 소리만은 끝내 단념할 수가 없어 목구멍에서 가래물처럼 그르렁댔다. 딴 사람도 아닌 아들에게 그른 소리나 잔소리 아닌 옳은 소리 하기가 이렇게 어려울 줄은 노모도 뜻밖이었다.

　노모는 그게 억울하고 슬프면서도 식욕은 왕성해 고기 건더기가 풍성한 채 남은 아들의 그릇까지 넘겨다보았다.

"기차 시간 늦는다니까요."

　인재가 다시 볼멘소리를 지르더니 더는 참을 수 없다는 듯이 일어섰다. 그가 음식값을 셈하는 동안 노모는 우선 질질 끌리는 치마꼬리를 주섬주섬 휩싸고 나서 큰며느리의 퇴물림인 비닐백을 챙기고 아까부터 인재한테 구박만 받던 종이꽃이 주렁주렁 달린 화환을 들어올리자, 인재가 벌컥 화를 냈다.

"아 그까짓 건 뭐하러 여기까지 갖고 와요, 오길. 남부끄럽게시리. 그만 내버리고 가요."

　인재는 그때까지도 수지한테 받은 붉은 장미꽃다발을 소중하게 받쳐 들고 있었다. 셀로판지에 싼 장미는 방금 피어난 것처럼 이슬을 머금고 있었다. 요망한 것, 노파는 그 장미꽃에다 수지의 얼굴을 겹쳐놓고 바라보며 입술을 깨물었다.

　뭐라고 한바탕해줘야 뜨거운 분이 좀 풀리겠는데 가슴이 떨려서 말이 안 나왔다. 그동안 셈을 끝낸 인재는 어디론지 전화를 걸고 있었다. 그 신사다운 뒷모습이 자랑스럽고 믿음직스러울수록 좀 전에 받은 수모의 상처도 컸다.

　흥, 저 잘난 아들을 누가 낳았게? 내 배 속에 열 달 내 품고 있다가 하늘이 돈짝만 해지도록 신고하고 낳은 천금 같은 내 아들이건만 요망한 서울 계집한테 홀리고 나니 에미 알기를 쉰 떡같이 아는구나.

노모는 분하고 억울했다. 그러나 아들의 말을 거역하고 그 종이 꽃다발을 들고 나올 용기도 없었다. 노모는 불과 한 시간 전만 해도 아들의 영광을 화려하게 했던 그 꽃다발의 급속한 영락이 마치 자기 신세 같아서 가슴이 찡했다.

어디론지 전화를 걸고 난 인재는 기분이 매우 언짢아 보였다. 노모를 보는 눈이 한층 차가웠다.

배불리 먹었는데도 치마는 왜 그렇게 자꾸 흘러내리는지 노모는 치맛자락을 잡고 주체를 못 하면서 질퍽한 골목길을 허방지방 걸었다. 인재는 다시 어머니를 재촉하지 않았지만 몇 발짝 앞서가다 돌아서서 기다리고, 앞서가다 돌아서서 기다리는 폼이 매우 초조해 보였다. 그런 말없는 재촉이 늙은 말에 가해지는 사정없는 채찍질보다 더 모질게 노모의 마음을 때렸다.

도시의 뒷골목의 시커먼 진창을 휩쓴 노모의 치맛자락이 다시 버선발을 스쳐 노모의 아랫도리는 말이 아니었다. 인재 보기에도 노모의 키는 진창으로 잦아들듯이 점점 더 작아지고 있었다.

노모의 한껏 부푼 마음이 급속히 위축하면서 노모의 외모까지 그렇게 한심하게 오므라들어 보인다는 걸 인재도 어렴풋이 눈치챘지만 노모가 귀찮은 건 어쩔 수 없었다.

큰길로 나오자 그는 서둘러 택시를 잡아 노모를 쑤셔박듯이 거칠게 태우고 자기도 올라탔다.

"서울역으로……"

노모 듣기에 매우 화난 소리로 말한 인재는 우선 담배를 피워 물고 멍한 시선을 차창 밖으로 돌렸다.

"지집은 그저……."

노모가 가래 끓는 소리로 못다 한 얘기를 계속하려고 했다.

"엄니, 장가는 제가 드는 겁니다."

인재는 싸늘하게 노모의 말을 가로막았다. 노모는 움찔하면서 자기가 시골집에서 얼마나 당당한 늙은이였던가를 꿈결처럼 회상했다. 지금도 노모는 집안의 중요한 주도권을 쥐고 있을 뿐 아니라 공연한 트집을 부리다가 죽으라면 죽는 시늉까지 할 만큼 큰아들 큰며느리는 동네에서도 이름난 효자 효부였다.

노모는 할 말이 가슴에 막혀 체증처럼 속이 답답했다. 아들이 서울 가서 출세했단 화려한 소문이 무엇을 뜻하는지 그 실상을 싫건 좋건 노모는 이해해야만 했다.

그렇더라도 그 계집만은 용서할 수가 없었다. 노모는 졸업식이 끝난 뒤 잠깐은 수지가 꿈에 본 계집처럼 섬뜩했다. 노모는 꿈에 젊은 계집을 보는 걸 제일 꺼렸다. 꿈에 젊은 계집이 어른거리기만 해도 그날은 온종일 되는 노릇이 없다고 노모는 믿고 있었다.

몇 시간 전에 본 수지의 인상이 흐려질수록 꿈에서 불길한 걸 예고하던 계집과 비슷해지고 있었다. 그도 그럴 것이 수지가 얼핏 스쳐가고 나서 모든 게 다 엉망진창이 되고 말았다.

그 전까지 아들은 노모에게 얼마나 다정했던가? 어제는 서울역까지 마중 나와서 노모를 하숙까지 택시로 모시면서 자상하게 서울 구경을 시켜줬었다.

엄니, 저건 남대문. 엄니, 저건 시청. 엄니, 저건 중앙청. 엄니, 저건 우리 회사.

아들이 취직한 회사를 손가락질할 때 생각을 하면 지금도 노모는 가슴이 울렁거렸다. 아들의 회사는 남대문보다 으리으리하고, 시청보다 크고, 중앙청보다 높았다.

집안 돈이라곤 땡전 한 푼 축내지 않고 서울 가서 대학을 마친 아들이니까 보통 아들하고 다르다는 건 진작부터 알고 있었지만 설마 그렇게까지 큰 출세를 할 줄은 몰랐다. 어떻게 내 속으로 이런 아들을 낳았을까? 아들이 출세한 바람에 자기의 몸이 덩달아 귀해지는 것 같은 느낌은 실로 황홀했다.

아들은 또 노모의 나일론 양단치마 저고리를 쓰다듬어보고는 보너스 타면 본견 양단치마 저고릿감을 떠 보내겠다고 약속했.

또 노모의 갈퀴 같은 손을 따뜻하게 애무하면서 장가들거든 서울서 편히 모실 테니 시골서 고생할 날도 며칠 안 남았다고 위로했다.

그러나 그 모든 행복과 보람도 오늘 졸업식장에서 학사모 쓰고 사진 찍을 때에다 대면 아무것도 아니었다. 국민학교 문턱에도 못 가본 가난한 촌늙은이가 대학 졸업장을 들고, 옛날에 사모관대와 어사화에 비길 만한 입성과 꽃을 달고 사진을 찍다니. 그 사진을 시골집 마루에다 걸어놓으면 사람들이 뭐랄까? 아무리 아들 잘 둔 사람도 그만치 호강해본 사람이 또 있을 것 같지 않았다.

수지 보기에 아들의 가운을 입고 사각모까지 눌러쓴 노파의 표정은 너무도 절망적으로 슬퍼 보여 형언할 수 없는 비애를 느낀 장면이었지만, 실상 그때 노파는 날개를 달고 하늘로 둥실 날아오를 듯 행복과 보람의 절정기였다.

호사다마라지만 하필 그때 그 요망하게 생긴 계집이 나타날 게 뭐람.

시골서 인재한테 혼삿말이 있을 때마다 인재는 따로 마음에 두고 있는 아가씨가 있다는 말로 넌지시 거절했기 때문에 노모도 수지의 존재를 전혀 모르고 있진 않았다. 그러나 처음 만난 수지는 노모에게 전혀 뜻밖의 아가씨였다.

인재의 색싯감이라면 우선 인재를 하늘같이 우러러야 하겠거늘 조금도 그래 보이지 않았다. 우러르기는커녕 숫제 사내를 가지고 놀 것처럼 방자해 보였다. 인물도 지나치게 고왔다. 계집은 어느 때고 인물값을 하게 마련이라고 노파는 믿고 있었기 때문에 예쁜 여자가 수수한 여자만 못했다. 아니나 다를까 계집이 나타나 종알종알 아들의 비위를 뒤집어놓고 나선 아들도 딴사람처럼 침울해지고 말았다.

노모한테 데면데면하기가 남만도 못했다. 지금도 숫제 노모를 의식하고 있는 것 같지도 않았다.

아들의 허약해 뵈는 옆얼굴과 차창 밖을 획획 지나가는 도시의 풍경이 어른대는 우울한 눈을 곁눈질해 보면서 노모는 그저 섭섭하고 괘씸했다. 아들을 낳을 때 생각이 났다. 산후 3일 만에 물동이 이고 우물에 물 길러 갈 때 생각이 났다. 제대로 못 입히고 못 먹여 기른 생각도 났다. 서울 가서 대학 가겠다고 할 적에 환장을 했느냐고 붙들고 늘어질 때의 생각도 났다. 그때부터 아들은 노모의 마음대로 되지 않았고 노모로부터 멀리 떨어진 고장에서 노모가 이해할 수 없는 꿈을 꾸며 노모가 헤아릴 수 없는 공부를 했다. 그때부터 노모가 아들을 보고 싶어하는 것의 반의 반도 아들은 노모를 보고 싶어하지 않게 됐다.

이제 아들은 노모와 고향을 거역한 보람이 헛되지 않아 큰 출세를 했다. 노모는 그 출세라는 게 무엇을 뜻하는지가 분명해질수록 즐겁고도 마음이 아팠다. 아들은 이제 노모에 속하지 않았다. 딴 세상 사람이었다. 아들이 자기에게 속하지 않는다는 걸 받아들이기 위해선 배 속에 있던 아들을 이 세상으로 밀어낼 때의 육신의 아픔 못지않은 마음의 아픔을 참아내야만 했다.

노모는 어쩌면 아들이 자기로부터 떠났다는 걸 벌써부터 체념하고 있었는지도 모른다. 노모가 인정하기 싫은 건 그것보다도 아들이 자기를 떠나 새롭게 속하게 된 젊고 예쁘고 대학까지 나온 서울 여자였다. 젊었을 때 한때 시앗을 본 적도 있는 노모였다. 그러나 시앗을 봤을 때도 지금처럼 질투하는 마음이 격렬했던 것 같진 않았다.

"그저 사내는 기집을 잘 만나야 신상도 편코 집안 꼴도 되는디⋯⋯."

노모는 마지막으로 한번 다시 아들의 마음을 돌려보려고 애걸하는 투로 말문을 열다 말고 움찔했다.

고개를 외로 꼬고 차창 밖만 내다보던 아들이 홱 고개를 돌려 노모를 노려보았다. 정이란 손톱만큼도 안 섞인 냉랭한 시선이었다. 노모는 피가 얼어붙는 것 같았고 손끝 발끝에 맥이 스르르 빠졌다.

그때부터 서울역에서 인재가 차표를 끊고 개찰구에서 노모를 배웅할 때까지 모자는 한마디도 말을 하지 않았다.

개찰구에서 인재는 5천원짜리 몇 장을 반으로 접은 걸 노모의 비닐백에다 쑤셔넣으면서 말했다.

"차 속에서 뭐 사 잡수세요. 자주 못 가 봬도 바빠서 그러려니 하시고 너무 섭섭해하지 마시구요."

"걱정 말아. 너처럼 성공한 아들을 어떻게 자주 볼 맴을 먹간디?"

키 작은 노모는 사람들 사이에 휩싸여 개찰구를 나갔다. 입장권을 사가지고 열차 속까지 배웅하는 게 도리인 줄 알면서도 인재는 한시라도 빨리 노모로부터 놓여나고 싶은 마음에 그렇게 하지 않았다. 노모도 한 번쯤 뒤돌아볼 줄 알았는데 치마를 정강이까지 휩싸올리고 들입다 앞으로 달음박질할 뿐 한 번도 뒤돌아보지 않았다.

인재는 시골 국민학교 운동회 날 학부모 달리기에서 1등을 해서 양은 냄비를 타온 노모의 왕년의 실력이 생각나서 가슴이 뭉클했다. 노모는 그때 못지않게 암팡지게 앞만 보고 달음박질을 하고 있었다.

인재가 다시 서울역 광장에 나섰을 때 날은 어둑어둑했다. 수지가 벽이 유리로 된 다방에 기욱과 마주앉았을 때였다.

사랑하는 사람끼리는 떨어져 있을 때 오히려 더 똑똑히 상대방을 보는 수가 있다.

수지가 상상한 대로 인재는 서울역 광장에 우두커니 서 있었다. 그 많은 사람들이 오고 가고 기다리고 바글대는 서울역 광장에서 그는 허허벌판에 혼자 서 있는 것처럼 쓸쓸했다. 수지가 상상한 대로 열등감이 그를 사정없이 좀먹고 있었다. 그는 바보처럼 울고 싶었다.

그 열등감은 졸업식이 끝나고 수지를 그의 노모에게 인사시키면서 비롯된 것이기 때문에 노모만 떠나 보내면 말끔히 가실 줄 알았다. 그래서 그렇게 허둥지둥 노모를 떠나보냈건만 열등감이란 고약한 느낌은 그렇게 만만한 게 아니었다.

열차가 도착했는지 사람들이 쏟아져나왔다. 여행에서 돌아오는 서울 사람들은 날렵하게 광장을 가로질러 버스 정류장이나 지하철 속으로 또는 택시를 타러 흩어졌지만 초행인 시골 노인은 마중 나온 사람을 찾아 우왕좌왕하기도 하고 아무나 붙들고 길을 묻기도 했다.

가방을 둘러메고 청바지 입고 제법 폼재고 사방을 쨰려보건만 서울이 초행 아니면 연줄 없는 고장임을 단박 알 수 있는 젊은이도 있었다. 그의 눈에 서린 감출 수 없는 불안 때문이었다. 인재 역시 그렇게 처음으로 연줄 없는 서울 땅을 밟은 적이 있었다.

그래서 인재는 알고 있었다. 비록 그동안 세상이 많이 잘살게 돼 무단가출한 소년 소녀의 옷차림도 왕년의 그와는 댈 것도 아니게 세련됐다고는 하지만 그들이 애써 불안을 떨치고 부릅뜬 눈에 비친 서울 하늘 저쪽 끝에 걸린 무지개에 대해.

서울 사람 눈엔 매연이 흐려놓은 탁한 하늘에 지나지 않지만 그들만은 그들이 장차 따야 할 무지개를 볼 수 있다.

서울 하늘에서 무지개를 본 젊은이는 수도 없이 많았지만 무지개에 도달한 사람은 누구인가?

무지개는 저만큼 걸려 있을 때 무지개일 뿐 도달해 손에 닿으면 이미 무지개가 아니었다.

인재는 노모로부터 놓여나고도 계속해서 그를 짓누르는 열등감에 대해 곰곰 생각했다. 노모가 인정한 것처럼 그만하면 성공을 한 셈인가?

노모가 개찰구를 나가면서 한 마지막 말도 너처럼 성공한 아들을 어떻게 자주 만나볼 수 있겠느냐는 쓸쓸한 체념의 말이었다. 그런 체념이 노모를 자유롭게 한 것처럼 그때부터 노모는 달음박질을 잘도 쳤다.

싫든 좋든 그도 자신의 성공을 긍정해야 할 것 같다. 고학으로 서울에서 대학을 졸업하고 유수한 기업의 신입사원으로 선발이 됐으니 시골뜨기가 대단히 성공을 한 셈이다.

도달하고 보니 빛은 사라지고 무지개도 온데간데없었다. 그러나 그는 이미 도달해버린 것이다.

목표가 고작 그건 아니었다. 그렇다고 그 밖의 무엇이었다고 꼭 집어 말할 수 있는 것도 아니었다. 목표는 저만큼 있을 때 무지개였다가 도달하고 보니, 서울에 쌔고쌘 범속한 화이트칼라의 하나가 된 데 지나지 않았다.

그는 목표가 전혀 어긋났다고까지 생각하지 않았지만 이미 도달해버렸다는 데 절망했다.

무지개는 가능성이었다. 그가 상실한 건 무지개가 아니라 가능성이었다. 시골뜨기 고학생이 수지와 동등할 수 있었던 것도 그 무한한 가능성 때문이었다.

인재는 수지가 보고 싶었다. 헤어진 지 불과 몇 시간 후이건만 그 몇 시간의 중대한 의미를 만나서 확인하고 싶었다. 그는 시계를 보면서 그동안을 정확하게 셈했다. 그는 막연히 그동안이 두려웠다. 사랑하는 사람끼리의 육감으로 그동안이 두 사람 사이의 지금까지의 관계에 중대한 전환점이 되리란 걸 감지하고 있었다.

그는 그런 불길한 생각을 떨어버리기 위해 고개를 흔들었다. 그러나 그의 열등감이 심각할수록 불길한 생각도 집요했다. 한시 바삐 수지에게 위로받고 싶었다. 그런 늪처럼 밑도 끝도 없는 미망에서 그를 구해줄 사람은 수지밖에 없었다.

저만치 공중전화가 보였다. 여러 대의 전화통마다 사람들이 길게 줄지어 서 있었다. 방금 열차가 도착했기 때문이었다. 인재도 그쪽으로 가서 줄섰다. 가출해서 처음 서울역에 내려서 가냘픈 인연에 온갖 기대를 걸고 전화를 걸 때처럼 가슴이 울렁거렸다.

그의 차례가 됐다. 제발 수지가 받았으면……. 동전을 밀어넣으면서 기도하듯 그렇게 빌었다. 그건 수지에게 전화를 걸 때마다 번번이 하는 그의 버릇이었다. 그는 한 번도 본 적이 없는 수지네 식구들이 싫었다. 어린아이들까지도 전화받는 솜씨가 방자했다. 잠깐 기다리라 해 놓고 공중전화의 3분 통화 시간을 넘기기가 보통이었다. 그래도 수지가 못 받았을 땐 아이들이나 식모가 받는 게 재수 좋은 편에 속했다.

수지 오빠는 덮어놓고 안 바꿔줬고, 올케는 목소리를 알면서도 누구냐고 꼬치꼬치 따지고 나서도 요 핑계 조 핑계로 따돌리기 일쑤였다. 지금이 몇 신 줄 알고 전화질이냐고 설교를 할 적도 있었다.

그는 올케 목소리만 듣고 미리 끊어버린 적도 한두 번이 아니었다.

재수 나쁘게 이번에도 올케가 받았다. 그러나 인재 목소리를 듣더니 반색을 했다.

"어머머, 인재 학생 아녜요?"

"아, 네."

인재는 이제 학생이 아니라고 정정하려다 말고 이렇게 얼버무렸다.

"아가씬 아직 안 들어왔어요. 아마 오늘은 좀 늦을까 싶은데……."

왜 늦냐고 물어봐 주길 바라는 것처럼 말꼬리에 은근한 여운이 느껴졌다.

"아, 네 혹시 왜 늦는다는 연락은 없었던가요?"

"연락은요. 마침 마땅한 혼처가 생겨서 오늘 양가가 선을 봤거든요. 선보고 나서 두 사람만 남겨놓고 들어온 지 얼마 안 되니까 지금쯤 둘이 어데 근사한 데 가서 재미보고 있겠죠 뭐."

"선을요? 수지가요?"

인재는 자기가 듣기에도 생뚱스러운 비명을 질렀다.

"어머머 놀라긴, 인재 학생은 그럼 이 얘기를 처음 듣는군요? 이상하다. 벌써 언젯적부터 말이 있었던 혼담인데 어쩌면 제일 친한 친구한테도 여지껏 그 얘기를 안 했담. 우리 아가씨 무심한 건 아무튼 알아줘야 한다니까."

인재는 인사말도 잊고 전화를 끊었다. 수지네 식구하고 처음 해본 긴 말이었고 처음 받아본 친숙한 대접이었다. 인재를 다만 수지의 가장 친한 친구로서 못 박기 위한 그 도시적인 세련된 간교함이 인재를 어리둥절하게 했고 곧 격분케 했다.

이상하게도 수지가 밉거나 야속하진 않았다. 다만 어떤 계략에 빠졌을 뿐, 수지의 의사는 아닐 것을 믿었다. 그는 수지를 그 못된 계략에서 구출해야겠다는 생각으로 덮어놓고 씩씩하게 서둘렀다.

그러나 곧 낭패감이 인재를 엄습했다. 낭패감이란 바늘 끝만큼이라도 생겨나기가 잘못이었다.

씩씩한 기상으로 잔뜩 부풀었던 그의 마음을 꼭 찔러 단박 김빠진 풍선으로 만들어놓고 말았다. 그는 마치 적에게 포위된 동지를 구하려고 적진으로 돌격하려다가 무장 없이 맨주먹인 걸 돌이켜봤을 때처럼 부딪쳐보기도 전에 쓸쓸한 참패감을 맛보았다.

그는 다시 서울역 광장 한가운데 섰다. 그의 쓸쓸한 그림자가 역광장을 뒤덮는 것처럼 밤은 깊어간다. 질주하는 차들의 헤드라이트가 밤하늘의 서치라이트처럼 광장 한가운데 선 그를 잡았다 놓쳤다 했다.

그런 밝지 못한 속에서도 그는 바쁜 듯 오가는 사람이 정말로 뱃속에서부터 바쁘게 태어난 서울 토박인가, 아직도 오늘 밤의 잠자리도 못 잡아 우두망찰하고 있는 갓 상경한 촌놈인가를 알 것 같았다.

그는 둘 다 부러웠다. 서울 토박이는 서울 바닥에 확실하게 자리하고 있을 몇 평의 땅 때문에, 촌놈은 그 무한한 가능성 때문에.

그가 무한한 가능성을 잃고 대신 도달한 성공은 서울놈이 차지하고 있는 몇 평의 땅에 비할 때 얼마나 보잘것없는 것일까? 무를 수만 있을진대 정말이지 무르고 싶었다. 그가 도달한 성공을 다시 저만치 밀어올려 영원히 무지개로, 가능성인 채로 걸려 있게 하고 싶었다.

가능성을 상실한 게 전 재산을 상실한 거와 마찬가지로 그를 허전하고 비참하게 했다.

수지는 인재로 하여금 앞날뿐 아니라 그의 궁상스러운 지나간 날까지를 무지개일 수 있도록 해준 여인이었다.

인재의 지난날이라야 한마디로 가난, 가난의 연속이었다. 수지만 아니면 생각하기조차 지겨운 나날이었다.

그러나 수지는 그로부터 그의 지난날의 가난 얘기를 듣기를 얼마나 좋아했던가. 거의 황홀해했다.

그가 점심도 못 먹고 온종일 산에서 나무만 하다가 배고픔을 이기지 못해 진달래꽃을 마구 따먹고, 다음 날 눈 분홍똥 얘기는 수지에게 똥이 아니라 시였고 그림이었다.

수지에게 시요 그림이었기 때문에 그는 그의 가난을 감추거나 부끄러워할 필요 없이 더욱 과장해서 아름다운 얘기를 꾸밀 수가 있었다.

교복 외에 따로 평상복이라는 걸 못 입어본 그의 중고등학교 시절 얘기도 수지는 좋아했다. 교복도 제법 맞추거나 새로 산 게 아니라, 동네나 친척 중의 선배로부터 몇 벌 얻어놓으면 집에서건 학교에서건 줄창 그것만 입고 살았더래서 지금도 그 목이 곧고 빛깔이 새까만 교복만 보면 몸서리가 쳐진다는 그의 말에 수지는 뭐랬더라?

"어머머, 자기 그 흔한 잠바쪼가리에 골덴바지도 한번 못 입어봐서 상처받았구나. 가엾어라. 내가 이제부터라도 그 교복을 소년들의 가장 아름다운 복장으로 사랑하겠노라고 맹세할 테니 자기 상처 씻어."

그 말 한마디에 교복으로 일관한 어두운 소년시절이 동화적인 아름다움으로 빛날 수도 있었다.

수지와 연애하고부터는 이렇게 그의 앞날뿐 아니라 지난날까지가 아름다운 무지개가 되었다. 앞날이 아직 무한한 가능성이기 때문에 무지개일 수 있었던 것처럼, 지난날은 수지가 한번도 실제로 만져보지 못한 거여서 자유자재로 무지개를 만들 수가 있었다.

그러나 졸업식장에서 마주친 인재의 노모의 모습은 수지에게 아름다운 추상이었던 가난의 구체적인 모습이 아니었을까?

인재가 수지의 얼굴에서 읽은 것은 바로 그런 거였다. 그래서 인재는 그렇게 서둘러서 노모를 야간열차에 태운 것이다.

그렇다고 한 번 그 구체적인 모습을 들킨 이상 지난날이 다시 시가 되고 동화가 될 수는 없다는 걸 그는 뼈저리게 느끼고 있었다. 그걸 안 이상 인재는 좀 더 정식해지지 않으면 안 되었다.

정직하게 말해서 인재를 지금 괴롭히고 있는 건 그의 지난 가난의 구체적인 모습을 수지에게 들켜서가 아니었다. 더 이상 무지개일 수 없게 된, 그가 엉겁결에 도달하고 만 성공이라는 것의 정체의 그 보잘것없음이었다.

그의 가능성이 무지개였을 때, 따라서 수지와 동등했을 때, 수지네가 부자라는 걸로 열등감 같은 걸 느껴본 적 없었다. 염두에 두는 것조차 수치스러운 일이었다. 되레 수지에게 부모가 없다는 걸 트집 잡아야 할 흠처럼 내심에 간직하고 있었다.

그러나 막상 무지개를 잡고 보니, 아니 성공이란 그 빛 좋은 개살구를 손에 넣고 보니 수지네처럼 서울서 그만큼 산다는 건 실로 위대해 보였다. 아니 수지네보다 훨씬 못살아도 여섯 자 몸을 편히 쉴 수 있는 한 평의 땅이라도 서울 바닥에 제 몫으로 가진 이는 모두모두 위대했다.

그가 성공한 대가로 다달이 받는 월급은 한 평의 땅을 위한 저축은커녕 수지의 거침없는 씀씀이를 대기에도 크게 모자라는 거였다. 그러니 수지가 은근히 비친 양친이 없는 대신 오빠가 떼어주기로 했다는 수지 몫의 적지 않은 부동산은 그에게 군침을 삼키게 하기보다는 일찌거니 두 손을 들고 싶게 할 수밖에.

그가 거둔 성공이라는 게 감히 군침을 삼킬 수 있는 자격에도 미달하는 거였다니. 그는 취하지도 않았건만 취한 것처럼 비틀비틀

거칠게 서울의 하늘에다 대고 주먹질을 했다. 그러나 거기 이미 그 원수놈의 무지개는 걸려 있지 않았다. 일단 그 부스러기라도 따먹은 이상 아마 그것을 다시 보는 일은 영원히 없으리라.

그는 명실공히 빈털터리였다. 엉엉 울고 싶도록 허전했다.

문득 어쩌면 하숙집에 수지가 와 있을지도 모른단 생각이 들었다. 왜 진작 그 생각을 못했을까. 그는 열심히 그 생각에 매달렸다.

오늘 선을 봤다는 얘기는 꾸며낸 얘길 거야. 여태껏 서로 간밤에 꾼 꿈도 감춘 일이 없는 사이거늘, 그에게 장미꽃다발을 주고 나서 금세 선을 보러 갈 수는 없었을 거야. 수지는 그렇게 요망한 여자가 아니거든. 설혹 계략에 빠져 뜻하지 않게 맞선을 보았대도 지금쯤 빠져 나와 하숙방에서 나를 기다리고 있을 거야. 수지만 만나면 서로가 기운다는 생각이 한낱 망상이었음을 단박 알게 될 거야. 우린 서로 사랑하니까. 사랑의 무게에다 대면 그 밖의 조건들은 깃털을 더하거나 뺀 데 지나지 않을 테니까.

그는 이렇게 속으로 수없이 되뇌이며 어느 틈에 집까지 왔다.

아니나 다를까, 하숙집 아줌마가 여태껏 기다리다 방금 나간 수지를 못 만난 걸 인재보다 더 안타까워하면서 호들갑을 떨었다.

"어여 쫓아가 봐. 어여, 아직 버스 종점꺼정도 못 갔을 거구먼. 색시가 새초름허니 풀이 없는 게 싸웠나 보던데 싸운 건 그저 그날로 지딱지딱 풀어야 써. 껴두면 큰 병 돼."

큰 병은 나중이고, 그 상태로는 당장 그 밤을 제대로 잘 수 있을 것 같지도 않았다. 그는 한달음으로 버스 정류장으로 뛰어갔다. 수지는 거기 있지 않았다. 그는 마치 방금 떠난 버스에 수지가 타고 간 것처럼 발을 동동 굴렀다.

그리고 수지가 집에 도착할 시간까지 정류장 근방을 배회하며 보냈다. 서로의 목소리라도 오늘 밤 안에 들어두지 않으면 꼭 무슨 일이 날 것같이 절박한 마음으로 그는 시계를 보고 또 봤다.

수지가 집에 도착했으리라고 짐작될 무렵엔 거의 통금이 임박해 있었다. 여자네 집에서 인정받지 못한 남자가 전화 걸 시간이 아니었다. 그러나 인재는 그런 체면이나 분별력을 잃고 있었다.

안 될 땐 자빠져도 코가 깨진다고 전화를 받은 건 하필 수철이었다. 거만하고 짜증스러운 남자 목소리를 듣자 아차, 싶었으나 이판사판이라는 배짱 같은 것도 생겼다.

"수지 좀 바꿔주십시오."

"당신 누구야?"

"인재라는 같은 학교 친구입니다."

"이런 배우지 못한 사람 같으니라구. 지금 몇 신줄 알아? 양갓집 처녀한테 외간남자가 전화할 시간이 따로 있지."

"외간남자라뇨? 우린 같은 학교 친구라니까요."

"수지는 오늘 졸업했네. 오늘부터 학교 친구는 없어. 곧 결혼할 몸이구. 약혼자 아니면 다 외간남자야. 다신 함부로 전화질하지 말게. 수지한테도 딴 식구들한테도 엄히 일러놓을 테니까."

그리고 전화는 끊겼다. 외간남자라니, 평소에도 그 집 식구의 전화받는 예절은 상식 이하로 무례했지만 그래도 그런 예절 없음 속에는 은연중 인재를 수지가 좋아하는 남자로 인정하고 골탕먹이려는 저의가 느껴졌었다. 그래서 때로는 그 악의가 너무 지나칠 적에도 기가 죽거나 화가 나기보다는 되레 이쪽에서 관대하게 봐주리라는 우월감 같은 게 있었다. 그런데 외간남자라니…….

인재는 그 생급스러운 외간남자 취급에 소스라쳤고 공포감을 느꼈다. 마치 간부라는 소리처럼 불결하게 들렸다. 그를 간부 취급하려면 수지가 임자 있는 몸이어야 한다. 그럴 리가? 그동안에 그럴 리가…….

어떻게 두 사람이 똑같이 아름답고 보석처럼 빛나는 젊은 날을 몽땅 바쳐 가꾼 사랑이 순전히 타의에 의해 그것도 불과 몇 시간이라는 짧은 동안에 그렇게 무참히 짓밟힐 수가 있단 말인가. 안 돼, 안 돼. 그는 그 악랄한 타의로부터 연인을 탈환하기 위해 준마처럼 깃털을 곤두세우고 달음질쳤다.

그러나 곧 통금이 그를 가로막았고, 그는 선량하고 소심한 시민답게 그 위력에 조건 없이 굴종했다.

헐레벌떡 가까스로 돌아온 하숙방에서 인재는 좀 전에 수지가 그랬던 것처럼 거기 널린 신산스러운 궁상에 진저리를 쳤다. 여태껏 그걸 못 봤다니, 믿을 수 없는 일이었다. 그러나 현실을 직시하는 일은 어차피 피할 수 없었다.

밤새도록 열등감을 부둥켜안고 씨름하느라 아침엔 지칠 대로 지쳐서 손끝 하나 까딱할 기운도 남아 있지 않았다. 자신의 손으로 얼굴을 쓸어봐도 한 줌밖에 안 되게 밤사이 수척해지고 무성한 수염만 구두솔처럼 억셌다.

　인재는 밤에 한잠도 못 잤는데 하숙집 바깥이 시끄러워질 무렵부터 꼬박꼬박 잠이 오기 시작했다. 하숙집 아줌마가 몇 번씩이나 문밖에서 고함을 쳤다. 저녁밥상만 따로 봐주고 아침밥은 안방에서 함께 먹기로 돼 있어 가장 일찍 출근하는 사람에게 시간을 맞추어 차려놓고는 모든 하숙생을 아침마다 그렇게 들볶아 깨웠다.

　그는 아침 안 먹는다고 한마디 하고 다시 스르르 단잠에 빠져 들었다. 하숙집 아줌마가 독상을 들여놓으며 이불을 젖히는 바람에 퍼뜩 정신이 들어보니 서둘러야 할 시간이었다.

　1분 1초도 지각한 시간을 속일 수 없는 타임체커의 철커덕 하는 금속성이 그의 뇌리에서 작동하면서 그의 몸이 고동을 틀어놓는 자동인형처럼 민첩하게 움직이기 시작했다. 철커덕, 철커덕, 그 소리에 속도가 가해지고 그의 몸은 더욱 빠르게 움직였다.

　하숙집 아줌마가 어안이 벙벙해서 구경 삼아 쳐다보고 섰을 만큼 빠르게 그러나 하나도 빠뜨리거나 실수 없이 그는 이불 개키고 면도하고, 이 닦고, 세수하고 로션 바르고, 빗질하고, 새 와이셔츠에 넥타이 매고, 옷 입고, 톡톡 털고, 밥도 몇 숟갈 뜨는 일을 차례차례로 치러갔다.

　"참, 밥줄이 무섭긴 무섭군."

　눈 깜박할 사이 기성복 광고에 나오는 신사를 쑥 빼닮은 신입사원의 구색을 고루 갖추고 댓돌에서 구두를 신는 인재를 보고 아줌마는 이렇게 감탄을 했다.

아줌마도 만일 인재가 회사를 쉴 만큼, 어쩌면 음독을 할 만큼 몹시 상심하고 있다면 어떠어떠한 위로와 격려와 도움이 될 수 있는 말을 해줘야겠다고 벼르고 있던 터라 다행스러워하면서도 실망을 감추지 못했다.

인재네 회사는 수출 실적의 랭킹이 해마다 뛰어오르는 젊고 유망한 기업이었다. 그 신화적인 신장세를 자랑하기 위해 작년에 서울 한복판하고도 금싸라기 땅에 신축한 빌딩은 20층이 넘었다. 시멘트와 유리와 직각으로 된 이 빌딩은 웅장할 뿐더러 앞으로 얼마든지 더 높이 비상할 것처럼 경쾌해 보이기도 했다.

오리엔테이션과 수습 기간을 거쳐 이 건물에 있는 본사로 출근한 지가 며칠 안 되기 때문인지 인재는 그 건물 현관 자동문 앞에 설 적마다 가슴이 울렁거렸다. 누가 그의 출세를 봐주지 않나 해서 슬쩍 옆을 곁눈질하기도 하고 자동문 안쪽에 늙고 충직한 시종이 그에게 머리를 조아리며 문을 열어준 것처럼 즐거운 착각을 하기도 했다.

자동문만 들어서고 나면 넓은 로비는 온통 장밋빛 대리석이 깔렸고 여덟 대의 엘리베이터가 네 대씩 마주보고 있는 너른 골목 끝엔 전자시계가 달려 있었다. 아직 시간은 충분했다. 첫 출근 때 서둘다가 대리석 바닥에 미끄러질 뻔한 기억도 늘 그의 걸음걸이를 신중하게 했다.

엘리베이터를 기다리는 동안 검은 유리로 된 벽에 자신의 온몸을 비춰보며 자신감을 재확인하고 그날의 표정을 결정하는 것도 그의 빼놓을 수 없는 낙이었다.

자신의 모습을 비춰볼 수 있는 건 검정 유리벽뿐이 아니었다.

엘리베이터 속에서 만나는 그의 입사동기들도 거울 속에 비친 자신의 모습과 다를 바 없었다. 하나같이 그의 분신 아니, 복사판인 것처럼 영락없이 닮아 있었다.

아무리 털어도 먼지 하나 안 나게 말쑥한 복장하며, 필요 이상 긴장해 있는 거 하며, 몇십 대 일의 경쟁을 뚫고 선택됐다는 엘리트 의식이 온몸에 기름처럼 잘잘 흐르고 있는 거 하며, 앞으로도 계속 선택되어 선두를 달리기 위해 밀쳐내야 할 만만한 상대를 찾는 눈치와 적의가 번득이는 눈동자 하며, 자신과 남을 구별할 수 없을 만큼 똑같았다.

입사동기만이 아니었다. 같은 회사 물 먹은 지가 몇 년 더 돼, 높고 높은 사닥다리를 한두 칸씩 기어오르기 시작해 주임이니 계장이니 하는 호칭 붙은 중견사원도 마찬가지였다.

그들은 대개 남을 얕잡는 것 같기도 하고 비꼬는 것 같기도 한 여유 있는 표정을 하고 있었다. 손가락엔 다이아가 박힌 결혼반지를 끼고 있었고 육아에 대한 일가견을 가지고 있었다. 정구나 운전을 배우러 다녔고, 아파트에서 침대 생활을 하고 있었고, 커피에 인이 박여 있었고, 출장이나 연수라는 명목으로 해외 나들이 하고 온 것을 첫사랑의 미련처럼 문득문득 풍겼다.

이런 관록 붙은 화이트칼라까지도 결코 까마득하지 않았다. 인재는 오히려 그들에게서 더 많이 자신의 몇 년 후의 모습을 비춰보고 있었다.

이렇게 그는 요모조모로 자신을 비춰보는 사이에 기분이 많이 회복됐고 자신감도 생겼다. 그건 이 도시에서 내로라고 뽐낼 만한 첨단의 모습이었고, 딸 가진 사람이 침 흘려 마지않을 사윗감이었기 때문이다.

열등감 같은 거 느낄 까닭이 없었다. 인재는 그에게 당치 않은 열등감을 느끼게 한 수지나 수지네 식구에게 분노했다. 언제고 복수할 날이 있으리라. 딸 가진 쪽에서 사윗감의 자존심을 건드린다는 게 얼마나 어리석은 짓이라는 걸 깨닫게 하리라.

그러나 인재가 꿈꾸는 복수는 반드시 수지와 결혼할 것을 전제로 해야 가능한 것이었다.

이렇게 출근과 동시에 회복된 자신감 때문에 인재는 어젯밤의 수모를 될 수 있는 대로 과소평가하려 들었다. 먼저 결혼한 선배의 경험담에 의하면 연애가 결혼까지 골인하기 위해선 그 정도의 수모는 보통이었다. 전화를 중간에서 잘라먹는 건 초보고, 도둑놈 취급, 개 취급까지를 유들유들 견디는 게 총각을 면하기 위한 고된 시련이라는 거였다. 그러나 바로 그때까지가 딸 가진 쪽의 전성기이고 일단 결혼만 하면 형세는 역전돼 처갓집처럼 만만한 데가 없고 처가에선 사위처럼 두려운 상전, 귀한 손님은 없게 된다고도 했다.

그러나 이런 관계는 어디까지나 처가 식구들과의 관계지, 아내가 될 여자는 연애 시절부터 엄하게 길들여야지 그렇지 못하면 일생 엄처시하를 못 면한다는 것 또한 선배들의 경험담이었다.

그저 우스갯소리 정도로 재미있게 듣던 결혼 선배들의 이런 경험담이 그의 경우에도 딱 들어맞는 것 같았다.

인재는 선배들의 경험을 존중하고 교훈 삼기로 했다.

어젯밤의 수모가 그 혼자만의 것이 아니라 세상의 사위된 사나이 공통의 경험이라고 생각하니 저절로 마음이 편해지면서 웃음까지 났다.

그래서 그는 아무 일도 없었던 것처럼 다시 전화를 걸 배짱까지 생겼음에도 불구하고 그것만은 참고 기다리기로 했다. 그것 또한 결혼할 여자라면 연애 시절부터 엄하게 길들여야 한다는 선배들의 충고 때문이었다.

이번만은 수지 쪽에서 먼저 전화를 걸고 사과하도록 하리라. 어젯밤의 수모를 상쇄하기에 충분한 사죄와 애정 표시가 있기까지는 결코 수지를 용서하지 않으리라. 이제부터라도 여자는 엄하게 길들이리라. 이렇게 잔뜩 벼르면서 수지의 전화를 기다렸다.

"여자한테서다."

그의 전화를 받아준 동료가 눈을 찡긋했다. 인재는 재빨리 시계를 보았다. 아직 오전이었다. 그러면 그렇지. 인재는 해안을 못 참는 수지의 조바심을 은근히 흡족해하며 여유 있게 전화를 받았다.

"전화 바꿨습니다."

"안녕하셨어요. 오목이에요."

여자의 망설임이 미미한 떨림이 되어 전해졌다.

"아아 미스 최군요? 웬일이에요?"

오목이는 이제 최오목으로 행세하고 있었다. 미순이네서 혼기가 되도록 적이 없는 목이를 딱하게 여겨 양녀로 입적을 해주었기 때문이다. 미순이네 인심도 후했지만 목이도 진국스럽게 아이들의 언니 노릇을 하며 집안일도 잘 거들어 그 집안의 보배였다. 입적시키는 김에 이름까지 바꿔 고아원 시절의 딱지를 떼버리라는 게 미순이 부모들의 생각이었지만 목이는 막무가내였다. 목이는 아직도 오목이라는 성명이 친부모를 찾을 수 있는 단서가 되리라 희망을 버리지 않고 있었다.

그래서 미순이네서 큰 생색내며 해준 입적도 실은 별로 고맙지 않았다. 오목이라는 성명 석 자와 은 표주박 노리개를 움켜쥐고 있는 한 서울의 대가 댁의 귀염받는 딸로 복귀할 날이 반드시 있으리라고 목이는 믿고 있었다. 결국 입적과 오목이를 절충해서 그녀는 최오목이 돼 있었다.

"축하해요. 인재 씨."

"뭘요?"

"어제 졸업식 말예요. 가서 축하해드리고 싶었어요."

"아, 그랬어요? 몰랐군요. 오지 그랬어요?"

"오라고 그래 주시지도 않았는데 가도 괜찮을까 몰라 망설이다 말았어요. 가족이나 친척들도 여러 분 오실 텐데 부끄러운 생각도 들구요."

"그랬어요? 괜히 미안하네요."

어제 그 시간에, 그 참담한 시간에 어딘가에서 순진 가련한 처녀가 그를 위해 망설이고 애태웠다고 생각하니 갑자기 그 생각하기도 싫은 시간이 화려하게 빛나는 것 같았다. 고대하는 전화 대신 온 얼토당토않은 전화여서 실망스럽던 마음까지도 누그러지면서 슬그머니 너그러워졌다.

"아, 아네요. 제가 워낙 숫기가 없고 변변치 못해 그런걸요."

"그래도 저로선 또 한 번 빚진 기분인데요. 어쩌죠?"

인재가 빚진 기분이라는 건 오목이를 처음 알게 된 내력과 관계가 있었다. 인재가 취직하고 나서 처음 정한 하숙으로 처음으로 귀가하는 날이었다. 낯선 동네의 비슷한 정류장을 헷갈려 잘못 내릴까 봐에만 신경을 쓰다가 막상 내리려니 버스값이 없었다. 망신을 당하기 직전에 뒤따라 내리면서 얼른 버스값을 내준 게 오목이였다.

오목이는 버스값만 내주고는 인재가 무안해할까 봐 뒤도 안 돌아보고 가버리는 걸 인재가 헐레벌떡 따라가서 고맙다는 인사를 했다. 그럴수록 오목이는 새침하니 경계하는 눈치였다.

"보아하니 한동네 같은데 댁을 가르쳐주십시오. 그러면 내일 틀림없이 버스값을 돌려드리겠습니다."

그랬더니 여자는 숫제 지나가는 사람에게 구원이라도 청할 것처럼 공포에 질린 얼굴이 됐다. 그제서야 그의 언행이 계획적인 치한 취급을 당하기 알맞다는 걸 깨닫고 아차 싶었으나 만회할 방도가 없었다. 그때 그날 회사에서 신입사원들에게 일제히 발급해준 명함 생각이 났다.

어둠 속에서도 그건 풀먹여 곱게 다림질한 여학생의 깃처럼 신선하고 빳빳해 보였다. 그는 그것을 처음으로 요긴하게 써먹게 된 데 무한한 기쁨을 느꼈다.

"이런 사람입니다. 회사로 한번 꼭 방문해주십시오. 오늘의 빚을 갚을 기회를 갖고 싶습니다."

이 한마디면 족했다. 더 이상 긴말 않고 헤어진 며칠 후 회사로 찾아온 여자에게 그는 구내식당에서 식권으로, 오므라이스를 대접했고, 여자는 아무리 버스값으로 맺은 인연이라지만 그것으로 깨끗이 끝나는 게 서운했던지 다음에 다시 들러 커피를 사겠다고 졸랐다.

같은 동네에 살려니 짐작하고 있을 뿐 서로의 집은 아직 모르는 채, 버스에서 만나는 우연도 다시는 없는 채 그 후 그들은 가끔 전화도 하고 전번에 얻어먹은 걸 갚는다는 핑계로 만나서 번갈아 점심이나 차를 사는 일을 되풀이했다.

수지와는 대조적으로 키가 작달막하고 화려하지 않은 대신 자세히 뜯어보면 오목조목 귀염성스럽고 천진해 뵈는 오목이를 만나는 게 인재는 편안하고 즐거웠으나 헤어지면 곧 잊어버렸다. 그가 혼자 있는 시간을 차지할 수 있는 건 수지밖에 없었다.

"빚진 거 갚으실래요?"

인재가 빚진 기분이라고 한 걸 이렇게 받는 걸 보면 또 만나자는 소리 같았다.

"암 갚아야 하구말구요."

인재는 일부러 이렇게 선선하게 대답함으로써 당장 나오란 소리를 미루려 들었다.

오늘은 수지와 만나야 할 것 같았다. 못 만나도 수지를 기다리는 외에 딴 짓을 할 여유가 없었다.

"졸업 축하로 점심 사고 싶어요."

"빚진 건 난데 그러면 안 되지. 내 다음 달 톡톡히 한턱낼 테니 기대하고 있어요."

"실은 저 지금 인재 씨 회사 근처에 와 있어요. 점심시간에 뵙고 가려구요. 잠깐이면 돼요. 점심도 다음날 얻어먹을게요. 졸업 선물로 시시한 거 하나 샀거든요. 드리고 가고 싶어요."

"그래? 미스 최, 날 정말 빚투성이로 만들 작정이야?"

말은 그렇게 하면서도 속으론 좋았다. 뱃속이 근질근질하고 입이 벌죽벌죽 열려서 점심시간까지 잔뜩 어금니를 물어야 했다. 점심시간까지 수지로부터의 전화는 없었다. 오후에야 설마 무슨 연락이 있겠지.

낮에 오목이를 만나고 저녁에 수지를 만나겠거니 싶자, 그 빌딩 내 도처에 있는 유리벽에 비친 자신의 모습이 갑자기 남성적인 매력을 더해 보였다. 그뿐이 아니었다. 점심시간이 되기가 무섭게 구내식당 놔두고 분홍빛 대리석 바닥을 밖으로 빠져나가는 동료사원들이 하나같이 여복에 넘쳐보였다.

경양식도 함께 파는 젊은이 취향의 찻집은 밝고 한산했다.

목이 긴 병에 안개꽃인지 라일락인지 어슴푸레한 꽃이 만개한 액자가 걸린 벽을 배경으로 오목이는 잔뜩 긴장해서 오똑 앉아 있었다. 인재는 그녀가 얼마나 가슴을 조이고 있나를 손아귀에 쥐고 있는 것처럼 확실하게 느낄 수 있는 것이 즐거웠다.

"오랫만예요. 그동안 더 예뻐진 것 같은데."

인재는 큰 선심이나 쓰는 것처럼 이렇게 의례적인 찬사를 보내고 나서 씩 웃었다.

"아이, 몰라요."

오목이 얼굴을 살짝 붉히고 몸을 흔들었다. 작은 몸 때문인지 화장기 없는 얼굴 때문인지 수수한 옷차림 때문인지 오목이는 만날 때마다 초라하다는 인상을 주었다. 그 초라한 인상이 오늘따라 싫지 않았다. 싫지 않을 뿐더러 수지에겐 없는 미덕일지도 모른단 생각까지 들었다.

오목이의 초라함은 인재에게 자신감을 불러일으켰고 으스대고 싶은 마음을 부추겼기 때문이다. 수지의 화려한 미모가 그를 자주 주눅들게 했던 것과는 대조적이었다.

오목이는 눈을 내리깔고 예쁜 포장지에 싼 것을 만지작거리고 있었다. 몸집에 비해 크고 억세 보이는 손이었다. 인재는 문득 그 손을 만져보고 싶은 충동을 느꼈고 그런 충동이 비애처럼 그의 가슴을 아프게 했다.

그는 참을 수 없는 느낌으로 손을 뻗어 오목이의 손 위에 포갰다. 꿈틀 놀라면서 손을 빼려던 오목이 전혀 장난기 없는 그의 시선에 부딪치자 꼼짝을 못 했다.

"선물을 사왔으면 보여줘야지."

인재는 슬쩍 손을 미끄러뜨려 선물 상자를 잡았다.

"아, 네. 변변치 않은 거예요."

"끌러봐도 되겠어요?"

"집에 가서 끌러봐요."

"고마와요. 졸업식에 왔더라면 좋았을걸."

"갈까 말까 망설였어요. 온종일."

"그게 그렇게 망설일 만한 일인가요?"

"제가 워낙 숫기가 없어 그런가 봐요. 겁도 많구요."

"그까짓 졸업식에 겁까지 날 건 또 뭘까?"

"제가 인재 씨를 친하게 여기는 것만큼 인재 씨는 저를 친하게 여기지 않을까 봐 겁이 났어요."

오목이의 시선은 겁쟁이답게 자주 흔들렸지만 맑고 애틋했다. 인재는 그런 눈이 처음이 아닌 것처럼 느꼈다. 미처 연모의 정을 나타내 보일 새도 없이 놓쳐버린 소년 시절의 소녀의 시선이 그랬던가? 그러나 그의 소년 시절에 그런 소녀가 실제로 있었던 건 아니었다. 그의 소년 시절은 지겨운 가난이 전부였다. 그래도 소년이었기에 꿈이 있었고 꿈속에서 만난 소녀가 그랬던가?

"뭘 생각하고 있어요?"

"아, 아무것도."

"졸업식에 사람들 많았죠?"

"5만에서 10만쯤."

"어머머, 누가 전체 손님 말인가요. 인재 씨한테 딸린 하객 말이죠."

"글쎄 한 스무 명쯤."

"그렇게 많이요?"

"글쎄 말예요. 남이 다 하는 졸업식이 뭐 그리 대단한 벼슬이라고……. 시골 사람들이라 그런가 봐. 졸업식이 장원급젠 줄 아는지 창경원 벚꽃놀인 줄 아는지 아무튼 한 마을의 일가문중이 다 동원됐더라니까. 우리 형님, 차비만 해도 아마 큰돈 깨졌을걸요."

인재는 말을 하다 말고 피식 웃고 말았다. 그는 자기가 남보다 뛰어나게 정직하다고 생각해본 적은 없지만, 아무 필요 없이 취미 삼아 거짓말을 시킬 만큼 객쩍지 않다는 것도 알고 있었다.

그가 난데없이 꾸며낸 스무 명의 하객이 수지한테서 얻은 힌트라고 깨닫자 굴욕감이 엄습했다. 그는 우울해졌다.

"아니에요. 서울 사람도 마찬가지예요. 제 졸업식에도 그 정도는 온걸요."

오목이가 느닷없이 열렬한 기세로 인재의 시골 사람들을 변명하려 들었다.

"그럼 미스 최도 금년에 졸업했어요?"

"아뇨. 작년 졸업이에요."

"그렇게 안 봤는데."

"이래 봬도 올드미스예요."

"어느 대학인지 물어봐도 돼요?"

"싫어요."

"건 또 왜요?"

"시시껄렁한 대학이거든요. 4년 동안 열등감과 싸운 것밖에는 아무것도 배운 것 같지 않아요."

"여자대학이었나요?"

"네."

"어쩐지."

"뭐가요?"

"남녀공학에선 여자들이 발랑 까지지 않으면 중성화되는 게 보통이니까요. 미스 췬 전혀 안 그래요. 좋은 게 그대로 남아 있어요."

"좋은 거라뇨?"

"남자들이 동경하는 거, 여자다움 말예요."

"난 여자들이 활발하고 거침없는 게 참 부럽던데."

"난 그런 여자 도무지 취미 없어요. 한데 묶어서 지옥으로 보내버렸으면 쌍수를 들어 환영하겠어."

인재가 허풍스럽게 진저리를 쳤다. 딴 뜻은 없었다. 그는 그를 편안하게 하고 으스댈 수 있게 하는 오목이의 초라함과 가련함에 그 정도의 찬사가 아깝지 않을 뿐이었다.

"여자 친구들도 많았겠네요?"

"친구뿐인가요. 한때 죽자사자 좋아한 여자애도 있었는걸요."

"한때라면?"

"군대 간 사이에 시집을 가버렸더군요."

"저런."

오목의 짧은 부르짖음 속에 놀람보다는 기쁨이 더 많이 숨어 있다는 걸 느낀 인재는 음흉하게 미소 지었다.

"그때 비로소 여자에게 가장 지킬 만한 값어치가 있는 게 뭔가를 알게 됐죠."

"그게 뭔데요?"

"몰라서 묻나요?"

"모르겠어요."

"남자가 군대간 사이에 배신하는 건 여자들 공동의 음몬데도 모르는 체 시침 떼긴가요?"

인재가 짐짓 위협적인 표정을 지었다.

"시침 떼는 게 아니에요."

"여자가 목숨 걸고 지킬 만한 건 자신의 선도밖엔 없다는 걸 알았죠. 그걸 안 이상 나도 여자 보는 눈을 극도로 단순화시키기로 했죠. 물 좋은 생선이냐, 물 간 생선이냐……."

오목이 말없이 그를 바라보기만 했다.

"유행가 가사 같지만, 그렇게 슬픈 눈으로 날 보지 말아요. 내가 그렇게 한심해 보이나요?"

"아, 아녜요. 그런 건 아닌데도 조금 슬퍼요. 아마 내가 물 간 생선이어서 그런가 보죠."

"생선이 아니면 될 게 아녜요. 미스 췬 생선이 아닌 극소수의 여자예요. 자신을 가져요."

오목이 말없이 까만 손지갑을 만지작거렸다. 버스값을 내줄 때도 그 지갑이었다.

인재의 말이 요술을 부린 것처럼 눈에 보이게 오목이의 얼굴에 드리운 그늘이 가시고 오목조목 예쁜 선이 드러났다. 까실하던 볼에 노을처럼 떠오른 홍조가 그녀를 기쁠 뿐만 아니라 무르익은 여자로 보이게 했다.

요것 봐라. 인재는 그녀가 볼 때마다 초라하게 보였던 까닭을 이제야 알 것 같았다. 그건 옷이 수수해서도, 화장을 할 줄 몰라서도, 수지만큼 못생겨서도 아니었다. 그것은 그녀 스스로 자신이 얼마나 아름답다는 걸 미처 모르고 있기 때문이라고 인재는 생각했다.

그는 오목이가 자신에 대한 무지로부터 깨어나는 걸 유쾌하고도 신기한 기분으로 지켜보았다.

무엇 때문일까? 잠깐 그렇게 의아해했지만 곧 잊어버렸다. 그는 되는 대로 지껄인 자신의 말도 벌써 잊어버리고 있었다.

도대체 민들레꽃을 제비꽃을 그 깊은 잠에서 불러일으킨 봄의 입김을 누구 본 사람 있담? 인재는 오목이의 설렘과 변화가 신기하고 보기 좋았지만 히죽히죽 웃는 거 이상의 책임은 지고 싶지 않았다.

"선본 적 있어요?"

오목이가 갑자기 당돌한 질문을 했다.

"선이라면 넌더리가 나요."

인재가 어깨로 진저리를 치면서 말했다. 그는 즉각 어제 선을 봤다는 수지 생각이 났고 아직도 그 뒷소식은 모르고 있다는 게 모욕스럽고 초조한 나머지 선이라는 게 덮어놓고 원망스러웠다. 그런 인재가 오목이 보기에 정말로 선에 넌저리가 난 사람처럼 보였다.

"점심 뭐 하실래요? 오늘은 제가 살 거예요."

오목이가 딴청을 부리며 짐짓 명랑하게 말했다.

"오므라이스."

인재가 건성으로 대답했다.

"또?"

"여자들도 졸업식 날 선을 보나요?"

이번엔 인재가 딴청을 부렸다.

"여자들도라뇨? 마치 남자들이 다 그렇게 한단 소리 같군요."

오목이가 평소의 그녀답지 않게 비약하려 들었다. 그 비약이 얼마나 힘겨웠던지 그녀의 얼굴은 달아오르고 눈도 번들댔다.

"졸업식 날뿐인가요? 친척이 워낙 번족하거든요. 기회만 있다면 중매 서지 못해 숫제 아우성들이죠. 어머니가 연로하시다는 게 핑계지만 실은 우리 고향에선 내가 그래도 출세한 축에 끼나 봐요."

"그럼 스무 명의 하객 중엔 색싯감도 있었겠네요?"

"알 게 뭡니까? 이 사람 저 사람 번갈아가며 어깨를 나란히 사진 찍혀주기만도 정신이 없었는걸요. 시골 사람들 사진 찍기 좋아하는 건 하여튼 알아줘야 한다니까요."

"하긴 그래요. 저 졸업식 때도 사촌 오빠가 친구들을 데리고 와서 괜히 법석을 떨더니, 점심 먹는 자리까지 따라와서 별 이상한 사람 다 봤다고 생각했는데 그게 글쎄 어른들이 꾸민 맞선이었다지 뭐예요?"

참 그런 방법이 있겠군. 어느 한 쪽의 승낙 없이 일방적으로 선을 보려면 졸업식 같은 날을 이용하는 게 가장 무난할 거야. 인재는 수지도 순전히 타의에 의해 그런 방법으로 당했으려니 싶자 적이 마음이 놓였다.

오므라이스가 왔다. 인재가 권태롭게 접시 속의 노란 동산을 허물었다.

"아버지가 농부세요?"

오목이가 물었다.

"아버지의 아버지도요. 대대로. 형님도요."

"부러워요."

"도시 사람들은 한 번씩 괜히 그래 보길 좋아하더군요. 그런 소리 듣고 좋아할 골수 촌놈 없다는 것쯤 아실 만한 양반들이."

"괜히 그러는 거 아녜요. 조상에 대해 확실하고 떳떳하고 정직하게 말할 수 있는 시골 사람이 정말 부러워요."

"마치 서울 사람들은 다 조상을 속여먹는단 소리처럼 들리네요."

"부러워서 그런다니까요. 우리 집 얘기 해도 되죠? 우리 아버진 장사를 하시는데 전엔 공무원이셨고, 그전엔 군인이셨어요. 대대로 농부보다 얼마나 변화무쌍해요. 할아버진 평생 직업이라곤 안 갖고도 호강만 하시고 사셨다는데 대대로 높은 벼슬을 한 조상으로부터 물려받은 재산 때문에 그러실 수가 있었다나 봐요. 지금도 우리 집엔 옛날 대갓집의 찌끄러기들이 많이 남아 있어요."

"그러니까 사양길의 집안이로군요?"

인재는 오목의 갑작스러운 수다가 오므라이스 맛만큼이나 재미가 없어 마지못해 대꾸했다. 빨리 회사로 돌아가고 싶었다. 하필 그 동안에 수지한테서 무슨 연락이 있었을 것만 같아 조마조마했다.

여복도 아무나 누리는 게 아니군. 그는 분수에 안 맞는 여복에서 빨리 놓여나고 싶었다. 그러나 오목의 수다는 집요했다.

"아버지도 그걸 느끼고 계셨던가 봐요. 교육열이 대단하세요. 아들들한테뿐만 아니라 딸들한테도요. 아버지의 교육열 아니었으면 전 대학 같은 거 안 가고 말았을 거예요. 공부도 보통밖에 못했고 학교 운도 없는 편이거든요. 중학교부터 1차로 된 적이 없으니까요. 그런 변변치 못한 딸한테 대학간판 하나 얻어주려고 비싼 과외 공부만 골라서 시키느라 돈도 많이 없애셨죠. 우리 아버지 참 좋은 분예요. 고지식한 어른인데도 제 혼담이 있을 때마다 거짓말은 또 어찌나 잘 시키시는지 민망해서 죽겠다니까요. 당신이 제대할 때의 계급을 올려서 말하지 않나, 지방관청의 과장을 지내다가 당신이 저지르지도 않은 사건에 연루되어 책임지고 물러났는데도 국장까지 지내다 사임한 것처럼 속이질 않나, 지금 하시는 전파사도 세낸 건데도 마치 그 빌딩 전체의 주인인데 가게터 하나쯤 자영하는 것처럼 구시질 않나, 다 저를 위해서 그러시거니 하면서도 낯이 뜨거워질 때가 많아요. 제가 맏딸이거든요. 할머니도 계세요. 유난히 귀여움을 많이 받았어요. 제 밑으론 또 딸이고 그 밑으로 남동생이 둘인데 남동생이 처음 태어났을 때도 저보다는 덜 귀염받았지요. 국민학교 6학년 땐 할머니가 줄창 더운 점심을 해서 학교로 날라다 주셨다면 말 다했죠."

인재가 하품을 했다.

"빌어먹을."

인재는 하품이 미진한지 되새김질하는 소처럼 입을 우물대며 가당치도 않은 쌍소리로 투덜댔다.

"네?"

"아니. 암것도 아녜요. 우리 과의 꼴사나운 녀석이 생각나서."

인재는 권태로움이 지나 차라리 심란한 낯색으로 말했다.

오목이도 여태 한 말이 그의 환심을 사지 못했다는 걸 알아차렸다. 세상 여자들은 어떻게 남자들의 환심을 사는 걸까? 마치 그 방법을 자기 혼자만 모르고 있는 것처럼 지독한 소외감을 느꼈다.

그녀는 혀를 날름대며 마른 입술을 축였다. 단 한마디라도 좋으니 참말을 하고 싶은 갈망과 거짓말이 무진장 흘러나올 것 같은 예감 때문에 그녀는 어쩔 줄을 몰랐다.

"할머니는 신경통이셨어요. 지금도지만은, 할머니가 함지박을 인 식모애를 앞세우고 다리를 쩔룩대며 비탈길을 느릿느릿 올라오시던 광경이 지금도 눈에 선해요. 우리 학교는 언덕 위에 있었거든요. 들창으로 우리 할머니 모습만 보이면 벌써 책을 덮는 아이도 있었어요. 곧 점심시간 종을 칠 테니까요. 우리 할머닌 시계처럼 정확했죠. 선생님도 군침을 삼키셨구요. 6학년 내내 할머니는 제 점심과 함께 선생님 점심까지 해 나르셨으니까요. 우리 반에서뿐 아니라 학교 전체에서도 할머니의 정성과 극성은 소문이 자자했어요. 선생님들 간에도 제 담임 선생님은 부러움의 대상이 됐구요. 식모가 함지박을 내려놓으면 할머니는 혹시 국 한 방울이라도 엎지르지 않았나 조사를 해보시고 선생님 책상에 한 상, 제 책상에 한 상 차려놓고 다 먹을 때 기다렸다가 빈 그릇을 챙겨가지고 가시는 거였어요. 보통 도시락이 아니라 국, 불고기, 나물, 김치를 갖춘 상차림이어서 전 그저 친구들 보기 창피하기만 했는데 지금 생각해보면 날마다 그게 이만저만한 정성이었겠어요?"

그녀가 고아원에서 다닌 국민학교에 그런 애가 있긴 있었다. 가슴을 앓는 허약한 소년이었는데 요양 삼아 시골 외갓집에 와 있으면서 학교에 다녔다. 점심시간마다 선생님과 외손자의 점심을 새로 지어 나르는 그 애 외할머니의 정성은 그런 유별난 학부형이 없는 시골 국민학교에선 유명한 명물이었다.

벌써 오래 전 일이었다. 왜 그 할머니가 지금 떠올랐는지 알 수 없었다. 더군다나 별로 친하지도 관심 있지도 않았던 그 허약한 소년과 자신을 동일시하는 어처구니없는 망발이 왜 일어났는지 알 수 없었다.

"그만 회사에 들어가 봐야겠어요."

인재가 시계를 보며 말했다.

"벌써요?"

오목이는 아직도 무진장 할 말이 남아 있는 것 같아서 안타깝게 물었다. 인재의 눈에 노골적으로 혐오하는 빛이 스쳤다.

"또 만나요. 선물 고맙고 점심 잘 먹었어요."

인재가 뿌리치듯이 서둘러서 가버리자 오목이는 새삼스럽게 자신이 둘러댄 엄청난 부피의 거짓말에 놀랐다. 왜 그랬을까?

참말이 무서웠기 때문이다. 그녀가 거짓말투성이 속에 꼭꼭 숨겨놓은 참말은 인재를 좋아한다는 한마디였다. 누굴 그렇게 좋아해보긴 처음이었다. 오목이는 그 참말이 무서웠다.

인재를 좋아하는 마음은 오목이가 생전 처음 가져보는 거짓 없이 참된 거였고, 혈육을 찾아야 한다는 오랜 집념 대신 처음으로 그녀 마음을 속속들이 사로잡은 것이었다.

만약 그녀가 인재를 좋아하는 것만큼의 인재의 마음을 얻을 수만 있다면 가족 같은 거 생전 못 찾아도 그만이었다. 인재의 애인이나 아내가 될 수만 있다면 대갓집의 귀염받는 딸 노릇 못 해봐도 그만이었다.

오목이가 가족을 찾으려는 집념에는 가족이 그녀를 일부러 버렸을지도 모른다는 어두운 의심이 포함돼 있었다. 고아원 아이치고 자기가 고아된 까닭이 미아라고 생각하는 아이는 아무도 없었다. 일부러 버려져서 고아가 됐다는 걸 알고 있기 때문에 가족을 그리워하는 마음 대신 원망하고 저주하는 마음을 가지고 있었다.

그러나 오목이는 달랐다. 그녀는 고아원에서 잔뼈가 굵었으면서도 스스로 늘 보통 고아들과 구별하려 들었다. 전생의 기억인지 이승의 기억인지 또는 어릴 적부터의 공상인지 그것조차 모호한 두 개의 영상을 그녀는 일찍부터 가지고 있었다. 그 두 개의 영상은 전혀 상반되는 거였고 마치 추상화처럼 건져낼 만한 구체적인 형태는 하나도 없는 거였다. 하나는 따뜻하고 화목한 색채, 아니 느낌 같은 거였고 다른 하나는 까닭 모를 아비규환과 혼돈과 섬뜩한 고립감이었다. 올드미스라고 부를 만한 이 나이까지도 그녀는 때때로 그런 느낌을 악몽 속에서 생생하게 체험하곤 했다.

그녀는 자신의 기억력이 거슬러 올라갈 수 있는 맨 마지막 한계에 있는 이 두 가지 영상으로 자신의 출생을 아름답게 꾸미길 좋아했다. 나는 부유하고 화목한 가정의 사랑받는 딸이었다가 전쟁의 와중에서 가족과 헤어지게 됐다. 나는 결코 딴 고아들처럼 부모가 원치 않은 아이, 부모의 손으로 버려진 아이가 아니다.

이렇게 스스로를 고아로부터 구원하려 들었다. 그러나 그녀가 스스로 꾸며낸 이런 출생의 설화를 전적으로 믿을 수만 있어도 그녀의 가족찾기 집념이 그렇게 오래가진 못했을 것이다. 혹시 자기도 보통 고아들처럼 버려진 아이였을지도 모른다는 생각을 전혀 안 했다면 거짓말이었다.

그런 의혹은 어쩔 수가 없었고, 어쩔 수 없는 의혹을 푸는 방법은 하나밖에 없었다. 그래서 그녀는 가족찾기의 집념을 버리지 못했다. 그만큼 자신의 생명이 시작부터 구박받고 종관에는 버려졌다고 생각하는 건 끔찍한 일이었다.

그러나 인재를 좋아하고부터는 그런 건 아무래도 좋았다. 부모가 태어남을 축복했든 구박했든 간에 상관없이 이 세상은 태어날 만한 고장이었고 인생은 살아볼 만한 것이었고, 청춘은 아름답고 기쁨에 충만해 있었다.

부모가 설사 태어남을 말살하려 한 생명이었을지라도 태어나길 참 잘했다고 살아 있음을 감사하고 찬탄하지 말란 법 없었다. 그녀는 생각나지도 않는 부모에게 끈질기게 속하려 들었던 자신을 풀어 싱싱한 해방감을 맛보았다.

인재를 알고부터 오목이는 하루하루가 즐거웠다. 궂은일도 낙이었고 사람 사는 모습은 정겨웠고, 눈에 띄는 사물은 온통 아름다웠다. 설사 그녀의 부모가 낳자마자 그녀를 버렸대도 부모에게 감사할 수 있을 것 같았다. 태어났다는 것만도 크나큰 은총이었다. 태어나지 않았으면 어떻게 그런 신기한 기쁨을 맛볼 수가 있었을까.

그러면서도 인재를 좋아하는 마음이 무서웠다. 만약 인재를 향한 그런 마음이 허탕을 쳤을 때 온 세상은 순식간에 돌변해서 얼마나 깜깜한 지옥이 될 것인가. 상상만으로도 그런 고통을 견딜 수 있을 것 같지 않았다.

그래서 인재를 좋아하는 마음의 거짓 없음이 소중하면서도 차라리 무서웠다. 너무나 소중해서 그렇게 너절한 거짓말로 덕지덕지 쌌는지도 모른다.

비단은 비단 보자기에, 누더기는 무명 보자기에 싼다고만 생각지 말라. 사람은 때로는 가장 아끼는 보석을 보석함보다는 누더기나 북더기 속에 숨겨두는 게 더 안전하다고 믿을 수도 있다. 그렇다고 해서 누더기가 보물의 값어치를 변질시키거나 떨어뜨리진 못한다.

오목이는 인재와 헤어져 집까지 오는 사이에 몇 번이나 천국과 지옥을 오락가락했다. 그녀는 이미 인재를 좋아하는 마음만으로는 기쁨을 얻을 수 없었다. 같은 마음으로 보답받기를 꿈꾸고 있었다.

그런 욕심이 생기자마자 그녀는 그런 거짓말을 술술 잘도 꾸며댄 것이다. 전혀 계획된 바 없이 저질러진 거짓말에 그녀는 뒤늦게 아연했고 심한 부끄러움을 느꼈다. 만약 그게 탄로가 나면 인재가 자기를 얼마나 경멸할까? 아무리 그의 환심을 사기에 급급했기로서니 그런 치사한 실수를 하다니 잘 나가다가 순식간에 엉망진창을 만들어놓고 말다니. 더 늦기 전에 만회해야 한다.

오목이는 허둥지둥 가던 길을 되돌아와 인재네 회사가 있는 20층 빌딩 앞에 섰다. 발붙일 만한 곳이라곤 뾰루지만 한 흠집 하나 없이 오로지 매끄럽고 예리하게 직립한 건물을 우러르자 일껏 다진 결심이 맥없이 무너지고 말았다. 말을 마치고 나서 자취도 없이 꺼질 수 있는 거라면 모를까 그렇지 못하고는 도저히 아까 한 말이 모두 거짓말이었단 고백은 못할 것 같았다.

그녀는 황급히 20층 빌딩 앞을 떠났다.

그녀가 얹혀사는 미순이네는 여전히 대문에서 삐걱 소리가 나는 한옥이었다. 그러나 곧 강 건너에 신축한 양옥으로 이사를 가게 돼 있었다. 그건 이 집 식구 모두의 오랜 소망이었음에도 불구하고 오목이만은 섭섭했다.

삐걱 하는 대문 소리와 사람을 보듬어 안아 들일 듯한 한옥의 구조는 처음부터 오목이에게 뭔가 옛일을 불러일으킬 듯한 예감을 주었다. 그녀의 기억에 의하면 그런 것들은 초면이었지만 기억과는 다른 어떤 짚임에 의하면 그건 구면이었다.

미순이네 식구들은 오목이에게 다 잘해주고 오목이 역시 그 집에서 꼭 필요한 존재가 되고자 손발이 다 닳도록 노력해서 모르는 사람은 오목이가 그 집의 생판 남이라는 걸 짐작도 못 할 만큼 잘 지냈다.

그러나 오목이가 마음속으로부터 그 집 식구에게 정이 들었던 건 아니다. 입적까지 시켜주면서 한 식구처럼 대해준 그 집 식구에 비해 오목이의 속마음은 냉담했다. 그녀가 정든 건 식구들이 아니라 그 집이었다.

그 집이 처음부터 구면인 것 같은 느낌, 오랜만에 귀향한 것 같은 푸근함과 편안함이 남의 식구와의 화합을 도왔을 뿐이었다.

오목이는 일부러 대문을 천천히 활짝 열면서 그 삐이걱 소리가 길고 은은하게 그녀의 귀청을 울리고 마음까지 스미게 했다. 아주 옛날, 어릴 적보다 더 옛날부터 들어온 것 같은 그립고 안온한 느낌은 도대체 어디서부터 오는 걸까?

"넌 어딜 그렇게 맨날 쏘다니냐?"

미순이 어머니의 눈매가 곱지 않았다.

"제가 언제 맨날 쏘다녔어요?"

"조년이 번번이 말대답이야. 어서 안방에 들어가 봐. 할머니가 아까부터 기다리고 계시니까."

안방으로 오목이가 들어가고 난 후에도 어머니는 그쪽에다 눈을 흘겼다. 서로 이렇게 사이가 나빠진 건 오목이를 입적시키고 난 최근의 일이었다. 미순이네 부모는 천애의 고아를 거두어 한 식구 삼은 것만도 크나큰 은덕인데 게다가 입적까지 시켜준다는 건 본인이 감지덕지해야 할 것은 물론 온 세상의 칭송은 차치하고라도 본인이 도무지 감사할 줄 모르는 데는 화가 안 날 수가 없었다. 감사는커녕 그런 제안을 처음부터 쉰 떡 받아놓듯이 시큰둥하니 받아만 놓고 쓰다 달다 말 한마디가 없었다.

주객이 뒤바뀌어도 분수가 있지, 아니꼽기 짝이 없는 걸 꾹 참고 그녀의 철없음을 나무라기도 하고 달래기도 한 끝에 오목이란 이름은 그대로 놔두기로 하고 겨우 입적의 승낙을 받은 것은 그들의 인품이 남달리 후해서라기보다는 그들이 아쉬웠기 때문이다. 그들의 아쉰 사정은 더욱 오목이의 마음을 토라지게 했다.

"어딜 갔다 이제야 오는 게야? 온다 간단 말도 없이 나가가지고."

할머니가 부드럽게 물었다. 오목이는 그 집 식구 중에서 할머니를 제일 좋아했더랬는데 요샌 그렇지도 않았다. 식구들이 그녀가 할머니 말을 잘 듣는다는 걸 이용하려는 낌새가 보였기 때문이다.

"극장 구경요."

"가게 박 군하고 둘이서 제발 극장 구경 좀 갑쇼갑쇼 멍석 펴놓고 빌 땐 생전 극장 근처도 안 갈 듯이 도랑일 떨다가 혼자서 무슨 청승일꼬. 더군다나 가게 점심 내갈 시간에……."

"가게 점심 내가기 싫어서 일부러 피해 나간걸요."

"조 말버릇 좀 보게. 왜 싫어. 점심시간만 눈이 빠지게 기다리는 사람 생각도 좀 해줘야지. 애교도 한두 번이지 거듭되면 눈 밖에 나."

"나면 나라죠. 누가 겁날까 봐요."

"글쎄 그런 게 아냐. 계집이 시집가기 전부터 사내 눈 밖에 나서 이로울 게 뭐가 있다구. 박 군이야 안 그렇겠지만 장가들기 전에 당한 수모 꽁하고 싸두었다가 제 계집 된 후에 행패 부리는 사내도 없지 않아 있는 법이니까."

"글쎄 전 박 군한테 시집 안 간다니까요."

오목이가 발끈했다. 박 군도 미순이 아버지가 경영하는 전파사의 점원이었다. 꽤 큰 전파사의 셋이나 되는 점원 중의 제일 고참이요 우두머리였고, 기술적인 건 물론 경리일까지 맡고 있을 만큼 신임이 두터웠고 또 그만큼 정직하고 부지런했다.

생긴 것도 번듯하고 건강하고 오목이처럼 천애의 고아는 아니라도 혈혈단신 외로운 몸이라 했다. 아들을 늦게 둔 미순이 아버지가 기둥처럼 의지하는 건 당연했다.

그런 박 군이니 할머니나 어머니까지 박 군아, 박 군아 하면서 아끼는 건 당연했고, 아이들도 박 군 오빠, 박 군 형님 하면서 따라서 한집안 식구 같았다. 그런 박 군이 점심때마다 집에서 가게까지 더운점심을 해서 나르는 오목이가 마음에 있어 더욱 열심히 일하면서 주인을 통해 끈질기게 구혼하고 있었다.

식구들 보기에 천생연분으로 보인 건 물론이고, 오목이 처지로는 과람한 혼처인지도 몰랐다. 아버지는 오목이를 입적까지 시켜주면서 그 혼담을 적극적으로 서둘렀고, 할머니나 어머니도 오목이가 그 혼담을 감지덕지하지 않는 걸, 처녀가 공식적으로 타는 부끄럼 이상으로 봐주지 않았다.

그러나 오목이는 박 군한테 시집갈 마음이 없었다. 그건 그녀가 인재를 만났기 때문만은 아니었다. 그 전에도 마찬가지였다.

박 군이 싫은 것보다도 근거 모르는 고아를 입적까지 시켜주면서 그 혼인을 추진시키려는 사람들의 저의가 더 싫었다.

안에서 부리던 여자와 밖에서 부리던 남자를 혼인시켜 그들보다 한 등급 낮은, 그들 가족에게 종속된 하인 가족을 만들어서 아쉬울 때 적절하게 써먹자는 속셈을 누가 모를 줄 알구.

오목이의 내부엔 그녀를 친딸처럼 보살펴준 사람들의 호의를 감사하고 보답하려는 마음 대신에 이런 꼬부장한 갈고리가 있었다.

그녀는 그런 갈고리를 자존심이라고 생각했고, 스스로의 자존심을 사랑했다. 그녀의 자존심의 꿈은 그녀에게 처음으로 가정의 편안함을 누리게 한 사람들에 대한 보답이 아니라 배신이었다.

박 군과 결혼해서 아무리 잘살아도 미순이네와의 주종 관계를 면할 수는 없으리라. 오목이는 그게 싫었다. 그는 미순이네하고도 대등한 집을 이룩하고 싶었다. 그건 입적시켜준 은공을 배신하지 않고는 이룩될 수 없는 소망이었다.

"언니 도대체 왜 그래?"

잠자리에 들자마자 이불을 쓰고 돌아눕는 오목이한테 미순이가 따질 듯이 대들었다. 미순이도 이제 성숙한 고등학생이었다. 오목이의 혼담에 관심이 많았고 오목이가 달가워하지 않는 걸 아니꼽게 여기고 있었다.

"뭘?"

"박 군 오빠가 어디가 어때서 싫다는 거야? 아빠가 요새 그만한 젊은이 없다고 늘 칭찬하셨잖아. 얼마나 놓치기가 아까웠으면 언니를 입적까지 시켜가면서 두 사람을 맺어 우리 식구 삼으려 드셨겠어?"

오목이가 이불을 제치고 발작적으로 악을 썼다.

"제발 입적 입적 생색내지 마. 내 성은 어떡하구? 난 최가가 아니란 말야."

오목이는 다시 이불을 쓰고 잃어버린 성이 아까워서 흐느꼈다.

"난 자기가 이렇게 추근추근한 사람인 줄 몰랐어."

천신만고 끝에 만난 수지의 첫마디였다. 야비한 욕설 아니면 지엄한 경고나 듣기 일쑤인 전화통에 매달려봤고, 첫사랑에 눈뜬 10대 소년처럼 수지네 집 근처를 배회도 해보았고, 중간에서 다리를 좀 놔달라고 수지의 친한 친구를 만나 애걸도 해보았다.

인재가 이렇게 수지와 그를 가로막고 있는 보이지 않는 장벽을 뚫기 위해 온갖 수모와 박해를 무릅쓴 것은 수지 역시 그 못지않게 그가 보고 싶어 애타고 있으리란 믿음 때문이었다. 도대체 어떤 음모가 수지를 에워싸고 수지를 윽박지르고 있을까. 구해내야지 구해내야지.

낮 동안 회사 일은 통 손에 잡히지 않은 채 오로지 수지를 구해낼 생각으로 이야기 속의 기사처럼 씩씩하고 정의롭던 그도 수지네 집 근처까지 달려오는 사이에 무력한 겁쟁이가 되고 말았다.

수지하고는 그렇게 오래 사귀고 약속한 바 없이도 장래를 믿게 된 사이건만 한 번도 정식으로 초대된 적이 없는 집이 저만큼 바라보이기만 해도 인재는 그 동네가 온통 이방의 도시처럼 낯설고 서먹서먹했다.

한 번도 초대된 적이 없고, 따라서 가족들과 정식으로 인사한 적도 없다는 사실이 그들의 사랑에 결정적인 흠이 될 줄은 미처 몰랐었다. 흠이 될 뿐 아니라 이젠 숫제 그들의 사랑을 송두리째 무화시키려 들고 있었다.

불량소년처럼 비참하고 험악한 마음으로 우러른 수지네 집은 아름답고 견고하고 배타적이었다. 쇠꼬챙이가 안팎으로 날을 세운 담장 안엔 수목이 울창하고 그 너머에 우뚝 선 양옥은 시골 이발소에 걸린 액자 속의 집처럼 영원히 이국적이었고, 창마다 레이스 커튼이 늘어져 있고 불이 밝았다.

속속들이 시골뜨기인 인재는 그 속에선 사람들이 도대체 어떤 모습으로 사는지 짐작도 할 수 없었다. 아침저녁 외국산 분홍색 대리석 바닥으로 유연하게 미끄러져 드나들고 고속 엘리베이터로 20층을 오르내리는 최첨단의 직장에 아무리 익숙해졌다 해도 그걸 모르는 한 그는 이 도시에서 시골뜨기 신세를 면할 수 없었다.

수지가 저기서 살고 있기나 할까? 저 속에 있고서야 이렇게 얼씬도 안 할 수가 없지. 아마 어디로 납치라도 당했을 거야. 입에 재갈을 물리고 질질 끌려서.

인재가 저만큼 수지네를 노려보면서 할 수 있는 생각은 고작 그 정도였다. 그러면서 핏발 선 눈을 부릅뜨고 미친개처럼 으르렁댔다. 그건 실로 지옥의 고통이었다. 인재가 만일 조금이라도 체면이라는 걸 생각했다면 방구석에서 이불 뒤집어쓰고나 할 짓이지 노상에서 할 것이 못 됐다.

지성이면 감천이라고 그러다가 만난 수지의 첫마디가 겨우 추근추근하다는 차디찬 경멸이었다. 그러나 인재는 아무 일 없는 수지를 만난 것만 반가워서 어쩔 줄을 몰랐다. 그동안의 노심초사는 악몽처럼 털어내고 싶었다.

"뭐라구?"

그 정도의 반문도 수지를 반강제로 근처의 다방까지 끌고 가고 나서야 할 수 있었다.

"제발 추근추근하게 굴지 좀 마. 제발."

"내가 추근추근하다구?"

"그래 내 말이 뭐가 잘못됐어?"

수지가 인재를 치한 바라보듯 노려보았다.

인재는 그제서야 가슴이 철렁 내려앉았다. 그동안의 수지를 보고 싶은 일편단심과 그가 이해할 수 없는 곤경에서 그녀를 구해주고 싶은 용맹심이 한낱 치한 취급이었다. 딴 사람도 아닌 수지로부터.

예감 중 배신의 예감처럼 섬뜩한 게 또 있을까? 인재는 그가 앞으로 견디어야 할 배신의 고통에다 대면 지금까지의 굴욕과 외로움은 아무것도 아닐 것 같은 예감에 소스라쳤다.

인재가 그걸 바랐기 때문인지 수지는 그동안 약간 수척해진 듯도 했지만 더 예뻐지고 더 거만해져 있었다.

"고작 그 소리밖에 할 게 없니? 그동안 내가 널 얼마나 찾아 헤맸다고!"

"그건 나도 알아."

"알면서 어떻게 그런 소리를 하니?"

인재가 눈물이라도 흘릴 것처럼 비굴하게 말했다.

"자긴 너무 뭘 몰라."

수지의 태도가 조금씩 누그러지면서 말씨도 한결 부드러워졌다. 그러나 그녀의 눈빛을 통해 읽을 수 있는 건 아직도 사랑이 아니라 연민이었다.

"그래 난 아무것도 몰라. 도대체 느네 집 집구석에서 일어나는 일을 내가 무슨 수로 아니? 그래서 더더욱 미친개처럼 쏘다닌 거야. 네가 그걸 좀 가르쳐주면 안 되니. 너까지 날 따돌리고 그 괴물단지들 편이 돼야 옳으냐 말야?"

"아직도 가르쳐줄 단계가 아냐. 나도 괴로와."

그녀의 괴로워하는 표정은 너무도 빤하게 가식적이었다. 인재는 자기가 괴로워한 수많은 날들을 생각하고 따귀라도 한 대 때리고 싶은 충동을 가까스로 억제했다.

"알았다. 이제야 알았다. 너 선봤다는 거 정말이구나?"

"왜 난 선 좀 보면 안 되나?"

"묻는 말에나 대답하라니까."

"날 죄인 다루듯 닦달질하지 마. 나 자기한테 죄진 거 없어."

"그럼 선 안 봤단 애기니?"

"좋아하지 마. 졸업식 날 선봤어. 식구들이 날 과년하다고 생각하는 건 당연해. 그렇지만 내 뜻은 아니었어."

"어떤 놈이야?"

"왜 대뜸 놈자를 놔? 별꼴이야."

"그놈하고 그동안 쏘다니느라 날 따돌렸다 이거지?"

"여봐. 그렇게 무작정 감정적으로만 나오면 곤란해. 자기도 자존심을 좀 가져."

"나더러 자존심을 가지라구? 맙소사 자존심이 어떻게 생긴 건지 모르지만 밸을 빼놓고 대신 얻어갖는 게 자존심이라든?"

인재는 흥분할수록 수지의 표정은 침착하고 단아하게 굳어졌다.

"자긴 한 번이라도 내 나이가 몇인지 헤아려본 적 있어?"

"우리의 사귐이 얼마나 오래되었나를 되새겨보는 뜻으로 그런 적도 있지."

"부모님이 계셨으면 아마 더 여러 번 선을 봤을 거야. 안 계셔서 아직 한 번이지."

"그렇지만 내가 있는데 어떻게 선을 볼 수가 있니?"

"흥, 자기가 뭔데? 나하고 약혼이라도 했어? 우린 구체적으로 장래를 의논한 적조차 없었잖아."

수지가 말끄러미 인재를 바라보며 말했다. 열기 없는 황량한 눈빛이었다.

"그러니까 그게 섭섭했다 이거지. 그래서 여봐란 듯이……."

인재가 더듬거렸다.

"너무 자기 편한 대로만 해석하지 마. 나 자기한테 장난치려고 선볼 만큼 철부지 아냐. 자기를 의식하지도 않았어."

"난 우리 사이에 약혼이라는 형식이나 간사스러운 맹세 따위가 필요하다고 생각치 않았어. 사랑하고 있다는 걸 너무 믿은 것도 잘못이 되나?"

"사랑만으로 뭘 할 수 있나 생각해본 적 있어?"

"그래. 약혼을 안 한 건 내 불찰이었어. 잘못을 인정하겠어."

"할 형편은 됐구?"

"내 형편 속이고 사귄 사이도 아닌데 지금 와서 아픈 데를 그렇게 찌를 건 뭐니?"

"그럼 지나간 잘못은 접어두고 앞으로 뭘 어떻게 할 수 있나 말해봐."

수지는 편협한 선생님이 미워하는 낙제생 다루듯이 비정하게 추궁했다.

"지금 당장 결혼할 수도 있어. 그까짓 약혼이 문제야?"

인재는 소년처럼 덮어놓고 씩씩하게 대답했다.

"결혼하면?"

"마땅히 같이 살아야지. 그동안 나를 함부로 얕잡고 구박한 느네 식구들한테서 너를 당장 빼낼 거야. 내 소원은 네가 지금이라도 그 집 식구들을 떠나 나를 따르는 거야. 너 하나쯤은 내가 먹여 살릴 수 있어."

"장하군."

수지가 파르르 입술을 떨었다.

"왜 그래? 내가 뭘 잘못했기에……."

"사람 너무 비참하게 만들지 마. 나 굶어 죽을까 봐 결혼하려는 거 아니니까."

"우리 사이에 그 정도의 실수를 꼭 그렇게 꼬집어야 하겠어?"

오랜만에 수지를 만난 기쁨으로 눈치 없이 부풀었던 마음이 위축되면서 인재는 별수 없이 그동안 피해다니던 생각과 맞부딪쳤다. 그건 그가 이 도시에서 거둔 성공이란 걸 환상 없이 직시해야 한다는 생각이었다. 시골뜨기가 서울 와서 천신만고 끝에 거둔 성공은 실은 이 도시의 수없는 미로 끝의 수없는 막다른 골목의 하나에 지나지 않았다. 더 뛸 필요도 그 이상의 가능성도 없는 아늑하고 절망적인 무풍지대였다.

"그건 실수가 아니라 자기의 정확한 주제 파악일 뿐이야."

수지가 석고처럼 차갑게 말했다. 인재는 그녀의 정확성에 소름이 끼쳤다.

"네가 이렇게 변할 줄은 몰랐어."

"변한 게 아냐. 뭘 좀 볼 수 있게 된 것뿐이야."

"네가 볼 수 있게 된 걸 나한테도 좀 보여주렴."

"그래, 우리가 밥은 안 굶는다고 쳐. 그 밥 안 굶는 대단한 신혼을 어디서부터 시작하지? 자기 하숙방?"

수지의 유리구슬처럼 정감 없는 눈동자가 인재를 빤히 쳐다보며 물었다.

"다, 당장은 그럴 수밖에 없을지 몰라도 차차 나아지게 돼. 다들 그렇게 해서 집도 장만하고 살림도 장만하면서 사는 거 아니니?"

인재가 자신 없이 더듬거렸다.

"나, 그동안 생각 많이 했어. 자기 생각도 했지만 아마 나에 대해 더 많이 했을 거야. 조금쯤은 나를 볼 수가 있었던 것 같아."

만난 후 처음으로 수지의 말씨가 고분고분하고 정다워졌다. 인재는 도리어 그게 불길하게 느껴졌다.

"볼 수 있게 됐단 소리 좀 안 할 수 없어? 사랑이 식었단 소리같이 들려서 싫어."

"그럴지도 모르지. 사랑은 맹목이란 소리가 맞는다면."

수지가 쓸쓸하게 말했다. 인재 역시 불길한 예감을 피하기만 해선 안 될 것 같았다.

"그동안 너에게 일어난 변화를 솔직하게 얘기해줄 수 있겠어? 나도 그걸 알 권리가 있다고 생각해."

"선을 본 건 사실이야. 그렇다고 아직 그쪽을 택한 건 아냐. 그동안 자기도 안 만났지만 그쪽도 자주 만나진 않았어. 난 자기도 그쪽도 둘 다 적당한 거리로 떼어놓고 냉정히 객관적으로 바라보고 싶었을 뿐이야. 자기하곤 너무 친해서 맹목이었고 그쪽은 너무 역성 드는 사람이 많아서 바로 볼 수가 없었으니까."

"역성드는 사람이 많다니?"

"신경쓸 거 없어. 중매란 다 그런 거야. 그런 신랑 흔치 않다고 너도나도 한마디씩 거드니까. 하긴 조건으로 따지자면 온 세상이 다 그쪽 편이지 자기 편 들 사람 없어."

"그러니까 넌 두 개의 혼처를 놓고 저울질을 했다 이거지?"

"왜 그게 뭐가 잘못됐어? 어차피 두 개 이상 있는 것 중에서 하나를 골라잡아야 할 때 비교는 불가피한 거 아냐?"

"어떻게 그럴 수가……. 몇 년 동안을 한결같이 사랑한 애인과 엊그저께 중매로 만난 놈팽이를 어떻게 한 저울에 달 수가……."

인재의 개탄을 수지가 딱한 듯 비웃었다.

"사랑을 했으니까 같은 자격으로 저울질이라도 당하는 거야. 그렇지 않았으면 어림도 없었을걸. 그만큼 그쪽은 누가 보기에도 유리한 조건을 갖추고 있다는 걸 알아야 해."

"넌 아까부터 너 자신은 쑥 빠지고 왜 세상 사람들을 이 일에 끌어들이니? 결혼은 개인적인 일이야. 우리 둘이 좋으면 되는 거야."

"연애라면 모를까 결혼은 그렇지도 않아. 객관적인 평가를 무시하고 행복한 결혼 그닥 없어. 객관적인 평가란 뭐겠어? 세상 사람들 공통의 안목 같은 거 아닐까?"

수지가 약 올리듯이 흥분하지 않고 조목조목 들이댔다.

"이렇게 끝장날 줄 왜 몰랐을까?"

인재가 일루의 희망마저 포기하고 비통하게 중얼거렸다. 너무 처참하게 짓밟혔다는 생각이 되레 그를 침착하게 했다.

"그럼 자기는 우리가 이걸로 끝났다고 생각하는 거야?"

수지의 유리알처럼 말똥말똥한 눈에 비로소 감정이 그렁그렁해지면서 중얼거렸다.

"끝나지 않았음 네 발밑에 엎드려 애걸이라도 하랴?"

"비꼬지 말아. 자긴 내가 그동안 얼마나 괴로와했나 한 번쯤 헤아려보려고도 안 했어. 생각해봐, 자긴 나 만나고 나서 불과 한 시간도 안되는 사이에 우리 사이에 있었던 걸 후딱 청산해버렸어. 것도 모르고 난 여지껏 허구한 날 피가 마르게 괴로와했단 말야."

이제 그녀의 눈에 그렁이는 건 감정뿐 아니라 눈물이었다. 그녀는 좀 전까지도 놓쳐버려도 아까울 거 없다고 한껏 늦추었던 걸 새삼스럽게 끌어당기고 있었다. 그녀 자신도 예기치 못한 변덕이었다.

절망으로 의젓해졌던 인재가 일루의 희망으로 다시 비굴해졌다.

"어떡허면 되니? 응. 내가 어떡허면 네 괴로움을 덜고 우리가 옛날같이 되겠니?"

인재는 수지의 눈물이 안쓰러워 가슴이 탔다. 이목이 번다한 다방 속만 아니라면 그녀의 눈물을 혀로 닦아주고 싶었다. 그는 애인의 눈물의 오묘한 맛을 이미 알고 있었다.

수지는 수지대로 그녀의 내부에서 느닷없이 발동한 변덕을 즐기고 있었다. 그건 변덕이 아니라 한 가닥의 미련인지도 몰랐고, 어쩌면 그녀도 모르게 숨어 있던 요기인지도 몰랐다.

"나에게 용기를 주어. 난 지금 무너지기 직전이란 말야. 자기마저 날 버리면 난 끝장이야. 될 대로 되고 말 거야."

"그러지 마. 어떡허면 되니? 하라는 대로 할게. 같이 도망을 칠까?"

"우리가 무슨 죄졌어? 도망을 치게."

"그래 우린 아무 잘못도 없어. 알았어. 내가 느이 오빠를 만나보고 당당히 구혼을 할게. 그러면 됐지?"

인재가 갑자기 밝은 얼굴로 칭찬받고 싶은 아이처럼 가슴을 폈다.

"그 문제는 그렇게 단순하지 않아."

"단순하고 복잡하곤 나중 문제고 난 어떡허든 느이 집에 내 존재를 나타내고 싶어."

"그건 그렇게 급하지 않아. 요새 가뜩이나 오빠하고 안 좋은 사인데 자기가 나타나봐. 크게 욕볼 거야."

"욕도 벌써 볼 만큼 봤어. 전화로 느이 오빠가 나한테 뭐랬는 줄 알아? 글쎄 외간남자래. 꼭 네가 어디로 시집가버리고 내가 간부가 된 느낌이 들더군. 그땐 참 비참했어."

"우리 오빤 좀 그래. 오빤 나한테 맡기고 자긴 어떤 일이 있든지 날 믿고만 있으면 돼. 내가 흔들릴 때 자기가 내 뒤에 있다고 생각할 수 있다는 것만도 큰 용기가 될 거야. 너무 쉽게 날 포기하지 마. 내가 얼마나 엄청난 유혹과 싸워야 된다는 걸 자기가 조금이라도 이해해준다면 설사 내가 배신을 한다고 해도 나를 미워할 수만은 없을걸."

"도대체 그 놈팽이가 어느 만큼 잘났고 돈이 얼마나 있게 너한테 그렇게 엄청난 유혹이 된다는 거니?"

인재는 그 놈팽이가 바로 눈앞에 있는 것처럼 주먹을 불끈 쥐고 몸을 떨었다. 그러나 그 뒤를 번개처럼 지나간 어떤 의문, 농락당하고 있을지도 모른단 생각 때문에 어느 틈에 그의 경계심은 보이지 않는 놈팡이보다는 수지 쪽을 향하고 있었다.

"그야, 그쪽이 가진 걸로 보나 사회적 지위로 보나 자기하곤 댈 게 아니게 월등한 건 사실이지만 내가 설마 그것만 가지고 그렇게 죽도록 괴로와했겠어? 오빤 글쎄 내가 자기 같은 빈털터리하고 결혼하면 나한테 주기로 한 재산까지 한 푼도 안 주겠다는 거야. 오빠가 재산 상속을 해서 다 오빠 명의로 돼 있지만 그중의 상당한 부동산이 나한테 떼어 주기로 돼 있었거든. 부모가 안 계시다는 내 약점을 오빠 재산으로 커버해주기로 진작부터 마음먹고 있었는데 빈털터리하고 결혼하면 부모 없는 게 약점될 게 뭐 있냐는 거야. 지지리 고생하는 꼴 봐주겠다고 악담까지 하니 내 마음이 어떻겠어?"

수지가 괴로워했다는 것의 윤곽이 드러날수록 인재의 마음은 자꾸만 안으로 오므라들고 있었다.

"나는……."

인재는 마음이 오므라드는 걸 상징이라도 하듯이 고개를 한껏 오므라뜨리면서 우울하게 말했다.

"나는 네 지참금을 노린 적 없어. 너한테 지참금이 딸렸다는 것도 몰랐어. 그러니까 그건 아무래도 좋아."

"그건 자기가 아직은 순진하니까 그런 거야."

"아직은이라니?"

인재의 목소리에도 짜증이 잔뜩 섞여 있었다. 그걸 이해하고도 남는다는 듯이 수지가 고개를 끄덕였다.

"기분 나빠하지 마. 자기 순진한 거 빼면 무슨 매력이 있다고……"

"제발 날 갖고 놀려고 그러지 마. 생각할수록 느이 족속들은 불쾌한 괴짜들이야."

"불쾌한 괴짜?"

"아니면? 돈 많은 데로 시집을 가면 돈을 더 얹어주고, 빈털터리한테로 가면 줄 것도 안 주겠다는 게 말이나 돼? 보통 사람의 상식으로는 그 반대여야 하는 거 아니니?"

"역시 지참금 얘기? 그게 세상 물정인 걸 어떡해? 왜 있잖아, 부잣집에서 무슨 일을 치른다면 부조금이 두둑하게 들어오고, 어려운 집 대사에는 부조금이 얄팍한 것과 같은 이치지 뭐. 그런 뻔한 세상 물정을 거역하기가 얼마나 어렵고 고독한 일이라는 걸 자긴 한 번이라도 생각해 본 적 있어?"

"글쎄……"

인재는 고개를 돌린 채 우울한 눈길로 수지를 지그시 노려봤다. 수지가 얼핏 그의 눈길을 피했다. 인재는 그녀가 세상 물정을 거역하는 게 어렵기만 한 게 아니라 전혀 불가능할 것이라고 생각했다.

"수지, 네가 진짜로 하고 싶은 말은 뭐니?"

인재는 흐릿한 소리로 묻고 얼굴을 찌푸렸다. 그는 부질없는 짓인 줄 번연히 알면서도 미련을 못 버리는 자신에게 화가 났다.

"자기 아직도 내가 뭘 숨기고 있다고 생각해?"

"아냐, 관두지."

"자기 화났어?"

"아니."

"자기, 날 이해해줘야 해."

"글쎄 관두라니까."

"자기 날 사랑해?"

"가봐. 시간이 너무 늦었어."

그가 먼저 일어나서 찻값을 치르는 뒤에서 그녀는 연방 종알거렸다.

"자기 화났나 봐. 자기 정말 화났나 봐."

"화 안 났다니까."

밖으로 나온 인재가 한껏 너그럽게 말했다.

"바래다줄래?"

수지가 인재의 팔짱을 끼며 말했다.

"여긴 느네 동넨데 뭘 그래."

"언제 집 못 찾아갈까 봐 바래다줬나."

"날 좀 내버려 두렴. 내 심정도 좀 이해해줘야지 않아?"

"자기 마음 변했나 봐."

"그게 바로 네가 바라던 바 아니니?"

인재가 수지의 팔을 풀어 저만치 떼어놓으며 말했다.

"어쩜."

등 뒤에서 수지가 파르르 입술을 떠는 소리가 들렸다. 그러나 인재는 돌아다보지 않았다. 도망치듯이 그 동네를 벗어난 후에야 목구멍에 가시처럼 걸린 말을 내뱉었다. 거짓말이다. 온통 거짓말이다.

수지로부터 멀리 벗어났다고 생각하고 나서야 되돌아봤다. 수지는 따라오지 않았다. 인재 혼자였다. 그는 잠시 우두커니 서 있었다.

졸업식 날 노모를 떠나보내고 서울역 광장에 우두커니 서 있던 생각이 났다. 그때의 참담한 마음엔 그래도 수지한테 위로받을 수 있다는 가망이라도 있었지만 지금은 그것마저 없었다.

'조강지처 삼을 지집은 그저 사람 됨됨이 먼첨 봐야제' 하면서 수지를 못마땅해하던 노모 생각이 났다. 노모의 주름에 뒤덮인 흐릿한 눈빛이 수지에게서 본 건 뭐였을까? 오늘날의 자기 꼴까지 그때 노모의 눈엔 함께 비쳤을지도 모른다고 생각을 하며 인재는 정처 없이 밤거리를 방황했다.

그 후 수지로부터는 감감소식이었고 인재 역시 수지네 집 불빛에 홀려 밤마다 그 근처를 서성이는 점잖지 못한 짓이 슬며시 없어지고 말았다.

차라리 안 만나느니만 못했다는 생각이나 문득문득 하는 게 고작이었다. 여자한테 함부로 농락당했다는 생각은 배신감보다 더 불쾌했다.

그렇더라도 수지한테 농락당한 분풀이를 하필 왜 오목이한테 했는지 아무리 생각해도 이해할 수가 없었다. 인재는 자신이 다른 사람보다 도덕적이라든가 양심적이라고 생각해본 적은 없더라도 그렇게까지 치사한 인간인 줄은 미처 몰랐었다.

그 일은 전혀 계획한 바 없이 우발적으로 저질러진 일이었다. 그렇다고 해서 책임을 안 져도 되는 걸까. 오목이가 너무 무방비상태였다는 것도 인재의 가책을 덜어주기보다는 더해주고 있었다.

사랑하는 마음이나 책임지려는 마음 없이 순전히 농락을 목적으로, 아니 나도 여자 하나쯤 농락 못 할 줄 알고, 하는 유치한 자기 과시욕과 순간적인 충동만으로 어떻게 그런 일을 저지를 수가 있었을까? 생각할수록 자신이 싫어졌고 앞으로 감당해야 할 일이 난감했다.

그 일은 수지하고 그렇게 되고 나서 며칠 안 있어서였다. 거의 하숙집 다 와서 오목이를 만난 게 잘못의 시작이었다. 퇴근 후 울적해서 소주를 한잔 걸치고 오는 길이라 꽤 늦은 시간이었다. 바로 하숙집 못미처 골목에서 만난 오목이는 모직 주름치마에 헐렁한 스웨터를 걸치고, 뒤축을 찌그린 구두를 질질 끌고 과일 봉투와 담배를 한 갑 들고 있었다. 한눈에 가벼운 심부름을 나왔다는 걸 알 수 있었다.

"한동넨 줄은 알았지만 이렇게 가까이 사는 줄은 몰랐네. 집이 어디야?"

집이 가깝다는 것과 오목이가 유난히 어려 보인다는 걸로 인재는 여태껏의 스스럼을 툭 털어버리고 단박 친숙하게 굴었다.

"조오기요."

오목이가 되레 경계하는 것처럼 서먹서먹하게 턱으로 가게들이 있는 큰길을 사이로 하고 인재의 하숙집과는 반대쪽이 되는 골목을 가리켰다.

"그래? 잘됐네. 이렇게 만난 김에 어른들께 인사 좀 시켜줄래?"

"안 돼요."

오목이가 의외로 강경하게 부르짖었다.

"안 돼? 그래 안 될 거야. 난 말야, 어른들이 싫어하는 별난 미운털이 박힌 놈이거든."

인재가 느닷없이 너털웃음을 터뜨렸다. 술김이 오목이 얼굴에 구정물처럼 튀었다.

"아녜요, 그런 게 아니라요."

오목이가 어쩔 줄을 몰랐다.

"변명 안 해도 돼요. 미스 최, 난 우리들이 서로 어떻게 사나쯤 보여줘도 상관없을 만큼 친한 사이라고 생각했었어요. 그게 너무 일방적이었나 보죠?"

인재가 담담하게 그러나 섭섭한 마음을 의식적으로 드러내면서 말했다.

"아녜요. 아녜요."

오목이가 무작정 도리질을 했다.

"뭐가 아녜요?"

"저도 우리가 친하다고 생각해요. 그리고 저도 인재 씨는 어떻게 사나 많이 궁금했어요."

오목이가 말을 마치고 발끝으로 땅바닥을 직직 긋는 발장난을 했다. 인재는 물끄러미 이 순진한 여자를 바라다봤다. 술기운과 늘적

지근한 욕망이 손끝만 까딱해도 굴러떨어질 듯한 쾌락을 차마 놓치고 싶지 않게 했다.

"그럼 됐네 뭐. 우리 집에 먼저 초대할게요."

"언제 그래 주시겠어요?"

"언제라니 지금 당장이지."

"안 돼요. 이대로 어떻게……."

"내 참, 오늘 저녁엔 되는 노릇이라곤 없군."

"화내지 말아요. 이 꼴로 집안 어른들을 뵐 순 없잖아요?"

오목이가 자기 옷차림을 살피면서 애걸하듯이 말했다.

"집안 어른? 아, 내가 그 얘길 안 했던가? 나 하숙하고 있어요. 그러니까 겁내지 말고 잠깐 들러서 차나 한잔하고 가요."

인재는 그녀가 따라와도 안 따라와도 그만이라는 듯이 뒤도 안 돌아보고 횡하니 앞장섰다. 그러나 오목이가 타박타박 따라오는 소리를 들으며 꼴깍 더운 침을 삼키고 있었다.

문을 열어준 주인 여자가 등 뒤에 서 있는 낯선 여자를 보자 뭐라고 한마디하려고 입을 벌룩댔다. 인재는 한 눈을 꿈쩍하고 집게손가락으로 쉬이 자기 입을 막아 보였다. 주인 여자는 재빨리 모든 것을 넘겨짚고 수다를 꾹 참고 턱만 주걱대며 비켜섰다. 오목이가 주인 여자에게 필요 이상으로 깊이 허리를 구부려 인사하고 인재를 따라 들어왔다.

인재는 방에 들어온 후 오목이를 데리고 온 것을 전혀 개의치 않고 행동했다. 옷을 바지까지 벗어 걸고 후줄근한 융파자마로 갈아

입더니 담배를 한 대 피워 물었다.

오목이는 앉도 서도 못하고 윗목 담벼락에 찰싹 붙어서서 숨을 죽이고 있었다.

"저녁은 어떡할까요?"

그 시간에 저녁밥을 준 적이 없는 주인 여자가 이러면서 방문 밖에서 얼씬거렸다.

"먹고 들어왔어요."

"그럼 차라도?"

"상관 마세요."

오목이가 괜히 놀라서 어쩔 줄 모르는 사이에 아직도 들고 있던 과일 봉지에서 사과가 하나 데굴데굴 굴러 떨어졌다. 새빨간 홍옥이었다. 인재는 그걸 집어서 무릎에 쏙쏙 문질러 윤을 내고는 버썩 한 입 베어물었다. 사과를 하나 다 먹는 동안도 그는 그의 속에서 그를 터뜨릴 듯이 아우성치는 걸 참아낼 수가 없었다. 그게 욕망인지 분노인지 그 자신도 분별할 수 없는 채 그는 거기 자신을 맡기기로 했다.

세상만사 될 대로밖에 더 될까? 그는 덜 먹은 사과를 내던지고 윗목에 선 오목이를 똑바로 쳐다보았다.

오목이는 담벼락으로 잦아들고 말 것처럼 더욱 뒤로 물러났다.

"이리 와."

인재가 차갑게 말하고 손을 내밀었다. 오목이가 아직도 들고 있던 과일 봉지와 담뱃갑을 놓쳤다. 예쁜 홍옥들이 방바닥에서 당구알처럼 흩어졌다.

"이리 오라니까."

오목이가 자석에 이끌리듯이 곧장 그 옆으로 다가왔다. 인재는 왈살스럽게 팔을 뻗어 그녀를 움켜잡고 방바닥에 메다꽂았다. 그녀는 떨면서 눈을 꼭 감았고 그는 더운 술 냄새로 그녀의 얼굴을 덮치면서 손으로 하나하나 두 몸 사이에서 거치적대는 걸 제거해갔다. 오목이는 조금도 저항하지 않았다.

너는 대역일 뿐이었어. 일을 끝낸 인재에게 제일 먼저 떠오른 생각은 고작 그런 거였다.

몸을 수습한 오목이가 방바닥을 기면서 사과를 주위 담았다. 너는 대역일 뿐이다라는 생각이 그녀에 대한 최소한의 따뜻한 말 한마디도 생각나지 않게 했다. 사과를 다 주위 담은 오목이가 돌아선 채 천천히 그를 돌아다봤다. 가면처럼 굳은 표정에 종잡을 수 없이 막연한 눈길이었다.

인재는 얼핏 외면하고 저만치 떨어져 있는 담뱃갑을 집어다가 그녀에게 던졌다. 그녀는 그것을 공중에서 받아 과일 봉지 위에 보태면서 고개를 떨구었다.

이제 돌아가는 일밖에 안 남았단 생각이 둘 사이의 공기를 분말처럼 부담스럽게 만들었다.

"뭘 그렇게 서둘러. 좀 쉬었다 가면 어때서."

인재가 마음에도 없는 말을 했다.

"가봐야 돼요. 걱정하실 거예요."

"밤중에 과년한 딸을 심부름을 내보내니까 이렇게 괴한한테 납치를 당하지. 안 그래?"

"그렇지만 이런 적은 처음이에요."

"이런 순진하긴, 누가 종종 이랬다고 했남."

인재는 괜히 낄낄댔다. 방금 있었던 일의 책임의 반쯤은 밤중에 다 큰 딸을 심부름 내보낸 오목이 부모한테 전가시킨 것 같아 적이 홀가분해졌기 때문이다.

"동생들이 여럿 있다고 했지?"

"네, 제가 맏이에요."

"과일 심부름, 담배 심부름쯤은 동생들한테 시키지 않구."

"안 돼요. 고3, 중3, 그런걸요. 그 밑은 어리구요."

"고3, 중3이 그렇게 대단한가?"

"그러믄요. 우리 집에선 그때를 공주님, 왕자님 하면서 떠받드는 게 가풍처럼 돼버린걸요. 저때는 더했어요. 온 집안 식구가 쩔쩔매면서 제 뜻을 받아주고, 공부하다가 뭐가 먹고 싶다는 건 오밤중이건 꼭두새벽이건 안 되는 게 없었으니까요. 지금은 제가 동생들한테 그걸 갚는 거예요."

오목이는 국민학교 6학년 때 할머니가 학교까지 더운점심을 해서 나르던 얘기를 할 때처럼 갑자기 생기가 돌면서 수다스러워졌다.

인재는 그런 얘기가 말짱 거짓말이란 걸 눈치챈 것도 아니면서 오목이의 수다에 혐오감을 느꼈다.

"자아, 바래다줄까?"

그는 겨우 파자마만 걸친 채 말했다. 아무리 눈치 없는 사람도 어서 가라는 소리라는 걸 알아들을 수 있을 만큼 정 없이 밀어대는 듯한 목소리였다.

"아녜요. 혼자 갈 수 있어요."

나직이 중얼대면서 오목이는 눈물이 글썽해졌다.

그 후 인재는 그가 저지른 일이 무엇이 되어 돌아올지 전전긍긍 잠을 설치다가 차츰 배짱이 생겨 이젠 기다리는 마음이었다.

어느 날 퇴근 무렵 오목이가 우두커니 회사 앞 버스 정류장에 서 있었다.

"시내까지 심부름 나왔다 들러봤어요."

집 동네까지 같이 걷는 동안 오목이는 그 밖에 아무 말도 안했다.

다음 날도 오목이는 같은 장소에 우두커니 서 있었다. 쉴 새 없이 오가는 사람들과 차들의 불빛 속에 오목이의 모습은 부표처럼 떠 있었다.

"시내까지 심부름 나왔다 들러봤어요."

집 동네까지 같이 오는 동안 오목이는 그 밖에 아무 말도 안했다.

셋째 날도 오목이는 같은 장소에 우두커니 서 있었다. 인재는 그날 퇴근 후 어울리기로 돼 있는 동료들과 우르르 같이 나오다가 오목이를 보자 문득 짜증스러워졌다. 동료들이 제각기 선망과 야유의 말을 한마디씩 던지고 나서 그를 따돌렸다.

"시내까지 심부름 나왔다 들러봤어요."

"너무 심부름이 잦군."

"제가 귀찮군요?"

"나라면 과년한 딸자식을 맨날 심부름이나 내보내지 않겠어."

인재는 고약한 걸 씹어뱉듯이 말했다. 그는 그가 저지른 일의 책임이 전적으로 딸을 자주 심부름으로 내돌리는 오목이네 부모한테 있는 것처럼 느끼면서 배짱을 부렸다. 그러나 오목이는 탓하지 않았다. 그의 말귀를 알아들은 것 같지도 않았다. 무슨 생각을 골똘히 하는지 고개를 떨어뜨리고 구두 끝만 보고 걷던 오목이가 흘끗 인재를 쳐다보면서 말했다.

"같이 저녁 먹어요. 어디 조용하고 근사한 데서요."

잠깐 스쳤을 뿐인 오목의 눈길이 인재의 가슴에 깊은 통증을 남겼다. 그렇다고 원망이나 애걸이 담긴 눈은 아니었다. 그 일이 있은 후 만난 건 세 번째지만 누가 먼저랄 것도 없이 서로 눈길을 피하다가 처음 맞닥뜨린 그녀의 눈은 다만 슬프고 선량했다. 선량하다는 게 그렇게 예리한 날인 줄은 미처 몰랐었다.

"정말은요……."

정갈하고 조용한 양식집에 마주앉자마자 오목이 말했다.

"식사하면서 천천히 얘기합시다."

인재는 오목이의 조바심도 눙쳐줄 겸 자기의 시간도 벌 겸 우선 이렇게 부드럽게 말했다. 그러나 오목이는 들은 척도 안 하고 재빠르게 하고 싶은 말을 지껄였다.

"정말은요, 나 오늘 심부름 나온 거 아니었어요. 전번에도 전전번에도 인재 씨 만나고 싶어 일부러 나온 거지 심부름 나온 거 아니었어요."

"나도 그만한 눈치는 있어."

"미안해요. 귀찮아하시는 줄 알면서도 어쩔 수가 없었어요."

"귀찮아하긴 그럴 리가 있나."

"변명 안 해도 돼요. 내가 생각해도 내가 싫은걸요. 추근댈수록 해롭다는 것도 알아요. 정말 왜 이러는지 모르겠어요. 오늘은 낮부터 쭉 인재 씨 회사 앞에 서 있었어요. 그 높은 회사를 온종일 쳐다보고 서 있으려니까 꼭 낭떠러지 끝에 서 있는 것 같았어요. 그 집도 너무 높아요. 깊은 낭떠러지 같아요."

높은 집이 곤두박질쳐 깊이를 모를 낭떠러지가 되는 오목의 기묘한 도착에 인재는 생생한 전율을 느꼈다.

아닌 게 아니라 오목이는 깊이 모를 벼랑 끝에 서 있는 것처럼 막막하고 보잘것없어 보였다.

인재는 그녀가 눈에 거슬리거나 마음에 안 들 때 감쪽같이 벼랑 밑으로 떠다밀 수도 있을 것 같은 잔혹성이 자신 속에서 스멀대는 걸 아까부터 느끼고 있었다.

그는 입맛 없이 다만 게걸스럽게 덜 익은 고깃덩이를 씹으며 흘금흘금 오목이를 건너다보았다. 오목이는 벌써부터 칼질을 그만두고 포크로 야채를 먹는 둥 마는 둥 하면서 한 손으로 가슴에 늘어진 은행알만 한 은 표주박을 주무르고 있었다.

은줄 끝에 은 표주박이 달린 별로 값비싼 것 같진 않은데도 고풍스러워보이는 목걸이는 오목이가 어떤 옷에든지 하고 있는 유일한 액세서리였다.

집에서 입던 채로 동네로 심부름 나갔다가 인재를 만나 씻을 수 없는 일을 당한 날도 오목이는 그 목걸이를 하고 있었다. 인재는 짐승처럼 그녀의 몸을 더듬다가 목덜미에서 느낀 가냘픈 은줄기 감촉이 문득 입술에 되살아나면서 못할 노릇 했다는 엷은 후회에 사로잡혔다.

설사 그 일에 대한 책임을 그가 전적으로 질 수 있다고 해도 그가 한 못할 노릇까지 지울 순 없을 것 같았다.

"예쁜 목걸이군."

화제가 끊긴 사이가 납덩이처럼 부담스러워 무슨 말이든지 해야 할 것 같았다.

"비싼 건 아녜요."

오목이의 망막하고 어두운 얼굴이 조금 밝아졌다.

"비싸 보인다곤 안 했어요."

"딴 목걸이도 여러 개 있어요. 그렇지만 난 이걸 제일 좋아해요."

"미스 최답군."

"칭찬인가요? 흉보는 건가요?"

"흉은? 물건 값만 보고 거기 맞춰 집착하는 것보다 얼마나 좋은 일이야."

"그렇다고 이게 아주 싸구려인 줄 알진 마세요. 이건 적어도 골동품이니까 은값만 갖고 따질 순 없어요."

오목이의 얼굴에서 시름이 엷어지면서 밝고 자랑스러워졌다.

"호오, 그래. 미스 최 골동품도 볼 줄 아나?"

인재는 장난스럽게 감탄했다.

"볼 줄은 몰라도 이건 틀림없어요. 우리 집이 서울에서도 행세하는 대갓집이었을 적부터 대대로 내려오면서 딸의 돌잔치 때 염낭에 달아주던 거였다니까요. 할머니가 내 돌 때 달아주셨는데 그건 또 할머니 돌잔치 때 증조할머니께서 달아주신 거였다니 얼마나 오래된 건지 알만하잖아요."

"은값이나 골동품값을 치지 않더라도 아름다운 물건임에 틀림이 없는데, 대대로 내려오는 아름다운 마음씨 때문에 말야."

"알아줘서 기뻐요."

"그러니까 본디는 노리개였던 걸 목걸이로 꾸민 거로군."

"뭐 꾸미고 말 것도 없어요. 은줄을 사서 꿴 것밖에. 나도 이 다음 내 딸에게 물려줄 거예요. 그러니까 나 때부터는 노리개로서가 아니라 목걸이로서 물려주는 거죠. 세상이 많이 바뀌었으니까 그 정도는 내 마음대로 쓸모를 바꿔도 상관없겠죠?"

오목이가 밝게 웃으며 동의를 구하더니 가슴께에서 만지작대던 은 표주박을 손바닥에 올려놓고 새삼스럽게 곰곰 들여다보고 있었다. 인재는 그런 오목이를 신기한 듯이 바라보았다.

은 표주박을 꼬투리로 쉽게 명랑해진 오목이가 인재는 신기할 뿐더러 다행스러웠다. 그가 조만간 마무리져야 할 일이 자연스럽게 다음으로 밀려난 것 같아 위기를 모면한 것처럼 은근히 안도의 한숨마저 쉬었다.

물론 그가 책임지고 마무리져야 할 일을 그냥 미룰 수 있다고 생각하고 있는 건 아니었다. 그렇지만 지금으로선 아무런 각오도 서 있지 않은 상태였다.

그 일을 모른다고 부정하거나 전적으로 오목이 책임인 양 무책임할 수 있을 만큼 뻔뻔스럽지도 못한 주제에 어느 만큼 책임을 져야겠다는 한계도 없었고 각오도 돼 있지 않았다.

오목이나 오목이의 가족이 세게 나와서 그 일로 그에게 중대한 책임을 덮어씌우면 별수 없이 쓰더라도, 그렇지 않을 경우는 유야무야로 넘어가는 게 상책이라는 정도의 편리하고 유동적인 각오를 하고 있을 뿐이었다.

한편 오목이는 은 표주박을 곰곰 들여다보면서 따뜻하고 부드러운 게 온몸으로 퍼지는 것 같았다. 가족, 돌잔치, 때때옷, 엄마의 젖가슴, 아빠의 수염, 아이들의 웃음소리, 어른들의 꾸중, 형제간의 우애……. 그녀의 삶의 시초가 그런 평범한 가정의 행복으로부터 시작됐으리란 상상은 늘 그녀를 감동시켰다.

오목이는 그런 감동에 대한 탐닉이 지나쳐 종종 상상과 체험을 구별하지 못했다. 인재한테 한 그녀의 어릴 적 이야기도, 하고 나선 아차 싶었지만 할 때는 거짓말이라는 걸 의식하지 못했다. 더군다나 인재를 좋아하는 마음이 점점 더 걷잡을 수 없어지고 인재도 자기를 좋아하기를 갈망하고부터는 거짓말도 한층 세련되고 늘어났다.

그러나 그 일이 있고부터 그녀는 이미 해버린 거짓말을 취소하길 벼르고 있었다. 그녀는 인재의 성실성을 바라고 있었고 그것을 요구하기 위해선 자기가 먼저 거짓을 없애야 된다고 생각했다. 오목의 생각은 백번 옳은 생각이었지만 옳은 생각이라고 해서 실행하기가 쉬운 건 아니었다.

인재가 그 목걸이에 대해 관심을 가진 것은 그녀가 솔직할 수 있는 더없이 좋은 기회였다.

그녀는 이야기했어야 옳았다. 자기는 실은 최오목이 아니라 오목이임을. 오목이도 실은 불확실하므로 그녀의 정체와 관계되는 실물은 은 표주박이 유일한 것임을. 그 은 표주박이 소중한 까닭은 그것이 망각된 시간으로부터의 자신의 정체를 발굴해낼 수 있는 단 하나의 단서이기 때문이라고 말해야 옳았다.

그녀가 인재네 회사 앞에서 퇴근하는 시간을 지키고 있던 것도 오늘이야말로 거짓말을 취소하고 모든 것을 밝히자는 각오에서였다. 그러나 어느 틈에 그녀는 또 한 뭉치의 거짓말을 보태고 말았다.

그녀는 인재를 기다리며 20층 빌딩을 올려다볼 때마다 느낀 아찔한 낭떠러지의 의미를 조금씩 알 수가 있었다. 그 낭떠러지로 몸을 던지는 무서운 결단력 없이는 진실을 밝히기가 참으로 어렵다는 걸 느끼고 절망했다.

목걸이 끝에 달린 걸 스스로 놓고 인재를 쳐다보는 오목이는 다시 막막하고 보잘것없어 보였다.

같은 식당 안에서 오목이의 가슴에 늘어진 은 표주박을 바라보고 있는 또 하나의 눈이 있었다. 수지였다. 오누이의 집으로 찾아갔다 못 만나고 재수학원으로 찾아갔다 못 만나고 나서는 다시는 오목이를 찾을 생각도 안 했으니 오륙 년 만에 처음 만나는 셈이었다.

그러니까, 오륙 년 동안이나 수지는 오목이를 잊고 지냈었다. 오목이뿐 아니라, 해마다 용돈을 절약해서 고아원을 찾아 자선을 베푸는 버릇도 잊은 지 오래였다.

일곱 살 적의 잘못을 마음에 두고 그렇게라도 해서 보상하려 했던 감상적인 소녀기를 넘기고 그녀는 곧 인재와의 열애에 빠졌고, 이젠 그 무분별한 열애의 시기도 넘기고 남편감으로서의 인재와 기욱의 조건을 조목조목 은저울에 달듯이 냉정하고 세밀하게 저울질할 수 있을 만큼 이악하고 똑똑한 여자가 돼 있었다.

만일 길에서 오목이를 만났다면 아는 체나 해주고 기분에 따라 빵집 정도나 데리고 들어갔으면 최고의 대접이었을 것이다.

오목이가 수인일지도 모른다고 긴가민가하지도 않았을 테고 오목이가 별안간 다섯 살 적 기억을 오래된 서랍에서 옛날 물건 끄집어내듯 되살려내면서 언니지? 언니가 날 버렸지? 언니가 날 고아로 만들었지? 하면서 대들까 봐 전전긍긍하지도 않았을 것이다.

그건 이미 지난 일이었다. 수지는 이제 그렇게 순진하고 마음씨 여리지 않았다.

그러나 오목이가 은 표주박이 달린 목걸이를 늘이고 있는 걸 보고서야 안 놀랄 수가 없었다. 그건 틀림없이 수지가 어린 동생에게서 모든 것을 빼앗으면서 쥐어준 은 노리개였다. 어찌 그걸 잊을 수가 있을까. 그 하찮은 걸 여태껏 지니고 있다가 가슴에 버젓이 늘이고 다닐 건 또 뭔가?

이제 오목이가 수인인지 아닌지 긴가민가할 필요는 없을 것 같았다. 그렇더라도 오목이가 수인이가 될 수는 없으리라. 그 물적 증거를 알아볼 증인은 수지밖엔 없는데 수지는 그걸 증거할 생각이 추호도 없었다.

수지는 이렇게 차근차근 노련하게 은 표주박 목걸이로부터 받은 충격에서는 벗어날 수 있었으나 오목이와 마주앉은 남자가 인재라는 데 대한 놀라움은 좀체 가라앉지 않았다.

두 사람은 단순히 마주 앉았을 뿐만 아니라 연인들 사이처럼 다정해 보였다. 특히 오목이는 연정을 아지랑이처럼 아물아물 피어올리고 있다고 수지는 단정했다.

수지는 마치 철석같이 믿던 애인의 배신 현장을 목격한 것처럼 가슴이 울렁대고 다리팔이 떨렸다. 그녀의 저울은 이제 기욱 쪽으로 기울다 못해 거의 곤두서다시피 했건만도 인재만은 일편단심 그녀를 생각해주길 바라고 있었다. 못 말릴 일이었다.

"왜 그래, 수지?"

같이 식사하고 나서 느긋이 커피를 마시고 있던 기욱이 수지의 심상치 않은 기색을 이상한 듯 살피며 물었다.

"별안간 가봐야 할 데가 생각났어요."

"아니 그게 무슨 소리야? 지금부터 재미있으려고 하는 판에."

오늘 밤 기욱이 수지를 요절복통할 쇼가 있는 나이트클럽으로 안내하기로 약속이 돼 있었다.

"중대한 일이에요."

"결혼할 사람끼리 즐기는 것보다 더 중대한 일도 있나?"

"아직 난 약혼 승낙도 안 했어요. 너무 좋아하지 말아요."

"내 참 열 번 찍어 안 넘어가는 나무 없다는 소리도 넘어갔다가도 발딱 일어서는 나무를 당해서는 말짱 헛소리 아닌가?"

기욱이 낄낄댔다. 수지는 그런 기욱이 천격스러워 보여서 눈살을 찌푸렸다.

수지가 먼저 서둘러 밖으로 나오자 기욱도 별수 없이 따라 나왔다.

"용무가 있다는 데까지 데려다줄까?"

"혼자 갈게요. 오늘은 이만 헤어져요."

수지는 기욱과 당장 헤어지고 싶은 조바심으로 발을 굴렀다.

기욱은 순조롭게 잘 나가다가 왜 이러지? 잠깐 미심쩍게 생각했지만 여자의 생리적인 변덕에 대한 그의 속된 지식이 그럴 땐 내버려두는 게 수라는 판단을 내리고 쉽게 그녀를 놓아주었다.

수지는 혼자가 되자 오목이한테 불 같은 질투를 느꼈다. 만약 인재의 상대가 오목이 아닌 딴 여자였더라면 나 먹자니 싫고, 남 주자니 아까운 정도의 가벼운 심술이 고작이었을 텐데 오목이가 되고 보니 그게 아니었다. 똑똑하다고는 하나 무일푼의 제대로 된 학벌 하나 없는 고아 주제에 인재를 넘보다니 인재가 너무 아까웠다. 구해주고 싶었다. 구해주고 나서 그 다음에 어쩌겠다는 생각 같은 건 나중이었다. 진창에 멋모르고 빠지려는 사람을 우선 구해놓고 볼 일이었다.

수지는 인재가 너무 아까워서 어서어서 구해줘야겠다는 생각에 급급한 나머지 오목이한테 20년 전에 헤어진 동생으로서의 정이나 연민은 느낄 겨를도 없었다.

그녀는 곧장 양식집으로 되돌아갔다. 크리스털 샹들리에가 낮게 늘어지고, 테이블보는 눈부시게 희고 그 위 유리컵엔 장미꽃이 두어 송이 꽂혔고, 식사를 끝낸 두 사람은 막 차를 마시고 있었다.

수지는 자신도 좀 전에 기욱과 같이 식사를 한 낯익은 분위기건만 그 두 사람 사이만이 유난히 아늑하고 정겨운 것 같아 그것까지 샘이 났다.

인재는 그동안 몰라보게 때를 벗어 매너가 세련되고 오목이를 바라보는 눈은 성실하고 순박해 보였다. 그녀는 문득 그녀의 저울질에서 인재의 성실성과 순박함을 달지 않고 빼놓은 걸 커다란 과오처럼 뉘우쳤다.

큰 실수이긴 하지만 결코 돌이킬 수 없는 실수는 아니리라. 수지는 어깨를 펴고 자신만만하게 곧 그들의 식탁으로 다가갔다. 그리고 인재보다는 오목이한테 먼저 아는 척을 했다.

"너 목이 아냐? 이거 도대체 얼마 만이냐?"

"수지 언니!"

수지가 호들갑스럽게 반가워하는 것과는 딴판으로 오목이는 얼굴에 핏기가 싹 가시면서 흰 식탁보에 커피를 엎질렀다. 인재도 난처한 기색이었다. 그러나 수지는 얼굴 하나 가득 관대한 미소를 띠고 인재한테도 아는 척을 했다.

"자기 나 몰래 이런 미인을 감춰놓고 있을 줄은 몰랐어. 이따 가만 안 놓아둘 거야."

그건 엄포라기보다는 인재하고 얼마나 친하다는 걸 과시하기 위한 거여서 오목이를 더욱 당황하게 했고, 인재에게도 새로운 희망을 불어넣었다.

"수지야말로 어떻게 미스 최를 알지? 미스 최 우리 이웃에 사는 아가씨야. 그뿐이야. 오해하지 마."

"미스 최? 응 이상하다. 미스 온데. 목아, 너 혹시 그동안에 어디 입양했니?"

"언니, 그 얘긴 제발 나중에."

오목이가 가냘프게 떠는 게 보였다.

"입양을 하다니 그게 무슨 소리야?"

인재가 도리어 즉각적인 호기심을 나타냈다. 수지는 재빠르게 두 사람 사이를 짐작했다. 오목이가 신분을 감추고 인재에게 접근했고, 인재의 오목에 대한 감정은 아직은 별로라는 걸 알게 되자 그녀는 그 작은 분위기를 마음먹기 따라선 유리그릇처럼 산산이 깨뜨릴 수도 있다는 자신을 가졌다.

4

응달

　오목은 몸을 움츠리고 불 없는 뒷골목만 골라서 걸었다. 불빛이 싫었다. 골목이 끝나고 환한 큰길이 나오면 깜짝 놀라 오던 길을 되짚어 걷기도 했다. 자신의 비참한 모습을 숨겨줄 것은 어둠밖에 없다고 생각했다.
　언제 어떻게 그 양식집을 나왔는지 잘 생각나지 않았다. 슬픔이 북받치는 깐으론 눈물도 나지 않았다.
　정결한 식탁 위로 나지막하게 드리웠던 크리스탈 등이 꿈의 한 장면처럼 황홀하게 떠올랐다. 인재와 알고부터 오목이는 정말 꿈처럼 행복했다. 인재와의 일이 꿈이라면 크리스털 등은 꿈속의 꿈이었던가?
　언제 깨어날지 몰라 조마조마했었다. 스스로 그 꿈을 깨뜨리고 나와야 한다고 몸부림치기도 했었다. 오늘이야말로, 이번에야말로……. 인재를 만나기 직전까지도 이렇게 별렀었다. 그러다가도 막상 인재를 만나면 인재를 속이고 자신을 속임으로써 더 깊은 꿈에 빠져들고 말았다. 언제고 한 번은 벌 받을 줄 알았다. 그렇지만 이다지도 비참한 벌을 받을 줄을 누가 알았을까.

하필이면 수지에 의해 모든 것이 탄로가 나다니. 수지가 한발만 늦게 왔어도 그 얘기를 내 입으로 할 수 있었으련만.

오목이는 그 사실이 탄로가 난 것보다 하필 수지에 의해 탄로가 난 게 원통하고 굴욕스러웠다. 그녀가 인재를 만나 유창하게 거짓말을 시킬 때마다 정말 하고 싶은 참말은 바로 혀 밑에서 뱅뱅 돌고 있었기 때문에 탄로가 난 시기가 어느 때든지 간에 자기 입으로 그 말을 하기 직전에 탄로가 난 것처럼 억울하긴 마찬가지였을 테지만 그게 하필 수지였다는 건 희귀한 악운이었다.

오목이는 원래부터 수지가 싫었다. 오누이의 집에서 잔뼈가 굵는 동안 무수한 자선가를 만났지만 거의 다 얼굴도 생각이 안 났다. 수지만이 바로 엊그저께 헤어진 것처럼 뚜렷하게 남아 있음은 적개심 때문이었다. 고아원에 와서 자선이란 착한 일을 하고 싶어하는 사람은 대개 천당을 위해 적선을 꿈꿀 만큼 나이 먹은 사람 아니면 착한 일 그 자체가 때묻지 않은 어린이들이 대부분이었다.

수지처럼 소녀 시절부터 대학생이 될 때까지 한창 꽃다운 나이를 계속해서 고아원 단골이 돼주는 일은 드물었다. 오목이 역시 수지처럼 꽃답고 자존심이 일생 중 가장 예민한 나이였다. 흥, 누군 부모 잘 만나서…… 하는 터무니없는 앙심이 없을 수 없었다. 그러나 무엇보다도 그녀가 참을 수 없었던 건 수지의 몸에 밴 위선의 우아함이었다.

눈치껏 자선에 기대야 하는 고아 주제에 남이 베푸는 자선에서 위선을 분리해내고자 한다는 건 비렁뱅이가 더운밥 찬밥 가리는 것만큼이나 가당치 않다는 걸 알면서도 수지의 위선은 하도 감쪽같이 우아해서 덤벼들어 그 속셈을 까뒤집어보고 싶은 무분별한 적개심을 불러일으켰었다.

아아, 수지가 감쪽같이 감추고 있던 게 그렇게 잔혹한 악의일 줄이야. 오목이의 귀엔 수지가 경박하고도 매력적인 달변으로 인재에게 자신의 정체를 낱낱이 고해바치는 소리가 아직도 쟁쟁했다.

수지를 만나자 갑자기 생기 있게 빛나던 인재의 표정도 잊을 수 없었다. 둘의 사이도 보통 사이가 아닌 것 같았다.

자신의 정체가 무참히 폭로되는 자리에 차마 있을 수가 없어서 발딱 일어나 나오면서도 인재가 붙들거나 따라나오리란 한 가닥 기대까지 없을 순 없었다.

붙드는 기색이 없자 문간에서 잠깐 뒤돌아본 두 사람은 오목이가 자리를 떴다는 것조차 모르는 것 같았다.

목이를 이런 데서 만날 줄은 정말 뜻밖이야. 더군다나 자기 친구라니. 세상이 넓고도 좁다는 소리가 무슨 뜻인지 알 만해. 목이가 내 학교 후배냐구? 아냐, 내가 돌봐주던 고아원 아이야. 그래 목이가 고아였다니까. 오누이의 집이라구 지금은 없어진 고아원에서 없어지기 바로 전까지 있던 고아야. 그때 걘 다 자랐기 때문에 아마 취직을 시켜 내보냈을걸. 자기 뭘 그렇게 놀라? 그럼 그것도 모르고 사귀었어? 사귀고 말고도 없는 사이라고? 그런 사이가 이런 집에서 같이 식사를 해? 알았어. 그렇게 열 올릴 거 없어, 믿어줄 테니까……

수지는 신바람이 나서 고자질과 탐색을 계속하고 있었고, 인재는 뭐가 그렇게 재미있는지 바보처럼 입을 벌리고 듣고 있었다.

오목이는 자신의 보잘것없는 정체와 신산한 지난날이 두 사람 사이의 분위기를 양념처럼 맛깔스럽게 하고 있다는 데 분격했다. 그러나 어쩔 것인가.

꿈이었으면, 못된 꿈이었으면.

그녀의 어리석은 마음은 엄연한 현실을 꿈으로 돌리고, 아직도 미진한 꿈으로 돌아가고 있었다. 단 한 번 피어본 젊음과 사랑이 그렇게 허망하게 사라진 걸 차마 믿고 싶지가 않았다.

헤매어도 헤매어도 서울 장안은 끝없이 망막했다. 오목이는 인재를 만나려 할 때마다 그녀 앞을 가로막던 낭떠러지의 의미를 알 것 같았다. 속임수를 낀 사귐이란 아무리 그 마음이 진실해도 그렇게 조마조마할 수밖에 없었다.

좀 전까지의 그런 위기의식조차 그립게 여겨졌다.

이젠 숨길 것도 아슬아슬할 것도 없었다. 이미 낭떠러지를 뛰어내렸고, 아무 때 뛰어내려도 뛰어내려야 할 낭떠러지였다. 다만 스스로 뛰어내리지 못하고 하필 수지한테 떠다밀릴 게 뭐였을까? 그게 생각할수록 억울했지만 돌이킬 순 없었다.

드디어 낭떠러지 밑바닥까지 가버렸다는 건 위에서 보는 사람의 눈엔 불쌍하고 안돼 보일 일이나 당해보니 도리어 편했다. 그 밑바닥에도 자포자기라는 돌파구 하나는 있었다.

오목이는 일부러 통금시간을 꼴깍 넘기고 나서 집에 들어갔는데도 집안 식구들은 다 깨어서 그녀를 기다리고 있었다. 식구들의 기색이 심상치 않았다.

"이년, 네가 은혜를 원수로 갚아도 분수가 있지 그래. 이럴 수가 있는 게냐?"

미순이 아버지 최 사장이 대뜸 주먹으로 땅바닥을 치면서 호령을 했다. 최 사장뿐 아니라 식구 모두의 눈이 경멸과 증오로 번들대고 있었다. 6년 동안이나 한방, 한 이불을 쓰면서 소곤소곤 온갖 비밀과 정을 주고받았던 미순이의 눈도 마찬가지였다.

그들은 한패고 오목이는 혼자였다. 6년 동안 한솥밥을 먹었지만 한 식구와 남과의 차이가 그렇게 명료하게 드러나 보이긴 처음이었다. 혼자 맞서기에는 너무 여럿의, 너무도 등등한 기세에 오목이는 차라리 태연할 수가 있었다.

그날은 좀 특별한 날이었다. 박 군과의 혼인 말을 더 이상 피할 수 없게 된 오목이가 아버지 마음대로 하시라고까지 말한 게 승낙이 되어 그날 박 군은 사주를 가져오고, 최사장은 두 사람의 앞날을 축하해주기 위해 음식을 장만하고 딴 점원들까지 불러들여 잔치를 벌이게 돼 있었다.

이를테면 약혼식에 해당하는 날이었다. 그런 날 오목이는 미장원에 가는 척 훌쩍 집을 나가 자정이 넘어 들어왔으니 그동안 얼마큼 속이 썩고 오목이가 미웠을까 짐작할 만했다.

"그만둬요, 그만둬. 볼 장 다 본 년 갖고 그래 봤댔자 당신 입만 아프고 속만 뒤집혀요. 당신이나 나나 무슨 재간이 뛰어났다고 타고난 거지 팔자를 고쳐줄 수 있답니까?"

어머니가 거침없이 악담을 퍼부었다.

"어멈아, 말을 그렇게 함부로 하는 게 아니니라. 제 속으로 난 자식도 마음대로 못 하는 세상인데 생판 남의 자식 사람 만들기가 그렇게 쉬운 줄 알았던고. 남의 자식 거느리는 것도 전생의 죄거니 속을 썩여야 하느니. 우선 무슨 까닭으로 제 경삿날 도망을 쳤다가 이제야 들어오나를 물어봐얄 게 아니냐?"

할머니가 식구 중에서 그중 먼저 노여움을 가라앉히고 부드럽고 조리 있게 말했다.

"물어보나 마나죠. 제가 입이 열이라도 무슨 할 말이 있겠어요?"

"그래도 그런 게 아니다. 죽을죄를 진 사람도 할 말은 있는 법이야."

"쟤 버릇은 어머님이 맨날 끼고 도셔서 저 모양을 만들어놓으셨다니까."

어머니가 노인네 탓을 하면서도 기세가 많이 누그러졌다. 그렇지만 오목이는 할머니가 자기 역성을 들어주고 있다고 생각하지 않았다. 그녀의 편은 처음부터 없었다. 그들끼리 한편이 되어 그녀를 함정에 빠뜨리기 위해 연극을 꾸미고 있을 뿐이라고 생각했다. 그들은 오목이를 보자마자 거의 단념했던 그녀를 박 군한테 시집보낼 계략의 전열을 다시 가다듬어 하나가 등을 치면 하나는 배를 어루만지는 식으로 그녀의 얼을 빼고 있을 뿐이라고 생각했다.

오목이는 그래서 길길이 뛰며 악담을 하는 최 사장 부부보다 할머니의 부드럽고 인정스러운 목소리가 더 싫었다. 징그러운 게 닿는 것처럼 몸을 도사렸다. 오목이가 그럴수록 식구들은 할머니의 노회한 계략을 알아차리고 제각기 장단을 맞추기 시작했다. 미순이까지 표독한 경멸을 미소로 얼버무리고 붉은 보자기에 싼 걸 가져다 오목이 앞으로 밀어놓으며 말했다.

"언니, 오늘 박 군 오빠 불쌍해서 혼났어. 사주단자만 가져온다더니 반지에 귀고리, 목걸이, 옷감, 별거 별거 다 넣어와 가지고 언니를 기다리는데 언니는 온데간데없으니 우리 마음이 어떻겠어. 아무리 마음씨 좋은 박 군 오빠지만 오늘은 언니한테 정떨어졌을걸. 그쪽에서 마음 변했다면 이거 다 돌려줘야지 별수 있어? 들어온 복 차버리고 후회해도 난 몰라."

"듣기 싫다. 정승 판서도 제 싫으면 못하는 거야."

할머니가 훨씬 노련하게 굴었다. 이제라도 잘못했다고 빌라고 딴 동생들이 성화를 했다. 막내는 어느새 상자 속에서 누런 금붙이를 꺼내 오목이 눈앞에서 흔들어 보였다.

감수성이 마비된 것처럼 이런 모든 것이 오목이는 아무렇지도 않았다. 오목이가 꽤 성깔이 있다는 걸 알고 있는 식구들은 오목이의 이런 태도를 잘못을 뉘우치고 있다고 판단하고 그때를 놓치지 않으려고 입을 모아 빌 것을 권고했다.

"잘못했어요. 다신 안 그럴게요."

오목이는 잠 속에 반쯤 잠긴 것처럼 몽롱하게 말했다. 그게 되레 식구들의 동정을 산 것 같았다.

"안 속는다. 안 속아."

짐짓 노여움을 안 풀고 돌아앉는 아버지를 어머니가 쿡 찌르며 "어른이 져야지 어쩌우" 했다. 할머니도 거들었다.

"그건 에미 말이 맞다."

그들의 얼굴에 한결같이 안도의 빛이 떠올랐다. 그들은 처음부터 오목이가 무엇을 원하는지 알려고 안 했다. 그들은 오로지 그들이 필요로 하는 걸 추구했을 뿐 오목이의 반발은 그들이 필요로 하는 걸 추구하는 과정에서 부딪친 작은 난관에 불과했고 이제 그 난관은 극복됐다고 판단한 모양이다.

"가 자겠어요. 졸려요."

오목이가 하품을 씹으며 말했다.

"배짱 한번 두둑해 좋다."

"온종일 남의 애간장을 말려놓고 잘못했단 소리 한마디면 다냐?"

낮 동안에 치른 법석과 망신이 새삼스럽게 억울한지 다시 한 번 소동을 피우고 싶어하는 부부를 할머니가 좋은 말로 달랬다.

"글쎄, 그만해두라니까. 오늘만 날인감. 아범 어멈도 어여 다리 쭉 뻗고 자."

이렇게 해서 놓여난 오목이는 곧 깊은 잠에 빠졌다. 문득 깨어나

보니 아직 오밤중이었다. 짧은 동안이었지만 깊게 잤기 때문에 몸이 개운하고 머리가 상쾌했다. 옆에선 미순이가 곤히 자고 있고 머리맡에선 사주단자가 든 상자가 만져졌다.

어제 일이 낱낱이 떠올랐다. 재수 나쁜 날이었다. 그러나 곧 새날이 밝아오리라. 오목이는 어둠 속에서 익숙하게 옷을 챙겨 입고 필요한 걸 찾아서 가방에 쑤셔 넣었다. 늘 떠나기를 준비해온 것처럼 필요한 것은 단 한 서랍 속에 정리돼 있었다.

그녀는 가정교사와 식모의 일을 겸해서 한시반시 쉬지 않고 부지런히 일했음에도 불구하고 다달이 받는 용돈은 식모 월급의 절반도 안 됐다. 양딸이기 때문이었다. 그녀가 양딸이길 원한 적은 없었으니 그들이 일방적으로 그렇게 정하고 그렇게 대접하고 있을 뿐이었다. 나중엔 입적까지 시켜주면서 그것을 증명했으니 그들에겐 아무런 하자도 없는 셈이었다.

오목이는 스스로 그 집의 양딸이고자 한 적이 없었기 때문에 양딸을 면하는 게 섭섭하지도 시원하지도 않았다. 그러나 손톱이 다 닳도록 오륙 년 동안 일한 대가가 단 1년을 놀고먹기에도 크게 부족하다는 건 새로운 충격이었다.

오목이는 최 사장 내외가 그녀를 양딸처럼 잘해줄 때도, 친척이나 아는 사람들 앞에도 우리 양딸 우리 양딸 하면서 그들이 적선지가임을 풍기고 싶어할 때도, 양딸이란 허울 좋은 말에 속지 않으려는 앙큼한 마음이 있었다. 그러나 어둠 속에서 그동안 모아놓은 돈의 부피가 너무도 얄팍한 걸 실감하면서 아무리 약은척해 봤댔자 결국은 양딸에 속아왔음을 인정 안 할 수가 없었다.

그렇다고 그걸 따질 마음은 없었다. 그걸 따지려다가 되레 그들의 계략 안에서 부리던 여자와 밖에서 부리던 남자를 짝지어서 그들보다 한 등급 낮은 하인 가족을 만들어 그들 가족에게 존속시키려는 데 말려들기나 십상이라고 생각했다.

오목인 어둠 속에서 민첩하게 떠날 준비를 끝냈다. 그녀의 전 재산을 작은 손가방 속에 챙기고 나니 자신의 처지가 너무 보잘것없이 느껴졌다.

문밖만 나서면 기다리고 있을 고생과 최 씨네 식구들과는 또다른 음모를 숨기고 그녀를 농락할 세상이 두렵지 않은 것도 아니었다. 그럴수록 그녀를 기다리고 있을 시련에 대해 기대하는 바 또한 컸다.

견디고 극복해야 할 고생이 클수록 인재와의 짧은 사랑이 끝난 허전함과 아픔을 생각할 겨를도 없으리라. 무엇이든지 몰두해야 한다. 어떤 괴로움도 실연의 고통을 견디는 것보다는 수월할 것 같았다. 처방은 그것밖엔 없었다.

오목이 잠을 깨서 맑은 정신이 되자마자 당장 집 나갈 결심을 할 수 있었던 것은 박 군과 결혼하면 아무리 잘살아도 미순이네와 주종 관계를 면할 수 없기 때문이기도 했지만 뭔가 엄청난 고생에 자신을 몰두시켜보고 싶어서이기도 했다.

미순이의 숨소리는 고르고 편안했다. 통금이 해제됐는지 멀리 가까이에서 도시가 눈 비비며 부시럭대는 소리가 들렸다. 아직은 이른 봄이었다. 동 트기까지는 아직 한참일 테지.

오목이는 서두르지도 않고 꾸물대지도 않고 만반의 준비를 끝내고 미닫이를 열고 마루로 나왔다. 온 집안의 숨소리가 모여 한옥의 나직하고 그윽한 숨결이 되고 있었다.

처음 팔 벌리고 그녀를 보듬어 안는 듯 반겨주던 ㄷ자의 한옥이 총총한 별빛 속에 옛 그림자처럼 비현실적으로 보였다.

홀려서는 안 돼. 더 이상 홀려서는 안 돼. 오목이는 처음 그 정다운 한옥에 홀려 아무런 생각 없이 그 집 식구가 됐던 생각을 하며 이렇게 마음을 도사렸다.

분합문 바깥공기는 바람 없이도 맵싸했다. 겨울이 갔다지만 봄은 아직도 멀어서 망설이고 있는 애매한 계절이었다. 욕심을 너무 안 부렸나, 여장이 매우 가벼웠다.

짐 되는 게 싫어서 겨울옷을 하나도 안 가져온 게 잠깐 후회스러웠지만 머리맡의 사주함 속의 누런 금붙이를 하나도 손 안 댄 건 참 잘한 일이다 싶었다. 오목이가 없어진 걸 발견하자마자 그 집 식구들이 기겁을 해서 제일 먼저 끌러볼 게 그 상자일 건 뻔했다.

오목이는 그 상자 속에 있는 물건이 어쩌면 그녀가 지금 지니고 있는 전 재산보다 더 큰돈이 될 수 있을지 모른다고 생각했다. 그걸 탐내지 않은 자신이 기특해서 그녀는 별빛 속에서 혼자 으스대며 마당을 지나 중문을 열고 대문의 빗장을 땄다.

대문을 열 차례였다. 오래된 한옥의 삐걱대는 문소리를 그녀는 얼마나 좋아했던가. 생판 낯 모르는 식구와 그렇게 오래 한 식구처럼 구순하게 지낼 수 있었던 것도 그 삐걱 하는 문소리 때문이 아니었을까?

미순이네를 처음 온 날, 그런 문소리를 듣기는 생전 처음이었건만 오목이는 마치 오래간만에 귀향한 것 같은 푸근함과 편안감을 맛보면서 그 소리를 음미했었다.

오목이는 그 소리로 집안 식구가 깨어나는 일이 생길까 봐, 소리 안 나게 조금씩 열면서 그리운 그 소리를 마음으로 듣고 있었다. 아주 옛날, 어릴 적보다 더 옛날부터 그 소리를 들어온 것 같은 그립고 안온한 느낌은 도대체 어디서부터 오는 걸까?

겨우 몸이 빠져 나갈 수 있을 만큼 문을 열고 밖으로 나선 그녀는 다시는 삐걱거리는 소리를 못 듣겠거니 싶자 비로소 영영 고향을 등지는 것 같은 비애에 잠겼다.

오목이가 천애의 고아라는 사실과 고아원에서의 불우한 어린 시절에 대해 인재한테 낱낱이 고해바치고 나서야 수지는 자기가 얼마나 비열하고 악독한 짓을 저질렀나를 깨닫고 모골이 송연해졌다.

그러나 이미 엎어진 물이었다. 더욱 난처한 건 그녀로 하여금 그토록 악랄하게 오목이의 정체를 고자질하게 한 불같은 질투가 무슨 급한 발작처럼 자취도 없이 가라앉아 있는 거였다.

도대체 어쩌자는 질투였을까? 인재하고 정답게 마주 앉았던 게 오목이 아닌 딴 여자였더라도 그런 야비하고 맹렬한 질투에 사로잡힐 수가 있었을까? 안 그랬을 것 같았다.

그렇담, 오목이가 바로 20년 전에 버린 동생이란 게 의심할 여지 없이 밝혀짐과 동시에 얼싸안고 혈육의 정과 사죄하는 마음으로 더운 눈물을 쏟기는커녕 또다시 모든 것을 빼앗고자 한 심보야말로 마녀의 심보였다.

이다지도 극명하게 나 자신을 바라본 적이 또 있었던가? 이런 생각이 인광처럼 싸늘하게 수지의 뇌리에서 번득였다.

자신뿐 아니라 인재에 대해서도 마찬가지였다.

수지는 자기의 혀끝 하나로 자유자재로 희롱할 수 있는 남자라면 질투할 값어치조차 없다고 생각했다.

그런 수지의 변덕을 알 까닭이 없는 인재는 입을 약간 헤벌리고 그녀의 나불대는 수다를 흥미진진하게 경청하고 나서 단박 오목이한테 정이 떨어졌다. 오목이한테 정이 떨어진 것까진 또 좋은데 그것을 당장 수지한테서 만회할 수 있으리란 성급한 기대로 애가 달아 연방 그윽하고도 뜨거운 시선을 수지한테 보내고 있었다.

그런 인재를 수지는 다만 차디찬 마음으로 바라다보았다. 좀 전에 그녀를 순간적으로 스친 질투가 그에 대한 사랑의 마지막 불꽃이었던 양 그녀의 마음은 다시는 따뜻해지지 않았다.

성실하고 순박한 인재 대신 어리석고 초라한 인재가 그녀의 처분을 기다리고 있었다. 이처럼 환상 없이 다만 있는 그대로의 인재를 직시해보기도 처음이었다.

방금 그녀를 마녀처럼 만들었던 질투가 그녀의 사랑의 마지막 불꽃이었다면 오목이와 마주 앉은 인재가 그다지도 매력적으로 성실하고 순박해 보인 건 인재에 대한 그녀의 마지막 환상이었다.

"미스 췬가, 미스 온가 그렇게 질 나쁜 여자인 줄은 정말 몰랐는데……."

수지의 이야기를 다 듣고 나서도 한참 만에 인재가 이렇게 무성의한 논평을 했다.

인재는 오목이로 인해서 다시 수지와 긴 이야기를 나눌 수 있었고 다시 그전처럼 가까워졌던 사실에 허겁지겁한 나머지 오목이가 고아건 거짓말쟁이건 실상 별로 관심도 없었다.

"뭐라구요?"

수지가 발끈했다.

"깜찍한 계집애야. 난 그것도 모르고 감쪽같이 속았지 뭐야. 양갓집 규수인 척을 좀 잘했어야 말이지. 장차 큰일 저지를 계집애야."

"말 다했어? 그게 자기를 죽도록 사랑한 여자에 대해 할 소리라고 생각해?"

수지는 가까스로 이 정도로 온당하게 말했지만 가슴속에선 느닷없이 자신도 이해할 수 없는 격렬한 분노가 끓어오르고 있었다.

"수지, 오해하지 마. 누가 누굴 사랑했다는 거야? 설사 그 계집애가 날 사랑했대도 나하곤 상관없는 일이야. 그 사기꾼 같은 계집앨 내가 알 게 뭐야?"

인재는 수지가 오목이한테 질투하고 있다고 믿고 있었기 때문에 오목이를 깔아뭉갬으로써 수지의 환심을 사기에만 급급했다.

"오오, 제발 그 애를 그렇게 나쁘게 말하지 마. 자기를 얼마나 좋아했음 그런 거짓말까지 시켰을까 생각 좀 해봐."

"너야말로 제발 그 계집애 얘기 좀 그만할 수 없어? 불쾌해."

인재는 열심히 오목이를 부정함으로써 수지에게 아부하려 들었다. 그런 인재가 수지 보기에 매우 용렬해 보였다.

어쩌다가 저런 남자를 사랑했단 말인가?

수지는 자신을 위해서도 오목이를 위해서도 같은 개탄을 했다. 자신이 사랑한 남자의 실상을 발견한 느낌은 한바탕의 쓸쓸한 환멸에 지나지 않았지만 오목이가 사랑한 남자의 실상을 대하는 느낌은 좀 더 복잡했다. 목 놓아 울고 싶은 비애였고 멱살을 잡고 따귀를 때리고 온갖 욕설을 퍼부어주고 싶은 원색적인 분노였다.

그런 슬픔과 분노는 처음이었다. 만일 실제로 그 자리에서 인재의 멱살을 잡는다면 살집이 가닥가닥 떨리게 미우면서도 오목이를 위해 뭔가를 애걸하지 않고는 못 배길 것 같았다.

그녀가 오랫동안 사랑한 남자의 모습은 온데간데없고 다만 오목이를 헌신짝처럼 버린 남자만이 남아 있었다. 아아, 가엾은 오목이, 불쌍한 것!

잠깐 늦게, 아니 돌이킬 수 없이 늦어진 다음에야 수지는 비로소 자신의 분노가 뼈와 살을 나눈 동생에 대한 연민 때문이라는 걸 알아차렸다.

나는 왜 이런 방법으로밖엔 오목이가 내 동생임을 받아들일 수가 없었을까? 수지는 인재가 싫고 미운 것만큼이나 자신이 밉고 싫었다.

좀 전에 본 오목이의 모습이 떠올랐다. 그녀가 보아온 오목이의 모습 중 가장 행복한 모습이었다. 얼마나 인재를 사랑하고 있는지 빤히 보이는 것 같았다. 아마 오목이가 행복할 수 있는 단 한 번의 기회였으리라. 동생의 단 한 번의 기회를 아무런 목적 없이 얼마나 야비한 방법으로 짓밟았던가?

돌려줘야 한다. 감쪽같이 돌려줘야 한다. 20년 전에 빼앗은 건 못 돌려줘도 당장 빼앗은 건 돌려줘야 한다. 그녀는 문득 세상의 소박맞은 딸의 부모가 사위를 때리거나 욕하지 못하고 왜 애걸하고 빌붙어야 하는지 알 것 같았다.

"빨리 따라가 봐. 멀리는 안 갔을 거야. 가서 사과해. 내 몫까지."

"누구울?"

수지가 진지해질수록 인재는 시침을 딱 떼고 느물댔다.

"누군지 정말 몰라서 묻는 거야?"

"정말 강짜 한번 끝내주게 하네."

"내가 강짜를 한다구?"

"그럼 아니니? 하긴 강짜 하는 네가 더 이쁘다. 우리 사이가 변함 없다는 걸 알게 돼서 기쁘기도 하고 오늘이야말로 내 최고의 날이야. 제발 초 치지 마."

수지의 복잡스러운 태도를 자신에게 유리한 쪽으로 해석한 인재가 자신 있게 수지의 손을 잡으며 말했다. 수지가 야멸차게 뿌리치며 소리쳤다.

"얻다 손을 댈려고 그래? 난 약혼한 몸이야. 벌써 마음 변한 지 오래야. 정신 좀 똑똑히 차리고 살아."

수지한테 뿌리침을 당한 손이 무안한지 인재도 유리컵에 꽂힌 장미꽃을 뽑아 그걸로 수지의 손등을 툭툭 쳤다. 수지의 말을 어떻게 알아들었는지 그의 입가에 떠도는 미소는 태평스럽다 못해 바보 같았다.

가엾은 오목이, 허구 많은 남자 중에 하필 이따위 남자를 좋아했을 게 뭐람. 수지는 한없이 못나 보이는 인재를 그녀가 사랑했던 남자로서가 아니라 오로지 오목이가 좋아했던 남자로서만 바라보면서 이렇게 개탄했다.

눈물마저 핑 돌았다. 자기가 저지른 일에 대한 회한과 갑자기 엄습한 동생에 대한 측은지정으로 수지는 뒤죽박죽이 돼 있었다.

"나 약혼했어. 우리 사이는 끝났단 말야. 뭐라고 말 좀 해봐. 참을 필요 없어."

인재의 태도를 종잡을 수가 없어 수지가 다시 한 번 이렇게 강조했다.

인재의 얼굴에 싸늘한 경련이 지나가더니 벌떡 몸을 솟구쳤다.

"내가 참고 있는 건 말이 아니야, 바로 이거다."

그러면서 수지의 따귀를 몇 번 후려쳤다. 수지가 테이블 위로 퍽 쓰러지면서 울기 시작했다. 인재는 비단결처럼 곱고 윤기 나는 머리를 산발하고 어깨를 흔들면서 우는 수지를 물끄러미 내려다보았다. 심중이 착잡하다 못해 고약했다.

수지와의 끝장을 예상 안 한 바는 아니었다. 그가 아무리 골수 서울뜨기에 비해선 많이 어리숙하다 해도 그만큼이나 예고된 상황을 못 알아차릴 만큼 둔하진 않았다.

그러나 젊은이다운 감상으로 그 끝장이 아름답길 바라고 있었다. 그래서 수지의 속 들여다뵈는 거짓말, 어딘지 신파 조의 몸짓까지도 미화하려 들었었다. 그는 끝까지 수지를 아꼈다고 자부하고 있었고 그 아낌이 매우 고통스러웠으니만큼 그 보답이 사랑의 결실은 아니더라도 설마 이렇게까지 추악하게 될 줄은 몰랐다.

차라리 안 만나느니만 못한 이상한 만남이었다. 이상한 장소에서 공교롭게 만나서 잠깐 동안에 당한 저속한 농락에 의해 한껏 우습게 된 자기 꼴을 생각하면 퉤퉤 침이라도 뱉어주고 싶었다.

인재는 수지와 자기 자신에게 똑같이 정이 떨어지고 화가 나서 두 사람의 공교로운 만남의 정작 희생자인 오목이에 대해 헤아리는 마음도 없었다.

식당 안 사람들이 모두 이쪽을 힐끔대고 있었다. 고급스러운 분위기에 잘 어울리는 고상한 사람들의 저급한 호기심에 반발이라도 하듯이 인재는 식당 안을 한 번 험악하게 째려보고 자리를 떴다.

수지가 허둥지둥 따라 나오면서 말했다.

"오목인 좋은 아이야. 머리도 좋고 마음씨도 좋고 나무랄 데 없는 아이야. 자기를 일편단심 좋아한다는 걸 단박 알 수 있었어. 내가 정작 말하고 싶은 건 그애가 고아라는 얘기가 아니라 바로 그런 것들이었는데……"

수지의 아직도 젖은 얼굴은 잘못을 뉘우치는 아이처럼 천진해 보였다. 그러나 날름대는 붉은 혀는 딴 사람의 것인 양 능란하고 간사했다.

"아니. 네가 정작 말하고 싶은 건 나처럼 멍청한 촌놈, 빈털터리는 오목인지 미스 췬지 하는 그 정체 모를 고아, 거짓말쟁이하고나 어울릴 테니 잘해보슈 하는 소리였겠지. 왜 내 말이 틀렸어?"

인재는 다시 한 번 따귀를 때리고 싶은 걸 참아내기 위해 들입다 뜀박질을 해서 그 자리를 피했다.

"야아, 기욱 군 좀 어지간히 몸 달게 할 수 없냐? 뭐든지 정도라는 게 있는 법이야. 더군다나 애교는……."

일부러 수지를 기다리고 있었던 듯 혼자서 텔레비전을 보고 있던 수철이가 텔레비전을 끄면서 말했다.

"또 전화 왔었군요?"

"오면 여간. 전화통에 불날 뻔했다."

"사람이 그렇게 가벼울까? 안달 부릴 땐 여자만도 못한 것 같더라."

수지가 혼잣말처럼 중얼댔다.

"야아, 이 자식아, 좋으면 좋다고 그래, 그것도 다 한때야. 결혼만 해봐라 국물이나 있나."

"그러니까 여자 쪽에선 질질 끌수록 좋은 거 아녜요?"

"그것도 정도가 있다니까. 남 서방 오늘 화가 머리끝까지 올랐더라. 어디 좋은데 데리고 가서 마음을 한껏 흥겹게 해주고 오늘이야말로 마무리를 지으려고 잔뜩 벼르고 있었는데 네가 아무 이유도 없이 빠져 달아나버렸다며? 어딜 갔었나?"

"오빠하고 미스터 남, 언제 적부터 그렇게 친했어요? 그런 걸 다 고해바쳤게?"

"잔말 말고 묻는 말에나 대답해."

"그래서 오빠보고 구원을 청하던가요?"

"구원을 청하는 게 아니라 은근히 협박을 하더라."

"협박이요? 아유 재미있어라. 결혼 안 해주면 죽겠대요? 죽이겠 대요?"

"좋아하지 마 이 자식아. 너도 나이 생각을 좀 해야지. 죽지도 죽이지도 않고 깨끗이 단념을 하겠대. 더 이상 병신 노릇 하기 싫다는 거야. 단, 병신 노릇의 데드라인이 오늘까지라니까 아직도 기회는 남았다."

수철이는 느긋하게 수지를 놀렸다. 그러나 기욱이 했다는 소리가 전적으로 꾸며댄 얘기만은 아닌 것 같았다.

"오빠, 오빠가 혹시 미스터 남을 그렇게 사주한 거 아녜요?"

"아니다. 그럴 리가 있냐? 팔은 안으로 굽게 마련인데. 그렇지만 여자 다루는 법에 대해선 조금 귀띔을 했지. 그 친구 영 답답해서. 다 좋은데 박력이 모자라."

수철이 짐짓 능청을 떨고 있었다.

"오빤 도대체 지금 누구 편이에요?"

"팔은 안으로 굽는대두. 그렇지만 인류가 크게 두 패로 갈라져서 싸움을 한다고 생각해봐라. 아마 남자와 여자로 갈라질 수밖에 없을걸."

"오빤 순 엉터리야."

"남 군만 한 신랑감도 드물다. 집안도 좋고, 실력도 있고, 돈도 있고, 너한테 죽자꾸나 반했고, 들어온 복 내치지 말아. 갈 때 되면 가야 해. 낸들 안 섭섭하겠냐만 섭섭한 건 잠깐이야. 반한 놈한테 내주는 것도 이쪽의 큰 복이다."

수철이 담배 연기를 내뿜으며 심란하게 말했다. 냉정하고 이지적인 턱이 부드럽게 흐려보였다. 그럴 때 수철이는 오빠라기보다는 아버지 같았다.

수지도 가슴이 뭉클하면서 잠시 심란해졌다. 그러나 남매간의 오랜만의 화기애애한 분위기를 해칠 만한 건 아니었다.

수지의 볼엔 아직도 인재한테 얻어맞은 아픔이 남아 있었다. 은표주박을 가슴에 늘이고 인재와 마주 앉았던 동생의 모습도 선연히 떠올랐다.

그 하찮은 걸 왜 가슴 한복판에 늘이고 있었을까? 동생은 아직도 기억할까? 다섯 살 적의 전쟁과 허기와 그 하찮은 것에 대한 집착을. 그리고 그 하찮은 것이 모든 것을 빼앗았다는 것을.

그놈의 은 표주박만 늘이고 있지 않았으면 좋았을 것을…….

수지는 마치 동생이 20년 전에 모든 것을 잃은 것도, 두 시간 전에 사랑을 잃은 것도 다 은 표주박 때문인 것처럼 퍼뜩 이렇게 느껴졌다. 불과 두 시간 전의 일이건만 그때의 불같은 질투는 되살아나지 않았다. 오랜 시간에 걸쳐 걸러진 사건처럼 담담했다.

"수인인 살았을까?"

수지가 지나가는 말처럼 무심히 말했지만 그 분위기에 딱 들어맞는 말이었다.

"너도 그 애 생각이 나나 보구나?"

"그럼 오빠도?"

"그 애도 시집갈 나이가 됐으련만."

"살기나 했을까요?"

"글쎄다. 널 시집보내려니 그 애를 찾아 돌보지 못한 게 더욱 걸리는구나."

"오빤 최선을 다했어요. 그건 세상이 다 아는 일예요."

"그 애도 먼 훗날이라도 좋으니 그걸 알아줬으면 좋으련만……."

"오빠!"

"잘 살아야 한다. 그의 몫까지."

위선의 교감은 감미롭고 짜릿했다. 둘 다 눈시울을 적시고 있을 때 전화벨이 울렸다.

"이 밤중에 누구지?"

"누군 누구겠니? 남 군이지. 잘해봐라. 데드라인이 얼마 안 남았어."

거실의 괘종시계가 지치고 녹슨 소리로 한 번 울렸다. 열한 시 반이었다.

"기욱 씨? 나야."

그리고 나선 수지는 주로 이야기를 듣는 편이었다. 수철이 무심한 척 그러나 세심하게 수지의 눈치를 살피고 있었다. 얘기가 잘돼 가는지 수화기를 들고 비스듬히 앉아 발장난을 치는 수지의 표정은 시종 밝았고 가끔 소리내어 깔깔대기도 했다.

"아쭈, 기욱 씨 제법 박력 있는데? 그거 혹시 울 오빠가 가르쳐준 거 아녜요? 놀랄 거 없어요. 울 오빠가 뭐 기욱 씨한테만 좋은 거 가르쳐준 줄 알아요? 나한테도 박력을 가르쳐줬냐구요? 설마 우리 둘이 박살나는 꼴을 보고 싶어할 울 오빠 아니라구요. 나한텐 절도 있는 애교를 가르쳐주데요. 울 오빠 음흉하죠?"

그러곤 주로 네, 네, 알았어요. 다신 안 그럴게요 등, 짧고 수동적인 말만 했고 입가엔 미묘한 웃음이 뱅글댔다. 거의 반 시간 동안이나 계속된 장장한 통화를 끝내고 나서 수지가 말했다.

"오빠, 결혼 얘기 끝냈어요."

"끝내다니?"

"아이 오빠두 놀라시긴. 내일 약혼반지 사러 가기로 합의봤단 소리예요."

"짜아식 급하긴."

"오빠가 오늘이 데드라인이라고 해놓고서……"

"내가 그랬던가? 아무튼 잘했다. 좋은 일일수록 서두르는 게 수야. 참 그치는 말썽 없겠지?"

"그치라뇨?"

"왜 있잖아. 인잰가 하는 추근추근한 치 말이다. 난 그치 생각만

하면 꺼림직하더라. 옥의 티나 안 됐으면 좋으련만……. 설마 그렇진 않겠지?"

수철이 살피듯이 물었다.

"무슨 말씀이세요?"

"아, 아니다. 몰라도 된다. 올라가 자려무나."

그때 괘종시계가 울리기 시작했다. 사람 키만 한 괘종시계는 매우 느리게 울렸다. 수지가 제 방으로 올라와 침대에 몸을 던질 때까지도 그 녹슨 소리는 계속됐다.

한꺼번에 많은 일이 생겼고 또 중대한 일을 결정한 하루였음에도 불구하고 수지는 심신이 상쾌했다. 뜻하지 않은 돌파구가 생겨 얽히고설킨 갈등으로부터 쉽게 벗어난 느낌이었다.

기욱이 안 나타났으면 모를까, 대학원까지 졸업하는 동안에 불필요한 나이와 더불어 원숙해질 대로 원숙해진 자존심과 허영심을 충족시킬 만한 기욱이 나타난 이상 인재와 헤어질 수밖에 없으리라는 걸 그녀는 진작부터 알고 있었다.

자신의 의리 없음에 대해 그 정도는 뻔히 들여다보고 있으면서도 여태껏 인재와 헤어지지 못한 건 미련 때문이 아니라 이기심 때문이었다. 헤어지되 조금도 마음이 불편하거나 꺼림칙하지 않게 헤어지려니 쉬운 노릇이 아니었다. 그런데 뜻밖에 오목이가 나타난 것이다. 동생인지 아닌지 긴가민가하던 오목이가 동생이라는 움직일 수 없는 징표를 목에 걸고 인재의 애인으로 나타난 것이다.

동생을 위해 인재를 양보했다고 생각하면 신파 조의 감미로운 애상이 싸구려 향수처럼 마구 피어올랐다.

오목이에 의해 그들의 헤어짐엔 아무런 하자도 없게 된다. 떳떳하고도 완벽했다. 결국은 마음 변하기 편하도록 오목이를 이용한 데 지나지 않았다는 것에 대해선 별로 마음쓰지 않았다.

그녀와 헤어졌다고 해서 과연 인재가 오목이와 결합할 수 있을 것인지에 대해서도 생각하기 싫었다. 그것은 그녀가 간섭할 문제가 아니었다. 중요한 건 동생이 행복할 수 있는 희미한 가능성을 위해서 자기의 오랜 사랑을 끝장낼 수 있었다는 자기도취뿐이었다.

인재와 오목이가 결합할 수 있는 가능성에 대해 생각하기도 싫은 건 어쩌면 그걸 원치 않기 때문인지도 몰랐다. 그 생각은 그녀를 혼란시켰다. 일단 정리된 갈등이 다시 뒤죽박죽으로 얽힐 것 같았다.

그보다도 인재한테 버림받은 오목이를 상상하는 쪽이 훨씬 더 감동스러웠다. 오목이가 인재한테 버림받았다고 가정할 때만이 오목이한테 진한 핏줄의 정이 끓어올랐다. 뼈가 아프게 오목이가 불쌍하고 인재가 미웠다. 자신을 배신한 인재는 얼마든지 용서할 수가 있었지만 오목이를 배신한 인재는 상상만으로도 격렬한 욕설이 북받치고 치가 떨렸다. 그 상반된 느낌은 본능의 표리처럼 원색적이면서 따로 떼어놓을 수가 없었다.

왜 그랬니? 응 왜 그랬어? 수지는 그 방에 자기 혼자뿐인 걸 알면서도 남의 이목을 꺼리듯이 조용히 소곤거렸다. 가슴이 울렁거렸다. 수지는 그녀가 그때 저지른 일은 물론 마음속에서 일어난 변화와 갈등에 대해서까지 설명과 정리를 끝냈건만 아직도 남아 있는 의문이 있었다.

 오목이가 동생인지 아닌지 더 이상 긴가민가할 필요가 없을 만큼 명확한 징표를 걸고 나타났는데도 왜 즉시 아는 척을 하고 동생으로 받아들이지 못했을까? 왜 그랬을까? 도대체 언제까지 모르는 척 할 작정인가?

 오목이는 어둑시근한 부엌에 쭈그리고 앉았다. 부엌이라기보다는 집 뒤 처마 끝이 뒷집 축대와 맞닿으면서 생긴 골목이라 대낮에 가까운데도 마냥 어둑시근했다. 볕이 안 드는 데다 바람의 통로였다. 연탄 아궁이 위에 얹은 양은솥에서 물이 끓건만 등허리는 오싹오싹했다. 두고 나온 두툼한 겨울옷 생각이 간절했다.

 할 일이라도 더럭더럭 있으면 좀 낫겠는데 아침밥 지어놓은 지도 오래고, 일찌거니 해 넌 빨래도 얼추 마를 때가 됐고, 더께가 앉은 양은솥, 양은 냄비가 은빛이 된 건 벌써 며칠 전 일이니 혼자서 펄쩍펄쩍 뛰기 전엔 몸 놀릴 일이 없었다.

 크고 규모 있는 살림을 주장하던 손이라 방 한 칸 부엌 반 칸에서 마냥 게으르게 사는 사람 꼴이 도무지 한심스럽기도 하려니와 심심해서 못 견딜 지경이었다.

 부엌으로 난 쪽문이 덜컥 열리면서 두억시니 같은 춘자의 머리가 나왔다.

 "언니 거기서 뭐 하고 있어?"

 "그냥……."

오목이는 잘못한 것도 없이 송구스러워서 몸을 웅숭그렸다.

"어유, 어유 청승, 따뜻한 방 놔두고 뭣하러 그 한데 부엌에서 떨어요? 누가 보면 내가 언니 구박한 줄 알겠다."

"보긴 누가 본다고 그래?"

"사람만 안 보면 제일이유? 하늘이 내려다보시지."

"하늘?"

오목이는 서글프게 웃었다. 어제 아침나절엔 방에서 뭘 좀 꿰매려고 반짇고리를 찾다가 또 구박을 맞았었다. 제발 아침잠 좀 자게 인기척내지 말라고. 춘자의 살림엔 반짇고리 같은 건 숫제 없었다.

"아유 아유 청승. 몸뚱이가 고드름이네. 저놈의 부엌은 냉장고라니까."

춘자가 개키지 않고 밀어놓은 이불 밑으로 방바닥을 더듬더니 담뱃갑을 찾아내서 담배를 한 가치 꼬나물고 푸욱푸욱 연기를 뿜어댔다.

오목이는 등을 녹이기 위해 드러누운 채 이런 춘자를 망연히 쳐다보면서 저 애가 도대체 몇 살일까? 하는 생각을 했다.

고아원에서 춘자는 오목이보다 두 살 아래로 되어 있어서 당연히 오목이가 언니 노릇을 했었다. 그렇지만 고아원 나이를 누가 믿는담. 이런 안 하던 의심을 하게 된 건 미순이네를 나와 고아원 친구 중엔 제일 형편이 낫다고 소문난 춘자의 셋방을 천신만고 끝에 찾아내서 춘자를 만나자마자부터였다.

그때 춘자는 막 저녁 화장을 끝내고 출근하기 위해 옷을 갈아입고 있었는데 언니 소리 듣기가 민망할 정도로 까마득한 손위 여자로 보였다. 따로 방 얻고 취직할 때까지 의탁하고 싶다는 오목이의 부탁을 선선히 받아들이면서 마음 푹 놓고 얼마든지 있으라고 너그러운 아량을 보일 때는 더욱 의지가 되었다.

그때는 진한 화장 때문에 그렇게 보였거니와 지금은 화장이 싸구려 칠처럼 들고 일어나 진짜 살갗이 군데군데 반점처럼 드러났건만 나이 들어 보이긴 마찬가지였다. 늙었다기보다는 황폐한 춘자의 이런 얼굴이 측은해서 오목이는 한숨을 삼켰다.

춘자는 입으로 오목이를 구박했다가, 곰살궂게 굴었다가 변덕이 죽 끓듯 했지만 속마음은 정이 깊고 따뜻하다는 걸 오목이는 알고 있었다. 그래서 더더욱 신세 지기가 미안했.

짤막한 손가락에 어울리지 않게 길고 날카롭게 다듬은 새빨간 손톱 사이로 다 타 들어간 담배를 춘자는 필터까지 태울 듯이 푹푹 빨아댔다.

그럴 때마다 꿈틀대는 시든 목을 오목이는 툭 건드리면 터질 듯한 아슬아슬한 느낌으로 바라보았다.

춘자는 말의 홍수가 터지기 직전엔 으레 그렇게 담배를 탐했다. 춘자가 꼴깍 침을 삼켰다. 오목이는 그게 위험수위를 넘었다는 신호인 줄 알면서도 혹시 미연에 방지할 수 있을까 해서 허둥지둥 먼저 말을 시켰다.

"춘자야, 제발 밥값을 받아. 그러면 내가 좀 덜 미안하잖아. 나 돈 많다 너. 취직만 되면 나도 따로 방 얻어 나가든지 너만 좋다면 이대로 쭉 같이 살든지."

"언니가 밥짓고, 빨래하고 그 더러운 그릇들을 다 윤을 내놓았는데 뭣 하러 밥값을 내? 언니 오고 나서 난 공주님 부럽지 않아. 아이들이 다 나 살쪘대. 언니 오늘 아침 반찬 뭐야? 인젠 라면만 먹곤 죽어도 못 살겠으니 어떡허지? 언니."

"죽잖으면 살기지 죽어도 못 살겠단 소리가 어딨어? 자아, 본론으로 들어가자. 그럼 내가 당분간 네 식모로 취직한 셈만 치랴?"

"언니 돌았어? 내 주제에 식모를 두게. 어서 밥이나 가져와요. 남화 돋우지 말구. 언니만 보면 화가 부글부글 끓어올라 펄쩍펄쩍 뛰고 싶더라. 왜 쳐다봐요? 눈엔 눈물이 글썽해가지고. 언니 소갈딱지 뻔하지 뭐. 내가 밥이 아까와서 화가 나고 언니 구박하는 줄 알지? 그게 아니우. 난 언니가 그 좋은 집 양딸 노릇을 박차고 야반도주한 까닭을 생각하면 자다가도 가슴에서 불이 난다니까. 오가면 어떻구, 최가면 어떠우? 오목이가 최오목이 되는 게 싫어서 그 집을 나왔다니 말도 안 돼. 말이야 바른 대로 말이지 언니가 오가인 건 확실하다우? 우리 고아들 성을 누가 믿어주기나 한다구. 헌다 헌 양반, 애국지사 뭐 그런 사람들도 일제 땐 일본 성을 너도나도 따르면서 목숨 보전도 하고 권세까지 누렸다며? 성을 갈겠다는 맹세도 그때부턴 웃기는 얘기가 되고 만 거지. 그런데 언니가 무슨 오씨 가문의 시조라도 된다고 그 잘난 성을 붙들고 늘어지느라 꼴 조오시다. 인생 밑바닥까지 흘러간 이 춘자의 몸종 노릇이라도 하겠다니……."

"그만해둬. 아침 먹자."

오목이가 발딱 일어나면서 중턱을 잘랐다. 벌써 몇 번째 들은 소리인지 모른다. 그러나 한 번도 끝까지 들은 적이 없었다. 그 얘기만 나오면 춘자는 무진장 말이 많아졌다.

"아유 맹꽁이, 저 맹꽁이 땜에 나까지 정신이 돌아버릴 거야. 마음 독하게 먹고 저 맹꽁이를 내쫓아버리든지 해야지."

이런 푸념을 들으면서 오목이는 부엌으로 나왔다.

오목이는 연탄아궁이 위에서 끓는 물을 두 개의 대야에 나누어 퍼서 알맞게 온도를 맞춘 세숫물과 치약을 짜 얹은 칫솔과 양치질 물을 방으로 들여보내고 나서 연탄불 위에 찌개 냄비를 올려놓고 아침상을 봤다.

투덜대면서 세수를 끝마친 춘자가 물 내가라고 악을 쓰자 오목이는 물 그릇을 들어내고 방바닥을 훔치고 상을 들여놓았다.

오목이는 그런 일들을 타고날 때부터 익힌 몸종처럼 감정을 나타내지 않고 소리 없이 해나갔다.

춘자는 이것저것 반찬 맛을 보면서 칭찬도 하고 감탄도 하다 말고 또 갑자기 화를 냈다.

"언니 정말 왜 이러우? 날 이렇게 호강시켜서 생전 몸종 없이 못 살게 하려고 그러는 거지? 날 그렇게 병신 만들어놓고 마냥 나한테 붙어 몸종 노릇을 해먹으려고. 언니는 자존심도 없수?"

"말 조심해."

오목이가 드디어 발끈했다.

"그래 그렇게 나올 줄 알았어."

춘자가 젓가락으로 찌개 건더기를 건져 올리면서 악을 올렸다. 오목이는 곧 평정을 회복하고 암팡지게 숟갈질을 했다.

"언니 내가 밉지?"

춘자는 원래 화도 잘 냈지만 반성도 잘했다.

"아니."

"나 정말 왜 이런지 몰라. 고아원 동기면 우리한텐 친동기나 마찬가지 아뉴?"

"그럼, 나도 그렇게 생각해서 너를 찾아온 거야."

"정말은 나 언니한테 잘해주고 싶어. 독하게 굴고는 곧 후회해. 언니한테 못할 소리 해주고 나갔다 들어올 땐 언니가 그동안에 도망갔을까 봐 겁이 나. 언니 행여 나 없을 때 도망가면 안 된다."

"내가 왜 도망을 가니? 가고 싶으면 정정당당히 가지."

"정말 그래줘야 해. 앞으로 내가 더 못되게 굴더라도······."

"염려 마. 네가 뭐래도 난 네 몸종이 아니니까 도망 같은 건 안 가."

"역시 몸종 소리를 꽁하고 접어뒀었구나. 오금을 박게."

"미안해."

오목이는 얼빠진 듯하면서도 날이 선 얼굴로 말하고 숟갈을 놓았다.

"언니는 그동안 잘 지냈을 테니까 그런 일 없었겠지만 난 가끔 고아원 시절이 그리워 운 적이 많다우."

"그건 나도 마찬가지야."

"결국 우린 고아원만 면한 거지, 고아를 면한 건 아니었어."

"넌 고아가 별안간 공주님으로 밝혀진다거나, 천신만고 부자 부모를 찾아내는 옛날 이야기를 좋아했었지."

오목이는 문득 그런 이야기를 들으며 눈을 빛내던 춘자의 어린시절의 모습이 떠올랐다. 무심히 흘려버리고 다신 생각한 적이 없는 그 아이의 행복해하던 모습이 비통하게 그녀의 마음을 쑤셨다. 지금 춘자는 그런 꿈이 가득 찬 비쩍 마른 아이가 아니었다. 오목이보다 훨씬 세상 풍상을 앞서 겪고 아는 것도 많은 술집여자였다.

오목이는 자신보다 훨씬 어리던 춘자가 지금 자신보다 앞서 늙어 있음에 자주 아뜩한 혼란을 느꼈다. 그렇지만 자기만 상관없는 고장 사람인 양, 춘자를 스쳐간 드센 세월을 바라본다는 건 얼마나 교만한 환상일까?

"언니 난 유춘자야."

춘자가 별안간 밑도 끝도 없이 자기소개를 했다.

"나도 알아."

"유가는 울 아버지 성이 아니라 원장 아버지 성이야."

"나도 알아, 그래서 오누이의 집엔 유가가 참 많았지."

"우리 유가들은 유가 아닌 아이들이 얼마나 부러웠는 줄 알아?"

"유가 아닌 애는 몇 되지도 않았잖아?"

"희소 가치 때문에 부러웠던 건 아냐. 유가 아닌 애들은 뭔가 신비한 가족들과의 끄나풀을 가지고 있는 것 같아서였어. 부모가 아니더라도 형제나 하다못해 친척이라도 나타나기로 약속된 아이처럼 보여서 질투가 나기도 했구. 그런 기분 아마 유가 아닌 애들은 짐작도 안될걸."

"아냐. 알 것 같아. 끝내 그 끄나풀은 아무짝에도 쓸모가 없었지만 말야."

"죽을 때까지 쓸모가 없더라도 우리에게 그게 부럽긴 마찬가질 거야. 그렇지만 언니처럼 그걸 지키려고 들어온 복을 박차야 할 만큼 그게 그렇게 중요한 걸까?"

"또 그 얘기니? 넌 참 질기기도 하다."

오목이는 하염없이 한숨을 쉬었다. 양딸이 돼서 성을 갈게 되는 게 싫어서 그 인심 좋은 집을 도망쳤다고 둘러댄 게 슬그머니 후회스러워졌다. 춘자는 지겹도록 그 문제를 붙들고 늘어져 오목이를 못살게 굴었다.

"언니가 딱해서 그래. 언닌 뭘 너무 몰라."

"그래, 내가 아는 건 내가 뭘 너무 모른다는 것 한 가지뿐이야."

"그거라도 알고 있으니 고맙수. 나 보기엔 언니는 너무 철부지야. 내가 벌어오는 돈 그거 어떻게 번 돈인지나 알우?"

"대강은 짐작해."

오목이가 몸을 웅숭그렸다. 그러나 춘자 보기엔 도사린 것처럼 담독스러워 보였다.

"흥, 술집이라니까 맥주 거품, 화려한 불빛, 돈 잘 쓰는 남자들, 째지는 생음악 기껏 그런 거나 상상하겠지. 나 나가는 데는 그런 데도 못돼. 어떡허든 그런 데로 가는 게 나 나가는 데 있는 애들 모두의 꿈이라우. 나 나가는 데가 어떤 덴지 들어볼래?"

"아, 그만둬."

오목이가 질겁을 하면서 몸을 더욱 똘똘 뭉쳤다.

"낸들 뭐 이렇게 되고 싶어 된 줄 알우. 나도 정당하게 일해서 입에 풀칠하려구 노력하는 데까지 해봤다구. 언니가 지금 나 같은 년의 몸종이라도 마다하지 않은 것과 마찬가지루다. 그렇지만 시간문제라구요. 언니도 별수 있을 줄 알우?"

춘자는 오목이를 끌어당길 듯이 빤히 쳐다보면서 자신 있게 말했다. 오목이는 딱히 설명할 수 없는 차가운 게 등골을 스치는 것 같아 몰래 진저리를 쳤다.

"네가 뭐래도 상관 안 했어. 구박해도 달게 받아왔어. 그렇지만 우리 같은 애들은 다 결국은 너처럼 되고 만다는 생각은 참 싫구나."

"언닌 날 경멸하지. 나쁜 년이라고 생각하지? 내 밥을 얻어먹는 주제에. 내가 왜 나빠? 계집애가 어느 날 문득 얼굴에 분칠이 입에 풀칠만큼이나 허기가 지게 하고 싶어질 적이 있는 게 그렇게 큰 죄야? 남 다 입는 레이스 달린 속옷 한번 입어보고 싶어한 게 왜 나빠?"

춘자가 가뜩이나 두억시니 같은 머리를 부득부득 쥐어뜯으며 대들었다. 춘자의 그런 발악이 전에 없이 오목이의 속마음을 울렸다.

"너 나쁠 것 하나도 없어. 인생이란 별로 대단한 게 아닐 거야."

오목이는 조리 안 닿는 소리를 웅얼거리면서 자신과 춘자를 한꺼번에 위로하려 들었다.

인생이 대단한 거라면 바람결처럼 슬쩍 스친 우연이나 조그만 돌부리만도 못한 사소한 사건에 의해 그렇게 회까닥 국면이 바뀔 수야 없지 않겠는가. 오목이는 자신의 그런대로 평온무사한 나날이 버스 값 몇 푼에 의해 전혀 예기치 못한 장미빛으로 물들었다가, 다시 몇 알의 사과와 담배 한 갑을 참지 못한 식구들의 참을성 없음에 의해 얼마나 무서운 절망으로 바뀌었나를 빗대면서 그렇게 생각했다.

자연히 얼굴에 분 바르고 싶고 레이스 달린 속옷이 입어보고 싶은 나이에 그런 것들이 자연스럽게 주어졌을 때 그런 것들은 참으로 하찮다. 그러나 그 나이에 그게 안 주어졌을 때, 어느 순간 일생을 망치고라도 그걸 가져보고 싶을 만큼 대단한 게 될 수도 있다. 참으로 어리석은 일이지만 그게 하찮은 사람이 그게 그렇게 대수로운 사람에 대해 감히 무엇을 안다고 할 수 있을 것인가?

춘자의 방은 구들목은 발을 못 대게 따가웠지만 외풍은 한데 부엌 못지않았다. 단칸방을 가로지른 나일론 줄 위에 함부로 벗어 건 레이스 달린 속옷과 거기 어울리는 야한 원피스, 한복 등이 쉬지 않고 너울대는 게 신산스러워 보였다. 벽에는 화장품 회사 달력 말고도 남녀 탤런트, 가수들의 사진이 덕지덕지 붙어 있고 그중엔 유모차에 탄 살찐 아이의 그림도 한 장 섞여 있었다. 오목이는 그 아이의 웃음을 볼 때마다 맥없이 콧날이 시큰했다.

서랍이 네 개 달린 옷장은 틈이 많이 벌어져 나일론 양말짝이 혓바닥처럼 늘어져 있기도 하고 한때는 곤충의 날개처럼 화사하게 풀이 섰을 여름 옷들이 꾸겨박지른 채 꾸역꾸역 너불대고 있기도 했다. 그런 것들이 비명을 지르며 시든 것처럼 무참해 보였다.

그 서랍장 하나가 방 안에 있는 가구의 전부였다. 깔끔한 오목이는 그게 그 모양으로 속의 것을 흘리고 있는 게 못마땅했지만 손댈 엄두가 안 났다. 그건 단 하나의 가구인 동시에 단 하나의 춘자의 프라이버시가 담긴 그릇이기도 해서 삼가는 마음과 한번 손을 대면 무진장 진구덥을 쏟아놓을 것 같아 지레 겁이 나는 마음 반반씩이었다.

서랍장 위엔 화장품이 즐비했다. 화장품에 대한 애착이 유별나 빈 병도 버리지 않는 춘자의 성미 때문에 그 수효는 실제로 소용 닿는 것의 몇 배였다. 일수계를 타면 큰 화장대를 사서 그것들을 제자리에 놓아두는 게 그녀의 소원이었다.

제자리가 아니라서 그런지 그것들은 하나같이 찌푸룩하니 몸을 사리고 교만하게 서 있었다. 윗목 서랍장 옆엔 불룩불룩한 쇼핑백들이 쌓여 있고 이불을 개켜놓을 만큼 비어 있었지만 춘자는 한 번도 이불을 개키지 않았다. 발끝으로 그쪽에다 밀어놓는 일도 어쩌다가 했다.

대강 그런 것들이 춘자의 방 안 풍경이었다.

오목이는 방 안을 휘둘러볼 때마다 자신이 그 속에 있는 까닭을, 무엇이 자신을 이곳으로 이끌었을까를 곰곰 생각하곤 했다. 그녀는 그것을 알아내야만 했다.

하찮은 일에 의해 팔자가 바뀌는 일을 피할 수 없다고 해도 그 하찮은 일을 그때그때 정신 똑바로 차리고 봐두리란 생각 속엔 어쩔 수 없이 그녀의 연륜이 배어 있었다.
 "언니야."
 춘자가 느닷없이 어린애처럼 응석을 부렸다.
 "왜 그래?"
 오목이는 치마꼬리에 감기는 아이 뿌리치듯 쌀쌀하게 대꾸했다.
 "훨훨 멀리 가고 싶어."
 춘자의 눈에 동경이 아지랑이처럼 가물댔다.
 "네 형편에 여행은 아직 사치야."
 "돈 안 들이고 시간도 많이 안 걸리고 후딱 갈 수 있는 데를 난 알거든."
 "흥, 수락산?"
 춘자가 사는 동네는 수락산 자락에 붙어 있었다.
 "아냐. 더 멀리, 아주 멀리 눈 깜박할 새 갈 수 있어. 언니는 모르는구나. 그걸 왜 나만 알까? 난 별로 똑똑치도 못한 주제에."
 "그게 어딘데?"
 "죽어버리는 거야."
 오목이는 말없이 춘자를 건너다보았다. 화장품과 레이스 달린 속옷과 함께 죽음을 정답게 보듬어 안고 있어도 조금도 이상하거나 엉뚱할 건 없다고 생각했다. 보듬어 안긴 이상 죽음인들 화장품이나 레이스 달린 속옷보다 결코 덜 녹녹할 것도 없으리라.
 "너 혹시 일환이 오빠 소식 아니?"
 오목이는 불쑥 이렇게 물었다. 벼른 깐으론 순탄하게 말문이 열렸다. 그녀가 집 나오자마자 곧장 춘자한테 이끌린 까닭을 알 것 같았다. 춘자가 제 방구석이라도 한 칸 가진 탓도 있었지만 춘자가 오누이의 집을 거친 아이들 거처에 가장 정통한 소식통이란 소문 때문이었다. 더 악질적인 소문 중에는 오누이의 집을 거친 남자애치고 춘자 한 번 못 따먹은 녀석은 병신이라는 징그러운 것도 있었다.

마음이 헤프고 입이 싸고, 건사해줄 어른이 없어 너도나도 쉽게 넘보다 보니 그런 고약한 입방아에 오르내리게 됐으려니 동정을 하면 했지 그런 소문을 믿을 건 아니었다.

그러나 춘자를 찾아와 같이 지내면서 일환이 소식을 묻기를 며칠씩이나 미룬 건 그런 소문을 많이 염두에 두었기 때문이다.

오목이는 아직도 일환이가 준 명함을 가지고 있어서 직접 찾아갈 수도 있었다. 그녀는 그 명함을 보따리 속 가장 깊은 갈피 속에 돈과 함께 간수하고 있었다.

일환이를 썰렁한 빈집이 된 오누이의 집에서 만난 지가 5년이 넘었으니 명함에 적힌 직장에 여태까지 눌러앉아 있으리란 보장은 없었다. 그렇더라도 고아원을 면하자마자 배운 기술이니 그 계통을 아주 떠나진 못했으리라.

직접 그 바닥으로 찾아나서면 쉽게 만날 수 있다는 걸 알면서도 오목이는 그러기가 망설여졌다. 5년 동안에 그에게 어떤 변화가 있었는지 미리 알아내고 싶었다. 사전 정보 여하에 따라선 그를 영 안 만날 수도 있었다.

그러니까 춘자를 통해 알아내고 싶은 건 일환이의 거처가 아니라 그의 신상에 관해 떠도는 소문이었다. 그동안에 장가들어 아이가 하나둘쯤 생겼달까 봐, 그녀는 두려웠다. 능히 그러고도 남을 세월이었다. 자신이 헛된 꿈을 꾸는 동안 그는 착실히 생활을 다졌다면, 두 사람 사이가 돌이킬 수 없이 벌어지기 넉넉한 동안이었다.

"일환이? 일환이가 누구더라?"

춘자가 그녀 특유의 아둔한 눈을 깜박거리면서 물었다.

"왜 있잖아? 고아원이 해산되기 전해던가, 전전해던가 보일러 가게로 취직해서 나간 꺽다리 말야. 아마 나보다 더 나이배기는 그 오빠뿐이었을걸."

그녀는 춘자가 일환이가 누군지도 잘 생각나지 않는 눈치에 묘한 안도감을 느끼면서 이렇게 말했다.

"으응, 그 못생긴 뻐드렁니?"

"얘는 그 오빠가 그렇게까지 못생기진 않았다 너."

"그 뻐드렁니가 안 못생겼다구?"

춘자가 별안간 허리를 야릇하게 비틀고 깔깔댄다. 무엇을 생각하고 웃는 걸까? 그녀는 요새 일환이를 그녀가 실제로 알고 있는 것보다 더 익히 알고 있는 것처럼 느끼고 있었다. 자주 생각하기 때문이었다. 기둥에다 키를 재고 눈금을 새겨주던 일로부터 얼굴에 검댕을 묻히고 라면을 끓여주던 일까지 소상하게 기억해내고 친근하게 길들이는 일이 그녀가 요새 마음속으로 되풀이하고 있는 주된 일이었고 단 하나의 위안이었다.

일환에게만은 모든 것을 다 말할 수 있을 것 같았다. 그에겐 용서를 빌거나 할 필요가 없으리라. 그 또한 용서 같은 주제넘은 짓을 할 위인이 아니었다.

그는 다만 잊어버려 못된 꿈을 꿨구나 할 것이다. 아냐 못된 꿈이 아니라 헛된 꿈이었어라고 그의 말을 정정해도 그는 탓하지 않겠지. 짜아식 그게 그거지 뭐 하고 씩 웃는 게 고작일 것이다. 그는 착하고 둔감하니까.

오목이는 일환이의 착하고 둔감한 걸 구원처럼 갈망했다. 그에게 순종과 정숙을 맹세함으로써 헛된 꿈에서 깨어나고 싶었다. 그는 종당엔 그의 말이 옳았다는 걸 증명해줄 것이다. 그녀가 꾼 꿈이 얼마나 못된 꿈이었던가를.

아아 그가 그것을 증명해주고 나에게 평안을 주었으면.

오목이는 자신의 이런 간절한 기구가 걸린 일환이를 춘자가 제발 모독하지 말길 바랐다.

"왜 웃니?"

오목이는 춘자의 출렁이는 풍만한 상체와 그것과는 별개의 물건처럼 무겁게 내던져진 뭉툭한 다리를 바라보면서 날카롭게 물었다. 혐오감이 쓰디쓴 군침이 되어 입안에 괴었다.

"웃기는 일이 생각나서 그래? 내가 공부는 못하는 주제에 사춘기는 남보다 빨라 원장 아버지를 깜짝깜짝 놀래켜준 일, 언니도 생각나지? 이건 원장 아버지도 감쪽같이 모르게 한 장난인데, 나 말야 언니, 오누이의 집 머슴아들하고 다 한 번씩 뽀뽀해봤다. 놀랐지? 언니 그렇지만 머슴아들은 죄 없어. 다 내 쪽에서 꼬셨으니까. 그 뻐드렁니만 빼고. 그 뻐드렁니하곤 도저히 그런 장난칠 마음이 안 나더라니까. 오죽 못생겼으면 나 같은 바람둥이가 다 따돌릴 마음이 나겠어?"

춘자가 다시 재미나서 못 견디겠다는 듯이 몸을 들까불며 웃었다. 오목이도 보일 듯 말 듯 안도의 웃음을 웃으면서 생각했다.

춘자는 일환이의 뻐드렁니만 알지 그 순한 눈은 모르리라. 더군다나 그 착하고 성실한 마음을 알 리가 없다. 못생긴 게 어찌 뻐드렁니뿐일까? 펑퍼짐한 코도 볼품없긴 마찬가지였다. 그러나 그 못생긴 게 그를 춘자의 문란한 입술로부터 안전하게 지켜줬다면 앞으로 한없이 겸허한 마음으로 그 못생긴 걸 어루만지고 사랑할 수 있으리라.

일환이의 꾀죄죄한 찌든 내복과 오랫동안 감지 않아 지푸라기처럼 뻣뻣한 머리털도 생각났다. 그런 것들을 빨고 씻기는 것만으로 행복해지고 싶었다. 그가 놀라서 만류하거든 말하리라. 나는 당신의 발뒤꿈치를 씻길 자격도 없노라고. 자기를 한없이 낮추는 공상만이 오목이를 잠시나마 구원했다.

일환이에 대해 춘자가 알고 있는 건 못생겼다는 게 전부였다. 오목이는 그걸로 스스로 만족하려 들었다.

"슬슬 또 밤차 탈 시간이 되네."

춘자가 서랍장 위에 있는 화장품을 주섬주섬 방바닥으로 끌어내리면서 하품을 했다. 썩은 이가 드러나는 큰 하품이었다. 춘자가 밥벌이 나가는 술집 이름이 '밤차'였다.

밤차 탈 시간이 되면 춘자의 얼굴에도 어쩔 수 없이 나그네의 고

달픔과 우수가 서린다. 그건 때에 따라서 막연한 그늘이었다가 얼룩진 기미였다가 어렴풋한 주름살이었다가 했다.

　춘자는 어떻게든 그것을 은폐해보려고 죽자꾸나 찍어 바르고 문지르고 두드렸다. 오목이는 춘자가 화장하는 걸 보면 그 시간이 언제이든 간에 밤차 들어오는 소리가 들리는 것 같았다. 마치 춘자의 방이 작은 간이역인 것처럼 방 안을 지나는 외풍에도, 허술한 문을 흔드는 바람결에도 목메인 기적이 섞여 있었다. 오목이가 환각하는 밤차는 아직도 구식 증기기관차에서 칙칙폭폭 하면서 달리다가 날카롭고 긴 기적을 울렸다.

　가출했다는 두려움이 문득 오목이의 작은 가슴을 짓눌렀다. 행복한 집의 추억 없이, 홀로 떨어져 독립된 가출의 실감은 밤차를 기다리는 외딴 역만큼이나 청승맞았다.

　도대체 춘자는 매일 밤 밤차를 타고 어디로 흘러가는 것일까?

　그럴 때 오목이는 춘자에게서 마치 외딴 역에서 오다가다 만난 사람에게서 느끼는 것과 비슷한 호기심과 피상적이고도 순간적인 사랑을 느꼈다.

　"언니도 한번 밤차에 나와보지 않을래요?"

　춘자가 지나가는 말처럼 슬쩍 이렇게 비쳤다. 벌써 몇 번짼지 몰랐다.

　"내가 왜?"

　오목이가 질겁을 하는 양을 바라보는 춘자의 입가에 조소가 맴돌았다.

"구경 삼아."

"구경하고 싶지 않아."

"왜 구경하다가 뭐가 묻을까 봐? 아니면 우리 잘난 언니 어디가 깎일까 봐?"

"춘자야, 제발 비꼬지 말아."

"비꼬는 게 아니라 우스워서 그래. 내 눈엔 언제고 그렇게 될 게 빤히 보이는데 언감생심 말도 못 붙이게 도도하게 구는 언니가. 언니, 아무리 버텨봤댔자야, 말짱 헛수고야."

춘자는 마치 여자의 운명을 수도 없이 복습한 늙은 여자처럼 자신 있게 그리고 공허하게 말했다.

"네가 그걸 어떻게 알아?"

오목이는 마음속의 불안을 지우기 위해 날카롭게 외쳤다. 춘자가 늙은 여자처럼 지혜롭고 쓸쓸하게 웃었다.

"나라고 뭐 곧장 이렇게 된 줄 알우? 나도 언니처럼 버티기도 하고 망설이기도 했다구요. 그야 언제 그렇게 되느냐 걸리는 시간이야 서로 조금씩 다르겠지만 어차피 그렇게 될 팔짠걸. 언니는 새침둥이, 나는 바람둥이라고 해봤댔자 한쪽은 완행열차 한쪽은 급행열차 정도의 차이나 나면 났지 우리 팔짜가 어디로 간답디까?"

5년 전에 받은 명함 한 장으로 사람을 찾긴 쉽지 않았다.

대신상공사 기사주임 유일환. 제법 그럴듯한 명함이었지만 명함에 적힌 주소엔 대신상공사 대신 막국숫집이 들어서 있었고, 전화

번호도 그동안 몇 다리 건넌 뒤여서 단서가 되지 못했다.

다만 일환이의 진국스러운 성품으로 미루어 한 번 발 들여놓은 고장과 익힌 기술을 쉽게 바꾸지는 못했으리라는 희망적인 추측이 가능할 뿐이었다. 오목이는 그 희망에 열심히 매달렸다.

"유일환이를 아세요? 보일러 기술자 유일환이를요?"

비록 명함에 적힌 대신상공사는 없어졌지만 그 일대가 보일러 기구 및 공사를 청부 맡는 점포가 밀집한 지역인 것만 반가워 오목이는 가게마다 기웃대며 이렇게 물었다. 더러 질 나쁜 농짓거리에 시간을 빼앗기기도 하고 불친절에 울상이 되기도 하면서도 일환이를 찾는 일은 단념하지 않았다.

마침내 같이 일한 적이 있다는 청년을 만났고, 그 청년의 도움으로 일환이가 몇 달 전까지 일했다는 점포를 알아낼 수가 있었고, 그 점포주인을 통해 일환이가 현재 일하고 있는 곳을 찾아냈다. 스팀공사와 수도 공사의 청부 시공과 재료 판매를 겸한 그 바닥에선 꽤 큰 가게였다.

저녁나절이었다. 일찌거니 닫은 가게도 있고, 닫을 준비를 하느라 도로까지 침범한 물건을 주섬주섬 들여놓는 가게도 있었다. 일환이가 일하고 있다는 가게도 그런 부산한 시간이었으나 일환이의 모습은 보이지 않았다.

"유일환이란 사람 여기서 일하고 있지 않나요?"

주인인 듯싶은 빈틈없이 생긴 중년남자가 오목이의 아래위를 훑어보며 물었다.

"일환이하고 어떻게 되나?"

"아저씬 일환이 오빠를 아시는군요? 주인 아저씨신가요? 여기 찾느라고 혼났어요."

오목이는 마음이 놓이는 김에 분별없이 어리광을 부리고 있었다.

"일환이하고 어떻게 되는 색신가 묻지 않나?"

동상처럼 차고 단단해 뵈는 남자가 재차 물었다.

"저어, 친척이에요. 오라버니뻘 되는."

"우리 가게에서 일하는 일환이는 사고무친한 고아원 출신인데……."

주인은 딱 잘라 말하고 안으로 들어가버렸다.

"오라버니 좋아하네. 오촌 오라버니야? 칠촌 오라버니야?"

길에 내놓은 연탄 보일러 통을 안으로 끌어들이던 여드름이 덕지덕지한 머슴아가 눈을 끔쩍하면서 오목이를 놀렸다. 오목이는 허둥지둥 주인을 따라 가게 안으로 들어갔다.

"아저씨 맞아요. 그 유일환이가 바로 제가 찾는 사람이에요. 지금 어디 있죠?"

주인남자가 한동안 말없이 오목이를 바라다보기만 했다. 차가운 시선이었다. 오목이는 사람을 크게 좋은 사람과 나쁜 사람으로 나누는 데 자신 있는 편이었는데 그 남자만은 좋은 사람인지 나쁜 사람인지 도무지 분간을 할 수가 없었다.

"색시도 고아원 출신인가?"

남자가 철제 책상 위에 흐트러진 견적서 따위를 끌어모으면서 물었다.

"네, 그러니까 우리는 친척과 마찬가지에요. 아저씨를 속이려고 그렇게 꾸며댄 게 아니었어요. 용서해주세요."

오목이는 남자의 차가운 시선에서 놓여나자 안도의 숨을 쉬며 이렇게 말했다.

주인남자는 다시는 오목이에게 눈을 주지 않고 주판질을 하면서 말했다.

"유 군은 학원에 갔는데."

"학원요? 일환이 오빠가요? 그럴 리가……."

오목은 경망스럽고 드높은 소리를 냈다. 어쩌면 자기가 찾는 일환이가 아닌지도 모른다는 생각까지 들었다. 공부와 일환이는 그만큼 어울리지 않았다.

주인남자는 오목이가 묻기도 전에 일환이가 저녁이면 나간다는 냉동고압가스학원이란 데가 거기서 멀지 않은 곳에 있다는 걸 가르쳐줬다. 조금도 친절하지 않으면서 사무적으로 정확한 게 오목이를 어서어서 쫓아버리고 싶은 눈치였다.

큰 창고에 창구멍만 뚫어놓은 것처럼 멋없이 살벌한 건물에 냉동학원 말고도 부기학원, 기타학원, 기원 등의 간판이 붙어 있었다. 학원이 면한 길은 번화가의 뒷골목인데도 인적이 드물고, 외등조차 없어 한밤중 같았다.

오목이는 어둠 속에 숨어서 냉동학원의 희미한 형광 불빛 속을 드나드는 사람들을 지켜보았다. 이른 봄의 야기가 속살로 파고들어

오목이는 몸을 똘똘 뭉쳤다. 안으로 들어가는 사람은 거의 없었고 혼자서 또는 둘셋이 어울려 나오는 사람들은 더러 있었지만 불빛 속을 너무 빠르게 통과해서 곧 어둠 속에 용해되고 말았다. 일환이를 못 알아볼까 봐 조마조마했다.

번화가의 20층 빌딩 앞에서 인재를 기다릴 때 생각이 났다. 자신의 그늘진 생애에서 그 부분만이 스포트라이트를 받은 것처럼 밝고 화려해서 정말 있었던 일 같지가 않았다. 흰 와이셔츠 칼라에 대한 동경이 마치 백마를 탄 기사를 그리는 꿈처럼 가당치 않았다는 게 슬퍼서 눈앞이 흐려졌다.

오랫동안 그러고 있었던 것 같았다. 밤의 추위는 각별했다. 몸보다 마음이 추웠고, 바람도 옷깃을 헤치고 마음 갈피까지 스며드는 것 같았다.

드디어 일환이가 나타났다. 우르르 몰려나온 한 패거리에서 약간 뒤져서 어깨를 꾸부정하니 굽히고 고개를 뺀 일환이를 알아보자마자 오목이는 팽이처럼 달려갔다.

"일환이 오빠."

일환이는 한 발자국쯤 뒤로 물러서면서 오목이를 물끄러미 바라보기만 했다. 낯익은 그의 순박한 표정에도 불안한 도시의 냄새가 배어 있었다.

"오빠, 나야, 목이야. 얼마나 오래 기다렸다구."

"여길 어떻게 알구?"

"여기까지 알아내느라고 혼났어."

"배고프겠다."

오목이는 말없이 고개를 끄덕였다. 일환이가 성큼 다가왔다. 오목이는 비로소 시장기와 안식처를 찾았다는 깊은 안도감을 느꼈다.

"나도 출출해."

어두운 뒷골목에서 일환이의 큰 덩치가 거목처럼 미더웠다. 오목이는 그가 끼고 있는 책을 슬쩍 빼내서 그 부피를 가슴 부듯이 껴안으면서 말했다.

"천신만고 오빠 있는 데를 찾았는데 글쎄 주인아저씨 말이 오빠가 학교 갔다지 뭐야. 난 내가 찾는 일환이 오빠가 아닌 줄 알았어."

"학교? 여긴 네가 생각하는 그런 학교하곤 달라."

"그래도."

"대학은 갔니?"

"아니, 검정고시 칠 기회도 없었는걸."

"떡라면 먹을래?"

"암거나."

"그게 그냥 라면보다 든든해."

라면집엔 손님 없이 주인 여자 혼자 졸고 있었다. 가겟방은 열려 있었고 이불 속에 나란히 누운 아이들의 머리가 보였다. 눈 비비고 일어난 주인 여자는 인사 대신 하품을 하고 헝클어진 머리를 긁으면서 시렁과 휘장으로 가려진 부엌 쪽으로 들어갔다. 단골인 듯 무얼 먹겠느냐고 묻지도 않았다.

"계란 넣어 둘."

일환이가 부엌 쪽으로 손가락 둘을 펴 보이며 말했다.

"그동안 어딨었니?"

"궁금해한 적 있어?"

"학원으로 한 번 찾아간 적 있어."

"그랬더니?"

"네가 거기서 없어진 뒤였어."

"그럼, 그 이상은 안 궁금했고?"

"그 후에도 종종 소식은 들었어. 좋은 집에 수양딸로 들어갔다는……."

여자가 느릿느릿 탁자를 훔치고 젓가락과 김치를 갖다 늘어놓았다. 그러나 떡라면은 좀처럼 나오지 않았다.

오목이는 일환이의 강한 눈길을 느꼈다. 그의 눈엔 오목이의 돌연한 방문에 대한 기쁨과 의혹이 엇갈리고 있었다.

"나 거기 그만뒀어."

"그만두다니. 수양딸이 무슨 직업이니?"

"수양딸은 뭐……. 식모 비슷한 거였어."

"너 많이 변했다."

"오빠두."

오목이는 일환이의 눈길을 줄창 피해왔으면서도 그를 면밀히 관찰하고 있었다. 과히 깨끗하지 못하고 못생긴 건 여전했다. 뻐드렁니도 여전했고 뻣뻣하게 곤두선 머리털도 여전했지만 울퉁불퉁한 얼굴의 선은 많이 마모되어 지치고 온건해 보였다. 무엇보다도 무턱대고 밝고 씩씩한 표정을 찾아볼 수 없는 게 허전했다.

"오빠 고단한가 봐."

"아니 별로."

일환이가 그 큰 손으로 얼굴을 한 번 쓸어내렸다. 그가 품은 의문이 군더더기 없이 명료해졌다. 그러나 오목이는 자신이 감당해야 할 그 의문을 피하는 데까진 피할 작정이었다.

"오빠 참 우습다."

오목이는 짐짓 싹수없이 뱅글대며 말했다.

"뭐가?"

"보일러 기술자가 냉동학원에 다니는 게 그럼 안 우스워?"

일환이는 따라 웃지 않고 좀 더 시무룩해졌다.

"보일러 기술이라는 게 암만해도 계절을 타서……. 또 자본 없이 기술만 가지고 자립하는 데도 냉동기술 쪽이 유리할 것 같기도 하고."

여자가 떡라면을 한 그릇씩 따로따로 들고 왔다. 오목이는 시장했던 푼수로는 잘 먹히지 않았다. 라면은 느글대고 떡은 끈적였다. 그녀는 조금씩 먹으면서 많이 휘저었다. 얼었다 녹아서인지 콧물과 함께 눈물도 번졌다. 그녀는 그런 지저분한 걸 떨구지 않기 위해 허공을 쳐다봤다.

화사한 크리스털 샹들리에는 어디 있는 걸까? 그녀는 아직도 헛된 꿈의 한 자락을 움켜쥐고 있는 자신에게 흠칫 놀라면서 마침 국물까지 들이켜고 빈 그릇을 내려놓는 일환이 앞으로 자신의 몫을 밀어놓았다.

"더 먹어."

일환이가 말없이 오목이 몫까지 먹기 시작했다.

"많이 시장했나 봐?"

"시장할 때가 지났잖아."

일환이가 팔목시계를 보면서 말했다.

"그럼 이게 밤참이 아니라 저녁이란 말이지?"

오목이는 짐짓 크게 놀라는 시늉을 했다. 그렇다고 그녀가 처음부터 그게 일환이의 저녁 식사라는 걸 몰랐던 건 아니다. 그녀는 일환이와 예전처럼 친해지려면 솔직해져야 한다고 조바심하면서도 그게 쉽지 않았다. 일환이가 거침없이 큰 하품을 했다.

주인 여자가 가겟방 문턱에 걸터앉아 졸기 시작했다. 방 속에서 잠든 아이 중의 하나가 이불을 걷어찼다. 머리만 보이던 세 아이의 몸이 드러났다. 아이들은 더러운 옷을 입은 채 잠자고 있었다.

저렇게 사는 것도 과연 자립이라는 걸까? 일환이가 꿈꾸는 자립도 고작 저 정도를 크게 벗어난 게 못 되리라. 오목이는 이런 객쩍은 생각을 털어버리려고 고개를 저었다.

"오빠 실은 나 그동안 오빠가 한 말에 대해 많이 생각했어."

"내가 한 말?"

일환이가 졸음이 고인 눈을 껌벅였다.

"역시 오빠 말이 맞았어."

일환이는 뜻하지 않게 얻어낸 오목이의 동의에 만족하기보다는 도대체 그의 무슨 말이 오목이의 동의를 얻어냈는지 생각나지 않아 난처한 얼굴을 했다.

"내가 너한테 뭐랬더라?"

"냉동기술이란 말보다 고압가스 기술이란 말이 훨씬 멋있어."

오목이는 일환이 책의 겉장을 읽으면서 이렇게 딴청을 부렸다. 아직 다스려지지 않은 허영을 예쁜 꼬리처럼 사리고 그녀는 살짝 눈웃음까지 쳤다.

"너 많이 변했다."

"어떻게?"

"보통 여자처럼."

"언젠 내가 특별한 여자였나?"

"적어도 나에겐."

"그럼 그건 오빠가 변한 거지 어디 내가 변한 거야?"

"말장난 그만하고 내가 묻는 말에 대답해. 내가 너한테 언제 어디서 무슨 말을 했었는지 얘기해봐."

"빈집이 돼버린 오누이의 집에서 우리가 만났던 일 생각나?"

"그럼, 그때 마지막으로 만난걸."

"그때 오빠가 그랬잖아? 우리는 고아가 아니라구. 우리도 이제 우리들의 가족을 가질 수 있을 만한 어른이 됐는데 왜 고아냐구. 그 뜻을 이제야 알 것 같아."

"그까짓 소리를 5년 동안이나 잊지 않고 생각했단 말이니? 정말."

일환의 얼굴에 문득 생기가 돌았다.

그러나 잠깐이었다. 그의 얼굴에서 마모된 건 울퉁불퉁한 윤곽뿐 아니라 무슨 일이든지 다 잘될 것처럼 우쭐대던 생기와 낙관도 함께였다는 걸 깨달으면서 오목이는 가슴이 찐했다.

"5년 동안이나?"

일환이가 아득하게 멀어져가는 소리로 되풀이 물었다.

"5년이 그렇게 긴 동안은 아냐. 우린 아직 젊은 애송이야."

"하긴 5년 전에도 너에게 라면밖에 못 주었고 지금도 라면 먹일 주제밖에 못 되니까."

"오빠가 그때 한 소리는 옳은 소리였어. 우리가 고아를 면하는 길은 우리끼리 가족이 돼어 새로운 가족을 늘리는 방법밖엔 없다는 걸 나도 이제야 깨달았어."

"오목아, 그걸 깨닫는 데 5년씩이나 걸렸냐? 5년이 아무리 긴 세월이 아니라고 해도 그건 너무했다. 그건 너무했어."

일환이가 물끄러미 가겟방 속을 넘겨다보면서 말했다. 작은 눈 속에 슬픔이 가득 괴어 넘칠 것 같아 오목이는 조마조마하면서 가슴이 탔다. 그러나 실제로 그의 눈은 당기듯이 메말라 있었다. 그가 혼자서 깜짝 놀라면서 팔목시계를 보았다.

"왜 오빠? 그동안에 오빠에게 무슨 일이 있었다는 거야?"

오목이가 초조하게 물었다. 그가 억지로 웃으면서 또 시계를 보았다. 그리고 피곤하고 무관심하게 말했다.

"모르겠어."

졸던 주인 여자가 이마로 허청을 박으면서 고꾸라지려다 아차 고비에 몸을 가누면서 눈을 크게 떴다.

"어메, 내 새끼들 감기 들겠네."

그러면서 문지방에서 일어나 미닫이문을 닫았다. 오목이는 그 생전 처음 보는 여자의 고달픈 하루가 끝났다는 사실에 육친애처럼 뭉클한 연민을 느꼈다.

"식사 다 했으면 퍼뜩 가보지 않고 뭣들을 하고 있어? 여기가 뭐 다방인 줄 아남."

여자의 눈에서 졸음이 가시면서 생기 있고 극성맞아졌다. 여자는 올데갈데없어 뵈는 이 젊은이들을 그녀의 방까지 달린 작은 가게에서 깜깜한 거리로 내쫓는 데 가학적인 쾌감을 느끼고 있는 것처럼 보였다.

"할 얘기가 있어."

오목이가 주인 여자를 두려워하며 일환이에게 애절한 시선을 보냈다.

"너무 늦었어."

일환이 떡라면값을 내면서 일어섰다.

"집이 어디냐?"

"좀 멀어."

"바래다줄게."

"바래다주면 통금 안에 못 돌아올걸."

"그렇게 멀어? 야단났구나. 암튼 나가자."

그들은 내쫓기듯이 밖으로 나왔다. 오목이도 짐짓 밤거리를 두려워하는 것처럼 일환이에게 매달렸다.

"집이 어디니?"

일환이도 매달리는 오목이를 뿌리치지도 않았지만 감싸지도 않았다. 불친절하려고 벼르는 것처럼 경직한 몸이 느껴졌다. 그들이 걷는 길은 깜깜한데도 누추하다는 것만은 알 수가 있었다. 발밑이 질척거리고 연탄재가 채이기도 했다.

오목이는 속으로 오빠가 날 버리면 죽어버리겠다고 위협을 할까? 난 올데갈데없는 몸이라고 훌쩍거릴까? 덮어놓고 애교를 떨까? 궁리해봤지만 다 안 될 것 같았다. 그녀는 초조하게 입술을 핥았다. 생뚱한 이물질처럼 까실하게 메마른 입술을 혀로 느끼면서 그녀는 맨 마지막까지 영락한 자신의 신세를 확인한 듯했다.

이럴 줄은 미처 몰랐었다. 그녀는 일환이만은 무조건 그녀를 반가워하고 아무것도 따지지 않고 받아들여줄 줄 알았다. 그렇다고 거부당했다고 지레짐작하고 싶진 않았다. 그렇지만 부숴야 할 벽이 둘 사이에 가로막혀 있다는 느낌은 어쩔 수가 없었다.

골목이 별안간 큰길을 향해 활짝 열렸다. 차들이 과속으로 질주하는 게 마치 맹수들이 미쳐서 날뛰는 것처럼 무시무시하게 느껴졌다. 그 속으로 뛰어들어 죽자꾸나 허우적대봤댔자 도달할 수 있는 곳이 겨우 춘자의 단칸방이란 생각이 끔찍해서 그녀는 더욱 열심히 일환이한테 매달렸다.

"집이 어디냐니까?"

일환이가 퉁명스럽게 물었다. 오목이는 깜짝 놀라면서 일환이를 쳐다보았다. 엇갈리는 차들의 불빛을 따라 그의 얼굴에서도 명암이 엇갈리고 있을 뿐 무슨 생각을 하고 있는지 짐작할 수는 없었다.

"나 요새 춘자하고 같이 있어. 오빠도 알지? 춘잘."

"춘자라고?"

일환이가 그녀를 뿌리칠 듯 놀랐다.

"당분간이야."

오목이는 서둘러서 덧붙였다. 그녀는 우선 그의 관심을 끌 수 있었다는 게 반가워서 조금 생기 있어졌다.

"하필 왜 그 걸레 같은 계집애하고……."

일환이가 그녀를 거칠게 밀어내면서 씹어뱉듯이 말했다.

"그럼 어떡해? 갈 데가 없는걸."

"진작 나한테라도 오지 그랬어."

"그래서 이렇게 왔잖아. 오빠 있는 데 알아내긴 뭐 쉬웠는 줄 알아?"

"이런 꼴이 되려면 뭣하러 그 좋은 집에서 나왔냐?"

그는 뿌리쳤던 오목이를 끌어당겨 부드럽게 감싸면서 말했다. 일환이다운 정이 깊고 순한 목소리에 그녀는 훌쩍훌쩍 울고 싶은 걸 억지로 참아냈다. 체면이나 예절을 챙겨야 한다고 생각해서가 아니라 불투명한 벽의 느낌 때문이었다.

"오빠가 뭘 안다고 그 좋은 집이래? 수양딸만 시켜주면 좋은가 뭐."

"왜 모르니? 널 보면 알지."

"날 보고?"

"그래 널 보자마자 알겠더라. 고생 모르고, 착하고 좋은 사람들한테 보호받으면서 살았다는 걸."

별안간 상실감이, 절대로 돌이킬 수 없는 상실감이 괴물처럼 그녀를 엄습했다. 그녀는 비명처럼 부르짖었다.

"오빠가 그 사람들에 대해 뭘 안다고, 암것도 모르면 가만히나 있어, 제발. 나 화나."

어느덧 울먹이고 있었다.

"왜 무슨 일이 있었는데?"

"그걸 이제야 물어?"

진작 물었어도 무슨 말을 할 수 있었을까? 입적을 시켜주겠대서, 성을 갈기가 싫어 뛰쳐나왔다고 말할 수밖에 없었겠지. 일환이라면 춘자하고 달라서 그걸 이해해줬을지도 모른다. 그러나 그 말은 새빨간 거짓말이어서 되레 그녀 자신 기억할 수도 없을 때부터 지속되어온 어떤 진실성과도 일맥상통하고 있음직했다. 몰라줄 사람에게라면 모를까 헤프게 꺼내 보이고 싶지 않았다.

"네가 너무 철딱서니 없이 사치 부린 것 같아 묻기도 싫었어."

"춘자도 그랬어. 들어온 복을 차내 버렸다고 허구한 날, 나를 구박했어."

"거 봐. 아무려면 춘자 신세 지는 거에다 대니?"

"이제부터 춘자 신세 안 지면 될 거 아냐?"

"어떻게?"

"오빠 신세 질 테니까."

그 말이 어떻게 그렇게 쉽게 나왔는지 모른다. 아마 미리 별렀다면 그러지는 못했을 것이다.

"내 신세를?"

"그래, 오빠 신세를 지고 싶어."

"춘자가 가르쳐주던? 남자 호리는 법을."

"오빠 제발 춘자를 나쁘게 말하지 마. 걔가 그동안 참 잘해줬어. 며칠 안 되는 동안이긴 했지만 그동안에 나 많이 철들었어. 이제야 세상 사는 물정을 좀 알 것 같아. 오빠 말을 이해하게 된 것도 실은 5년 동안이 아니라 그 며칠 동안이었어."

"너무 늦었어."

일환이의 목소리엔 깊은 개탄이 배어 있었다.

"뭐가?"

"그걸 진작 깨달았으면 좀 좋아?"

"왜 그래 오빠?"

"그동안 나 많이 변했다. 많이 나쁜 놈 됐어. 그때 그런 말로 널 꼬실 때처럼 순진하지 않아."

일환이가 침울하게 말했다.

"그건 나도 마찬가지야. 그러니까 우리 서로 비겨."

"말을 함부로 하는 게 아냐. 계집애가 나처럼 나빠졌으면 그걸 뭣에다 쓰게."

오목이는 가슴이 울렁거렸다. 일환이의 마음 좋은 것에 너무 많이 기대를 건 게 아닌가 생각했다. 사람들이 빈 택시만 보면 부나비처럼 헤드라이트 속으로 뛰어들었고 차들은 신경질적으로 경적을 울리며 신호등을 무시했다.

일환이가 또 시계를 보았다. 시계를 보나마나 통금이 임박한 시간이었다. 일환이가 무언가 결심한 듯이 차도로 뛰어들면서 빈 택시건 아니건 가리지 않고 찻길을 가로막는 게 보였다.

오목이는 강가에서 흐르는 물살을 바라보듯이 망연히 갑자기 조급해진 밤거리의 흐름을 바라다보고 있었다.

일환이가 거친 숨을 내뿜으며 그녀에게로 돌아왔다.

"택시도 잡아본 놈이나 잡나 봐. 내 더러워서."

오목이는 대답하지 않고 여전히 밤거리의 흐름을 바라보았다. 저 많은 사람들과 차들의 광란이 갑자기 멎을 뿐 아니라 자취도 없이 사라지게 될 때 덩달아서 사라질 수 있을 것 같은 자포자기한 편안함을 맛보고 있었다.

"뭐라고 좀 그래 보렴."

일환이가 갑자기 그녀 앞으로 바싹 육박하며 화를 냈다. 마치 뒤에 흉기를 감춘 것처럼 시퍼렇게 눈이 빛나고 있었다.

"오빠 내 걱정은 안 해도 돼."

"어떻게 걱정을 안 하니?"

그러면서 그녀의 손목을 아프게 잡아 끌고 달음질치기 시작했다.

"왜 이래?"

그녀는 끌려가면서 가냘프게 물었다.

"여관에라도 들어가야지 어떡허니?"

"여관?"

"놀라긴."

오목이는 놀라지 않았건만 제풀에 놀란 그가 이렇게 투덜거렸다. 뒷골목으로 돌자 여관의 불빛이 자주 눈에 띄었다. 그들은 마치 몰이꾼에게 몰린 것처럼 숨 가쁘게 그중의 하나로 뛰어들었다.

일환이가 더듬거리며 힘겹게 방을 구하는 사이 오목이는 그의 큰 몸집 뒤에 얌전하게 숨어 있었다. 새앙쥐처럼 작고 영악해 뵈는 소년의 안내로 긴 복도를 꼬부라져 도는 동안 줄창 기차놀이 하듯이 그의 뒷자락에만 매달렸다.

아무것도 없이 이부자리와 쟁반에 주전자와 컵 두 개와 재떨이만 있는 방에 두 사람은 남겨졌다.

"미안해."

목에 가시라도 걸린 것처럼 일환이는 껄그럽게 말했다.

"뭐가?"

오목이는 웃으면서 물었다. 그녀는 자신의 웃음이 창녀처럼 헤프게 보이리라는 걸 알면서도 웃음을 지울 수가 없었다.

일환이는 눈에 띄게 떨고 있었다.

"왜 웃니?"

일환이가 벌컥 화를 냈다.

"그 많은 사람들이 열두 시만 되면 어떻게 별안간 없어질 수 있을까 궁금했었어."

그녀가 위로하듯이 부드럽게 말했다.

"다 우리처럼 없어지는 것 아냐."

그는 여전히 화를 내고 있었다.

"오빠 화났어?"

"그럼 화가 안 나니? 널 이런 데로 데려왔는데."

"여기가 어때서?"

오목이는 방을 새삼스럽게 휘둘러보면서 시침을 뗐다. 그가 반쯤 눈을 감으면서 벽에 기댔다. 방바닥은 울긋불긋한 비닐장판이었다. 꽃무늬가 얼룩지면서 번지더니 다시 새빨간 사과알로 뭉쳐 이리저리 굴러다니기 시작했다. 그녀는 그 방이 낯설지 않은 까닭을 비로소 알 수 있었다. 그 방은 인재 하숙방과 너무도 닮았다.

"할 수 없었어. 아직 나는 내 방 하나 없거든. 가겟방에서 숙직을 하는데 네가 싫다면 지금이라도 난 그리로 갈게."

"날 여기 혼자 놔두구?"

오목이가 그의 소매를 잡으며 겁에 질린 소리를 냈다.

"아냐, 안 그럴게. 계집앨 이런 데서 혼자 재우다니 말도 안 돼."

오목이는 곁눈질로 한쪽 구석에 개켜놓은 이부자리를 바라봤다. 그녀는 그 분홍색 타프타 이불의 차갑고 눅눅한 감촉을 생생하게 예감하고 진저리를 쳤다. 아직도 벽에 기댄 채인 일환이는 부피가 벽으로 잦아든 양 형편없이 무력해 보였다.

"나 때문에 오빠 곤란해져서 어떡해."

오목이는 자신을 무슨 허드레 물건처럼 그에게 떠맡기듯이 말했다.

"왜 하필이면 춘자한테 가 있을 게 뭐냐? 네가 춘자하고만 있지 않았어도 널 진작 집으로 돌려보냈을 거야. 이러긴 싫었어. 정말이야."

"춘자를 나쁘게 말하지 마. 오빠가 아직도 독신인 걸 알다 준 것도 춘자였어. 오빠하고 나하고 잘될 거라고. 세상엔 오빠만 한 남자도 흔치 않다고 말해준 것도 춘자였고……."

"홍, 제까짓 게 나에 대해 뭘 안다구. 나 있는 데도 몰라서 찾느라고 혼났다며?"

"춘자 같은 애를 통해 알아낼 수 있는 건 오빠의 여자관계면 충분해. 누구든지 자기가 관심 있어 하는 것밖에는 전문가가 될 수 없거들랑."

극도의 피로로 종잇장처럼 벽에 밀착됐던 일환이의 눈에서 서서히 열망이 타올랐다.

"넌 순진하게시리 정말 그걸 믿고 있었구나? 고아가 고아를 면하는 방법은 고아끼리 합해서 새로운 가족을 만드는 수밖에 없다는 나의 개수작을."

나는 순진하지 않아. 그렇지만 난 그걸 믿겠어. 그것밖에 믿을 게 없는 걸 어떡해? 그녀는 대답 대신 고개만 끄덕이며 이렇게 중얼거렸다.

"나는 방 한 칸도 없다니까."

무언가를 밀어내려는 안간힘으로 그가 팔을 내두르며 신음했다.

"나한테 방을 얻을 돈은 있어. 춘자한테 공밥 먹는다고 구박 맞으면서도 안 내놓고 지킨 돈이야."

그가 기댔던 벽에서 떨어져서 그녀에게로 다가오면서 별안간 부피를 회복하고 우람해졌다.

"그 걸레 같은 계집애가 감히 너를 구박하다니, 가엾어라."

그가 오목이를 과람한 보물처럼 소중하게 보듬어 안았다.

오목이는 반항하지 않고 그의 어깨 위에 턱을 얹고 맞은편 벽의 벽지를 바라다보고 있었다.

과히 더럽다고도 깨끗하다고도 할 수 없는 싸구려 벽지까지 인재의 하숙방과 비슷했다. 그곳에서 인재한테 당한 일이 그리움처럼 상처처럼 욱신거리며 되살아났다.

일환이한테 보물 같은 아낌을 받을수록 인재가 자기를 얼마나 마구잡이로 난폭하게 취급했던가를 알 것 같았다.

나는 보물이 아냐. 아무 보잘것없는 걸레야. 너는 속고 있어.

일환이를 속여먹는 일은 생각했던 것보다 훨씬 수월할 것 같았다. 일환이는 워낙 정이 깊으니까.

일환이의 가슴속은 고향처럼 포근했다. 출생이 확실한 근거 있는 사람들이 고향이라 부르는 것은 결국은 정이 깊은 고장의 이름이 아닐까.

오목은 지치고 상처받은 끝에 고향에 돌아온 것 같은 안도감에 눈시울이 뜨거워졌다. 그러나 더 많이 허전했다. 고향에 돌아오기 위해선, 고향을 이 세상에서 가장 편하고 만만한 곳이라고 깨닫기 위해선 누구든지 고향을 뜰 때 지녔던 날갯죽지를 잃거나 부러지는 아픔을 겪지 않으면 안 된다. 그녀는 안도감 때문보다는 죽지 부러진 자신의 작은 날개에 대한 미련 때문에 더 뜨거운 눈물을 쏟았다.

일환이가 그의 어깨에 얹힌 그녀의 머리를 조심스럽게 끌어내려 가슴에 안았다. 그녀의 귀에 그의 세찬 심장 뛰는 소리가 들렸다. 그의 입술과 혀가 그녀의 눈귀를 넘쳐 헝클어진 머리카락을 적시고 귓바퀴로 흐르는 눈물을 조심조심 닦아내기 시작했다. 오목이는 묘한 감동에 몸을 떨며 그가 하는 대로 내맡기고 있었다. 그녀는 자신이 갓 태어날 때처럼 무구해지는 것처럼 느꼈다.

그러나 곧 일환이의 몸을 그녀의 몸속 깊숙이 받아들이면서 그럴 수는 없는 일이라는 걸 깨달았다. 아직도 인재의 칼날처럼 예리하고 무자비한 육신의 감촉이 싱싱한데 다시 두 번째의 남자를 받아들이고 있었다. 그녀는 더러운 여자였다. 그녀는 눈멀고 귀먹어도 구별할 수 있을 만큼 깊이 두 남자의 육신을 알고 있다는 게 부끄러워 두 손으로 얼굴을 감쌌다.

"미안해. 이런 데서 이럴 작정은 아니었어."

일환이가 낭패한 듯이 이렇게 말하고 그녀를 위해 잠자리를 편하게 바로잡아주었다.

옆방에서 남자들이 두런두런 이야기하는 소리가 들렸고 위층에선 술주정하는 소리가 들렸고 문밖에선 찍찍 슬리퍼 끄는 소리가 들렸다.

오목이는 이불로 앙상한 어깨를 감싸고 몸을 똘똘 뭉쳤다. 그 이

부자리를 거친 수많은 사람의 체취가 코를 찔렀다. 일환이에 의해 인재의 자국을 지울 수는 없었다는 깨달음과 감히 그럴 수 있기를 획책한 자신의 간교함에 대한 증오로 그녀는 늦도록 잠을 못 이루었다.

일환이도 전전반측 잠을 못 이루고 있었다. 거의 새벽녘까지 계속되던 여관집의 소음이 가라앉자 서로의 잠 못 이룸이 더욱 뚜렷하게 잡혀 뭔가 참을 수 없는 지경에까지 이르렀다. 오목이가 벌떡 일어나 앉으며 말했다.

"오빠, 내 걱정은 안 해도 돼. 나하고 이렇게 됐다고 해서 나를 책임져야 한다고 생각 안 해도 돼. 정말이야. 왠지 말해줄까?"

오목이는 그때 인재 얘기를 해도 그만이라고 생각했다. 아니 꼭 해야 된다고 생각했다. 그러나 일환이는 오목이를 거칠게 끌어당겨 제 가슴으로 입을 막으며 말했다.

"말 안 해도 돼. 어서 아무 소리 말고 잠이나 자둬. 날이 밝으면 할 일이 많으니까. 네가 뭐래도 난 널 책임질 테야."

오목이는 그의 완강한 가슴으로 입이 틀어막힌 채 귀 기울였다. 그의 힘찬 심장 뛰는 소리가 그리워 가만히 귀 기울였다.

그러나 곧 튀어나올 듯이 벅차게 뛰던 그의 심장은 조용히 가라앉아 있었고 대신 그가 몸 전체로 괴롭게 뒤채고 있는 걸 느낄 수 있을 뿐이다.

오목이는 문득 오누이의 집에 있을 때 유 원장이 몸보신을 위해 사온 잉어를 요리할 때 생각이 났다. 잉어는 도마에 오른 뒤에도 싱싱하게 날뛰었다. 마치 생명 그 자체처럼 아름답고 힘이 센 잉어였다. 산소의 결핍이 오래됨에 따라 잉어는 점점 더 괴롭게 몸을 뒤척였다.

그의 뭔가 억압된 듯한 괴로운 몸짓에서 하필 생명을 잃어가면서 처절하게 뒤채던 잉어의 몸부림을 떠올릴 게 뭐였을까?

"아아 오빠."

그녀는 깜짝 놀라면서 봉쇄된 입으로 이렇게 신음했다.

도마 위의 잉어처럼 뒤채는 일환이가 못 견디게 슬퍼 마음을 쥐어짜는 듯했지만 눈물은 나지 않았다.

"날이 밝으면 할 일이 많아. 우선 방을 얻어야잖아. 나도 방 얻을 돈쯤은 있어. 그렇지만 너도 춘자네는 한 번 다녀와야 해. 네 짐도 있을 테고 춘자한테 우리가 살림 차린다는 얘기도 해야지. 숨길 거 없잖아. 아마 순식간에 고아원 친구들 사이에 쫙 퍼질걸. 춘자는 마이크니까. 우리 자리 잡으면 걔네들을 다 청해다가 잔치 한 번 하자. 결혼식 대신으로 네가 정 원한다면 그때 면사포도 쓰지 뭐. 그건 나중 얘기고 방만 얻는다고 다가 아니거든. 내가 워낙 빈털터리라 살 게 많아. 끓여 먹을 그릇이랑 연탄이랑 덮고 잘 이부자리랑. 내 돈으로 모자라면 네 돈을 빌리게 될지도 모르겠다."

"빌리긴. 이부자린 원래 신부 쪽에서 장만하는 거야."

오목이가 비로소 일환이 가슴을 밀어내고 말했다.

"그걸 누가 모르냐? 그렇지만 제가 직접 나서서 이부자리 장만하는 신부가 어디 있다든. 우린 다 우리가 손수 해야 돼. 그러니 얼마나 바쁘겠나. 내일부턴 네가 밥도 지어야 된다. 너 밥 짓고 콩나물국 끓일 줄 알지? 아무리 바빠도 라면으로 대신할 생각일랑 말아. 내가 너한테 번번이 라면만 먹였다고 행여 내가 라면 좋아하는 줄 알지 마. 죽지 못해 먹는 거야. 고약한 버릇이기도 하고. 피난 시절에 너 어딨었니? 참 그때 넌 나보다 훨씬 어렸을 테니 잘 생각나지 않겠구나. 난 그때 부산에 있는 고아원에 있었는데 허구한 날 구호품 통조림에 물 한솥 붓고 부글부글 끓이다가 역시 구호품 밀가루로 수제비 떠넣은 걸로 세 끼를 때웠다. 물론 기름기도 고기 건더기도 충분했어. 세상이 온통 굶주리고 더군다나 육기라면 눈이 뒤집힌 피난 때라 고아원 아이들이 굶어 죽지 않고 목숨 부지하는 것만도 사람들 눈엔 신기해 보였겠지만 천만에. 우린 육기에 넌더리가 나게 잘 먹었었다구."

일환이가 객쩍게 으스댔다.

"난 그런 부자 고아원에 못 있어봐서 잘은 모르지만 그런 걸 어쩌다가 얻어먹은 것 같아. 난 그런 미국 고기를 별로 좋아하지도 않았고……."

"그런 애들도 더러 있었지. 입맛이 까다로워 바다 건너온 육기가 끝내 비위에 안 맞는 애도 있었지만, 빌어먹다 온 애 중엔 육기에 허겁지겁 배가 터지게 처먹고는 기름기를 소화시킬 힘이 모자라 당장 토사곽란을 일으키는 녀석이 수두룩했지. 나도 빌어먹다 들어갔지만 내 위장은 워낙 튼튼해서 그때 잘 먹고 잘 삭인 게 부잣집 자식 어려서 녹용 먹어둔 것처럼 지금까지 힘을 쓰는걸."

"설마."

오목이는 조그맣게 말하고 서글프게 웃었다. 일환이는 어떡하든 오목이에게 말할 기회를 주지 않으려는 듯이 제 말만 했다.

"한번은 그렇게 갑자기 과식과 토사곽란으로 한꺼번에 세 아이가 죽어 나간 적도 있었다. 원조도 풍족할 때였지만 감사도 심할 때여서 원장이 사색이 됐었는데 어떻게 교제를 잘했는지, 꾸며대길 잘했는지 단순한 영양실조로 보도가 되더군. 신문에서 일제히 떠들어대자 갑자기 먹을 게 밀어닥치는데 인정은 메마르지 않았다는 걸 고아원처럼 시시때때로 느끼고 감사해야 하는 데도 아마 없을 거야. 결과적으로 원장만 수지맞았지만 말야. 내가 겪은 원장 중에선 그래도 유 원장이 제일 나았던 것 같아. 하긴 제 자식이 없어서 그랬을지도 모르지만. 내가 죽이고 싶도록 미워한 원장은 바로 제 자식은 콩나물국에 이밥 먹이고 우린 세 끼 미제 괴깃국에 수제비만 먹이던 피난 시절의 그 부산 고아원 원장이거든. 그들의 식탁을 몰래 훔쳐보면서 침을 삼켰을 줄 알지만 천만에, 살의를 품었다면 넌 날 독한 놈이라고 정떨어져 하지나 않을까 몰라. 너 콩나물국 소로 시원하고 칼칼하게 끓일 줄 아니? 지금은 몰라도 돼. 넌 더 어려운 공부도 잘했으니까 곧 배울 수 있을 거야. 라면으로 끼니를 때울 때마다 구제품 통조림 넣고 끓인 수제비국 생각을 하곤 하지. 비슷해. 느글느글한 거 하며, 기름기가 둥둥 뜨는 거 하며……. 마치 내가 혈혈단신 고아 신세라는 걸 잠시라도 잊어버릴까 봐 벌주듯이 줄기차게 라면을 먹어왔구먼. 이제 라면 안 끓일 생각을 하니까 시원섭섭하다면 너 화나겠지?"

일환이가 보기보다 훨씬 예민한지도 모른다는 생각이 들었다. 그가 갑자기 말이 많아진 게 그만큼 부자연스러웠다. 그는 오목이에게 고백할 기회를 주지 않기 위해 그렇게 열심히 지껄이고 있는지도 몰랐다.

자신의 두서없는 긴 이야기가 자장가가 된 것처럼 그가 비로소 잠이 들었다. 그는 더 이상 뒤채지 않았다. 그의 돌연한 깊은 잠이 마침내 숨이 끊어져 뒤채기를 멈추고 누운 잉어처럼 무참해 보였다.

오목이는 겁이 나서 그의 가슴에 귀를 대고 엎드렸다. 그의 가슴은 넓고 따뜻했고 규칙적으로 박동하고 있는 건강한 목숨과 착하고 성실한 마음까지를 느낄 수가 있었다.

그를 사랑하고 순종하리라. 그가 자신을 필요로 할 때까지. 또한 그를 기만하리라. 그가 아무것도 모르고 있기를 원할 때까지.

오목이는 그의 숨결을 지키느라 한잠도 못 잤는데 날이 밝았다. 외박에서 깨어난 사람들이 하룻밤 잠자리를 께적지근한 남루처럼 벗어던지고 허둥지둥 떠나가는 소리가 여기저기서 들렸다.

일환이의 울퉁불퉁하고 못생긴 얼굴이 낱낱이 떠올랐다. 그가 달라진 건 아무것도 없었다. 그와 맺어진 게 정말일까? 방 안엔 희미하게 그의 냄새가 떠돌고 있었다. 그러나 지금 그의 곁을 달아나면 그뿐, 몸에 밴 그의 냄새는 새벽 공기 속에 흔적도 없이 무산되리라.

이불이 짧아 발치에 그의 발목이 드러난 게 보였다. 땅 위로 드러난 거목의 뿌리처럼 질기고 고생스럽고 미더워 보이는 발이었다.

"일어나요, 일어나."

오목이가 소곤거리며 일환이의 가슴을 흔들었다. 그가 찡그리며 눈을 부볐다. 그리고 낯선 듯이 오목이와 방 속을 휘둘러보았다. 그런 그의 눈엔 결코 그녀가 이해할 수 없는 그의 거친, 거칠고 신산스러운 삶의 노독이 배어 있었다.

이윽고 그가 어젯밤의 일과 오목이를 생각해낸 듯 희미하게 웃었다. 수줍은 웃음 같기도 하고 낭패한 웃음 같기도 했다. 오목이도 덩달아 수줍어서 얼핏 눈길을 비키면서 그가 낭패해하고 있을지도 모른다고 생각했고 어젯밤의 일을 시치미 뗄 수도 있다고 생각했다. 그녀는 시선을 비킨 채 선고를 기다리듯이 그의 다음 행동을 기다렸다. 그가 일어나는 기색에 그녀는 움찔 어깨를 떨었다.

그가 작은 창문을 열었다. 찬바람이 밀려들어 왔다. 그가 한숨을 내쉬었다. 단지 심호흡을 위해서 그러는지도 모른다고 생각했다.

"서둘러야지."

그가 부드럽게 말했다. 그가 진국스럽고 정이 깊은 남자란 생각이 새삼스럽게 그녀를 위로했다.

"잘 잤어요?"

오목이가 공손하게 존대말을 쓰며 그를 쳐다봤다.

"너 한잠도 못 잤구나?"

그는 얼핏 스쳤을 뿐인 오목이의 눈길에서 그녀의 불면을 읽고 근심스럽게 물었다. 그와 몸을 섞은 사이란 사실이 잠시 그녀를 멍하게 했다. 그가 친근하게 그녀 곁에 서 있었다.

"아뇨. 잘 잤어요."

"할 일을 어떻게 나눈다?"

그가 수염이 까슬한 턱을 한 손으로 어루만지며 생각에 잠긴 얼굴을 했다.

"뭘요?"

"오늘 할 일 말야."

"같이 해요."

"따로 할 일도 있어."

"암튼 혼자서 방 얻으러 다니긴 싫어요. 세간 장만하는 것도 그렇고."

"설마 그런 걸 혼자 시킬라구. 우선 여길 나가자구. 나가서 아침을 먹으면서 의논해보자."

해장국집은 이미 한축 붐비고 난 후인 양 어질러진 채 한산했다.

"진국은 이보다 훨씬 맛있는데 아마 물을 탔나 봐."

일환이는 별로 식욕 없어 뵈는 오목이와 늘어지게 하품을 하는 주인에게 고루 신경을 쓰며 조그만 소리로 말했다.

"라면만 먹었다더니 이런 데도 다 와봤어요?"

"벌써 바가지 긁기야?"

"어머, 창피해."

오목이가 눈을 흘겼다.

"난 지금부터 가게로 갈게. 사장님 나오시기 전에 들어가는 게 좋을 것 같아. 오늘 일 나갈 데가 있거든. 가정집에 온수 보일러 설치하는 작은 공사니까 나는 단도리만 해주고 빠져나올 수 있어. 내가 데리고 다니는 아이들이 따로 있으니까."
그가 으스대고 싶어하는 게 오목이 보기에 좋았다.
"오빠 그 가게서 높아?"
"높을 건 없어도 사장님이 제일 믿는 기술자지."
"오빠 찾아갔을 때 사장님 봤는데 무서운 사람 같아서."
"무섭긴."
"날 여간 못마땅해하는 것 같던데."
"자기가 데리고 있는 직원한테 여자가 생기는 걸 주인들은 다들 싫어하게 돼 있어. 더군다나 나는 주인이 아무리 못마땅해해도 싼 놈이니까."
"건 또 왜?"
"춘자가 어느 만큼 나에 대해 알아내다 줬는진 모르지만 지금 독신인 건 확실해. 그렇지만 몇 번 여자관계 때문에 신세 조질 뻔한 일이 있었고 살림이라는 걸 차려본 적도 두 번이나 돼. 지금 내가 빈털터리인 것도 순전히 여자 잘못 만난 때문이라고 다들 생각하고 나도 동감이야. 그러니 네가 곱게 보였을 리가 없지. 순전히 내 탓이지 사장님 나쁠 거 없어."
"오빠 그런 얘길 어쩌면 그렇게 아무렇지도 않게 할 수가 있어. 너무 뻔뻔스러운 것 같아."
설상 오목이는 일환이의 그런 뻔뻔함에 분개하거나 놀란 게 아니었다. 차라리 부러워하고 있는지도 몰랐다.
"날 너무 나무라지 마. 널 만나러 가다가 진창에 몇 번 빠졌을 뿐이라는 정도로 생각해줘. 그 이상도 이하도 아니었으니까. 널 만난 것만으로 벌써 진창을 말끔히 씻어낸 것 같다면 내가 너무 염치 없나?"

그의 얼굴에 소년처럼 싱그러운 동경이 서렸다. 오목이는 그를 차마 직시할 수가 없어 얼른 눈을 내리깔고 숟갈을 놓았다.

인재야말로 일환이를 만나러 가다가 헛디딘 진창이었으면……. 그러나 아직도 인재는 백마를 탄 왕자처럼 멋있고 일환이는 춘자 같은 애가 장난으로 뽀뽀하는 일에서조차 제쳐놓은 못생기고 매력 없는 남자였다.

"자아, 서두르지."

도대체 서두르란 소리가 몇 번쩬지 몰랐다. 그녀는 서둘러서 시작하고자 하는 생활의 신산스러움에 어깨를 움츠렸다.

그는 일방적으로 일 나가서 단도리라는 걸 해놓고 나올 동안 오목이가 할 일과 다시 만날 장소를 일러주고 총총히 가버렸다. 오목이 보기에 그는 기분이 좋고 신바람이 나서 그렇게 서두르는 것도 같았고 뭔가 몹시 초조해서 잠시도 가만히 못 있는 것도 같았다.

오목이는 그가 하라는 대로 일단 춘자네로 돌아갔다. 그리고 자초지종을 얘기하고 짐을 쌌다.

"잘됐다. 언니."

"잘되고 못 되곤 두고 봐야지."

"하긴 언니가 아까워. 그 뻐드렁니가 땡잡아도 분수가 있지."

"이제 뻐드렁니, 뻐드렁니 하지 마. 듣기 싫어."

"벌써 역성이야. 하긴 하룻밤을 자도 만리성을 쌓으랬으니까. 언니 참 그 뻐드렁니가 처음이유? 남자 경험 처음이냐 말야?"

"내가 뭐 너 같은 줄 아니?"

무자비한 자기 보호본능 같은 게 남의 마음을 할퀴는 소리를 서슴지 않게 했다.

"나도 첫경험은 언니처럼 그렇게 쉽진 않았으니까 하는 소리야."

춘자도 지지 않고 비꼬았다.

"그인 그동안 쭉 날 찾았대. 내 생각만 했대. 자그만치 5년 동안이나."

"그래서?"

춘자가 침을 꼴깍 삼키며 다그쳤다. 눈빛이 발작을 일으킬 것처럼 아슬아슬하게 번들댔다.

"나도 그동안 그이가 고아원에 있을 때 나한테 잘해준 거 잊지 못하고 있었어."

"그래서?"

"뭐가 자꾸 그래서니? 우린 어제오늘 만난 사이가 아니란 얘기지. 이상 끝이야."

"아쭈 제법인데. 그런 멋있는 러브스토리의 남자 주인공이 그 못생긴 뻐드렁니만 아니면 좀 좋아."

말과는 달리 춘자의 얼굴은 빨리빨리 질투에 물들고 있었다. 오목이는 그게 민망해 얼른 눈길을 비꼈다.

"망할 것, 넌 어쩌면 그렇게 사람을 외모만 보니?"

"그러니까 요 모양 요 꼴 아뉴?"

춘자가 한숨을 푹 쉬고 담배를 꼬나물었다. 짤막한 손가락에 어울리지 않게 길고 날카롭게 다듬은 새빨간 손톱 사이에서 타들어가는 담배를 볼 때처럼 춘자가 만신창이로 보인 적도 없었다.

짐을 챙기면서 오목이는 춘자에게 그동안의 밥값을 낼까 말까 망설이고 또 망설였다. 춘자가 자기를 부러워한다고 생각될수록 위로금 겸해 얼마간 내놓아야 할 것 같긴 한데 손은 조막손이가 된 것처럼 자꾸 안으로 오그라들었다. 많고 적고의 문제가 아니었다. 거기서 조금이라도 떼어낸다는 게 마치 살점을 떼어내는 것처럼 아팠다.

이런 오목이의 속셈을 들여다본 것처럼 춘자가 선수를 쳤다.

"언니 축의금이야."

울먹이는 목소리로 이렇게 말하고 어느새 준비했는지 하얀 봉투를 내미는 춘자에게 오목이는 심한 부끄러움을 느꼈다. 그래서 그녀는 부자연스러우리만큼 허풍스럽게 그걸 안 받으려고 했다.

"너 미쳤니? 그동안 밥값만 해도 어딘데?"

"언니가 정 밥값 밥값 하면 이건 그동안 언니가 내 식모살이 한 값이야. 밥값 내는 식모도 있답디까?"

"미안해 춘자야. 고맙게 받을게."

"얼마 안 되지만 언니 유용하게 써야 한다."

"그래, 그래 밥솥이나 밥주발이나 뭐 그런 걸 살게."

"싫어. 그런 건 내 돈 없어도 다 사게 돼 있어."

춘자가 도리머리를 흔들며 반대를 했다.

"그럼 뭘 하랴?"

"내가 언니한테 꼭 해주고 싶은 게 뭔 줄 알아? 결혼식이야. 그렇지만 그 돈 가지고 결혼식은 어림도 없을 테고……."

느닷없이 친정어머니처럼 정이 헤프고 노숙해진 춘자의 태도에 오목이는 뭉클하니 덩달아 울먹이며 말했다.

"결혼식이 뭐 그리 대단해서……. 정 섭섭하면 나중에라도 하면 될걸."

"그게 그렇지가 않아. 나중에 되는 것도 아니고 대단치 않지도 않아. '밤차'에 나오는 여자들 나 빼놓고는 다 한두 번 결혼 안 해본 여자 없는데 실패한 원인이 식을 안 했기 때문이래. 식은 매듭 같다나. 매듭이 없으니까 풀어지기도 쉬울 수밖에……."

"넌 어린 나이에 아는 게 참 많기도 하다."

"그게 뭐 좋우?"

"가봐야 할까 봐. 오늘 해 안에 할 게 너무 많거든."

"그 돈으로 결혼식 대신 사진이라도 찍어둘래?"

"사진?"

"그래, 사진. 면사포 빌려주는 사진관도 있대. 그 뻐드렁니가 꼴값하느라고 가짜 결혼사진 싫다고 그러면 그냥이라도 찍어. 면사포 대신 결혼기념이라는 글씨를 넣어달라고 그래. 꼬옥 그렇게 해야 한다, 언니."

"그래 알았어."

오목이는 와락 춘자를 껴안았다. 춘자도 영화에 나오는 애인들의 포옹처럼 단단히 엉겨붙었다.
"배웅 나오지 마."
오목이가 먼저 춘자를 밀어내고 총총히 집을 떠났다. 바람이 센 날이었다. 맞바람을 가슴에 안고 헉헉대며 뛰어내리다 말고 돌아다본 맨 꼭대기집 옆에서 춘자가 손을 흔들고 서 있었다. 머리털과 옷자락이 한꺼번에 바람에 휘날리고 있는 게 마치 해진 깃발처럼 보였다.
뭐라고 악쓰는 소리도 들렸다. 잘 살라는 소리 같기도 하고 사진을 꼭 찍어두라는 소리 같기도 했다.
밤차가 남기고 간 슬프고 아늑한 기적 소리 같기도 했다.
오목이는 그런 모든 소리들을 뿌리치듯이 도리머리를 흔들고 몸을 날려 들입다 달음박질치기 시작했다.
달리는 서슬엔지 세찬 바람결엔지 줄창 늘이고 다니던 은 표주박 목걸이가 휘날려 그녀의 뺨을 때렸다. 그녀는 실로 오랜만에 은 표주박을 만지작거려봤다.
무슨 생각인지 날 듯 날 듯했다. 막막한 이별과 관계 있는 어떤 장면이 장소가 분명치 않은 가려움증처럼 그녀의 기억력을 안타깝게 했다. 조금만 더. 조금만 더 생각을 집중시키면 그녀의 생애에 금을 긋고 지나간 어떤 장면을 떠올릴 수 있을 것 같았다.
그러나 그녀는 바쁜 몸이었다. 일환이가 기다리고 있는 곳까지 제시간에 대가기도 바빴다. 그녀는 다시 걸음을 빨리했다.
보일러나 펌프를 시공하는 점포와 공구상이 밀집한 상가의 뒷골목에 자리 잡은 다방은 어딘지 모르게 기계 기름에 전 것처럼 거무튀튀하고 손님들도 우락부락해 보였다.

으레 먼저 와서 기다리고 있으려니 한 일환이의 모습은 보이지 않았다. 오목이는 구석 자리에 쪼그리고 앉아 불안을 지우려고 애써 태연한 표정을 꾸몄다. 바람을 맞으면 어떻게 할 것인가? 아주 간단히 죽어버리지 그까짓 거 하고는 혼자서 피식 웃었다. 마음이 많이 편해졌다.

언덕빼기에서 해진 깃발처럼 바람을 맞고 서 있던 춘자의 모습도 떠올랐다. 어떡하든 잘 살아야 텐데. 이제부터 잘 살고 못살고는 자신에게보다 일환이에게 더 많이 달려 있는 게 암만해도 불안했다.

일환이가 들어왔다. 일하다 온 것처럼 깨끗치 못한 모습이 도리어 그곳 분위기와 잘 어울리고 오목이는 그런 게 다 믿음직스러워 활짝 웃었다.

"너무 늦었어요."

이제부터 꼬박꼬박 존댓말을 쓰리라 속으로 벼르면서 혼자서 얼굴을 붉혔다.

"일이 생각보다 까다로워서 아주 마무리까지 보고 오느라고……"

"고단하죠?"

오목이는 그의 전신에 탄가루처럼 무겁게 얹힌 피곤을 툭툭 털어 내 주고 싶은 충동을 겨우겨우 짓누르며 이렇게 물었다.

그를 사랑하고 순종하고 공경하리라. 그녀는 그런 생각을 일환이를 위해서보다는 자신을 위해 더 많이 했다. 그런 생각을 할 때마다 자신이 양갓집 규수가 된 것 같은 착각을 할 수 있었기 때문이다.

그가 카운터 쪽으로 손가락 두 개를 펴 보이며 커피 했다. 하나만 시키지 않구요. 오목이가 종알대며 수줍게 웃었다.

"방 문제는 해결됐어. 끓여 먹을 그릇하고 이부자리나 장만하면 되니까 서두를 것 없어."

"그래요? 아이 좋아라. 어떻게 그렇게 쉽게 됐어요?"

"탁 터놓고 장가들었다고 말해버렸지 뭐. 다들 좋아하더군. 오목이가 마침 사장님 눈에 들었나 봐. 참한 색시 같으니 잘 데리고 살아야 한다고 하면서 여기저기 알아봐 주더군. 마침 사장님 친구 중에 지하실 차고에 붙은 방을 안집을 봐준다는 조건이면 거기 빌려주겠다는 이가 있어서 얼른 잡았지 뭐."

"거저도 좋지만 지하실이면 들창도 없겠네요. 대낮에도 깜깜하구요?"

"지하실이라고 해서 땅속인 줄 알아? 부자들은 차고나 창고, 보일러실이 있는 곳을 통틀어 지하실이라고 부르지만 실은 땅속도 아냐. 그야 즈네들 사는 곳에서 보면 땅 밑이겠지만 말야."

커피를 마시면서 일환이의 표정도 밝게 들떴다.

"네가 복이 좋은가 봐."

"집을 봐달라는 건 무슨 뜻이죠?"

"돈푼이나 있는 집 여편네들은 싸돌아다니길 좋아하거든. 나가고 싶을 때 집 볼 사람이 없으면 환장을 한다더군. 여북해야 집세를 안

받고 집을 봐달라나."

"그러니까 나도 집에서 집세는 버는 셈이네요?"

"그래, 똑똑하긴."

"돈만 번 게 아니라 당장 집 보러 다닐 시간도 벌었으니 그동안에 내 부탁 하나 들어줄래요?"

오목이는 당장의 작은 행복에 어리광부리고 싶어 콧소리로 흥얼댔다.

"그럼 들어주고말고, 뭔데?"

"얼른 목욕 갔다가 옷 좀 갈아입고 나와요. 제일 좋은 옷으로."

"왜, 작업복 입은 남자하고 같이 다니는 게 창피한가? 자존심 상하는데, 싫다면?"

그러나 일환이는 자존심 상한 것 같지도 싫지도 않아 보였다. 그 역시 오목이의 어리광이 귀여워 못 견디겠다는 낯간지러운 표정을 하고 있었다.

"창피해서 그러는 게 아니란 말예요. 그러고 나서 꼭 갈 데가 있어서 그러는 거니까 빨리 다녀와요."

"허어, 때 빼고 광내고 가야 할 데가 어딜까? 궁금한데."

"사진관."

일환이가 눈을 크게 떴다. 경계하는 눈초리였다. 눈뿐 아니라 앞으로 새롭게 시작될 생활에 대한 설렘과 이미 자기 것으로 만든 여자에 대한 만족감으로 기분 좋게 풀어져 있던 몸이 찔린 것처럼 꿈틀 긴장하는 게 보였다.

"왜 그래 오빠?"

오목이는 자기도 모르게 전의 말투로 물었다.

"사진관은 뭣하러?"

"사진 찍으러. 결혼식 대신 사진이라도 찍어서 걸어놓고 싶어서 그래."

"싫어."

일환이가 딴사람같이 성난 목소리로 칼로 베듯이 잘라 말했다.

"너무해. 그 정도의 소원도 못 들어줄게 뭐야. 오빤 내가 싫은가 봐. 그치? 임시적으로 데리고 살 속셈이지? 아이 분해."

그녀는 갑작스러운 충격을 미처 주체할 수가 없어 울먹이기부터 했다.

"입 닥치지 못해. 더 응석부리면 때려줄 테다."

평소의 작은 눈을 크게 뜨니까 살기등등해 보였다.

이것이었나. 오목이는 그녀가 오전 내내 면사포 대신 꿈꾼 한 장의 사진이 몰고 온 이 첫 풍파에 차라리 어리둥절해서 이렇게 속으로 중얼거렸다.

"왜 그래 오빠?"

입 밖에 난 건 겨우 이 첫마디였다.

"넌 밸도 없냐? 쓸개도 없어? 사진이라면 지긋지긋하지도 않아? 때 빼고 광내고 때때옷 입고, 배부른 척 행복한 척 웃으면서 사진을 좀 많이 찍었냐? 선물 한보따리 싸가지고 손님이 왔다 하면 우리 고아들은 누가 시키지 않아도 벌써 사진 찍힐 표정을 꾸미는 게 꼬마

배우보다 더 민첩하고 간사스러웠지. 적당히 천진하고 적당히 가련하고, 너무 배불러 보이지도 말고, 너무 배고파 보이지도 말기가 그런 사진에서 주인공 노릇을 할 수 있는 더러운 요령이었던 걸 넌 벌써 잊었니?"

오목이는 뭔가 속수무책의 느낌으로 별안간 말이 많아지고 표정이 돌변한 일환이를 바라보기만 했다. 그는 꼭 고아원 수제비국 얘기를 할 때처럼 수다스럽고 불행한 표정을 짓고 있었다. 오목이는 자신이 스스로 한 순종의 맹세를 벌써 잊어선 안 된다고 다짐하며 조그맣게 말했다.

"생각나요. 그렇지만 그것하고 이것하곤 다르잖아요. 결혼했단 표시로 사진 한 장쯤은 남기고 싶어요."

"계집애들이란 그저. 고아원에서도 사진 찍기 좋아하는 건 맨 계집애들뿐이었지. 사내 녀석 중에서도 계집애같이 생긴 녀석이거나. 그렇지만 난 아냐. 난 어릴 적부터도 귀여운 얼굴이 아니어서 그런 사진의 주인공을 시켜주지도 않았지만, 하고 싶어 얼씬대지도 않았어. 그렇게 찍은 사진이 우리들한테 한 번이라도 돌아온 적이 있다든? 손님 오는 날 복도에 전시되거나 아니면 분유 몇 통, 과자 몇 박스 가지고 와서 우리 머리를 쓰다듬고 간 자선가들이 그 사진을 최대한으로 이용했겠지. 우리한테 되로 주고 딴 데 가서 말로 받기 위한 장삿속으로 그중 잘된 사진은 아마 세계 각국으로 돌았을 거야. 세계아동구호기구에서 더 많은 원조를 얻어내서 원장의 배를 불리기 위해. 자선가들이 왜 그렇게 사진을 좋아하는지 이제 좀 알겠어? 이 맹꽁아."

"그래 난 맹꽁이야. 사진을 안 찍어도 좋지만 난 오빠의 그런 생각이 싫어. 무서워."

오목이가 순종의 맹세를 저버리고 가냘프게 대들었다. 다방 속으로 사람들이 쉴 새 없이 들어가고 나가고 했다. 손님들의 옷차림도 인재와 만난 시내 중심가의 정결하고 고상한 다방 손님과 달랐다. 아무도 우두커니 앉아 있거나 눈 감고 명상에 잠겨 있거나 쌍쌍이 나직하고 그윽하게 속삭이거나 하지 않았다. 음악 없이 사람들의 목소리만으로도 시끌시끌했고 도대체 눈치라곤 없이 거칠고 우락부락했고 목청들이 컸다.

그러고 보니 손님 중에 여자라곤 오목이 한 사람뿐이었다. 오목이는 별게 다 서러워서 눈물이 그렁해졌다.

고아끼리 가족이 되고 또 새로운 가족을 만들기란 쉬운 노릇이 아닐 거란 제법 영리한 생각이 그녀의 서러운 마음을 비집고 들어오려 했다.

"그럼 사진은 그만두더라도 어서 나가요. 해 안에 할 일이 얼마나 많다구."

그러면서 먼저 일어섰다. 그녀가 가는 대로 그는 쭐레쭐레 따라만 다녔다. 그녀는 동대문시장 쪽으로 앞장섰다. 우선 그릇과 숟가락을 샀다. 그녀가 돈을 내려고 할 적마다 그가 얼른 먼저 내고 짐을 받아들었다. 그녀가 물건값을 깎느라고 시간이 오래 걸리면 그는 약간 창피한 듯 비켜서서 딴전을 피다가도 흥정만 다 되면 기회를 놓칠세라 달려들어 돈을 치러주었다.

화해를 청하는 말도 위로하는 말도 없었지만 그 정도로 오목이의 섭섭한 마음은 스르르 풀려 있었다. 생전 처음 내 살림을 장만해서 보기에도 미더운 낭군에게 들리는 재미에 하마터면 안 하던 낭비까지 할 뻔하면서 이게 행복이라는 건가? 하는 짜릿짜릿한 즐거움을 맛보고 있었다.

줄이고 줄여서 최소한으로 장만하느라고 했는데도 잠깐 동안 장만한 살림살이가 일환이의 양손에서 넘쳤다. 그는 이불가게엔 숫제 따라 들어올 엄두도 못 내고 밖에서 이리 밀리고 저리 밀리며 짐을 보느라 멋쩍게 서 있었다.

푹신하고 질기고 곱고 값싼 이불을 고르기 위해 꽤 오래 주인과 승강이를 벌이면서도 오목이는 연방 밖에 있는 일환이에게 신경이 쓰여졌다. 시장의 잡답에 밀리고 있는 일환이가 잠시라도 눈을 떼면 길을 잃고 말 어린애처럼 보여서 마음이 안 놓였고, 따로 볼 때와는 달리 군중 속의 그가 유난히 얼떠 보여 그녀가 평생 돌봐주지 않으면 아무것도 못 할 것 같은 게 은근히 만족스럽기도 했다.

그러나 그녀가 마침내 홍정을 끝내자마자 일환이가 잽싸게 달려들어 돈을 치렀다. 그럴 때 그는 누가 뭐래도 의젓한 가장이었다. 그녀가 이불 보따리를 머리에 이었다. 일환이가 앞장서서 사람을 헤치고 시장을 빠져나왔다.

이불 보따리에 짓눌린 채 뭐 더 살 게 없을까 두리번대느라 자꾸만 뒤지는 오목이를 뒤돌아보면서 대강해두라는 듯이 일환이가 눈을 부라렸다. 오목이는 이불 보따리 때문에 짓눌린 모가지를 더욱 움츠리면서 날름 혀를 내밀었다.

일환이가 큰길 가에서 자기 짐을 내려놓고 말없이 오목이의 머리에서 이불 보따리를 받아 내려 그 위에 올려놓았다.

"괜찮아요. 쉬지 않고 갈 수 있어요."

"택시 타고 가."

"택시를? 미쳤어. 우리가 무슨 부자라고."

"부자는 아니라도 결혼한 날 아니니?"

일환이가 인정스러운 목소리로 말했다. 작은 눈에 측은해하는 정이 넘쳐 보기 좋게 부드러운 얼굴이 됐다. 그들의 많은 짐 때문인지 번연히 빈차를 몇 번 놓치자 일환이는 험악한 얼굴로 찻길로 뛰어들어 몸으로 차를 막아 세우고 짐을 실었다. 오목이는 길 잃은 어린애처럼 어릿어릿해 뵈는 일환이도 좋았지만 이렇게 우락부락 힘세고 경우 발라 보이는 일환이는 더욱 좋았다. 그래도 둘이 나란히 차 속에 들어앉자마자 오목이는 입을 뾰족하게 하고 종알댔다.

"남자가 고까짓 짐이 무거워서 택시를 타요, 타길."

"가뜩이나 작은 네 키, 머리하고 몸통하고 숫제 붙어버릴까 봐 겁이 나서 차 잡았지 나 위해서 잡은 줄 아니?"

"연탄하고 쌀 살 돈 남았어요?"

"왜, 자기도 돈 있다고 으스대더니."

"있긴 있어 그렇지만."

"그렇지만, 아까워?"

"아깝긴, 연탄하고 쌀은 남자 돈으로 사고 싶어."

"마치 다 자기 돈으로만 산 것처럼 굴고 있네."
"화났어?"
"아냐. 쬐그만 게 그래도 속에 들 건 다 든 것 같아 기특하다."
일환이가 빙그레 웃으면서 팔을 돌려 오목이의 어깨를 감쌌다.
"염려 마, 쌀도 댓 말 사고 연탄도 백 장쯤 들여놔 줄 테니."
"어머 자기 부자네? 그렇게 돈 많이 쓰고도 그만큼이나 남았어?"
"네가 들으면 실망하겠지만 실상 난 모아놓은 돈도 없었어. 술 먹어 없애고, 여자한테 털려 없애고 뭐 배운다고 없애고."
"뭐 배우는 게 왜 없애는 거야? 나 앞으로 구두쇠 여편네 노릇 할 거지만 자기가 뭐 배운다면 조금도 돈 안 아까워할 거야."
"그게 그렇지 않아. 하는 일에 싫증이 나고 답답하면 뭘 배우러 다녔으니까. 냉동기술뿐인 줄 알아? 운전, 정비, 목공, 권투까지 행여 이 노릇에서 빠져나갈 구멍이 있을까 해 닥치는 대로 집적거려본걸."
"그럼 자긴 그렇게 기술이 많아?"
오목이가 새삼 존경스럽고 미덥다는 듯이 일환이를 살펴보며 감탄했다.
"그까짓 것들이 뭐 그리 대단한 기술이라구."
"그래도 우리 고아원 아이들의 소망은 사회에 나가 기술 하나 갖는 거였잖아?"
"그것조차 없으면 도둑질이나 사기꾼 노릇밖에 할 게 없으니까. 고아일수록 착실하게 살아야 한다는 강박관념 때문에서 더욱 기술 기술 했던 것 같아."

"자기 변한 것 같아."

"나처럼 안 변한 놈도 없어, 스스로 생각해도 답답해."

"아냐. 그전의 오빠는 착실한 게 타고난 성질처럼 자연스러웠었는데 지금은 그게 힘겨워 보여서 걱정이야."

"자기랬다, 오빠랬다, 반말을 했다, 존댓말을 했다, 네 마음이 시시로 흔들리고 있는 것 같아서 걱정이다."

"내일부터는 당신이라고 그래줄 테니 염려 마."

"거진 다 왔어."

"이렇게 좋은 동네에서 우리가 살게 되다니 꿈만 같아."

일환이는 대답하지 않았다. 운전사에게 좌회전, 우회전, 곧바로…… 등 방향을 일러주는 외엔 입을 꽉 다물었다. 다문 입술 사이로 빠져 나온 뻐드렁니가 신산스러워 보였다. 축대가 높고 철문이 거만한 집 앞에서 차를 세우고 일환이는 묵묵히 짐을 끌어내렸다.

일환이 혼자서 계단을 올라가 문기둥에 달린 작은 창살에다 대고 뭐라고 말하는 것 같더니 큰 대문 옆에 달린 작은 쪽문이 저절로 열렸다.

뒤돌아보고 잠깐 기다리라는 말 한마디 없이 그 문 안으로 들어간 일환이는 감감무소식이었다. 함부로 여기저기 흩어진 짐 사이를 오락가락, 일환이가 다시 돌아나오길 기다리는 오목이는 고독했다.

고독한 처지라는 것하고 고독하다는 것하곤 달랐다. 그녀처럼 고독한 처지도 드물겠지만 그때처럼 고독한 적은 생전 처음이었다. 온 세상의 집의 문이란 문은 모두 굳게 닫혀서 암호를 아는 사람 외엔 절대로 문을 안 열어줄 것 같았다. 굳게 믿었던 일환이조차 그 암호를 혼자만 알고 혼자만 써먹고 집 안으로 들어가버렸으니 누구를 믿는단 말인가? 사람 사는 동네에 너무 인적이 드문 것도 그녀 혼자만 집밖에 내팽개쳐졌단 망상을 더욱 실감나게 했다.

그녀는 일환이가 감쪽같이 사라진 철대문을 고개가 빠지게 쳐다보느라 축대에 붙은 셔터가 녹슨 소리를 내면서 올라가는 것도 모르고 있었다.

"뭐 하고 있어? 후딱후딱 짐 끌어들이지 않고."

셔터가 다 올라가고 동굴의 입구처럼 어둡게 뚫린 네모난 구멍을 큰 대자로 막아서서 이렇게 고함을 치는 일환이를 오목이는 생전 처음 보는 사람처럼 낯설게 느끼면서도 하라는 대로 짐을 날랐다. 그녀 혼자 짐을 다 끌어들일 동안 일환이는 뻐딱하게 서서 구경만 했다. 심술이 잔뜩 나 있는 것도 같았고 그녀가 여태껏 모르고 있던 고약한 본색을 드러내고 있는 것도 같았다.

차고 속은 차가 없어서 그런지 꽤 넓었다. 일환이가 먼저 방으로 들어가 불을 켰다. 오목이가 짐작한 대로 방은 낮에도 불을 켜야 할 만큼 어두웠다. 그러나 뒤란으로 도는 사잇길 쪽으로 작은 창문이 하나 있긴 있었다. 한 번도 사람이 산 적이 없는 듯 장판은 먼지가 쌓인 채 군데군데 지도 모양으로 썩어가고 있었고, 벽지도 곰팡이를 피워 올리며 눅눅하게 처져 있었다.

연탄이 길길이 쌓인 방과는 반대쪽 구석의 계단으로 화려한 홈웨어 자락이 나풀나풀 내려왔다. 차고로보다는 연탄광으로 유용하게 쓰는 데라 그런지 전체적으로 시커먼 분위기에 향기롭고 빛깔 고운 옷자락과 희고 매끄러운 젊은 여자의 얼굴이 선녀의 하강처럼 비현실적으로 보였다.

"곧 올라가 뵐 참이었는데요."

일환이가 주인 여자 앞에서 두 손을 비비며 어쩔 줄 몰라 했다.

"젊은 사람들 사정이 하도 딱하다길래 방을 내주긴 내줬지만 살 만할까 몰라."

"원 별 말씀을요. 과람한 방인뎁쇼."

"손이 좀 가야 할 거요. 신접살림이라며? 이것저것 부족한 게 많을 텐데 내가 뭐 도와줄 게 없을까? 스스러워하지 말고 말해봐요."

"예서 더 어떻게 도와주십니까? 저희가 필요한 건 대충 다 장만해 가지고 왔으니까 염려 마세요. 말씀만 들어도 고맙습니다만……."

타고난 재주처럼 능숙하게 비굴하게 구는 일환이를 뭔가 아슬아슬한 기분으로 바라만 보고 있던 오목이가 안 되겠다 싶어 얼른 나섰다.

"저어, 걸레할 만한 걸 좀 주시지 않겠어요?"

"즈이 집사람이에요. 사모님이셔. 인사드려."

그제서야 일환이는 오목이를 주인 여자에게 소개했다. 더러운 부스럼 딱지 내보이듯 얼굴을 찌푸리고 황송해서 어쩔 줄 모르는 일환이를 오목이는 차라리 측은한 마음으로 바라보았다.

"내가 뭐랬어? 필요한 건 하나도 빠뜨리지 말고 다 사랬지? 제일 먼저 필요한 것부터 빠뜨렸으니 앞으로 그런 일이 좀 많을 거야? 젠장 맹추같이……."

일환이가 눈을 부라리고 오목이를 핀잔주었다.
"생트집을 잡아도 분수가 있지 걸레를 돈 주고 사는 사람이 어디 있어요?"
"이게 어디서 말대답이야?"
"왜들 이래요. 별것도 아닌 걸 가지고. 없는 사람일수록 금슬이라도 좋아야지 티격태격 싸움질이나 하면 그런 꼴 못 봐요."
사모님이 점잖게 나무라고 폭 넓은 홈웨어 자락을 양손으로 품위 있게 살짝 쳐들고 계단을 올라갔다. 사모님이 안 보이자 오목이는 본격적으로 따질 태세를 취했지만 일환이는 낭패한 듯 우울한 얼굴로 문지방에 풀썩 주저앉아 담배만 피워 물었다.
다시 계단 위에 난 문이 열리고 걸레를 한보따리 든 소녀가 내려왔다. 식모인 듯싶은 소녀는 사모님보다 몇 배 더 거만하게 지하실 풍경을 한 바퀴 훑어만 보고 말 한마디 없이 올라가 버렸다.
오목이가 방을 털고 쓸고 닦는 동안 일환이는 온다 간다 말없이 나가더니 쌀과 연탄을 사들여 보내고 반찬거리를 손수 사들고 들어왔다. 오목이도 일환이가 먼저 말을 시킬 때까진 절대로 말을 하지 않을 요량으로 그런 것들을 말없이 받아 챙기고 저녁 준비를 했다. 서로 말을 안 하니까 오히려 손발이 잘 맞았다. 그동안 일환이는 어디서 사과궤짝을 얻어다 잘게 쪼개 연기를 내면서 연탄불을 피웠다.
그들이 밥상도 없는 저녁상을 마주 앉았을 때는 배가 고프다 못해 식욕이 마비되어 있었다. 일환이 팔목시계를 보면서 처음으로 말을 시켰다.

"벌써 열 시야. 사람이 좀 간단히 간단히 살 수 없나, 젠장."

흥, 에서 더 간단히 살고 싶으면 거지나 짐승밖에 더 될까?

오목이는 속으로 즉각 이렇게 반발하면서도 그걸 입 밖에 내진 않았다. 토라진 오목이 눈치를 흘끔흘끔 보던 일환이가 이부자리를 폈다. 화학섬유 특유의 매캐한 냄새가 났다. 그 냄새 때문인지 눈이 아리고 눈물이 났다.

방바닥은 아직 찼다. 그러나 방은 외풍이 없고 아늑했다. 오목이는 일환이로부터 좀 떨어져서 누웠다.

"무슨 생각 하고 있어?"

일환이가 물었다. 오목이는 대답 대신 돌아누웠다. 일환이가 그녀의 등에 가슴을 붙이면서 다시 물었다.

"무슨 생각을 하고 있어?"

잔뜩 도사린 등에 와닿는 그의 듬직한 가슴의 감촉이 싫지 않았다.

"고아가 고아한테 가까이 가기가 얼마나 어려운가라는 생각을 했어요."

"바보처럼."

그의 인정스러운 목소리에 끌려 오목이는 돌아누우며 그의 가슴에 얼굴을 파묻었다.

그의 심장 뛰는 소리 외엔 아무 소리도 들리지 않았다. 그들의 신방은 태고의 동굴처럼 아늑하고 눅눅하고 고요했다.

그가 마침내 사랑을 쟁취한 맹수처럼 거칠고 뜨거워졌다.

오목이는 곧 감미롭고 만족스러운 수면 속으로 빠져들었다. 온종일 과로와 긴장 때문이기도 했지만, 혼자서 저어 가다 난파한 배에서 믿음직한 뱃사공에게 구조된 것처럼 한꺼번에 맥을 놓아버렸기 때문이기도 했다.

깊이 모를 수렁에서 끌어 잡아당기는 것 같은 숙면에서도 오목이는 간간이 곁에서 일환이가 잠 못 자고 뒤채는 걸 느낄 수가 있었다.

왜 저러지? 그녀는 자신의 안락한 잠을 방해하는 이런 이상한 몸부림에 대해 그 이상은 생각할 겨를 없이 다시 깊은 잠 속에 빠져들곤 했다.

오목이가 눈을 떴을 때 작은 창이 희부옇게 밝아오고 있었다. 골목으로 난 창이 그 정도로 밝으니 밖은 대낮일지도 모른다고 생각했다. 일환이는 깊이 잠들어 있었다. 마치 죽은 사람 같았다. 어젯밤 처음 일환이와 같이 잤을 때도 일환이가 죽어 있는 것 같아 덜컥 겁이 났던 생각이 났다.

그녀는 그가 죽어 있지 않다는 걸 확인하기 위해 그의 가슴에 귀를 대고 엎드렸다. 그가 세상 모르고 잠들어 있을 뿐이라는 걸 확인하고도 만일 그가 죽으면 어떡하나, 생각만 해도 하염없이 슬퍼졌다. 바로 이틀 전만 해도 그의 삶과 그녀의 삶은 별개의 것이었다. 그를 찾고 있긴 했지만 못 찾아도 그만이었고, 그를 찾는 대신 그가 죽었단 소식을 들었대도 그만이었을 것이다.

그러나 불과 이틀 사이에 그가 죽으면 따라 죽을 수밖에 없을 것 같았다.

왜 그는 밤새도록 마치 갓 잡아올린 물고기처럼 뒤챘을까? 그가 깨거든 물어보리라. 부부 사이엔 숨기는 게 없어야 하므로.

그러나 그녀는 곧 불안해졌다. 그가 밤새도록 뒤챘던 까닭에 대해서가 아니라 부부 사이엔 숨기는 게 없어야 한다는 그녀 나름의 도덕관념 때문이었다. 자기만이 숨기는 걸 갖는 대신 그의 몇 배의 사랑과 순종으로 갚으리라. 그녀는 이렇게 벼름으로써 자신을 위안했다.

그가 벌떡 일어났다. 건강한 알몸에 단 하나의 부착물인 손목시계를 보더니 눈을 부라리며 나무랐다.

"어, 늦었잖아? 밥도 안 하고 깨우지도 않고 뭐 하고 있는 거야?"

그가 일어나는 바람에 굴러떨어지다시피 한 몸을 가누면서 오목이는 나직하게 속삭였다.

"자기가 죽은 사람처럼 자서 나 무서웠어요."

"바보같이……."

오목이는 서둘러 밥을 짓고, 일환이는 이불도 개키고 방도 쓸고 어제 미처 정리하지 못한 살림살이도 정리했다. 일환이는 그 일이 재미나는지 휘파람을 불었다. 오목이는 그의 곡조에다 가사를 붙여서 가만가만 따라 불렀다.

나 혼자만이 그대를 알고 싶소, 나 혼자만이 그대를 사랑하여 영원히 영원히 행복하게 살고 싶소.

그들의 노래는 땅속에 묻혀 비록 아무에게도 들리지 않았지만 그들은 땅 위에 사는 사람이 조금도 부럽지 않았다.

출근하기 전에 일환이는 오목이에게 뽀뽀하면서 넌지시 돈뭉치를 건네주었다.
"내 남은 재산 몽땅이야. 오늘부터 살림에 써. 아직도 장만할 거 천지니까 쓰다 보면 속상할 거야. 그렇지만 첫술에 배부른가 뭐. 또 벌면 되지."
"어머 이렇게 많이요? 어제 그렇게 많이 쓰고도 이렇게 많이 남았단 말이죠. 자기 부자네."
오목이는 일환이의 남편 노릇이 흐뭇해 어쩔 줄을 몰랐다.
"바보같이……. 덮어놓고 좋아하기부터 하면 어떡하니? 쓰다 보면 곧 그게 얼마나 하찮은 돈이라는 걸 알게 될 거야. 그나마 다 내 돈이면 좋게?"
"자기 돈이 아니면 빚을 내왔단 말예요? 어쩐지……."
"아냐, 가게에서 축의금들을 걷어주더군. 사장님 이하 전 직원이……. 전 직원이라야 몇 되지도 않지만, 이웃 가게 사장님들이랑 아이들까지 너도나도 축의금을 내놓으면서 잘 살라고 축하해주는 거야. 그러고 보니 네가 잘 보여도 여간 잘 보인게 아닌가 봐."
"고마운 분들이에요. 그 은혜를 어떻게 갚죠?"
"잘 살라고 축하해줬으니 잘 살아야 할 텐데……."
일환이의 말끝에 알게 모르게 한숨이 서렸다. 오목이는 그게 걸려서 다부지게 항의했다.
"못살 게 뭐 있어요. 잘 살 거예요. 두고 봐요."
"그럴 거야. 넌 욕심이 없으니까."
일환이는 대답하지 않고 얼핏 허기진 얼굴을 했다. 아침 잔뜩 먹은 남자의 허기진 표정이 오목이를 불안하게 했다. 오목이는 그런 불안을 지우려고 그의 뒤통수에다 대고 몇십 년 묵은 여편네처럼 노숙하게 굴었다.

"일찍 들어오세요. 참, 학원 갔다 오면 좀 늦겠네요?"

"학원 그만둘 거야. 일찍 들어올게."

그가 성가신 걸 뿌리치듯 짜증스럽게 말하고 가버렸다. 동굴 속에 혼자 남겨진 오목이는 치울 것을 그대로 놔둔 채 그에 대해 이것저것 생각했다. 암만해도 그의 얼굴은 잘 떠오르지 않았다. 그 대신 갓 잡아올린 물고기처럼 뒤채던 그의 까닭 모를 몸부림과 좀 전에 발견한 허기진 표정만이 이상하도록 분명하게 떠올라 그녀는 움찔 어깨를 떨었다.

대강의 정리를 끝낸 오목이는 웅크리고 앉아 일환이가 주고 간 돈을 세고 또 세었다. 셀 때마다 액수가 틀렸다. 그러나 돈 세는 일은 몇 번을 거듭해도 싫증이 안 났다. 겨우 셈을 맞춰놓고 사고 싶은 걸 생각해보니 한이 없었다.

돈이 아까워 꼭 필요한 것만 사기 위해 그녀는 메모를 하기로 했다. 종이와 볼펜을 놓고 심사숙고한 끝에 '거울'을 써놓고는 그 밖엔 한 가지도 더 보태질 못했다.

비록 동굴 같은 집구석일망정 거울을 걸고 싶었다. 동굴 속에 살망정 두더지가 아니라 사람이란 걸, 사람 중에서도 예쁘고 젊은 여자라는 걸 때때로 확인하고 싶었다.

저녁에 시장에 간 그녀는 거울을 사고 반찬거리를 사고 싸구려판에서 빛깔 고운 홈웨어도 샀다. 홈웨어만은 메모한 바도, 사고 싶어 한 바도 없는 순전한 충동구매였다.

홈웨어 입고 거울 앞에 선 그녀는 그 옷이 너무 화려하고 자기가 너무 젊고 예쁘다는 게 슬퍼서 가슴이 저리고 손끝 발끝까지 저렸다. 거울이란 동굴 같은 데 걸 게 아니었다.

일환이는 매일 일찍 들어오고, 일찍 자고, 일찍 일어나고, 일찍 나갔다. 오목이는 동굴 속에서 소꿉장난에 쉬 지쳐서 낮잠을 자기도 하고 거울을 떼서 벽에 기대놓고 오래오래 화장을 했다 지우기도 했다.

때로는 안집으로 올라가는 계단을 올라가 녹슨 쇠문을 밀어보기도 했다. 쇠문을 힘겹게 열어봤댔자 거기도 역시 지척을 분간할 수 없을 만큼 어두운 창고였다. 그곳 눅눅한 어둠 속엔 묵은 김치 냄새 젓갈 냄새 등이 묻어날 것처럼 농밀하게 녹아 있어 사람을 밀어냈다.

그러나 심심함에 지친 오목이는 곧 그것을 겁내지 않게 되었다. 그녀는 항아리와 사과궤짝, 빈 깡통, 빈 병 사이를 헤집고 반대편 문을 열어보았다. 창고문 밖은 비스듬한 동산처럼 생긴 정원이었고 언제나 눈부신 빛으로 가득 차 있었다. 그녀는 그 빛이 벅차 때로는 가벼운 현기증조차 일으켰다.

춘자가 세든 판잣집이 있는 수락산 기슭만 해도 가까이에 공터도 있고 수풀도 있어서 도심보다는 공기도 좋고 정취도 있었다. 그러나 그곳의 자연은 아직도 모진 겨울바람에 시달리고 있었건만 안집 정원엔 봄 기운이 넘치고 있었다. 안집만 아니라 그 동네의 정원의 나무들은 이미 눈이 부풀 대로 부풀어 가장귀의 선이 부드럽고 풍만했다. 그런 특징은 멀리서 볼수록 완연해서 온 동네가 특별히 봄의 은총을 먼저 받고 있는 것 같았다.

동굴에서 솟아오른 그녀에게 이런 넘치는 빛과 봄의 기운은 매우 비현실적이었다. 자주 몸이 나른해서 자는 낮잠에서 꾼 꿈과 구별을 할 수 없을 적이 많았다.

사람들은 잘 때 어둠을 보건만 그녀는 깨어서 어둠을 보고, 잠들면 빛과 색채에 충만한 꿈을 꾸었다.

꿈속에서 흐드러지게 핀 많은 꽃을 본 날이었다. 대낮의 어둠이 견딜 수가 없어서 천장으로 난 계단을 올라 창고를 지나 안집 정원을 훔쳐보다가 담에 늘어진 개나리의 눈이 샛노랗게 밥풀처럼 부푼 걸 보는 순간 오목이는 심한 현기증을 느꼈다. 잠깐 정신을 잃고 땅바닥에 쓰러졌다가 간신히 일어나 엉금엉금 기다시피 창고 속을 지나면서 묵은 김치 냄새가 싫어서 오장이 뒤틀리는 것 같았다.

이렇게 뒤틀린 오장은 좀처럼 진정되지 않았다. 저녁장을 보러 갈 때까지도 뒤집힌 비위는 가라앉지 않았고 저녁장을 보다가 문득 희한한 처방이 떠올랐다. 불고기 한 점만 먹으면 씻은 듯이 나을 것 같았다. 생전 처음 내려보는 처방치곤 너무도 자신이 있었기 때문에 그녀는 망설이지 않고 불고깃거리를 샀다.

그간의 철저한 구두쇠 살림으로 미루어 고기반찬 같은 건 거의 체념하다시피 한 일환이가 눈이 휘둥그래지든 말든 오목이는 불고기를 혼자서 아귀아귀 포식했다. 무아지경의 식욕이었다.
"혹시 임신한 거 아냐?"
잠자리에서 일환이가 싸늘하게 말했다. 오목이는 그의 벼르고 벼른 것 같은 싸늘함엔지, 임신이란 생급스러운 말엔지 기겁을 하게 놀랐지만 아니라고 말하진 못했다.
그는 밤새도록 잠들지 못하고 뒤챘다. 도마에 오른 잉어처럼 괴롭고 힘차게 뒤채는 걸 새벽녘까지 느낄 수가 있었다. 그가 뒤챌 때마다 그녀는 죄책감을 느꼈다. 그가 무엇을 괴로워하는지 한 번도 물어본 적이 없었다. 물어선 안 될 것 같았다. 견딜 수 없이 그 까닭을 알고 싶을수록 그걸 알게 되는 날 결혼 생활도 끝장이 날 것 같은 미신적인 공포감에 사로잡히곤 했다.
밤새도록 못 잔 일환이의 작은 눈은 붉게 충혈되고, 마모된 줄 알았던 얼굴의 선도 다시 울퉁불퉁 되살아나 험상궂어 보였다. 오목이는 그저 어쩔 줄을 몰랐다.
"겁내지 마."
그가 부드럽게 말했다. 뭘 겁내지 말라는 걸까? 그는 이미 내 죄책감을 들여다본 걸까? 그녀는 겁내지 말란 말이 차라리 더 무서웠다.
"이런 데 태어나는 게 좀 안됐지만, 없는 사람이라고 애 낳지 말란 법은 없잖아, 잘될 거야."
그럼 그가 겁내지 말란 건 가난을 일컬음인가?
"낮에 가게로 나올래?"
"왜요?"

"점심에 불고기 사주려고······."

"어제 실컷 먹었잖아요? 아직 확실치도 않은 일에 신경쓰지 말아요."

"글쎄 나오라면 나오지 웬 말이 그렇게 많아."

일환이는 쉽게 화를 내며 강압적으로 나왔다. 처음 일환이를 기다리던 다방에서 다시 그를 기다리면서 오목이는 정말 임신한 거라면 기분이 그래선 안 될 것 같았다. 그녀는 두려웠다.

어느 틈에 그가 와 서 있었다. 그는 앉지도 않고 빨리 가자고 서둘렀다. 그가 이행하려는 아버지로서의 의무가 너무도 고역스럽게 느껴져서 오목이는 울고 싶었다.

그와 산 지 결코 오래다고 할 수 없는 동안에 너무 자주 울고 싶어했다고 생각됐다. 울고 싶어했을 뿐 한 번도 속시원히 울어보지 못한 울음이 목구멍에 묵직한 응어리가 되어 매달려 있는 느낌 때문에 고기는 잘 넘어가지 않았다. 여기저기서 피어오르는 고기 타는 연기와 사람들의 왕성한 식욕도 미리 오목이의 식욕을 위축시켰다.

그녀는 죽자꾸나 힘겹게 뒤집힌 비위를 억누르고 겨우 먹는 시늉만 했다. 일환이는 임부의 이런 변덕을 예상한 것처럼 억지로 권하지 않고 혼자만 꾸역꾸역 먹어댔다. 그러나 식욕을 즐기고 있다기보다는 고역을 치르고 있는 것처럼 조급하고 괴로워 보였다.

그에게서 놓여나자 그녀는 마치 질식하기 직전에 신선한 공기를 마신 것처럼 숨통이 트였다.

어린이 놀이터였다.

아이들과 햇볕이 충만해 있었다. 그네를 타는 아이, 미끄럼을 타는 아이, 올라갔다 내려왔다 하는 시소, 깔깔대는 웃음소리, 그리고 눈부신 햇빛.

오목이는 발걸음을 멈추고 홀린 듯이 이런 것들을 바라다보았다. 아이에게 필요한 건 불고기가 아니라 햇빛이란 생각으로 그녀의 시야가 부옇게 흐렸다.

그녀는 손등으로 눈물을 닦고 여러 아이들 중에서 한 아이를 찾았다. 그녀는 멀리서 달려오는 자기 아이를 찾고 있었다.

그 아이는 눈이 컸으면, 이마가 번듯했으면, 코가 잘생겼으면, 피부가 고왔으면, 촌스럽지 말았으면, 총명했으면, 마음씨가 따뜻했으면⋯⋯.

어린이 놀이터에 햇볕과 아이들이 충만해 있었다. 봄이었다. 햇볕과 아이들의 계절이었다.

저 많은 아이 중에 내 아이는 어디 있는 걸까?

마침내 오목이는 그 아이를 보았다. 그녀는 인재를 닮은 아이를 찾고 있었던 것이다.

"안 돼."

그녀는 신음했다. 그러나 그 아이가 달려오는 걸 막을 수는 없었다. 그 아이는 불길한 예감처럼 왔다.

(2권에 계속)

그해 겨울은 따뜻했네 1

초판 1쇄 발행 2012년 1월 22일
초판 10쇄 발행 2024년 10월 11일

지은이	박완서
펴낸이	최동혁
기획위원	권명아·이경호·호원숙·홍기돈
북디자인	오진경
띠지 사진	조선일보

펴낸곳	(주)세계사컨텐츠그룹
주소	06168 서울시 강남구 테헤란로 507 WeWork빌딩 8층
문의	plan@segyesa.co.kr
홈페이지	www.segyesa.co.kr
출판등록	1988년 12월 7일 (제406-2004-003호)
인쇄	예림인쇄
제본	다인바인텍

ⓒ 박완서, 2012, Printed in Seoul, Korea

ISBN 978-89-338-0185-7 (04810)
ISBN 978-89-338-0173-4 (세트)

- 저자와 협의하여 인지를 붙이지 않습니다.
- 책값은 뒤표지에 표시되어 있습니다.
- 이 책 내용의 전부 또는 일부를 재사용하려면 반드시 저작권자와 세계사 컨텐츠 그룹 양측의 서면 동의를 받아야 합니다.